《诗经》郑、卫诗歌研究

杨 洁 著

中国社会科学出版社

图书在版编目(CIP)数据

《诗经》郑、卫诗歌研究/杨洁著. —北京：中国社会科学出版社，2016.9
ISBN 978-7-5161-8946-7

Ⅰ.①诗… Ⅱ.①杨… Ⅲ.①《诗经》—诗歌研究 Ⅳ.①I207.222

中国版本图书馆 CIP 数据核字(2016)第 227469 号

出 版 人	赵剑英
责任编辑	陈肖静
责任校对	闫 萃
责任印制	戴 宽

出　　版	中国社会科学出版社
社　　址	北京鼓楼西大街甲 158 号
邮　　编	100720
网　　址	http://www.csspw.cn
发 行 部	010-84083685
门 市 部	010-84029450
经　　销	新华书店及其他书店
印　　刷	北京君升印刷有限公司
装　　订	廊坊市广阳区广增装订厂
版　　次	2016 年 9 月第 1 版
印　　次	2016 年 9 月第 1 次印刷
开　　本	710×1000　1/16
印　　张	15.25
插　　页	2
字　　数	229 千字
定　　价	56.00 元

凡购买中国社会科学出版社图书，如有质量问题请与本社营销中心联系调换
电话：010-84083683
版权所有　侵权必究

目　录

序言 …………………………………………………………………（1）

第一章　绪论 ……………………………………………………（1）
　　一　《诗经》郑、卫诗歌研究的历史与现状 …………………（1）
　　二　研究范围和相关概念 …………………………………（7）
　　三　研究意义、方法和前景 …………………………………（8）

第二章　《诗经》郑、卫地域诗歌与周代地理气候 ……………（11）
　第一节　三监史事与邶、鄘、卫地域考辨 ……………………（11）
　　一　三监史事与叛乱原因 …………………………………（12）
　　二　三监人物考辨 …………………………………………（14）
　　三　三监地域方位考辨 ……………………………………（19）
　第二节　气候对《诗经》郑、卫诗歌的影响 …………………（24）
　　一　郑、卫风诗产生时期的气候和植被 …………………（24）
　　二　气候对郑、卫诗歌的影响 ……………………………（28）
　第三节　区域历史地理与郑、卫诗歌 …………………………（37）
　　一　郑地和卫地的历史地理特征 …………………………（37）
　　二　郑诗中的自然地理 ……………………………………（41）
　　三　自然地理环境对卫、秦风诗影响比较 ………………（43）

第三章 《诗经》郑、卫诗歌风俗文化考论 …………………… (49)
第一节 郑、卫婚恋诗地域文化特征比较 ………………… (49)
一 郑、卫婚恋诗的比较 …………………………………… (50)
二 卫地的桑间濮上传统 …………………………………… (51)
三 郑地婚恋诗的地理文化根源 …………………………… (57)
第二节 郑、卫诗歌的审美风俗 …………………………… (63)
一 郑、卫诗歌中的尚武风俗 ……………………………… (63)
二 郑、卫诗歌中的审美风俗 ……………………………… (70)
第三节 郑、卫诗歌与宴饮文化 …………………………… (77)
一 酒文化的源头与宴饮礼仪的产生 ……………………… (77)
二 《诗经》中的宴饮礼仪 ………………………………… (78)
三 《诗经》郑、卫风诗中的饮酒风俗 …………………… (80)
第四节 卫诗与商、周文化 ………………………………… (82)
一 商、周文化对卫地的共同影响 ………………………… (83)
二 卫诗中的商、周二元文化 ……………………………… (86)
三 文化的二元影响在其他风诗中的表现 ………………… (91)

第四章 《诗经》郑、卫诗歌的主题 …………………………… (94)
第一节 《邶风》诗歌主题与产生时代 …………………… (94)
一 婚姻爱情诗 ……………………………………………… (94)
二 政治和出仕诗 ……………………………………………(105)
三 贬刺诗 ……………………………………………………(109)
四 其他诗歌 …………………………………………………(111)
五 《邶风》的主题特点 ……………………………………(119)
第二节 鄘风诗歌主题与产生时代 …………………………(120)
一 讽刺诗 ……………………………………………………(121)
二 赞美诗 ……………………………………………………(124)
三 婚姻爱情诗 ………………………………………………(129)
四 忧思诗 ……………………………………………………(131)

五　《鄘风》的主题特点 …………………………………… (132)

第三节　卫风诗歌主题与产生时代 ………………………………… (133)

　　一　讽刺诗 ………………………………………………… (134)

　　二　赞美诗 ………………………………………………… (136)

　　三　征战诗 ………………………………………………… (139)

　　四　婚姻爱情诗 …………………………………………… (140)

　　五　忧思诗 ………………………………………………… (143)

　　六　《卫风》的主题特点 …………………………………… (145)

第四节　郑风诗歌主题与产生时代 ………………………………… (146)

　　一　婚姻爱情诗 …………………………………………… (148)

　　二　贵族赞美诗 …………………………………………… (157)

　　三　讽刺诗、唱和诗等 …………………………………… (161)

　　四　《郑风》的主题特点 …………………………………… (163)

第五章　《诗经》卫诗的排序原则与"郑卫之音" …………… (165)

第一节　"郑卫之音"考论 …………………………………………… (165)

　　一　"郑卫之音"的历史评价 ……………………………… (166)

　　二　"郑卫之音"的特征 …………………………………… (170)

　　三　"郑卫之音"的渊源与发展 …………………………… (173)

　　四　儒家对"郑卫之音"的批判 …………………………… (176)

第二节　卫诗的排序原则 …………………………………………… (179)

　　一　卫诗的分编排序原则 ………………………………… (179)

　　二　文化根源 ……………………………………………… (184)

第六章　郑、卫诗歌的艺术风貌 …………………………………… (187)

第一节　郑诗的题材和艺术特征 …………………………………… (187)

　　一　率真自然的婚姻爱情吟唱 …………………………… (187)

　　二　散文化和叙事性新特点 ……………………………… (192)

　　三　自由欢快、轻松愉悦的感情基调 …………………… (196)

第二节 卫诗的题材和艺术特征 (200)
  一 对贵族生活的多方位全面展示 (200)
  二 细致传神的人物刻画 (202)
  三 忧思伤怀的情感基调 (205)

第七章 卫诗个案研究史述评
——以《邶风·简兮》《鄘风·桑中》为中心 (211)

第一节 《邶风·简兮》主题的历时研究 (211)
  一 唐前"社会功能说" (212)
  二 宋代"自嘲说"及隐含的时代背景 (214)
  三 清人的"贤者自伤说" (215)
  四 现当代思潮下的"爱情说" (217)

第二节 《鄘风·桑中》主题的历时研究 (218)
  一 文学功用观念下的"刺奔说"与"刺淫说" (219)
  二 理学背景下的"淫诗说" (221)
  三 从文本出发的"爱恋情诗说" (225)
  四 文化人类学视野下的"原始习俗说" (226)

结语 (229)

主要参考文献 (231)

序　言

　　《诗经》是我国最古老的一部诗歌总集，也是世界上最早的诗集之一。《诗经》，本来只称为《诗》，或根据其收录诗篇的大约数而称为《诗三百》，原来并没有"经"这个尊号。所谓《诗经》，是后世儒家学者将其尊为经典以后的称呼。《诗经》所收录的作品上起西周初年（公元前11世纪），下至春秋中期（公元前6世纪）。保存到现在的作品共有三百零五篇（《小雅》中另有六篇"笙诗"，有目无辞，不计在内）。《诗经》三百零五篇共分为《风》《雅》《颂》三大类。

　　按照司马迁《史记·儒林列传》的说法，《诗经》这部古老的文化元典是经过孔子的"论次"而成书，亦即经过孔子研究、整理而编订成书，并由孔子传授给其后学。孔子不仅对《诗经》有整理编订和传承之功，而且还非常重视《诗经》。在孔子看来，《诗经》可谓是一部具有重大教化作用的百科全书，他对弟子们讲述《诗经》的思想价值和学术意义说："小子何莫学夫诗？诗可以兴，可以观，可以群，可以怨。迩之事父，远之事君，多识于鸟兽草木之名。"（《论语·阳货》）而且对其儿子孔鲤讲述《诗经》重要性说："不学《诗》，无以言。"（《论语·季氏》）"据《礼记·经解》记载，孔子曾论述《诗经》的教化作用说："入其国，其教可知也。其为人也，温柔敦厚，《诗》教也。"可以说孔子是有史可考的最早最重要的《诗经》研究专家。

　　孔子之后，研究、传承《诗经》的学者代不乏人。尤其是汉武帝"罢黜百家，独尊儒术"之后，《诗经》与《尚书》《仪礼》《周易》

《春秋》一起被确立为国家法定的经典，立于学官，设置博士，进一步推动了《诗经》学的发展。从汉代迄今两千多年间，《诗经》研究一直是历代学术研究的显学，有关著述汗牛充栋，蔚为大观。到了现代，随着西风东渐，学者们开始借鉴西方的学术理论从社会、历史、文化等角度来研究、解读《诗经》，使《诗经》学从传统的经学模式进入一个多元化的新时期，拓宽了《诗经》的研究途径，取得了许多新的突破与发展。

杨洁博士的《〈诗经〉郑、卫诗歌研究》即是新近完成的一部从地域文化的视角对《诗经》中的郑、卫诗歌进行系统探讨的新著，本选题对于丰富《诗经》研究很有学术价值，值得学术界关注和重视。

本书稿所谓"《诗经》郑、卫诗歌"指西周、春秋时期郑国和卫国的诗歌，包括"郑风""邶风""鄘风""卫风"四部分。众所周知，郑、卫诗歌在《诗经》占有非常重要而特殊的地位，以孔子为代表的儒家学派似乎对于郑地和卫地的诗歌也给予特别的关注。如孔子曾主张："放郑声，远佞人。郑声淫，佞人殆。"（《论语·卫灵公》）《论语·阳货》也记载孔子曾说："恶紫之夺朱也，恶郑声之乱雅乐也，恶利口之覆邦家者。"孔子把郑声和雅乐相对，认为郑声与利口一样，是能覆邦家者。孔子这里所说的"郑声"是否就是指《诗经》中的"郑风"？东汉著名古文经学家许慎说："郑诗二十一篇，说妇人者十九矣，故郑声淫也。"（《五经异义》）显然，许慎认为孔子所谓的"郑声"就是指《诗经》中的《郑风》而言。此外，《礼记·乐记》也曾对郑、卫之音加以贬斥说："郑卫之音，乱世之音也，比于慢矣。桑间濮上之音，亡国之音也。其政散，其民流，诬上行私而不可止也。"

虽然《论语》与《礼记》所指斥的"郑声"与"郑、卫之音"是否就是指《诗经》中的郑、卫诗歌还难以论定，虽然学术界对于许慎将"郑声"定性为"郑诗"的说法还有异议，但由此可知《诗经》中的郑、卫诗歌（即"郑风""邶风""鄘风""卫风"）相对于其他风诗而言当有着特殊的性质和地位，值得加以重点探讨。有鉴于此，杨洁博士便以《〈诗经〉郑、卫诗歌研究》为题对《诗经》中郑、邶、鄘、卫四部分风诗进行了较为全面、系统和深入的探讨。本课题主要是以历史地理学的视角探讨《诗经》郑、卫诗歌的时代、地域及气候等特点，并从诗歌中分析西周至春秋时期郑国和卫国的社会状况、民俗文化等因素，探究两地受到的殷商旧俗与周代礼俗的不同影响，从这些文化要素进而分析郑风和卫风的不同主题、文学风格特征；考校郑、卫诗歌的近似处及差异处，并探究了后代学者对郑、卫诗歌众说纷纭的原因。

本书稿采用了学科间交叉研究的方法，综合运用了历史学、历史地理学、文献学、民俗学和地域文化的研究方法和思路，对《诗经》郑、卫诗歌进行了较为全面的比较研究，具有一定的创新性，值得提倡。这种研究方法扩大了文学史研究的视角，在一定程度上对以往《诗经》中"风"诗研究的单一切入的研究方式有所补充和丰富。本书还运用了比较的研究方法，在比较点的选择方面，不仅对《诗经》郑、卫诗歌产生历史时期的地理气候状况、文化根源等进行了比较；还宕开笔墨，从《诗经》整体角度着眼，将郑、卫诗歌与齐风、秦风等进行比较，从更加宽广的角度，更加清晰精准地揭示出了郑、卫诗歌的特点。

本书稿在内容方面对《诗经》郑、卫诗歌研究进行了深化和拓展。通过对郑、卫诗歌特点的分析研究，较好地解释了所谓"郑声淫""放郑声"与"思无邪"之间的矛盾问题。通过郑、卫两地诗歌形成时期的地域气候条件和地理特征的比较，阐发了气候状况对两地诗歌意象使用和诗歌风貌的不同影响，较清楚地揭示出了《诗经》中郑、卫两地诗歌所反映的不同的地域文化特色。本书还探讨了郑卫诗歌中蕴含的商、周思想文化的遗迹及其与卫诗中邶、鄘、卫三风排序的关系，持之有据，言之成理。以上这些都在某种程度上推进了《诗经》研究，可以看作是以往学术界对《诗经》郑、卫诗歌研究的进一步深化、细化和系统化。

当然，金无足赤，本书稿也还不能说尽善尽美，如个别论点的论证还有欠严密和充分，还需要提供更多的论据加以说明和论证。希望并相信随着研究的进一步深入，作者对这些问题能够进行更加充分的探讨论证和更为清晰明确的阐述。

杨洁博士曾在山东师范大学齐鲁文化研究院攻读博士学位，与我有师生之谊。该书稿即是在其博士论文的基础上增补而成。现今这部书稿即将付梓问世，杨洁博士索序于予，谨弁数言以志祝贺之忱。

丁　鼎

2016 年 7 月 19 日于历下枕肱斋

第一章 绪论

一 《诗经》郑、卫诗歌研究的历史与现状

对《诗经》的研究从古至今延绵不绝，古代对《诗经》的研究多是宏观而整体的，有关郑、卫诗歌的研究包含于《诗经》的整体研究当中，多为片段式的。现当代的《诗经》研究更加微观而具体，出现了一些就《诗经》郑、卫诗歌进行的专门探讨。

（一）古代相关研究

对《诗经》国风的探讨从古代便已开始。《左传》卷九《襄公二十九年》记载了春秋时期吴公子札聘鲁观乐，乐工为其演奏国风及雅、颂的情景。

为之歌《邶》《鄘》《卫》，曰："美哉，渊乎！忧而不困者也。吾闻卫康叔、武公之德如是，是其《卫风》乎？"……为之歌《郑》，曰："美哉！其细已甚，民弗堪也，是其先亡乎！"为之歌《齐》，曰："美哉！泱泱乎！大风也哉！表东海者，其大公乎！国未可量也。"为之歌《豳》，曰："美哉！荡乎！乐而不淫，其周公之东乎？"……为之歌《颂》，曰："至矣哉！直而不倨，曲而不屈，迩而不逼，远而不携，迁而不淫，复而不厌，哀而不愁，乐而不荒，用而不匮，广而不宣，施而不费，取而不贪，处而不底，行而不流，五声和，八风平，节有度，守有序，盛德之所同也。"①

公子季札在欣赏《诗经》乐歌后,描述了自己的感受并进行了评价。他的评价有如下几个特点:其一,结合历史背景评价诗歌风貌,如评价卫风的"吾闻卫康叔、武公之德如是,是其《卫风》乎?"郑风的"民弗堪也,是其先亡乎!"豳风的"其周公之东乎?"等都是结合历史背景抒发的对乐歌的感受。其二,结合地域特色分析诗歌特点,如论述齐风的"美哉!泱泱乎!大风也哉!表东海者,其大公乎!"认为齐国处于沿海地带,大海的广阔给齐地带来一种豁达宏阔之风。其三,结合歌、乐、舞综合描述感受,如对颂的评价。

到了汉代,出现了专门研究《诗经》的今、古文学派。今文学派主要包括齐、鲁、韩三家;古文学派主要是毛诗学派。今文学派阐释的《诗经》被称为今文诗;古文学派阐释的《诗经》被称为古文诗。古文诗由郑玄做笺后流传下来,今文诗逐渐亡佚,只能从焦延寿的《焦氏易林》、刘向的《列女传》、王先谦的《诗三家义集疏》等著作中搜寻有关观点。今、古文诗在研究郑风、卫风时,有几个共同点:第一,重在将诗歌与西周、春秋时的史实相比附,尽力为诗歌寻找历史依据,攀附史实进行解释。第二,因循孔子的"兴观群怨"说,重在发挥诗歌的政治教化功能。如《毛诗序》对《邶风》多首诗歌的主题均解读为"刺",便是发挥了诗歌"上以风化下,下以风刺上。主文而谲谏,言之者无罪,闻之者足以戒"的社会功用。郑玄兼通今古文经,多从毛传阐发诗义,并往往以礼笺《诗》,形成了较为完善成熟的学说观点,表达了个人对时事和命运的关注。如《郑风·山有扶苏》云:"山有乔松,隰有游龙。"郑《笺》云:"游龙,犹放纵也。乔松在山上,喻忽无恩泽于大臣也。"又如《郑风·丰》篇,毛《序》云:"刺乱也,婚姻之道缺,阳倡而阴不和,男行而女不随。"郑《笺》云:"婚姻之道,谓嫁娶之礼。"体现了郑玄以礼笺诗,

---

① (唐)孔颖达:《春秋左传正义》,阮元《十三经注疏》本,中华书局 1980 年版,第 668—671 页。

联系政事的特点。

除经学研究以外，汉代史书对不同地域的地理特点和风俗状况进行了记载和论述。《史记·货殖列传》记录了各地域的地理风貌和物产风俗。《汉书》则详细论述了周代各地域的地理、物产、风俗，还论及了地域风俗文化对人民性格的影响，这些论述对探究地域文化与国风的关系具有重要的参考价值。《汉书》卷二十八《地理志》记述了郑、卫地域的地理特点和风俗文化：

> （郑地）土陿而险，山居谷汲，男女亟聚会，故其俗淫。《郑诗》曰："出其东门，有女如云。"又曰："溱与洧方灌灌兮，士与女方秉菅兮。""恂盱且乐，惟士与女，伊其相谑。"此其风也。①
>
> 卫地有桑间濮上之阻，男女亦亟聚会，声色生焉，故俗称郑、卫之音。周末有子路、夏育，民人慕之，故其俗刚武，上气力。②

《汉书·地理志》不仅对山川地理风貌进行论述，还结合历史兴废对地域风俗文化有所述及，且论述较为详尽，符合史实。继承发展《汉书·地理志》的写法，后代探究《诗经》地理方位、历史沿革的著作，有唐代李泰的《括地志》、李吉甫的《元和郡县志》，宋代王应麟的《诗地理考》，清代朱右曾的《诗地理征》七卷、雍正梓的《十五国地理图》、桂文灿的《毛诗释地》六卷、尹继美的《诗地理考略》二卷，图一卷等著作，这些著作均属地理考据研究。

魏晋南北朝时期的《诗》学研究今多不传，著名经学家王肃作有《毛诗义驳》《毛诗问难》等，惜今已不传，徐遵明、雷次宗、周续之等经学家的《春秋义章》《毛诗六义》等著作也已散佚。到了唐代，孔颖达受唐太宗指令，编纂了《五经正义》，其中的《毛诗正义》代表了唐代官方对《诗经》的态度和解读。在《诗经》郑、卫诗歌的阐释方面，《毛诗

---

① （汉）班固：《汉书》卷二十八《地理志》，中华书局1962年版，第1652页。
② 同上书，第1665页。

正义》具有以下几个特点：第一，多先依据毛诗和郑笺点明郑、卫诗歌的主题，再串讲经义，如传笺有所不同，再对郑笺与毛诗的不同之处进行解释。第二，继承儒家温柔敦厚的诗教观，重视郑、卫诗歌的教化功能。如《卫风·淇奥》中"如切如磋，如琢如磨"一句，毛《传》曰："治骨曰切，象曰磋，玉曰琢，石曰磨。道其学而成也，听其规谏以自修，如玉石之见琢磨也。"

宋元时期，从欧阳修开始，一股疑经、思辨的思潮兴起，形成了与先秦和汉唐《诗》学不同的特色。欧阳修对《诗大序》持怀疑精神，努力探索《诗经》的本义。苏辙也主张重新阐释《诗经》中诗歌的主题，但部分地保留了《诗序》的观点。朱熹作《诗集传》《诗序辩说》等，成为疑古学派的代表，他对《诗经》郑、卫诗歌提出了许多有价值的看法：第一，重新考察《诗经》郑、卫诗歌的本义，而非归于温柔敦厚的诗教。认为郑、卫诗歌乃男女自述其事其情，并非为了讽刺时事，否定了《诗序》中的怨刺之说。比如朱熹认为《郑风》当中的《山有扶苏》《有女同车》《狡童》等诗歌为表现爱情的作品。第二，对《诗经》郑、卫诗歌的文学性有相当认识，开始对诗作的人物、语言等进行探讨。第三，对郑、卫诗歌的地域特点及这些地域特点给人民性格带来的影响略有述及。在《卫风·木瓜》篇中，朱熹引述张载的观点阐释了卫地地域特点及相对应的人民性情，张子曰："卫国地滨大河，其地土薄，故其人气轻浮。其地平下，故其人质柔弱。其地肥饶，不费耕耨，故其人心怠惰。其人情性如此，则其声音亦淫靡。故闻其乐，使人怠慢而有邪僻之心也。"[①]

明清时期学者在《诗经》研究中又提出了新见，并从多个角度对《诗经》郑、卫诗歌进行探究，比如明代的季本，明中后期的戴君恩、万时华，清代的胡承珙、马瑞辰、陈奂、姚际恒、方玉润、牟庭、牟应震、魏源、王先谦等。明代戴君恩的《读风臆评》和万时华的《诗经偶笺》都重视《诗经》郑、卫诗歌的文学性，用文学鉴赏的方式来品读诗歌。他们同时认为《诗经》具有教化功能，运用诗歌这种独特的讽谏方式，可以

[①] （宋）朱熹：《诗集传》，中华书局1958年版，第41页。

发挥一定的社会功用。清初时期《诗经》研究由"宋学"向"汉学"回归，继宋代疑古思潮后，一些学者重新举立《毛诗序》的观点。在郑、卫诗歌的研究方面，胡承珙的《毛诗后笺》倾向申述毛义，马瑞辰的《毛诗传笺通释》继承了《毛诗序》的美刺传统，将郑、卫诗歌看成是可以发挥一定作用的政治附属品。有的学者则从文学角度加以探讨，姚际恒的《诗经通论》在综合前说的基础上，努力探求《诗经》郑、卫诗歌的本义，批判前说之误。方玉润的《诗经原始》不受成说的影响，重视《诗经》郑、卫诗歌的文学性，从创作方法、艺术特点等方面对诗歌加以鉴赏和解读。今文诗学在清代复兴，魏源、王先谦都属代表人物，魏源反对古文经学，提倡经世致用的今文经学。王先谦的《诗三家义集疏》辑录了三家诗对《诗经》郑、卫诗歌的佚文遗说，保存了大量文献资料，成为齐、鲁、韩三家诗研究文献的集大成之作。

（二）近现代相关研究

到了近代，学者们开始从社会、历史、文化角度来解读《诗经》郑、卫诗歌。

王国维在《诗经》郑、卫诗歌研究方面提出了许多新的方法。一是运用甲骨文和金文材料解读一些诗句，拓宽了《诗经》郑、卫诗歌研究材料的范围。二是运用词语的本义来探求《诗经》郑、卫诗歌的原意。王国维的研究具有新意，而五四运动至新中国成立前，闻一多和郭沫若从文字学、训诂学、社会学、文化学等角度加以探究，更加拓宽了《诗经》的研究途径。闻一多的《风诗类钞》《诗经通义》《诗经新义》对《诗经》郑、卫诗歌中包含的隐语及其含义进行了多方面的解读，并认为类似词语在其他国风中出现时具有相似的意义，如"饥""伐薪"等词语都与婚姻爱情有关，这些结合了语言文字学和社会学的解读在当时颇具创见。郭沫若对《诗经》郑、卫诗歌的研究更偏重于历史学和社会学，他以《诗经》为材料，研究西周到春秋时期的历史和社会；在对时代历史背景详细把握的基础上，反过来对《诗经》郑、卫诗歌的研究就更为深入有见地。同时期的《诗经》研究著作还有谢无量的《诗经研究》，谢无量从宗法制度、道德观念、时人思想等社会文化角度研究《诗经》。另外胡朴安的《诗经学》对《诗经》的研究历史进行分析总结,蒋善国的《三百篇演论》探讨了毛诗和三家诗的传承问题,及《诗经》与音乐的关系,朱东润的《读诗四论》对《诗经》中四个重大问题提出了个人见解。这些论著都或多或少地对《诗经》郑、卫诗歌研究提出了新见。相关研究还有朱自清的《诗言志辨》,及胡适、顾颉刚的一些研究论文。总之,及至近代,对《诗经》郑、卫诗歌进行研究的专门性论著并未出现,其研究多是包含于《诗经》的整体研究当中。

改革开放以来对《诗经》郑、卫诗歌的研究主要存在于民俗学、历史学、社会学等研究著述中。①《诗经》的民俗学研究方面,出现了孙作云的《诗经与周代社会》、王巍的《诗经民俗文化阐释》和晁福林的《先秦民俗史》等。孙作云的《诗经与周代社会》侧重于用民俗学、历史学与社会学的观点研究《诗经》。作者是闻一多先生的学生,继承了闻一多先生从社会文化角度研究《诗经》的方法。王巍的《诗经民俗文化阐释》综论了国风当中的民俗文化,包括衣食住行等物质生产民俗,婚丧嫁娶等社会习俗,宴飨、祭祀、游乐等信仰习俗和游艺习俗。其中对郑地、卫地的风俗文化的分析比较细致,比如详细论述了郑地和卫地的商业情况、审美品格、桑间濮上传统、男女聚会习俗和上巳节传统等,这些分析对郑地和卫地的地域文化研究有重要价值。偏重于从民俗学角度研究《诗经》的著作,还有鲍昌的《风诗名篇新解》、徐华龙的《国风与民俗研究》等。

地域文化研究方面,出现了一系列河洛文化、中原文化的研究丛书。河南省郑州市社会科学界联合会和郑州市社会科学院共同主编了"郑州历史文化系列研究丛书",包括《郑州古代都城》《郑州商都文化》等十部著作,从多个方面反映了郑州的历史和文化。河南省社会科学院中原文化研究中心出版了《河南通史》《中华姓氏河南寻根》《中原文化解读》《河南文化蓝皮书》等,就中原文化的历史发展、形态、内涵、中原历史文化资源保护与开发等方面进行了研究,《郑州历史文化系列研究丛书》《河

---

① 有关《诗经》的当代研究成果十分丰富,既有研究论著,又有翻译、赏析型书籍,汗牛充栋、蔚为壮观。此处只探讨与《诗经》郑、卫诗歌相关的著作。

洛文化论丛》《河洛文化研究》《河洛文化论纲》《河洛文化源流考》等对河洛文化进行了系列研究。

从国风的研究著述来看，张启成的《诗经研究史论稿》详细叙述了从先秦到近代的《诗经》研究状况，包括海外及台湾地区的研究。他的《诗经风雅颂研究论稿》以单篇论文的形式论述某一国风的特点或几个国风进行比较，对各地域的地理、风俗、文化，及风诗的思想内容等进行分析，尤其对地域性文化因素进行了有益的探索，有《论〈邶〉〈鄘〉〈卫〉三风》《论〈郑风〉的情歌》等篇章，多有真知灼见。但有的篇目因年代较久远，分析欠深入；又因为属论文集，篇目之间没有太大关联性，对某一国风的分析难以全面。

二 研究范围和相关概念

（一）研究范围和思路

本课题主要是以历史地理学的视角探讨《诗经》郑、卫诗歌的时代、地域及气候等特点，并从诗歌中分析西周至春秋时期郑国和卫国的社会状况、民俗文化等因素，探究两地受到的殷商旧俗与周代礼俗的不同影响，从这些关键要素出发，进而分析郑风和卫风的不同主题、文学风格特征等；通过文献进行论证，考校郑、卫诗歌的近似处及差异，兼及郑卫之音的探讨。

课题的主要思路，是通过郑、卫地域的历史地理、文化风俗等方面的研究，梳理先秦郑、卫地域文化的发展脉络，挖掘丰富的地理文化内涵和精神实质，深入研究地域文化对《诗经》郑、卫诗歌的影响，考查区域文化与文学发展之间的双向互动关系。具体来说，从地理、气候、文化等自然和人文背景切入，对《诗经》郑、卫诗歌主题进行辨析，进而对诗歌的外在形式特点即文本的排序和"郑卫之音"进行讨论，然后进行文学艺术特点的分析，最后进行个案研究。由外到内，由历史地理到文学，由宏大的自然文化背景过渡到具体微观的诗歌探讨，实现层层剖析。

（二）相关概念

课题中郑、卫诗歌的概念范围，主要指《诗经》国风中的邶风、鄘风、卫风和郑风。《诗经》分为风、雅、颂三部分，"风"是西周至春秋时期十五个地区的地域诗歌，它们产生于某个地域，或多或少地体现了这个地域的文化特点，可以以此探讨诗歌和地域文化风貌之间的关系。雅是贵族的乐歌，分为大雅和小雅，大雅的作者为贵族，主要用于宴饮；小雅表达了贵族和中下层士人的生活和思想。而颂分为周颂、鲁颂和商颂，是国家的乐歌，主要用于宗庙祭祀。因此能够反映某一地域风俗文化特点、代表某一地域诗歌特征的主要是风诗。在本书中，笔者以《诗经》郑、卫风诗为出发点和落脚点来探讨诗歌风貌与地域文化的关系。具体来说郑诗所对应的是《诗经》中的《郑风》，包括《缁衣》《将仲子》等21篇诗歌，卫诗指《诗经》中的《邶风》《鄘风》《卫风》。《邶风》包括《柏舟》《绿衣》等19篇诗歌，《鄘风》包括《柏舟》《墙有茨》等10篇诗歌，《卫风》包括《淇奥》《考槃》等10篇诗歌。宋严粲《诗缉》载："《邶》《鄘》《卫》，皆卫风也。"① 清陈奂《诗毛氏传疏》载："武王时，武庚以邶为国都，称邶国，而鄘与卫皆其下邑。成王时，封康叔于纣之故都，更名曰卫，称卫国，而邶与鄘又皆其下邑。卫即朝歌，邶在朝歌北，鄘在朝歌东，所以邶、鄘、卫三国之诗，皆卫诗也。"② 因周初卫地由"三监"管理，分为邶、鄘、卫三部分，三监叛乱，平定后分封霍叔实现统一，因此三地的地域诗歌统称卫诗。

三 研究意义、方法和前景

（一）研究意义

《诗经》是我国现实主义文学的源头，也是中国儒家五经之一。作为现实主义文学的源头，《诗经》开启了后代的现实主义传统。以音乐不同划分的风、雅、颂三部分，呈现出三种不同的诗歌风貌。其中的十五国风是黄河至江汉流域十五个国家和地区的地域诗歌，在不同程度上体现了地域的风貌。经过孔子的修订删改，地域性特色仍有一定保留，成为地域文

---

① （宋）严粲：《诗缉》卷八，明味经堂刻本。
② （清）陈奂：《诗毛氏传疏》，清道光二十七年陈氏扫叶山庄刻本。

化研究的重要组成部分。梳理《诗经》郑地和卫地的历史、地域特征，探讨郑、卫诗歌的主题、特点及文化审美品格，深入讨论历代经学家对郑、卫诗歌观念、态度的变化及原因，对研究发掘《诗经》的地域文化价值，探讨地域文化对中国文学史发展的影响，以及文学地理学等相关学科的研究都有重要意义。

有利于充分挖掘《诗经》的地域文化价值，更深入地了解《诗经》的本质。传统的《诗经》研究，更多围绕主题、思想内涵、赋比兴写作手法、重章叠句艺术手法等加以探讨。对于《诗经》的地域文化因素，古时学者已经开始注意，但论述多散见于各种传注之中，也存有少部分专书。现代学者的研究，多以单篇论文或部分章节形式存在于一些研究论著中，总体来说比较薄弱，专项深入地从历史、地理、文化、文学交叉领域进行的研讨相对较少。国风是西周至春秋时期十五个地区的民歌，虽然经孔子等人的加工完善，仍改变不了其作为民歌的本质特征。民歌受地域文化的影响很大，因此从历史、地理和文化的角度来研究郑、卫风诗，能更深层次地揭示风诗的本质特点，将国风的研究继续推向纵深。在研究方法和角度上，不同于就文学而文学，在学科的交叉当中寻求深入研究《诗经》的角度。

有利于精微地揭示地域文化的发展，分析地域文化特点对文学产生的影响。文学与文化是双向互动的关系，文化尤其是地域文化影响了风诗的主题思想、表达方式、语言风貌等，而国风中的诗歌不但体现了地域文化的特点，在某种程度上也反过来强化或宣传了地域文化特点，对地域文化产生一定的影响，两者是相互渗透、相互作用的关系。郑风、邶风、鄘风、卫风是十五国风中的四个部分，它们产生的地域毗连，同属中原地区；诗歌文化风貌既有相类似的方面，又有各自的特点。因此将郑、卫诗歌在整个国风视野下对比地来进行分析，不但能更深入地揭示地域文化与地域诗歌的关系，也对郑、卫风诗的地域风格进行了宏观比较。以郑风、卫风为对象的地域文化研究，展示地理、历史、风俗文化等给文学带来的影响和变化，为文学地理学的建构提供了新的素材和视角，促进了这一学科的发展。

（二）研究方法

重视文本研究。国风中的郑诗和卫诗应作为文本研究的出发点和落脚点，虽其篇幅有限，但先秦时期其他相关研究资料十分匮乏，因此更加珍贵。除此之外，《汉书》《史记》等最早关于《诗经》地理文化的记述也弥足珍贵，汉代的今、古文诗和郑玄的笺注也为我们的解读提供了重要的资料。

将历史、地理、文献研究与文学探讨相结合。《诗经》郑、卫诗歌研究必然是全面综合的研究，只有综合历史学、地理学、文献研究与文学等几个方面，才能对风诗的风格特色进行全面剖析，也才能找出郑、卫风诗地域文化差别的深层次根源；既抓住地域文化的特色和差别，又寻觅出其背后的深层原因。

运用对比的研究视角。有比较才有鉴别，在比较的视野当中更能显示出地域风诗的差异和不同。比如婚恋诗，将郑地婚恋诗与风格类似的齐诗和陈诗比较，考察诗歌风貌的差异之处，寻找其文化根源所在。再如讨论气候地理对卫、秦风诗的不同影响，在对比当中凸显地域特点，探索地理气候的差别对文学产生的重大影响作用，将研究触角伸向更加深广的层面。

第二章 《诗经》郑、卫地域诗歌与周代地理气候

《诗经》十五国风是按照音乐划分的,但并非和地域毫无关系,不同国家或地域流行的音乐曲调不同,形成了不同的地域音乐,音乐又成为区分地域风诗的决定因素;因此地域不同,地域音乐就不同,音乐特征决定和区分了不同地域的风诗,形成了各地域国风。《诗经》郑、卫诗歌是西周、春秋时期郑国和卫国的诗歌,包括"郑风""邶风""鄘风""卫风"四部分。周初经历三监之乱后,周王将邶、鄘、卫三地合一并封予康叔,这标志着卫国建立,成为统一的国家。但最初的卫地三分,是形成邶、鄘、卫三风的重要原因,因此首先应考察三监的史事和卫地的地域范围。在一定的气候条件下,地域的山水植被等自然环境孕育产生了人,人又将思想和情感透射到诗歌中。因此气候状况和山水植被既是郑、卫诗歌产生的背景,又反映在诗歌中,对诗歌的风貌产生了重要的影响。

第一节 三监史事与邶、鄘、卫地域考辨

周代建国伊始,周武王要稳定刚刚建立的政权,首先要稳定的是商人的旧都,因为这是殷商势力原先的核心区域。为了安抚前朝遗民,周武王保留了商族王室的宗庙,并安排纣王的儿子武庚留在朝歌;但为了管理殷商旧地,武王将朝歌周边区域交由管叔、蔡叔等管理,管叔、蔡叔、武庚史称三监。不久发生了三监叛乱,此时周成王已经即位但尚为年幼,周公便领导了这场轰轰烈烈的平叛活动,平定三监之乱成为周朝建国初期重要

的历史事件。三监之乱的领导者三监具体为谁，他们在周初建国的时候分别驻守在何方，也即邶、鄘、卫的具体地理位置在哪里，三监和邶、鄘、卫三国的对应关系是什么，这些问题从汉代开始聚讼纷纭，莫衷一是，成为学界悬案。这些悬案关系到周朝初期地域政权的划分、《诗经》国风的分类界定等问题，就此深入研究具有重大的价值和意义。

一 三监史事与叛乱原因

周初建国，周武王要稳定刚刚建立的政权，首先要稳定的是殷商旧势力所在的黄河以南的中原地区以及河北平原（南部）地区。原因有二：第一，这是商人原先统治的都城及核心区域。虽然商人在后期已经将政治中心迁至黄河北岸，"王畿"位于河北平原的南部，但商人原先统治的都城及核心区域仍保留有大量殷商旧族，是武王需要派人重点守卫的地方。第二，为安抚遗民，安排纣王的儿子武庚留在朝歌，更要加强监督以防叛乱发生。商周时期，政权更替中的惯例是"灭国不灭祀"，即一个国家被消灭了，祖先祭祀之处仍给予保留，祭祀之处很多时候是在被灭国的宗庙陵寝附近。为了安抚前朝遗民，周武王保留了商族王室的宗庙，安排纣王的儿子武庚留在朝歌。《逸周书·作洛篇》载："武王克殷，乃立王子禄父，俾守商祀。"[1] 但周人不能完全信任商人，仍对殷商的旧势力加强监督防卫，因此周武王设置了三监，以监督管理殷商旧地及附近区域，即邶地、鄘地、卫地。郑玄《诗谱》载："邶、鄘、卫者，商纣畿内方千里之地，其封域在《禹贡》冀州太行之东。北逾衡漳，东及兖州桑土之野。周武王伐纣，以其京师封纣子武庚为殷后。庶殷顽民被纣化日久，未可以建诸侯，乃三分其地，置三监，使管叔、蔡叔、霍叔尹而教之。自纣城而北谓之邶，南谓之鄘，东谓之卫。"[2] 又《史记·卫康叔世家》云："武王已克殷纣，复以殷余民封纣子武庚禄父，比诸侯，以奉其先祀勿绝。为武庚未集，恐其有贼心，武王乃令其弟管叔、蔡叔傅相武庚禄父，以和其民。"[3]

---

[1] 黄怀信等：《逸周书汇校集注》，上海古籍出版社1995年版，第544页。
[2] （清）袁钧辑：《诗谱三卷》，郑氏铁书本。
[3] （汉）司马迁：《史记·卫康叔世家》，中华书局1959年版，第1589页。

又《史记·管蔡世家》曰："武王已克殷纣，平天下……于是封叔鲜于管，封叔度于蔡，二人相纣子武庚禄父，治殷遗民。"①

武王去世后，因成王年幼，周公辅佐成王管理国家事务。公元前1041年，管叔、蔡叔等猜疑周公有所图谋，因此与武庚一起联合叛乱。周公东征三年，于公元前1039年成功地讨伐了三监，平定叛乱，成为周朝建国初期重要的历史事件。《史记·卫康叔世家》云："武王既崩，成王少。周公旦代成王治，当国。管叔、蔡叔疑周公，乃与武庚禄父作乱，欲攻成周。周公旦以成王命兴师伐殷，杀武庚禄父、管叔，放蔡叔。"② 又《史记·管蔡世家》云："武王既崩，成王少，周公旦专王室。管叔、蔡叔疑周公之为不利于成王，乃挟武庚以作乱。周公旦承成王命伐诛武庚，杀管叔，而放蔡叔，迁之。与车十乘，徒七十人从。"③ 又《史记·周本纪》云："管叔、蔡叔群弟疑周公，与武庚作乱，叛周。周公奉成王命，伐诛武庚、管叔，放蔡叔。"④

周朝建立不久，管叔、蔡叔、武庚及淮夷、奄、唐等方国部族共同叛乱，这其中至少有三方面的原因：一是管叔、蔡叔等人心存不平与疑虑。商代的继承制度是父死子继，辅之以兄终弟及，西周初年，周公制礼作乐，开始实行嫡长子继承制。周初时，仍是父死子继与兄终弟及结合的王位继承方式，成王即位使管叔、蔡叔等丧失了王位继承权；周公掌管国家事务，也存在夺得权位的可能。管叔、蔡叔等人不满周公的做法，猜疑周公的目的，加重了内心的失衡，因此联合武庚及淮夷、奄、唐等方国部族发动叛乱。二是商朝残余势力存在较强的反抗性。纣王的儿子武庚在朝歌附近守卫宗庙祭祀，可以作为王室的继承人，殷商旧势力依然存在，他们希望推翻周人的统治恢复旧朝。三是淮夷、奄、唐等方国部族心怀不满，伺机作乱。淮夷、奄、唐等方国部族原来与周族地位相同，如今却成为臣民，要服从偏居一隅的周部族的统治，因而心怀不满，借机作乱。

---

① （汉）司马迁：《史记·管蔡世家》，中华书局1959年版，第1564页。
② （汉）司马迁：《史记·卫康叔世家》，中华书局1959年版，第1589页。
③ （汉）司马迁：《史记·管蔡世家》，中华书局1959年版，第1565页。
④ （汉）司马迁：《史记·周本纪》，中华书局1959年版，第132页。

二 三监人物考辨

（一）三监的三种说法

对于邶、鄘、卫三地的具体管理者为谁，武庚是否为三监之一，存在多种说法。第一种看法认为：三监包括武庚在内，武庚管理邶地，管叔管理鄘地，蔡叔管理卫地。《汉书·地理志》载："河内本殷之旧都，周既灭殷，分其畿内为三国，《诗·风》邶、鄘、卫国是也。邶，以封纣子武庚；鄘，管叔尹之；卫，蔡叔尹之：以监殷民，谓之三监。"① 这种说法认为管叔和蔡叔都是周武王之弟，他们和纣王之子武庚，也即禄父一起管理邶、鄘、卫三地。颜师古注曰："武庚即禄父也。尹，主也。管叔、蔡叔皆武王之弟。"②《史记》同样认为武庚与管叔、蔡叔共同统治管理邶、鄘、卫地。《史记·周本纪》载："封商纣子禄父（即武庚）殷之余民。武王以为殷初定未集，乃使其弟管叔鲜、蔡叔度相禄父治殷。……成王少，周初定天下，周公恐诸侯叛周，公乃摄行政当国。管叔、蔡叔群弟疑周公，与武庚作乱，叛周。周公奉成王命，伐诛武庚、管叔，放蔡叔。"③ 又《史记·鲁周公世家》载："封纣子武庚禄父，使管叔、蔡叔傅之，以续殷祀……管、蔡、武庚等果率淮夷而反。周公乃奉成王命，兴师东伐，作《大诰》。遂诛管叔，杀武庚，放蔡叔。"④

第二种看法认为：三监不包括武庚在内，而增加了霍叔。具体分工是：霍叔管理邶地，蔡叔管理鄘地，管叔管理卫地。管叔、蔡叔的管辖地域也与前面说法不同。《史记》正义引《帝王世纪》云："自殷都以东为卫，管叔监之；殷都以西为鄘，蔡叔监之；都以北为邶，霍叔监之：是为三监。"又"按：二说各异，未详也。"⑤ 又《逸周书·作雒篇》载："武王克殷，乃立王子禄父，俾守商祀。建管叔于东，建蔡叔、霍叔于殷，俾监殷臣。"⑥

---

① （汉）班固：《汉书》卷二十八《地理志》，中华书局1962年版，第1647页。
② 同上。
③ （汉）司马迁：《史记·周本纪》，中华书局1959年版，第132页。
④ （汉）司马迁：《史记·鲁周公世家》，中华书局1959年版，第1518页。
⑤ （汉）司马迁：《史记·周本纪》，中华书局1959年版，第126页。
⑥ 黄怀信等：《逸周书汇校集注》，上海古籍出版社1995年版，第544—545页。

《逸周书·作雒篇》又有："周公立，相天子，三叔及殷、东、徐、奄及熊、盈以略。……二年，又作师旅，临卫攻殷，殷大震溃。降辟三叔，王子禄父北奔。"① 则武庚禄父与三叔并列。《尚书正义》卷十三《大诰》孔《疏》云："先儒多从此说，惟郑玄以三监为管、蔡、霍，独为异耳。"认为先儒大多认为三监为武庚、管叔、蔡叔，而郑玄认为三监为管叔、蔡叔、霍叔。《尚书正义》解释郑玄如此认为的原因是："设三监所以监武庚也，若并数武庚，尚监谁哉？"即设三监的目的是监视武庚，如果把武庚也算作三监之一，那么监视的对象是谁呢？当代也有学者认为三监不应包括武庚，因为设立三监的目的是牵制武庚为首的殷商王室贵族势力，且武王兄弟十人，完全可以派驻三人监督武庚，因此认为三监应为管、蔡、霍，之所以在史料中没提到霍叔，是因为他没有作为主谋，只是参与了管、蔡和武庚等人领导的叛乱，因此惩罚较轻，史料记载也很少②。

第三种说法对三监之事语焉不详，或者只提到三监，未明确三监为谁。《左传》曰："管、蔡启商，惎间王室"。《尚书序》云："武王崩，三监及淮夷叛。"其实郑玄在《尚书》注中对三监的结局并未作出明确说明，如《书序》云："成王既伐管叔、蔡叔，以殷馀民封康叔，作《康诰》。"郑注曰："言伐管、蔡者，为因其国也。"王肃《康诰》注云："康，国名，在千里之畿内。既灭管、蔡，更封为卫侯"。孔颖达作疏时重申："郑无明说，义或当然。"③ 认为郑玄对管叔、蔡叔的结局未做明确说明。

（二）"监"的含义及三监人物述证

要明确三监为谁，应从监字的字义入手进行考察。"监"的本义是一个人弯着腰，睁大眼睛，从器皿的水里照看自己的面影。《尚书·酒诰》载："古人有言曰：人无于水监，当于民监。""监"字引申为监视、监督。《国语·周语》载："使监谤者。"顾颉刚引徐中舒之说，根据西周早期彝器考证，认为"当时'诸侯''诸监'并存，卫即诸监之一。康叔在卫，一方面是为王室镇抚东土的方伯，一方面他依然是王室的官吏……盖

---

① 黄怀信等：《逸周书汇校集注》，上海古籍出版社1995年版，第548—552页。
② 张新斌：《周初"三监"与邯郸卫地望研究》，《中原文物》1998年第2期。
③ （唐）孔颖达：《毛诗正义》，阮元《十三经注疏》本，中华书局1980年版，第73页。

顷侯以前康叔子孙虽世代继承在卫，其性质仍属诸监而非诸侯。"① 那么武庚、管叔、蔡叔等三人的身份或许都属"诸监"，他们更多的职责是凭借封地职守一方，镇守土地，为新建立的周朝管理一部分地域，实现周朝的全面控制。"监"在这里的意思不仅仅是监守，更是掌管地域的诸侯方伯的名称。"诸侯""诸监"都是封国统治者的一种称呼，因此当时所谓的三监，应是邶、鄘、卫三地的统治者，名义上不是专为监视武庚的。刘起釪认为："究竟'诸侯''诸监'的具体区别如何，为材料所限，我们现在还弄不大清楚。总之都是封国的统治者的一种称呼，则是可以肯定的。当时派出的三监，就是在邶、鄘、卫三国统治殷民的统治者，名义上不是为监视武庚的。因而《汉书·地理志》根据旧说以'三监'为武庚、管、蔡，是没有错的，他所用的史料显然是有根据的。"② 武庚被任命于殷都附近，守卫宗庙祭祀，完全可以作为当地的管理者，从而成为"监"，为三监之一。《毛诗正义·孔疏》曰："以未可建诸侯，故置三监。今既伐三监，明于此建诸侯矣。"这里将三监与诸侯并列，并以动词"建""置"表示设立之意，可知"监"乃地域管理者的一级。又《毛诗正义》云："以周公建国不过五百里，明不以千里之地尽封康叔，故知更建诸侯也。妹邦於诸国属鄘，《酒诰》命康叔云：'明大命于妹邦。'注云：'妹邦者，纣都所处，其民尤化纣嗜酒。今禄父见诛，康叔为其连属之监，是康叔并监鄘也。'"在这里第一个"监"是名词，为地域管理者的称呼或者称号。第二个"监"作为动词使用，为监督、管理之意，非单纯监视的意思。

汉代有学者认为三监为管叔、蔡叔、武庚，有的认为不包括武庚，这些看法有其各自的时代背景和心理因素。司马迁认为三监包括武庚，管叔、蔡叔管理地域的同时，也是武庚的监视者。从汉代时代背景来分析，司马迁极有可能参考他所处时期的社会政治特点来比对周代的情况。司马迁把管叔、蔡叔等人看作是武庚的监视者和辅助者，也即管叔、蔡叔

---

① 顾颉刚：《"三监"人物及其疆地——周公东征史事考证之一》，《文史》1984年第二十二辑，第3页。
② 刘起釪：《古史续辨》，中国社会科学出版社1991年版，第520页。

"相"或"傅相"武庚，来管理殷地，其实是汉代制度中为诸侯王置太傅和国相的反映。① 汉代建立以后，为巩固刘汉政权，借鉴秦朝灭亡的教训，增强国家对各个地区的控制能力，防止地区起义，增强防御能力，汉朝实行了分封制，即将一些皇子分封到各个地域，建立诸侯国。但诸侯王镇守一方，在经济，尤其是军事实力强大到一定程度后，中央难以辖制，于是皇帝任命了许多国相到各诸侯国去辖制、管理和监控诸侯王。国相掌握大权，甚至可以逼迫诸侯王自杀。直到景帝削藩，才开始大刀阔斧地改变这种状况。司马迁以汉初情形推想周代刚建立时的情景，认为面对同样的问题，武王安排管叔、蔡叔"傅相"武庚，即辅助他管理殷遗民，同时管、蔡监控武庚，因此"监"应是地域的管理者。② 其次，从著书立说的心理基础来考虑，司马迁写作《史记》的立意是"究天人之际，通古今之变，成一家之言"，因此他不拘泥旧说，抛开为皇家润色宏业的局限，敢于从历史的逻辑角度大胆推测。司马迁翻阅了大量史书典籍，亲自考察了北起长城、东到大海的广大区域，探访历史人物的后代，考证旧说，并以此为根据进行推测想象，尽力还原真实人物和历史场景。应该说在这种心理背景下，绝大部分考证和推测是符合历史逻辑的。因此司马迁认为三监为武庚、管叔和蔡叔应是符合史实的。

郑玄认为三监应为管叔、蔡叔和霍叔，不包括武庚。这种看法显然将"监"的词义理解为了"监视"。郑玄认为武庚不能自我监守，因此出现偏差。出现这种偏差的原因，在于郑玄所处的时代特点及他著书立说的心理基础。从个人角度来说，郑玄认为三监为管叔、蔡叔、霍叔，有配合前代诗说、为前代诗说建立理论体系的心理因素。郑玄坚持管、蔡、霍三监说，不惜横生枝蔓，目的不仅是配合《毛序》解《诗》，而且要为《毛诗》的"风雅正变"说提供支持，使之形成理论体系。③

---

① 顾颉刚：《"三监"人物及其疆地——周公东征史事考证之一》，《文史》1984 年第二十二辑，第 7 页。
② 同上书，第 8 页。
③ 董运庭：《论"三监"与邶鄘卫"三国同风"》，《重庆师范大学学报》（哲学社会科学版）2011 年第 1 期。

《逸周书》《尚书·大诰序》等也认为三监为管叔、蔡叔和霍叔,不包括武庚。《逸周书》和《尚书·大诰序》的成书时间较长,过程复杂,中间经过汉代人的修饰删改,三监为管叔、蔡叔、霍叔的说法应理性看待。从《逸周书》的成书过程看,汉代班固的《汉书·艺文志》中所引刘向语和刘知几的《史通》都认为是孔子删削《尚书》的余篇,今人多认为是战国人所编。编写的时代大约在西周到战国这段时间,个别篇章可能经过汉代人的修改。《逸周书》内容庞杂,各篇体例不尽一致,性质也不完全相同,今存五十九篇。由于《逸周书》的形成过程较长,具体作品形成时间不一,应批判地对待其中的说法。而对于《尚书·大诰序》中"三监叛"的说法,有学者认为由于"监"字不好理解,而又似乎必须凑足数量上的三,后人就产生了种种猜测。相传《书序》为孔子所作,后人为维护其权威,要么以《逸周书》提到的管叔、蔡叔、霍叔为三监,要么从管、蔡、霍三人中甄别、遴选出二叔,加上武庚构成三监。董运庭认为其实《书序》成书甚晚,并不是对周初历史的权威性叙事。他列举陈梦家《尚书通论》列出的《书序》形成的四个阶段,最早的阶段是在汉武帝时期司马迁作《史记》之时。[①]因此应辩证地对待《尚书·大诰序》中的材料和说法。

(三)从霍叔的地位和结局反证三监不包括霍叔

从反面论证的角度来看,霍叔的地位和结局昭示着他并未参与叛乱活动。试问如果三监叛乱包括霍叔,为何管叔致死、蔡叔流放,而霍叔未有任何责罚?郑玄认为"不言霍叔者,盖赦之也",陈启源或言霍叔并非主谋,为被迫参与叛乱,在其中未起到主要作用,因此免除了对他的惩罚。这些说法都很难令人信服。因为不管是策划主谋还是被动参与,对周王来说都是不能容忍的叛乱,都应受到惩治责罚。顾颉刚发现了《汉书·古今人表》中的一段史料,并以此证明霍叔没有受到惩罚,从而推测出他并未参加叛乱,因而并非三监之一。这张表将汉代以前人物按照品级进行分

[①] 董运庭:《论"三监"与邶鄘卫"三国同风"》,《重庆师范大学学报》(哲学社会科学版)2011年第1期。

类，共分为九等，表面上是按照人物的品德高下进行分类，实际上是以成败来分上下。其中周初人物文王、武王、周公等被列为第一等的"上上圣人"，师尚父（吕尚）、成王、召公等列在第二等的"上中仁人"，而禄父武庚、管叔鲜、蔡叔则列在第九等的"下下愚人"。霍叔度并没有与武庚、管叔、蔡叔并列一等，而是等级高出很多，居于中上的第四等，与成叔武、唐叔虞这些安保禄位的君主同列。据此顾颉刚做出判断："从西周至东周初年，在史实和传说里，霍叔都没有列入反周集团；他既不在反周集团里，也就说明了他没有做过三监或是武庚的傅相。因而知道，霍叔为三监之一是东汉中期以后人所安排。"① 郑玄是东汉末年人，从这个时候开始，为调和经书，郑玄在经书注解里列管、蔡、霍为三监，因此出现了将霍叔并入三监的说法。实际上霍叔一直受到周王的宠信。郑玄将霍叔列于三监之一，引发了后代学界诸多的讨论。

综上所述，周初时期的"监"应为地域管理者的名称，而非单纯的"监守""监视"之意，武庚完全可以被任命为监者。三监应为武庚、管叔和蔡叔，不包括霍叔在内。《逸周书》《尚书·大诰序》等之所以认为三监为管叔、蔡叔和霍叔，有其形成的社会历史背景和心理因素存在。从史料看未有霍叔在周初受到责罚的记载，相反他地位稳固，一直受到尊崇，从反面证明了霍叔并未参加叛周活动，因此并非三监之一。以上几个方面足以证明三监的成员应为武庚、管叔和蔡叔。

三 三监地域方位考辨

关于三监所在的地域方位，即邶、鄘、卫三地的方位，从古代到现代，历来说法纷繁，莫衷一是。学界主要存在三种说法：一是邶在北部，鄘在西部，卫在东部。《史记》引《帝王世纪》云："自殷都以东为卫，管叔监之；殷都以西为鄘，蔡叔监之；殷都以北为邶，霍叔监之：是为三监。"② 二是邶在北部，鄘在南部，卫在东部。与第一种说法的差别在于

---

① 顾颉刚：《"三监"人物及其疆地——周公东征史事考证之一》，《文史》1984年第二十二辑，第11页。

② （汉）司马迁：《史记·周本纪》，中华书局1959年版，第126页。

鄘地的位置，不是在西而是在南。《汉书·地理志》载："河内本殷之旧都，周既灭殷，分其畿内为三国，《诗·风》邶、鄘、卫国是也。"师古注曰："自纣城而北谓之邶，南谓之鄘，东谓之卫。邶，音步内反，字或作鄁。庸字或作鄘。"① 郑玄也持类似的看法，《毛诗谱》载："自纣城而北曰邶，南曰鄘，东曰卫。"第三种说法认为邶在北方，鄘在东方，卫在南方。魏源《诗古微·邶鄘卫义例篇上》载："盖朝歌本在沫邑，纣、武庚、康叔皆在于此。自都城而东谓之鄘，自都城而北谓之邶，自都城而南谓之卫，故周公临卫攻殷。其实邶、鄘即其附郭之地。同治一城，故谓卫为'沫乡'，而不可谓'沫南'也。"② 陈奂《诗毛氏传疏》卷三载："武庚以邶为国都，称邶国，而鄘与卫皆其下邑。成王时封康叔于纣之故都，更名曰卫，称卫国，而邶与鄘又皆其下邑。卫即朝歌，邶在朝歌北，鄘在朝歌东。"③ 魏源、陈奂都主张鄘在朝歌东方，但对卫地的方位看法不同：一个主张卫在朝歌南方，一个主张卫即朝歌。这是第三种观点。

判断邶、鄘、卫的具体方位，应从逻辑的历史的角度综合探讨，明确时间的纵轴和地域的横轴。即"卫"的概念是属于哪个时期，以何地为中心点考量邶、鄘、卫的方位，即视线出发点在何处。这两个概念应是判断邶、鄘、卫方位的重要坐标和基础。

第一，周代不同时期内，邶、鄘、卫的方位至少发生过三次变化。时期不同，三地的具体位置也不尽相同。周代这三个不同时期分别为：周初三监时期、封康叔时期、康叔后代统治时期，三个不同时期内邶、鄘、卫地的位置也不尽相同。第一个时间点周初三监时期，邶、鄘、卫以环绕之状拱卫殷都朝歌，镇抚殷商旧地，监控旧族势力。因此邶、鄘、卫分别位于朝歌的北部、东部、南部或北部、东部、西部。在第二个时间点，即三监叛周、周公平叛之后，封投降周朝的商朝贵族微子启于宋（今河南省商丘市），建立宋国；封周武王少弟康叔于朝歌，建立卫国；封周公长子伯禽于奄国旧地，建立鲁国，分治殷民。康叔管理原来邶、鄘、卫三地的地

---

① （汉）班固：《汉书》卷二十八《地理志》，中华书局1962年版，第1647页。
② （清）魏源：《魏源全集》（一），岳麓书社2011年版，第206页。
③ （清）陈奂：《诗毛氏传疏》，清道光二十七年陈氏扫叶山庄刻本。

域，此时朝歌地区成为卫地，邶、鄘成为附属之地。清代陈奂在《诗毛氏传疏》中认为邶在朝歌北部，而鄘代替了原来卫的位置在朝歌东部，原来鄘的位置、即朝歌南部或西部的归属，陈奂却没有提到。第三个时间点是康叔后代统治时期，这时邶、鄘、卫成为统一的卫地，不再进行行政划分。只有民歌保留了原来不同地域的曲调而体现出一些差别，在行政管理方面所有地域全部统称卫国，邶和鄘的概念在实际生活中已经不存在了。因此邶、鄘、卫三地的具体方位是相对于某一个时期而言的，在不同的时期它们的具体位置有所变化。

第二，中心点的位置不同，邶、鄘、卫所处方位不同。地理位置的中心点，即以何地为中心考察邶、鄘、卫不同的方位。绝大部分学者都是以朝歌为中心来探讨邶、鄘、卫三地的方位，尤其是周代初年三监未叛之前的邶、鄘、卫方位。以此为出发点对三地方位进行判断取得了较大的共识：绝大多数学者认为邶在朝歌的北部，卫在朝歌的东部。认识的差别主要在于对鄘地位置的判断：一种看法认为鄘地位于南部，另一种看法认为鄘地存在于西部，还有一种说法认为鄘在朝歌东部，前文所述魏源、陈奂都主张鄘在朝歌东方，这与鄘在西方的说法恰好相反。产生如此大的差别，应与选取的中心点位置不同有关。

第三，以诗经作品的内容来判断邶、鄘、卫方位的做法难以进行。因为《诗经》中邶、鄘、卫三风的产生时间都晚于周初三监时期二百年左右，这些诗歌不能直接反映周初的史事。诗歌之所以被划分为"邶""鄘""卫"三部分，主要是根据诗歌音乐的不同。程俊英认为邶、鄘、卫三风可考的产生最早的是《卫风·硕人》篇。《左传·鲁隐公元年》载："卫庄公娶于齐东宫得臣之妹，曰庄姜，美而无子。"[①] 卫庄公娶于齐发生在公元前750年左右，《硕人》当产生于此时。后来卫国被狄人灭，《左传·鲁闵公二年》载："狄入卫，……许穆夫人赋《载驰》。"[②] 接着卫戴公迁漕，卫文公迁楚丘，产生了《定之方中》一诗，它与《载驰》

---

① （唐）孔颖达：《春秋左传正义》，阮元《十三经注疏》本，中华书局1980年版，第73页。
② 同上书，第191页。

都是卫国产生最晚的诗。[①] 按照程俊英的说法，邶、鄘、卫三风最早的诗篇产生于公元前750年左右，最晚的诗歌产生于卫被狄人灭亡以前，即公元前660年。董运庭将邶、鄘、卫三风的产生时间又向前推了20年，认为三风产生于公元前770年至公元前660年这一百多年间的卫国地域中[②]。从时间横轴看，这些诗歌产生时间距西周初年设立三监至少有200多年；从地域变迁的纵轴看，自卫武公至卫文公的100多年里，都城迁移频繁，从开始的朝歌，到东迁漕邑，后又迁至楚丘。因此邶、鄘、卫三风不是在周初产生的，没有反映周初的时代内容，无法从诗歌中分析邶、鄘、卫三地的具体地理方位信息。

要确知邶、鄘、卫的地域方位，可以从史籍、方志和地理著作中找寻相关线索。三监的方位，正如班固、郑玄、朱熹、王应麟等认为的，邶在朝歌的北部，卫在朝歌的东部，鄘位于朝歌南部。班固《汉书·地理志》谓"周既灭殷，分其畿内为三国，《诗·风》邶、鄘、卫是也。邶以封纣子武庚，鄘管叔尹之，卫蔡叔尹之，以监殷民，谓之三监"，颜师古注曰"自纣城而北谓之邶，南谓之鄘，东谓之卫"。[③] 又宋人王应麟《诗地理考》载："《郑氏谱》曰：邶、鄘、卫者，商纣畿内方千里之地，其封城在《禹贡》冀州太行之东，北逾衡漳，东及兖州桑土之野。周武王伐纣，以其京师封纣子武庚，为殷后庶。殷顽民被纣化日久，未可以建诸侯，乃三分其地，置三监，使管叔、蔡叔、霍叔尹而教。自纣城而北谓之邶，南谓之鄘，东谓之卫。"[④] 宋代朱熹《诗集传》载："邶、鄘、卫三国名，在禹贡冀州。西阻太行，北逾衡漳，东南跨河，以及兖州桑土之野。及商之季，而纣都焉。武王克商，分自纣城，朝歌而北谓之邶，南谓之鄘，东谓之卫，以封诸侯。"[⑤] 以后晋孔晁、皇甫谧，唐朝的颜师古，清代方玉润等学者均持此观点。

---

① 程俊英、蒋见元：《诗经注析》，中华书局1991年版，第60页。
② 董运庭：《论"三监"与邶鄘卫"三国同风"》，《重庆师范大学学报》（哲学社会科学版）2011年第1期。
③ （汉）班固：《汉书》卷二十八《地理志》，中华书局1962年版，第1647页。
④ （宋）王应麟：《诗考 诗地理考》，中华书局2011年版，第195—196页。
⑤ （宋）朱熹：《诗集传》，中华书局1958年版，第15页。

我们首先考察朝歌的方位。《括地志》载："纣都朝歌在卫州东北七十三里朝歌故城是也。本妹邑，殷王武丁始都之。"① 又《帝王世纪辑存》载："帝乙复济河北徙朝歌，其子纣仍都焉。"② 朝歌东有淇河，西有太行山，据考证位于今河南鹤壁淇县朝歌镇。

以朝歌为坐标，再来考察三地的具体地理位置。"邶"的方位，应在殷都朝歌的北面。乾隆时期《汤阴县志》记载："邶城，在县东三十里，武王封纣子武庚地。"③《清一统志》载："邶城在汤阴县东南。"因此邶地今位于安阳市汤阴县东南16公里瓦岗乡邶城村，邶城村至今仍存留部分古城墙基及古代文化遗址。关于鄘地的方位，宋王应麟《诗地理考》卷一载："《通典》：卫州新乡县西南三十二里有鄘城，即鄘国。……孔氏曰：王肃、服虔以鄘在纣都之西。孙毓云：据《鄘风·定之方中》楚丘之歌，鄘在纣都之南明矣。"④ 宋代乐史《太平寰宇记》认为在汲县东北十三里⑤。又《清一统志》认为鄘地："在汲县东北，周初所分之国。"因此鄘地的具体位置应在旧新乡县西南三十二里，也即旧汲县今卫辉市城东北十三里倪湾村，该地筑有城名鄘城。⑥ "鄘"的方位在朝歌以南，不可能在朝歌之西，因为朝歌以西是山地，属太行山脉，不便于设置行政区域。在朝歌的南、西南、东面设置监国，可以更好地实现监督、管理殷商旧地的目的。卫地的方位在朝歌东面，今河南浚县卫贤集一带。《清一统志》载："卫县故城，在浚县西南五十里，隋县也。……卫县在卫州东北六十八里，《县志》今为卫贤集"。新中国成立前出版的《中国古今地名大词典》载："卫县故城在河南浚县西南五十里，今为卫县集"。⑦ 今《淇县县志》记载卫地应在今河南浚县城关镇西南23公里，淇河东岸，"商属朝歌邑，为监

---

① （唐）李泰、贺次君辑校：《括地志辑校》，中华书局1980年版，第83页。
② 徐宗元：《帝王世纪辑存》，中华书局1964年版，第73页。
③ 《汤阴县志·古迹》卷一，乾隆三年（1738）刻本。
④ （宋）王应麟：《诗考 诗地理考》，中华书局2011年版，第208页。
⑤ （宋）乐史：《太平寰宇记》，清光绪金陵书局刻本。
⑥ 陈昌远、陈隆文："三监"人物疆地及其地望辨析——兼论康叔的始封地问题》，《河南大学学报》（社会科学版）2004年第2期。
⑦ 尚世英：《中华人民共和国地名词典》（河南卷），商务印书馆1993年版。

视武庚，故在此地设卫。后为卫国地，为汲郡治。唐属卫州，宋隶安利军，后废为镇。因'县'与'贤'谐音，因此改称今名为卫贤"①。综之，三地的方位分别为："邶"在朝歌北面，今淇县北、汤阴邶城村；"鄘"在朝歌的南面，即今卫辉市倪湾村；"卫"在朝歌的东面，今淇县东卫贤集。

综上，就邶、鄘、卫三地来说，邶在朝歌的北方，鄘在朝歌的西南方向，卫在朝歌的东面。顾颉刚主编的《中国古代历史地图》标注也与之相同，这与绝大多数学者认为的邶在朝歌北部，鄘在朝歌南部，卫在朝歌东部的看法是一致的。

第二节　气候对《诗经》郑、卫诗歌的影响

气候状况是影响自然物的重要因素，对自然景观也起着重大的决定作用，人类作为天地自然的产物，气候条件在一定程度上也影响着人的体格、意志、精神和情绪。《诗经》郑、卫诗歌表达了周代郑、卫地域人民的思想和情感，气候影响了人的思想，自然也影响到承载思想的郑、卫风诗。

一　郑、卫风诗产生时期的气候和植被

卫国和郑国建立时间相距较远，郑、卫风诗的产生时间也并不相同。卫诗主要产生于西周中后期，此时气候较为寒冷；郑诗主要产生于春秋时期，此时气候较为温暖。因此郑、卫诗歌产生时期的气候和植被状况存在较大的差异。

（一）卫诗产生时期的气候状况

卫地风诗主要产生于西周中后期到春秋前期。周朝建立之初，管理邶、鄘、卫的三监叛乱，公元前1041年周公奉成王之命率军东征，三年后成功地讨伐三监，收复了邶、鄘、卫三地，并将其合一重新封康叔于

---

① 陈昌远、陈隆文：《"三监"人物疆地及其地望辨析——兼论康叔的始封地问题》，《河南大学学报》（社会科学版）2004年第2期。

此，这个事件标志着历史上卫国的建立。基于以上历史原因，卫诗包括产生于邶、鄘、卫三地的民间诗歌。由于"三监之乱"时间较短，《诗经》中的《邶风》《鄘风》《卫风》应产生于卫国建立之后；只不过由于分别产生于三个地域或使用了不同地域的音乐进行演唱，才被划分为了《邶风》《鄘风》和《卫风》三部分。根据邶、鄘、卫三风诗歌的内容进行分析，《邶风》中产生最早的诗歌应是公元前750—前740年左右的《绿衣》《日月》《终风》，产生最晚的应是卫国灭亡之时、公元前660年许穆夫人所作的《泉水》，及公元前629年之后的《凯风》。因此《邶风》涉及的时间跨度从卫庄公时期到狄人灭卫之后迁都时期，总共大约120年的时间。《鄘风》大约产生于公元前812年到公元前650年左右，《卫风》大约产生于公元前810年左右至公元前658年左右。综合《邶风》《鄘风》和《卫风》所反映的历史时期，应为西周中后期至公元前660年左右。因此卫地风诗的产生时间主要是在西周中后期到春秋前期，地点包括邶、鄘、卫三地。

从商代到西周的前期，我国气候温暖。根据史料记载，公元前3000—前1000年，大约商代和西周的前期，我国处于温暖期，此时竹类在黄河流域直到东部沿海有广泛分布，梅子是北方常见的调味食品。殷商时期气候较为温暖，《尚书·说命篇》载"若作和羹，尔唯盐梅"[①]，是说要把菜汤的味道调好，需要加入盐和梅子。安阳殷墟发现了水牛和野猪的化石，甲骨文记载此时狩猎了一头大象，有热带、亚热带动物活动，说明此时气候温暖，河南原称豫州就是一个人牵着大象的标志。西周前期仍处于温暖期，《诗经·秦风·终南》载："终南何有，有条有梅"，意为今陕西西安市南生长着山楸树和梅树。梅子主要生长在气温12℃—23℃的热带地区，"终南有梅"证明此时我国北方的气候条件是温暖湿润的。

从公元前11世纪至公元前8世纪，大约西周的中后期，出现了一个短暂的寒冷期，年平均气温在0℃以下，寒冷干旱成为西周灭亡的重要因素。大约西周的中后期，中原地区经历了一个短暂的寒冷期，在相当于西

[①]（唐）孔颖达：《尚书正义》，阮元《十三经注疏》本，中华书局1980年版，第142页。

周早中期的河南淅川县下王岗文化遗址第一层中，分布的动物遗骸多属适应性较强、分布较广的种类，而未发现喜暖动物的遗骸①。《古本竹书纪年》记载周孝王时长江、汉水出现了结冰的情况，"周孝王七年（公元前903年）冬大雨雹，江汉冰，牛马冻死。"又云："周孝王十三年（公元前897年）冬，大雨雹，江汉冰，牛马冻死。"② 如今的长江和汉水冬天一般不会结冰，周孝王约公元前870—前862年在位，可见西周中后期是较今天更加寒冷的一个小冰河期。根据科学家对长江和汉水的结冰记录和花粉化石的研究，推算出当年的平均温度可能比今天低 0.5℃—1.0℃。《古本竹书纪年》载："幽王九年（公元前773年）秋九月，桃杏实。"如今中原桃杏结实的季节是在夏季，而周幽王时是在秋季九月，说明当时的气温较今天偏低。又"周幽王四年（公元前778年），六月陨霜。"可见周幽王时气候较今天寒冷。周幽王为公元前781—前771年在位，证实了寒冷期一直持续到西周末期，大约公元前8世纪中后期。

寒冷气候下物产减少，戎狄时常入侵，这成为导致西周灭亡的关键因素。西周旱灾严重，自周厉王二十一年开始经宣王、幽王、平王四朝，总共一百多年时间里接连干旱。《通鉴外纪》载："二相立宣王，大旱。"《隋巢子》载："厉、宣之世，天旱地坼。"连年大旱加之戎狄入侵扰乱，庶民又趁机叛乱，最终导致了西周的灭亡。周王室被迫东迁，开始了历史上的春秋时期。因此周代中后期的寒冷气候成为改变西周历史的重要因素。竺可桢等的相关研究证明，在生产力低下的古代社会，农业作为支柱产业，决定了一个朝代和社会的稳定与否。气候对农业的影响至关主要，寒冷气候往往与干旱相伴，寒冷干旱对农作物的生长极为不利。古代社会水利设施不完备，不能及时灌溉，恶劣天气极易造成农业歉收。百姓饥荒严重，常引发国内的动乱和边地少数民族侵袭，往往会威胁到政权的稳定。中国历史上出现了六个温度较低的小冰期，分别在西周末期、西汉末到隋朝、北宋时期、明代末叶、清朝前叶和清代末期，寒冷气候对当时的

---

① 邹逸麟：《中国历史地理概述》，上海教育出版社2007年版，第13—14页。
② 方诗铭、王修龄：《古本竹书纪年辑证》，上海古籍出版社1981年版，第57页。

社会和政局发生了较大的影响。从这一点看，中国古代的气象与朝代的政治稳定有着密切复杂的关联。根据时间判断，卫地风诗主要产生在西周中后期这段较为寒冷的时期，属于寒冷期。

（二）郑诗产生时期的气候状况

郑国建国较晚，大约建立于西周末期，根据诗歌内容分析，《郑风》主要产生于春秋时期。《郑风》中的诗歌，据《诗序》考证，除《缁衣》产生于东周初年郑武公时代之外，大多出现于郑庄公至郑文公时期，大约一百年时间内。郑武公于公元前770—前744年在位，郑庄公于公元前743—前701年执政，郑文公于公元前672—前628年在位。因此《郑风》应产生于公元前770年至前628年，即大约公元前8世纪中后期至前7世纪前期。从春秋时期到秦汉时代，我国又进入到一个新的温暖期。大约公元前770年开始，气候逐渐转暖，公元前8世纪中叶至公元前5世纪的春秋时期属温暖期。据《春秋》记载，公元前698年、前590年、前545年的年份中，鲁国冬天无冰冻。又据《左传》记载，公元前720年、前478年黄河下游地区小麦收获提前到夏历4月间，比现代要早10天左右。《诗经》《左传》中多次提到今山东西部、河南东部及秦岭等地都有梅树分布，而现代梅树主要分布在亚热带地区。此外山东一些地区的作物可以一年两熟，黄河流域关中地区的竹类数量众多，黄河中下游的气候也较现在温润。[①] 因此《郑风》产生的时期属温暖期，此时气候较为温暖湿润。

（三）郑、卫诗歌产生时期的植被状况

西周至春秋时期，郑地和卫地都存有大量的自然原始植被。一般来说，在人类生产力较为低下的原始时期，天然植被的覆盖面积较广，随着铁器的使用，人类生产活动能力提高，天然植被逐渐遭到破坏。而在《诗经》产生的西周和春秋时期，铁器还没有大规模使用，天然植被保存较好，郑、卫地区的植被覆盖面仍然较广。至春秋时期，华北平原人口还十分稀少，河北平原中部还存在一片宽广而空无聚落的地区。到了战国时代，铁器的使用使生产力大大提高，加速了对土地的开垦和草地、森林等

[①] 蓝勇：《中国历史地理学》，高等教育出版社2002年版，第32页。

的拓荒砍伐，天然植被遭到大面积破坏，才出现了河南中部地区"无长木"，山东中西部的泗水地区"颇有桑麻之业，无林泽之饶"的自然植被被经济作物所取代的情况。① 因此在郑、卫风诗产生的西周至春秋时期，郑、卫地域的植被覆盖情况应大致相同：都较好地保留了大量的原始植被，森林、草原的分布广泛；土地多被自然野生植物覆盖，人为开垦破坏的面积很小。

二　气候对郑、卫诗歌的影响

《论语·阳货第十七》载："子曰：小子，何莫学夫诗？诗，可以兴，可以观，可以群，可以怨，迩之事父，远之事君，多识于鸟兽草木之名。"孔子认为学诗可以让人温柔敦厚，思想无邪，与山木鸟兽自然亲近。这句话同时表明《诗经》中出现了许多鸟兽草木的名称，这些鸟兽草木在诗中成为诗歌意象。气候对自然界中的自然物起到了重大的影响决定作用，气候对出现在郑、卫诗歌中的自然意象和由此带来的情绪风貌也产生了一定的影响。

（一）气候对人类情绪及文学作品的影响

人类情绪与气候存在着密切的联系，诗人可以敏锐地感受到气候节序的变化，产生情绪的改变，并将其投射到诗歌作品中。气象学变化与人类的情绪有着紧密的联系，这在医学研究中已得到证明。剧烈的气候变化可以干扰丘脑系统的平衡，冷暖大气压的交替会干扰人体磁场对大脑神经介质的正常调控，从而影响血液细胞的活动力及情绪的稳定状态。② 另据科学家研究，人体在强烈阳光照耀下，甲状腺素、肾上腺素的浓度会提高，甲状腺素和肾上腺素可以促进细胞代谢，增加氧的消耗，刺激组织的生长、成熟和分化，从而使人精神振奋。而寒冷阴雨的天气中，日照减少，人体分泌的甲状腺素和肾上腺素的浓度就相对较低，从而使人感到情绪低落，易产生忧伤烦闷的情绪。究其原因，人类作为生物体的一种，孕育、产生于大自然，所赖以生存的物质基础也是自然中的空气、水源、动植物

---

① （汉）司马迁：《史记·货殖列传》，中华书局1959年版，第3265页。
② 陈家建等：《浅谈气候与情绪的关系》，《中国中医药现代远程教育》2011年4月下半月刊。

等，因而不可避免地受到大自然的气候光照、风雨雷电等的影响。因此阴冷干旱的气候相对来说更易于使人产生忧伤失意、惆怅叹惋的情绪体验，而温暖湿润的气候条件则更易于使人产生轻松愉悦、自由欢快的情绪体验。诗人相比常人能够更加敏锐地感受到节序的变化，也更加敏感地体会出阴晴圆缺和寒暑冷暖带来的心理、情绪波动。当他们将这种种情绪体验融入用来表情达意的抒情诗中，往往会形成诗歌独特的风格，使诗歌带上鲜明的个人色彩。

古人早已注意到气候与人的情绪情感及创作之间的联系。刘勰认为气候影响了物候，物候导致人的心志情绪发生变化，这种复杂的情绪表达在诗文中，就成为文学作品，《文心雕龙·物色篇》载："春秋代序，阴阳惨舒，物色之动，心亦摇焉。盖阳气萌而玄驹步，阴律凝而丹鸟羞，微虫犹或入感，四时之动物深矣。若夫珪璋挺其惠心，英华秀其清气，物色相召，人谁获安？是以献岁发春，悦豫之情畅；滔滔孟夏，郁陶之心凝。天高气清，阴沉之志远；霰雪无垠，矜肃之虑深；岁有其物，物有其容；情以物迁，辞以情发。一叶且或迎意，虫声有足引心；况清风与明月同夜，白日与春林共朝哉！"[1]"春秋代序，阴阳惨舒，物色之动，心亦摇焉"一句中，"序"指时序，即四时之序的变化；"阴阳"指秋冬冷季与春夏暖季；"物色"是随季节变化的自然景物。这句话概括指出，春秋四时的交替和冷暖两季昏暗舒朗的变化，造成了自然景物的变化，使人内心不自觉地受到感染。此后刘勰又列举了许多事例，说明物候变化对人的内心和情绪产生的诸多影响。这证明刘勰已经意识到气候对人情绪体验的重大作用。基本同时期的钟嵘也注意到了物候变化对人情绪情感及作品产生的影响。《诗品序》载："气之动物，物之感人，故摇荡性情，形诸舞咏。"[2]这里"气"指风雨、雷电等自然气候。又"若乃春风春鸟，秋月秋蝉，夏云暑雨，冬月祁寒，其四候之感诸诗者也。"这里"四候"指春、夏、秋、冬四季不同的物象气候。钟嵘认为四时物候影响感染了人的情绪情

---

[1] （梁）刘勰著，周振甫注：《文心雕龙注释》，人民文学出版社1981年版，第493页。
[2] （梁）钟嵘著，周振甫注：《诗品译注》，中华书局1998年版，第16页。

感，人的情感又在舞蹈和歌咏中得以抒发。由此，不管从科学角度分析，还是根据古代理论家的阐述，都能发现气候决定了物候，物候影响人的情绪情感，诗人的情绪情感继而投射到文学中形成作品。

西方也有许多关于气候与文学艺术作品关系的论断。17、18世纪法国启蒙思想家孟德斯鸠在《论法的精神》中分析了气候环境对风俗习惯、宗教文化的影响。18世纪法国批评家斯达尔夫人在其著作《论文学》和《论德国》中，指出南北文学因气候而产生了重大差异："北方人喜爱的形象和南方人乐于追忆的形象之间存在着差别。气候当然是产生这些差别的主要原因之一。"[①] 19世纪法国批评家丹纳在《艺术哲学》中，根据古希腊的地理特征和气候特点描述出了希腊人相应的行政体制、人事组织特征，及受地理气候特点影响形成的人的性格、情感、思维方式和兴趣特点等；以古希腊为例，证明了地理气候等环境因素对文学和艺术风格产生了举足轻重的重大影响。[②]

(二) 气候对郑、卫诗歌意象使用的影响

在十五国风所属的地域中，郑、卫两国都位于黄河中下游的中部地区，地理纬度相差不大，植被种类和覆盖情况存在较多相近之处。根据《诗经》十五国风当中出现的植物意象的统计，在木本植物中桑树最多，草本植物中蒿属植物较多。如果将黄河中下游地区按照方位划分为西部、中部和东部三部分，十五国风中出现的植物种类和数量呈逐次递减趋势。西部地区包括二南、魏、唐、秦、豳等地，这里的植被种类和数量最多，木本、草本和其他水生、藤本植物都很多，且木本植物的种类和数量超过草本植物。其次是中部地区，包括卫地、王地、郑地和桧地，植物数量也较丰富。植被最少的是东部地区，包括齐地、陈地、曹地，这里植物的种类和数量都远小于中、西部地区，且草本植物略多于木本植物。[③] 在此基

[①] [法] 斯达尔夫人：《论文学》，人民文学出版社1986年版，第146—147页。

[②] [法] 丹纳：《艺术哲学》，傅雷译，凤凰出版传媒集团、江苏文艺出版社2012年版，第238—290页。

[③] 王华梅：《周秦时期黄河中下游地区植被分布及其变迁——以〈诗经〉十五国风为线索》，硕士学位论文，陕西师范大学，2007年。

础上，当我们更加深入细致地考量郑、卫两地的植被时，还可以探寻到两地风诗因产生时期不同造成的诗歌中植被种类的差异。

《诗经》卫地风诗主要产生于寒冷期，寒冷干燥的气候决定了卫地的植物种类，卫诗中出现了许多生长在寒带的植物意象。卫诗中植物意象有的出现在起兴当中，有的出现在抒情表意当中。这些植物意象与地域环境密切相关，蕴含了丰富的时代、地理和气象因素。《邶风》中的植物意象很多：如《凯风》"凯风自南，吹彼棘心"中的"棘"，为酸枣。《匏有苦叶》"匏有苦叶"中的"匏"，为匏瓜，是较葫芦大的一种蔓生植物。《谷风》所载"采葑采菲，无以下体""谁谓荼苦，其甘如荠"中的"葑"即蔓菁，俗称大头菜；"菲"即萝卜的一种，"荼"即苦菜，"荠"为荠菜。又《简兮》"山有榛，隰有苓"中，"榛"指榛子树，是桦木科榛属植物；"苓"是甘草。《静女》"贻我彤管"中的"彤管"即初生的茅根（梗）。《鄘风》中的植物意象有：《墙有茨》"墙有茨"中的"茨"即蒺藜。《桑中》载："爰采唐矣？""爰采麦矣？""爰采葑矣？"其中"唐"即菟丝子，"麦"为麦子，"葑"即蔓菁。《定之方中》"树之榛栗，椅桐梓漆"中，"椅"为山桐子，"榛、栗、椅、桐、梓、漆"均为木名。《载驰》载："陟彼阿丘，言采其蝱""我行其野，芃芃其麦"。其中"蝱"是贝母草，可以治病；"麦"是麦苗。《卫风》中的植物意象有：《淇奥》"瞻彼淇奥，绿竹猗猗"中的"绿竹"。《氓》"桑之未落，其叶沃若"中提到"桑树"。《芄兰》"芄兰之支，童子佩觿"中，"芄兰"是草本蔓生植物。《伯兮》有"自伯之东，首如飞蓬""焉得谖草？言树之背"之句，"蓬"即蓬草，叶细长而散乱；"谖草"即萱草，又名忘忧草。又《木瓜》载："投我以木瓜，报之以琼琚""投我以木桃，报之以琼瑶""投我以木李，报之以琼玖"。"木瓜"是南方果木，果实椭圆，可以食用；"木桃"即桃子，"木李"是李子。我们将卫地风诗中出现的植物按照茎的形态进行分类，可以分为乔木、灌木、草本植物、藤本植物等几类。乔木有榛树、栗树、椅树、桐树、梓树、漆树、竹子、桑树、木瓜、木桃、木李（树）等。灌木主要有酸枣树。草本植物则包括蔓菁、萝卜、苦菜、荠菜、茅草、麦子、贝母草、芄兰草、蓬草、萱草、甘草等。藤本植物主要包括匏瓜、蒺藜、菟丝子等。以上大部分植物适应范围较广，亚热带、温带等均可栽植生长。有的植物则主要生长在较为寒冷干燥的地区，如榛树、栗树、桃树、李树、蔓菁、萝卜、苦菜、荠菜、芄兰、甘草等。在寒冷的气象条件下，产生了适应寒冷干燥气候的植物。卫诗作者在进行诗歌创作时，不自觉地将身边的植物写到了诗里，有的植物恰好就是寒带常见的植物品种，由此透露了诗歌所处的气候、时代和地域特点，证明气候环境对诗歌意象的使用具有一定的影响。

　　《诗经》郑诗产生于温暖期，温暖湿润的气候决定了郑地的植物种类，许多生长在温带的植物种类进入郑诗成为意象。《郑风》中出现的植物，多数属温湿带植物品种。如《将仲子》载："无折我树杞""无折我树桑""无折我树檀"。"杞"是杞柳，又名榉树，枝条可用来编织器物；"桑"是桑树，"檀"是檀树，木质坚硬。《有女同车》载："有女同车，颜如舜华。"又《山有扶苏》载："山有扶苏，隰有荷华""上有乔松，隰有游龙"。"扶苏"即桑树，"荷华"即荷花，"乔松"即高大的松树。《东门之墠》载："东门之墠，茹藘在阪"。又《出其东门》有："缟衣茹藘，聊可与娱"。"茹藘"是茜草，可染红色。《野有蔓草》载："野有蔓草，零露漙兮"，"蔓草"指茂密的野草。《溱洧》载："士与女，方秉蕑兮""伊其将谑，赠之以芍药"。其中"蕑"是兰草的一种，又名大泽兰，与山兰不同；"芍药"是一种可观赏花的草本植物。将郑地风诗中的植物按照茎的形态进行分类，可以分为乔木和草本植物两类。乔木主要有榉树、桑树、檀树、松树等。草本植物主要包括蕑草、茜草、芍药等。其中有几种适合生长在较温暖或湿润地区的植物，如桑树、檀树、蕑草、茜草、芍药等。

　　比较郑、卫两地诗歌中出现的植物意象可以发现，郑地和卫地的海拔及地理纬度十分接近，因此多数植物所属的寒温带是相同或相近的。但由于诗歌创作时代所处的气候时期有所不同，两地诗歌中的部分植物还是体现出了适应寒冷干燥或温暖湿润气候的差别。这证明在《诗经》创作中，植物意象的使用与所处时代的气候、地理、自然植被情况等存在着潜在的关联：自然界的气候和植被情况在一定程度上影响决定了《诗经》郑、卫诗歌植物意象的选择，诗中的植物意象则蕴含和体现了丰富的气候和地理因素。

（三）气候对郑、卫诗歌风貌的影响

气候对郑、卫两地风诗的影响不仅仅体现在诗歌意象的使用上，更体现在诗歌的情绪风貌或者说感情基调方面。所谓"基调"，在文学作品中指作品的主要精神，基本观点。情绪风貌或感情基调是指作品基本观点蕴含的情感取向，即作品总的感情态度、感情色彩。作品的风貌或基调是一个整体概念，是语句、段落、层次中具体思想感情的综合表露。丹纳在《艺术哲学》中指出："希腊人方法少，工具少，制造工业的器械少，社会的机构少，学来的字眼少，输入的观念少；遗产和行李比较单薄，更易掌握；发育是一直线进行的，一个系统的，精神上没有骚乱，没有不调和的成分；因此机能的活动更自由，人生观更健全，心灵与理智受到的折磨，疲劳，改头换面的变化，都比较少：这是他们生活的主要特点，也就反映在他们的艺术中间。"[1] 丹纳认为自然地理特征影响形成了人的生活和思维方式，生活的特点又反映在艺术上；那么同样地，气候环境的特征也可以反映在诗歌方面。不同气候环境影响下，人的心理状态和情绪体验不同，投射到诗歌当中，会表现出不同的诗歌风貌。气候作为重要因素之一，影响形成了《诗经》卫诗和郑诗截然不同的情绪风貌。卫地风诗主要产生于寒冷干燥的西周中后期，寒冷气候易使人产生忧思伤怀情绪，卫诗也更多地透露出了一种忧伤失意的感情基调；而郑地风诗主要产生于温暖湿润的春秋时期，暖湿气候更易于使人产生轻松愉悦的情绪，郑诗更多地表现出了一种浪漫轻松、自由欢快的格调。可以说郑、卫风诗在情绪风貌或感情基调上的差异，一定程度上是诗人受到了不同气候条件影响，情绪变化反映在诗歌中的结果。

寒冷干燥的气候是影响形成卫诗忧思伤怀风貌的重要因素。具体来看，《邶风》的基调是忧伤的，在总共的 19 首诗歌中，表达忧伤、失意、

---

[1]　[法]丹纳：《艺术哲学》，傅雷译，凤凰出版传媒集团、江苏文艺出版社 2012 年版，第 284 页。

自责、思念、怨愤等悲伤失意情绪的就有13首，包括《柏舟》《绿衣》《燕燕》《日月》《终风》《击鼓》《凯风》《雄雉》《谷风》《式微》《泉水》《北门》《北风》，占《邶风》诗歌总数的68%。《鄘风》的感情基调以讽刺贬斥为主，在总共的10首诗歌中，表达讽刺、贬刺之情的就有《墙有茨》《鹑之奔奔》《蝃蝀》《相鼠》4篇，占《鄘风》诗歌总数的40%，且有《相鼠》这样对贵族统治者进行痛入骨髓、暴风骤雨式批判的作品，足见《鄘风》讽刺批判精神之强烈。忧思伤怀的情绪积郁到一定程度不得抒发，就会演变成愤而不平、怒而批判的情绪，表现为诗歌讽刺贬斥的情感风貌。《卫风》也充溢着忧思浓重的感情基调，表达忧伤怀念之情的作品占到全部诗歌的一半。《伯兮》《有狐》《竹竿》《河广》4首诗歌抒发了或浓或淡、忧伤低回的思乡怀人愁绪，《氓》则表达了彻入心扉的痛悔之情。概而论之，卫诗中体现忧愁思念和批评情绪的诗歌总共有22首，占到总数39首诗歌的半数以上，因此卫诗总体的感情基调或者说情绪风貌是忧思伤怀、愤而批判的。

为何《邶风》《鄘风》《卫风》都一致地体现出了浓重的忧伤失意、愤而批判的感情基调，分析其中的原因，既有时代社会的因素，也有音乐曲调的因素，但决不可否认和忽视的还有气候环境影响下诗人的情绪因素。以一首诗歌进行举例分析，《邶风·终风》是一首卫庄姜不见答于卫庄公的自伤之作，其中有一些与气候相关的意象描写，如"终风且暴，顾我则笑""终风且霾，惠然肯来""终风且曀，不日有曀""曀曀其阴，虺虺其雷"等。"暴"是疾之意，"霾"指混浊阴暗的天气，"曀"指阴云密布、狂风怒号的天气，"虺"是始发之雷声。诗歌用狂风怒号、阴云密布、雷声阵阵的天气来比拟卫庄公的残暴狂荡，衬托出女子内心的忧伤失望、疾恶痛恨之情。朱熹《诗集传》载："庄公之为人狂荡暴疾，庄姜盖不忍斥言之，故但以'终风且暴'为比。言虽其狂暴如此，然亦有顾我而笑之时。但皆出于戏慢之意，而无爱敬之诚，则又使我不敢言而心独伤之耳。"[①] 朱熹此说切中肯綮。诗中阴冷雾霾的天气虽是诗歌作比的方法，

---

① （宋）朱熹：《诗集传》，中华书局1958年版，第18页。

但也极有可能是西周中后期气候情况在诗中的反映。试想如果诗人生活在无风无雨、阳光明媚、四季如春、温暖怡人的气候条件下，生活中没有狂风怒号、寒冷阴霾、雷电交加的天气，诗人就会缺少这种气候条件带来的忧伤低沉的情绪体验，也就难以构想出如此诗歌意境来对人进行比拟形容。因此《终风》在一定程度上展现了卫地寒冷的气候、阴沉的天气，印证了卫地西周中后期的气候状况。

温润的气候加之郑国的地理条件是形成郑诗自由欢快、浪漫轻松情绪风貌的重要因素。《郑风》产生于春秋时期的郑国，那里气候温暖湿润，草木繁盛茂密，植被覆盖丰富。从《郑风》中用到的植物意象可以看出，草本植物的品种略多于木本植物，这反映出森林与草原并存的植被状态，与郑地既有山地又有平原的地貌特点相吻合。气候、地理与社会文化因素相结合，形成了《郑风》浪漫轻松、自由欢快的感情基调。郑国拥有山高水险的地理条件，天然形成了许多男女聚会的场所，加之郑国有春日出游的"上巳"传统，且周礼允许男女自由聚会，以增进人口繁殖。本就青春活泼的男女青年，在温暖的春日里自由相会，彼此易于产生爱慕之情。

郑国发达的商业和音乐文化促进了民间风俗的开放，带来了郑国自由宽松的社会氛围，形成了《郑风》轻松欢快的感情基调。春秋时代郑国的商业兴盛，人们对声色犬马物质享受的追求之上，衍生出了对声乐娱乐的喜好，促进了郑国民间声乐的繁荣，使郑国的新兴音乐成为各诸侯国中新乐的代表。以上诸多因素合而形成了郑国"男女亟聚会，声色生焉，故其俗淫"的状况。在这种宽松自由的风俗文化影响下，《郑风》的感情基调自由轻快，风情流荡。在总共的 21 首诗歌中，反映婚姻爱情的诗歌有《将仲子》《遵大路》《女曰鸡鸣》《有女同车》《山有扶苏》《狡童》《褰裳》《丰》《东门之墠》《风雨》《子衿》《出其东门》《野有蔓草》《溱洧》14 首，其中表达男女之间的相思思念、希望见面，描写盛情的邀约，玩笑的戏谑，见面的欢愉，家庭的幸福美满等欢快情绪的诗歌就有 10 首之多。

郑风整体的感情基调浪漫轻松、戏谑曼妙，可以看出温暖湿润的气候环境对郑国人情绪风貌的影响。优渥的气候条件方便了男女自由聚会，宽松的社会风气带来了对男女爱情的包容态度。《郑风》14 首爱情诗中只有《将仲子》一首表现了一丝对礼教的畏惧，其他婚姻爱情诗都是反映婚姻恋爱中的一些感受和情绪体验，完全没有流露出丝毫受礼教束缚的畏缩怯懦。以具体诗歌举例来看，郑诗中《溱洧》和《褰裳》都是表现男女自由相会的诗歌。《溱洧》表现了春日上巳节男女出游的场景，异性交往讲究礼法，展现了男子的谦谦君子风，诗歌感情基调温和欢愉。《褰裳》则为恋爱中女子对男子的戏谑之作。诗中的女子举止泼辣大胆，对对方的称呼带有戏谑意味，整首诗洋溢着嬉笑怒骂、奔放活泼的情感基调。两首诗在男女交往方面虽对礼法遵守的程度不同，诗歌温和有礼与嬉笑怒骂的风格不同，却都充溢着自由欢快的情绪，诗歌的感情基调都是轻松愉悦的。可以想见温暖的气候、适宜的自然环境创造了这些邂逅出游的条件，催生了《郑风》中轻松愉悦的男女情感。

　　气候现象的所谓寒凉或温暖变化是相对而言的，指在两个较长时间段内气温相对的波动变化，并非绝对。在寒冷期内也有温暖的天气出现，在温暖期内也不排除有个别阴雨交加的寒凉天气，因此需要辩证地对待。郑、卫风诗中都存在一些个例，如《邶风·凯风》载："凯风自南，吹彼棘心""凯风自南，吹彼棘薪"。"凯风"即和风，一说南风、夏天的风。可见卫诗中也有煦暖的和风意象。而《郑风·风雨》载："风雨凄凄，鸡鸣喈喈""风雨潇潇，鸡鸣胶胶""风雨如晦，鸡鸣不已"。"凄凄"形容风雨寒凉，"潇潇"形容风雨猛烈急促，"晦"指天气阴沉，昏暗不明。从诗歌意象看，这首诗可能为郑地寒凉阴雨天气在诗人心中的投射。这些个例并非大量地存在，因此并不影响我们对气候与风诗关系作出的判断。根据诗歌的绝大多数来分析，郑、卫两地风诗的确存在整体情绪风貌的不同，并可以与气候结合起来进行比较。因此我们得出结论：从反映欢愉和忧伤内容的诗作数量、所占比例等来比较分析，卫诗多为忧思伤怀之作，郑诗则多表现出轻松愉悦的感情基调，这与郑、卫两地风诗产生时代的自然气候和地理环境密切相关。寒冷干燥的气候条件下，卫地诗人多使用一些寒凉地区的气象、植物意象，使诗歌浸染了浓郁的孤寂落寞、忧伤失意，甚至愤而批判的情绪；而产生于温暖湿润气候的郑诗，诗人使用了许多温带的植物意象，使诗歌充满了自由欢愉、浪漫轻松的情绪风貌。

第三节 区域历史地理与郑、卫诗歌

自然地理环境决定了地理景观、植被物产，区域地理状况影响形成了人民的生活方式，长期以后便固定化为一地域的风俗习惯。郑地和卫地有着不同的地貌特征，这些地理特点反映在了诗歌当中，郑诗反映了郑国的地形特点、河流分布和植被情况。不仅如此，地理环境的差别还造成了诗歌中文学景观的差异，及地域生活方式和文化风习的不同。

一 郑地和卫地的历史地理特征

郑国和卫国的地理位置接近，但山川河流的分布、地貌特征等并不相同，而是有着各自的地形地貌特点。

（一）郑国的地理位置和地貌特征

西周末郑国在陕西凤翔一带建立，春秋初迁都溱、洧之间。西周末期周宣王二十二年，周王封其弟王子友为郑桓公，最初封于今陕西省凤翔一带，标志着郑国建立。《史记·郑世家》载："郑桓公友者，周厉王少子而宣王庶弟也，宣王立二十二年，友初封于郑。"[1] 西周末年郑桓公为司徒时，鉴于"王室多故"，曾向史伯讨避祸之策，史伯提出了"前华后河，右洛左济，主芣、騩而食溱、洧"的建议，史伯曰："其济、洛、河、颍之间乎，是其子男之国，虢、郐为大，虢叔恃势，郐仲恃险，皆有骄侈怠慢之心，加以贪冒。君若以周难之故，寄孥与贿，不敢不许。是骄而贪，必将背君，君以成周之众，奉辞伐罪，无不克矣。若克二邑，鄢、蔽、补、丹、依、畴、历、华，君之土也。若前华后河，右洛左济，主芣、騩而食溱、洧，修典刑以守之，是可以少固。"[2] 郑桓公采纳了这个

---

[1] （汉）司马迁：《史记·郑世家》，中华书局1959年版，第1757页。
[2] （唐）孔颖达：《春秋左传正义》，阮元《十三经注疏》本，中华书局1980年版，第159页。

建议，《史记·郑世家》记述桓公三十四年，郑桓公东徙洛东，而"虢、郐果献十邑，竟国之"。郑桓公所迁新址，在今河南嵩山以东荥阳一带。后桓公之子郑武公先后灭掉郐国和虢国，将都城迁至今河南新郑一带，采食溱、洧间。《汉书·地理志》载："后三年，幽王败，桓公死。其子武公与平王东迁，卒定虢、郐之地，右雒左泲，食溱、洧焉。"臣瓒注云："幽王既败，二年而灭桧，四年而灭虢。"① 幽王死于公元前771年，灭桧之年为公元前769年，灭虢之年为公元前767年。

迁都后的郑国处于几个诸侯国的中心和枢纽位置，自然环境优渥。经考证最终定都后，郑国的疆域北至廪延（今河南延津），南至于泛（今河南襄城），东至于匡（今河南扶沟），西至颍谷（今河南登封）。② 根据在诸侯国中所处位置看，郑国东与宋、陈、曹相接，南与楚国毗连，西临东周国都洛邑，北部相接卫国，西北部与晋国隔周、卫相望，东北部与鲁、齐隔卫相望。因此郑国处于楚、齐、晋、宋等国家的环绕之中，位于各诸侯国的中心和枢纽地带。从地理特征看，郑国位于中原腹地，东濒溱水，南临颍淮，西靠隗山，北靠黄河；依山傍水，沟壑纵横，气候四季分明；面对广阔平原，又有山丘谷地。《汉书·地理志》描述道："郑国，今河南之新郑，本高辛氏火正祝融之墟也。及成皋、荥阳、颍川之崇高阳城皆郑分也，本周宣王弟友为周司徒，食采于宗周畿内，是为郑。……土陿而险，山居谷汲，男女亟聚会，故其俗淫。"③ 由于自然地理条件优越，这里也是我国古人较早留下生活遗迹的地域之一，是黄帝的故里，也是目前中原地区最早的新石器时代文化遗址裴李岗遗址的发现地。

从地形特征看，郑国位于豫西山地和豫东平原的交接地带，地形独特。豫东地区是广阔的华北平原的黄淮平原部分，黄河从晋南、豫西间峡谷的夹持中奔腾而出，水流由急变缓，出现堆积作用，黄河多次泛滥改道，逐渐形成了黄淮平原历史上的大冲积扇。④ 而豫西多山地，豫西山地由崤山、熊耳

---

① （汉）班固：《汉书》卷二十八《地理志》，中华书局1962年版，第1662页。
② 新郑市地方史志编纂委员会编：《新郑县志·清乾隆四十一年》，1997年版，第40页。
③ （汉）班固：《汉书》卷二十八《地理志》，中华书局1962年版，第1651—1652页。
④ 李孝聪：《中国区域历史地理》，北京大学出版社2004年版，第167页。

山、外方山、伏牛山等秦岭余脉组成，因长期受到河流切割，地面侵蚀堆积严重。豫西南部的南阳盆地，由汉水多条支流侵蚀与冲击形成，是联系长江与黄河中游地区的交通必经之路。① 豫西地区承载了新石器文化到夏、商、周三代的早期文明，北部河谷平原存留了大量先秦文化遗迹。豫西的新郑、成皋、荥阳、崇高、阳城一带属于郑地，这里土地资源贫弱，地势高低不平；但地理位置十分重要，所谓"土陿而险，山居谷汲"②。因此郑地具有独特的地理特征：既有少量广阔平坦的平原部分，又有"山高谷汲"的山地区域；既可以在经济上发展农业生产，又可以在军事战略上借靠山势屏障，占据咽喉要地。山林谷地自然环境优美静谧，又为男女聚会创造了可能和条件。

（二）卫国的地理位置和地貌特征

周公平定"三监之乱"后，封周武王少弟康叔于朝歌，建立卫国，统一管理原来的邶、鄘、卫三地。"成王时封康叔于纣之故都，更名曰卫，称卫国。"③ 此时邶、鄘、卫已成为统一的国家。卫国的地理位置大约在黄河北岸，太行山脉东麓的今河南省鹤壁、新乡附近。

卫地位于黄河以北，古称"河内"，包括殷之旧都及周边区域。春秋时期黄河沿滑县北去，以黄河为界，黄河以北为河内，以南为河外。黄河以北分布着太行山余脉，山势明显降低，多丘陵、低山、河流谷地和凹陷盆地。河内地区就处于从太行山地向平原过渡的地带，地势较为平缓。④ 这里是殷商旧地，因此保留了一些殷商旧俗，《汉书·地理志》载："故俗刚强，多豪桀侵夺，薄恩礼，好生分"，又"河内本殷之旧都……卫地有桑间、濮上之阻，男女亦亟聚会，声色生焉，故俗称郑卫之音"。⑤ 卫地还保留了殷商遗留的"桑间濮上"传统。

（三）汉代史籍对郑地和卫地地理特征的描述

司马迁在《史记·货殖列传》中根据区域经济地理，将全国划分为四

---

① 李孝聪：《中国区域历史地理》，北京大学出版社2004年版，第166、169页。
② 同上书，第226页。
③ （清）陈奂：《诗毛氏传疏》，清道光二十七年陈氏扫叶山庄刻本。
④ 李孝聪：《中国区域历史地理》，北京大学出版社2004年版，第168页。
⑤ （汉）班固：《汉书》卷二十八《地理志》，中华书局1962年版，第1665页。

个地区，描述了各个地域的物产、生产方式、经济活动等，又简略叙述了当地的人文风俗。《史记》所划分的四个地区分别是山西、山东、江南和龙门碣石以北，郑地和卫地属山东。[①] 山东和山西以崤山为界，崤山以东为山东，崤山以西为山西，崤山在今河南三门峡市和灵宝市间。山东平原广阔，山西山地、平原交错；山东河流密布，山西河湖稀少。山东气温较高，降水量大；山西间有苦寒，降水较稀少。[②] 司马迁划定的山东范围极大，包括了河洛之间的三河区域。"三河"指汉时的河东、河内和河南三郡：河东郡治所在今山西夏县西北，河内郡治所在今河南武陟县西南，河南郡治所在今河南洛阳市东。司马迁指出河内为殷人的都城所在地，河南为周人的都城所在地。郑、卫两地都位于司马迁概念中山东河洛之间的三河地带：郑属河南，都城在今河南新郑县；卫属河内，都城在今河南濮阳市最久。关于郑、卫两地的物产，《史记·货殖列传》记载了淮北和河济之间的梁宋地区分布着大面积的楸树，楸树为乔木，喜光，较耐寒，为古代重要的经济作物，在郑、卫两地也有一定数量的分布。随着战国时期铁制农具的广泛使用和牛耕的推广，郑、卫等黄河中下游地区的农业生产水平有了较大幅度的提高，土地不断被开垦出来，并于两汉时期达到高峰。汉时中原地区由于人口增长迅速，耕地面积已显得相对不足。

《汉书·地理志》认为地理环境造就了人们生活方式、风俗习惯等的差异，揭示了郑、卫两地的地域文化特点。《汉书·地理志》按照地域文化的不同将全国划分为十五个区域，分别是秦、魏、周、韩、郑、赵、燕、齐、鲁、宋、卫、楚、吴、越、粤。分别记述了各地的山川河流、矿藏、物产、经济发展等，及由此造成的生活方式的差别，兼及民众性情、风俗习惯等方面的差异，开创了古代地理学体系。班固将风俗定义为："凡民函五常之性，而其刚柔缓急，音声不同，系水土之风气，故谓之风。好恶取舍，动静亡常，随君上之情欲，故谓之俗。"[③] 《汉书·地理志》描

[①] （汉）司马迁：《史记·郑世家》，中华书局1959年版，第3253—3254页。
[②] 史念海：《中国历史地理学区域经济地理的创始》，《中国历史地理论丛》1996年3月刊。
[③] （汉）班固：《汉书》卷二十八《地理志》，中华书局1962年版，第1640页。

述郑地的地理特点及由此形成的风俗是:"土陿而险,山居谷汲,男女亟聚会"①,卫地的地理特点和风俗是:"桑间濮上之阻,男女亦亟聚会,声色生焉,故俗称郑卫之音。"② 揭示了郑地和卫地的地理特点及人民的性情习惯、风俗文化。对其他地域地理文化特点的描述也是抓住特征,简明扼要。如描述秦地的地理和风俗是:"故秦地于禹贡时跨雍、梁二州,《诗·风》兼秦、豳两国……其民有先王遗风,好稼穑,务本业,故豳诗言农桑衣食之本甚备";又"天水、陇西,山多林木,民以板为室屋。及安定、北地、上郡、西河,皆迫近戎狄,修习战备,高上气力,以射猎为先,故《秦诗》曰:'在其板屋',又曰:'王于兴师,修我甲兵,与子偕行。'及《车辚》《驷驖》《小戎》之篇,皆言车马田狩之事"③。地理风貌决定了风俗习惯,秦地的风俗文化又表现在了《诗经·秦风》当中。

二 郑诗中的自然地理

诗歌是人类生活和思想的反映,山水植被等自然地理因素是人类生活的重要部分,也在《诗经》中多有表现和反映。《郑风》反映了春秋时期郑国多方面的自然地理特征,包括郑国的地形特点、河流分布及树木植被情况等。

(一)《郑风》中的地形特点

郑国既有广阔平坦的平原,又有与秦岭余脉相接的平缓山地,《郑风》反映了郑国的地形特点。郑国的新郑、成皋、荥阳、崇高、阳城等地地势起伏不平,《郑风》对这一地理特点有所体现。《郑风·山有扶苏》载:"山有扶苏,隰有荷华""山有乔松,隰有游龙"。在"山有……,隰有……"句式中,"山"即山地,"隰"即洼地,字面意思为"山地有……,洼地有……"使用此句式的诗句在《诗经》中广泛存在,虽然闻一多等学者已考证出了其中蕴含的人类文化学含义,但仍不可忽视其字面的意思。通过字面意思可以看出,诗歌很可能产生于有着高山和洼地的地理环境。郑

---

① (汉)班固:《汉书》卷二十八《地理志》,中华书局1962年版,第1652页。
② 同上书,第1665页。
③ 同上书,第1642页。

国具有"山高谷汲"的地理特点,本身就既有山地,也有平谷,因此《山有扶苏》极有可能就是对郑国自然地形特征的描述。

(二)《郑风》中的河流

溱水、洧水都是流经郑国的主要河流,《郑风》反映了郑国的河流分布情况。溱水和洧水贯穿郑国境内,河道蜿蜒曲折,沿途风光秀美。溱水古称溍水,发源于新密市白砦乡北董沟附近的老锅岗。桑钦著《水经·溍水篇》称之为溍水,曰:"溍水出自郑县西北平地,东过其县北,又东南过其县东,又南入于洧水。"洧水的流经路线比较明确,它发源于今登封市东南马领山,向东南流入新密市,在曲梁乡交流寨与北面而来的溱水汇合,再流入新郑市境内,称双洎河。① 《说文解字》载:"洧水出颍川阳城山,东南入颍。"《郑风》中多首诗歌描述了这两条河流,记载了河水和郑人生活的关系。如《褰裳》载:"子惠思我,褰裳涉溱""子惠思我,褰裳涉洧"。又《溱洧》载:"溱与洧,方涣涣兮""溱与洧,浏其清矣"。根据以上两首诗歌的描述,郑人渡过溱水和洧水与人相见,君子与淑女在水边游赏,可以看出溱水和洧水是郑国人生活中的重要部分。又《扬之水》载:"扬之水,不流束楚""扬之水,不流束薪"。"扬"为悠扬、缓慢无力的样子。诗歌以"扬之水"作为起兴,但这条流经郑国的河水的具体名称是什么,诗中没有明确指出。又《清人》载:"二矛重英,河上乎翱翔""二矛重乔,河上乎逍遥"。这里的"河"即黄河。史载《清人》为刺郑文公与高克之作。公元前660年狄人入侵卫国。郑国国君郑文公担心狄人由卫国入侵郑国,就派大臣高克率兵到黄河附近防御。郑文公厌恶高克,很久也不把他召回,任其游荡徘徊,无所归属,最终军队溃散,高克逃往陈国。《左传·闵公二年》载:"郑人恶高克,使帅师次于河上,久而弗召。师溃而归,高克奔陈,郑人为之赋《清人》。"②由此《清人》一诗的创作背景在历史上有明确记载,诗中所述的河流就是

---

① 刘玉娥、邵长河:《溱洧与郑风——〈郑风〉多为情歌的原因探析》,《郑州大学学报》(哲学社会科学版)2005年第2期。

② (唐)孔颖达:《春秋左传正义》,阮元《十三经注疏》本,中华书局1980年版,第192页。

黄河。溱水、洧水、黄河都是流经郑国的河流，因此《郑风》中出现的河流是郑国河流的真实写照，反映了春秋时期郑国河流的分布情况及与人们生活的关系。

（三）《郑风》中的树木植被

《郑风》中出现的植被种类有乔木、灌木和草本植物等，这反映了历史上郑国真实的树木植被情况。《诗经》作为现实主义文学的源头，诗中的自然景象和树木植被是现实生活的体现。以具体诗歌来看，《将仲子》以女子的口吻警告男子道："无逾我里，无折我树杞""无逾我墙，无折我树桑""无逾我园，无折我树檀"。由此可见郑人栽种的树木有"杞""桑""檀"，即杞柳、桑树和檀树。杞柳的枝条可以用来编筐，桑叶可以养蚕，诗歌对这位郑国女子家庭树木的描绘，反映了郑国经济树种的栽植情况。又《野有蔓草》载："野有蔓草，零露漙兮""野有蔓草，零露瀼瀼"。诗歌以蓬勃生长的野草起兴，描写了郑国野地草木茂盛的景象。《郑风》产生的时代，郑地正处于较为温暖湿润的气候时期；加之当时的社会生产力不高，野生植被未遭到大面积的破坏，所以山谷和平原一片葱笼葱郁。因此《野有蔓草》中野草茂盛的景象应是对郑国自然植被的真实描写。《郑风》中树木植被的描述，反映了郑国现实中的树木植被情况。

三 自然地理环境对卫、秦风诗影响比较

气候和地理环境的地域差异导致了自然景物的差别，日常生活中的地形、河流、树木等自然景物投射在《诗经》当中，成为文学景观，自然景物的差别又造成了文学景观的不同。不仅如此，不同的自然地理和气候环境还形成了地域物产和生活方式的差别，继而造成精神文化层面的风俗习惯、文化心理、审美好尚等的不同。当两个地域的地理环境相差较大的时候，自然景象、地域风习等都会产生巨大的差异。我们选取地域风格较为浓厚的卫地和秦地风诗进行对比，分析诗歌中体现出的自然环境、生活方式和文化风习，会更加明晰地考察出自然地理差异带来的各方面影响。先秦时期交通相对不便，国家地域间的交往较少，地域的独立性较强，受地

理环境影响的各地风俗保持了相对稳定和独立的状态。风诗又是地域生活的写照，因此可以对卫地和秦地风诗中自然地理环境影响下的风俗文化差异进行对比地分析。

《秦风》产生于秦地，根据汉代司马迁《史记·货殖列传》中区域经济地理的划分，秦地属山西。从历史上看，古秦国原址在犬戎（今陕西兴平东南），商周易代时期，秦人在西陲建立城邑，与戎狄杂处。[①] 东周初秦襄公护送周平王东迁有功，被列为诸侯，改迁都于雍（今陕西凤翔）。之后秦人通过战争不断向东南扩展，数次迁都，势力范围到达了西戎所在的陇西、陕北、原西周王朝的王畿之地渭河平原、西南夷所在的成都平原等，统治区大致包括今陕西中部和甘肃东南部。从地理形态看，秦地主要属于陕北黄土高原区和关中平原区，山地和平原交错，河湖稀少，间有苦寒，降水较少。陕北高原区有着岩石孤山和风沙地形，主要是以黄土塬、梁、沟壑等形成的黄土高原，为温带和暖温带半干旱气候。这里常年干旱少雨，先秦时期主要是以游牧或农牧交杂的生产方式为主，民风质朴；由于迫近戎狄，又有战备习武之风。《汉书·地理志》载："天水陇西，山多林木，民以板为室屋，及安定、北地、上郡、西河，皆迫近戎狄，修习战备，高上气力，以射猎为先。……民俗质木，不耻寇盗。"[②] 关中盆地是由渭河冲击而成的平原地貌，为半湿润气候。关中地域广阔，土壤肥沃，交通发达，周围有天然的关隘屏障。[③] 司马迁描述道："夫关中左崤函，右陇蜀，沃野千里，南有巴蜀之饶，北有胡苑之利。"[④] 卫诗的自然环境前文已述，不再赘言。卫地和秦地地理环境的差异，造成了出现在秦、卫风诗中的自然景物、人们的生活方式和文化风习的不同。

（一）地理环境影响下文学景观的差异

气候和地理环境的不同导致了文学景观的差异。文学景观即在文学作

---

① （汉）司马迁：《史记·周本纪》，中华书局1959年版，第177页。
② （汉）班固：《汉书》卷二十八《地理志》，中华书局1962年版，第1642页。
③ 李孝聪：《中国区域历史地理》，北京大学出版社2004年版，第156—157页。
④ （汉）司马迁：《史记·周本纪》，中华书局1959年版，第2044页。

品中出现的景物。地域自然气候的差异影响到人文气候的差异,即民风民俗的不同,继而影响了不同地域文学家的审美感受,从而导致了文学景观的地域差异。[①] 地域风诗记录了自然地理景观,从而使一些山河景物进入文学的范畴,成为意象。这些自然意象作为文学景观的重要部分,起到或烘托情绪氛围,或表情达意的作用。

不同的地域环境产生了不同的文学景观,卫诗和秦诗的文学景观就有着巨大的差异。卫诗中出现了许多流经卫地的河流和卫国城邑的名称。《邶风·泉水》载:"毖彼泉水,亦流于淇""出宿于沛,饮饯于祢""出宿于干,饮饯于言""我思肥泉,兹之永叹。思须与漕,我心悠悠"。《鄘风·载驰》载:"驱马悠悠,言至于漕"。在诗句中出现了流经卫地的河流"淇水",卫国的地名"沛""祢""干""言",及卫国的城邑"肥泉""须"和"漕"等。这些本是自然景观和地理区划,但它们进入到文学作品中,就成为带有地域风貌和地理特色的意象,可以起到烘托地域氛围,衬托诗歌情绪表达的作用。与之构成鲜明对比的是,《秦风》中的诗歌记录反映了西部秦地特有的板屋和西北地区的山川河流。《秦风·小戎》载:"在其板屋,乱我心曲。"板屋是以木板搭建盖成的房子。《汉书·地理志》载:"天水陇西山多林木,民以板为室屋……故《秦诗》曰'在其板屋'。"[②] 据研究,陇西地区的黄土土层不平整,呈斜竖状,黄土的颗粒细小、质地疏松,直立性不好,导致所挖窑洞易于倒塌,因此陇西人不得不修建地面房屋。加之陇右处于六盘山地震带和渭河地震带之间,易发地震,更加不适合修筑窑洞,因此陇西人借鉴了南方的竹屋构造,以木板修建板屋[③]。具有鲜明西北特色的板屋进入秦诗中成为文学景观,为诗歌增添了浓郁的西北氛围。再如《秦风·渭阳》载:"我送舅氏,曰至渭阳。""渭"即渭水,"渭阳"在渭河北咸阳一带。诗歌描述了秦康公从秦都雍出发,来到渭水北岸,送舅父重耳归晋就国君之位的历史情景。由此可见渭水是流经秦地的河流,渭水北岸当时位于秦国的边地,因此秦康公

---

① 曾大兴:《文学地理学研究》,商务印书馆2012年版,第112—113页。
② (汉)班固:《汉书》卷二十八《地理志》,中华书局1962年版,第1642页。
③ 王仲宪:《论古代陇右多"板屋"的现象》,《兰州教育学院学报》2010年第4期。

送重耳至此。通过卫、秦风诗中文学景观的差异和对比，可以看出中原与西部地区的地域景观差异，诗歌也因此带有鲜明的地域风貌，体现出地域特色。

（二）地理气候影响下地域物产和生活方式的差别

不同的地理气候产生了不同的地域物产，造就了不同的生活方式。卫、秦风诗中就体现了地理气候影响下的不同地域物产和生活、生产方式。西周和春秋时期，社会生产力低下，铁器和牛耕没有得到广泛使用，农业耕种的范围有限，因此采集仍是中原地区人们维持生活的重要生产方式，卫诗就反映了中原的植物品种和人民的采集生活。《邶风·谷风》载："采葑采菲，无以下体""谁谓荼苦，其甘如荠"。《鄘风·桑中》载："爰采唐矣？沬之乡矣""爰采麦矣？沬之北矣""爰采葑矣？沬之东矣"。又《鄘风·载驰》载："陟彼阿丘，言采其蝱"。从这些诗句可以看出，卫人经常进行采集活动，采摘的植物有蔓菁、萝卜、苦菜、荠菜、菟丝子、麦子、贝母草等，其中既有可以食用的菜蔬，也有用来疗疾的药草，反映了当时中原地区卫人采摘食用的蔬菜品种和膳食习惯。《秦风》中则出现了许多生长在西部的植物。《秦风·车邻》载："阪有漆，隰有栗。阪有桑，隰有杨。"《秦风·终南》载："终南何有？有条有梅""终南何有？有纪有堂"。又《秦风·晨风》载："山有苞栎，隰有六驳""山有苞棣，隰有树檖"。"栎"为柞树，"驳"即梓榆，"棣"即唐棣，"檖"为赤罗、山梨。几首诗中记述的植物有漆树、栗树、桑树、杨树、山楸树、梅树、柞树、梓榆、唐棣、山梨等。其中较多的是适合生长在高海拔和温带地区的耐干旱乔木品种，反映了秦地独特的自然风光和植被品种。《秦风》中没有一例采集活动出现，说明采集这种生产方式在秦地不占主要地位。这是因为秦地地处高原，干旱少雨，自然生长的植物菜蔬稀少，不足以进行大规模的日常采摘；加之秦人喜好射猎活动，因此普遍大量的采集活动在当时的秦地可能并不存在。

（三）自然地理影响下文化风习的不同

不同的自然地理环境形成了人们生活方式和风俗习惯的差异，造成了区域文化风习的不同。卫诗中出现了一些反映卫人经济生活方式的诗句，如《鄘风·氓》载："氓之蚩蚩，抱布贸丝。""贸丝"就是进行丝织品买卖，说明卫地已经出现了商业贸易并反映在诗歌当中。而《秦风》中没有这方面的记述，取而代之多次出现的是车马装备和频繁的战事。由于长期以来与戎狄杂居，地理环境艰苦，必须时常进行战备训练，以对抗戎狄的进犯和抢夺，因此秦人逐渐形成了习战备、尚武力、重军事的风俗习惯。秦国男子习武成风，参战如常。《秦风》中与战争、车马相关的诗歌很多，反映了特定地理环境下秦人的尚武好战风习。《秦风·车邻》载："有车邻邻，有马白颠"。又《秦风·小戎》载："小戎俴收，五楘梁辀。游环胁驱，阴靷鋈续。文茵畅毂，驾我骐馵。""四牡孔阜，六辔在手。骐骝是中，騧骊是骖。龙盾之合，鋈以觼軜。""俴驷孔群，厹矛鋈镦。蒙伐有苑，虎韔镂膺。交韔二弓，竹闭绲縢。"这首思妇思念征夫的诗歌鲜明地体现出了秦地尚武好战的地域风习。东周初年，西戎骚扰不断，于是周天子命秦襄公领兵讨伐西戎，秦襄公夺戎地数百里，既消除了西戎的威胁，又增强了秦国的军事实力，扩大了势力范围，《小戎》就是以此为背景的。诗歌赞美了秦国车马阵容之雄壮、军事装备之精良，暗示了秦国军事力量的强大。作为主人公的思妇丝毫没有流露出丈夫远赴疆场的忧虑悲伤，而是对英武出征的丈夫感到由衷自豪，并想象他乘驾战车征讨西戎、为国出力的情景，从中也寄予了对征人的思念之情。另外《秦风·驷驖》一诗描写了秦国国君的出猎，赞美了射猎者的勇武从容。《秦风·无衣》则描述了秦人的征战生活和乐观态度，透露出一种热衷甲兵、甘心赴难、同仇敌忾、视死如归的乐观主义精神。总之《秦风》中反映征战的诗歌数量多、比例大，情绪乐观。正是秦地的特殊的气候地理因素形成了军事备战频繁的生活方式，从而造就了秦人重视射猎和勇力、尚武好战的地域风习，因此在《秦风》中，有一种其他地域风诗少见的浓郁尚武精神和悲壮慷慨情调。卫诗中也有描写战争的诗歌，如《邶风·击鼓》《邶风·式微》《卫风·伯兮》《卫风·有狐》等，也具有尚武的精神，但由于卫地所处的自然地理环境较少受到周边国家的军事威胁，战争较之秦国大大减少，卫国的军事尚武之风相对淡薄。因此相对于其他题材，卫诗中与战争相关的诗歌数量很少，且诗中流露出的往往是忧思悲伤、对战争厌烦怨怒的情绪。

　　总之，区域历史地理特征不仅决定了地域的物产、河流等自然景观，还造成了风诗中文学景观的差异；由地理特点影响形成的生活方式和文化风习的不同也反映在风诗中，使诗歌带有鲜明的地域文化烙印。

第三章 《诗经》郑、卫诗歌风俗文化考论

　　风俗是特定社会文化区域内历代人们共同遵守的行为模式或规范，具有多样性。习惯上人们往往将由自然条件的不同而造成的行为规范差异，称之为"风"；将由社会文化差异所造成的行为规则不同，称之为"俗"。所谓"百里不同风，千里不同俗"正反映了风俗因地而异的特点。风俗又是人民群众在生产生活过程中所形成的一系列物质的、精神的文化现象，一种社会传统，会根据社会环境的变化而发生变迁，原有风俗中不适应时代变化的部分，会随着历史条件的变化而改变，就是所谓的"移风易俗"。一定的自然地理条件下人们的生活方式固定化为地域的风俗习惯，风俗文化又表现在诗歌中，就成为诗歌风貌和特色的重要影响因素。

第一节 郑、卫婚恋诗地域文化特征比较

　　《诗经》郑、卫风诗中都有大量反映婚姻爱情的诗歌，卫地风诗中反映婚姻爱情的诗歌有12首左右，分别为《邶风》中的《柏舟》《绿衣》《日月》《终风》《雄雉》《匏有苦叶》《谷风》《静女》，《鄘风》中的《柏舟》《桑中》，及《卫风》中的《氓》《木瓜》。《郑风》反映婚姻爱情的诗歌有14首，包括《将仲子》《遵大路》《女曰鸡鸣》《有女同车》《山有扶苏》《狡童》《褰裳》《丰》《东门之墠》《风雨》《子衿》《出其东门》《野有蔓草》《溱洧》等。郑、卫两地风诗中的婚恋诗总数相差不大，却体现出了不同的风格特征，这与郑、卫地域的地理特点及遗留的风

俗文化传统等均有关系。当前研究对郑地和卫地婚恋诗的共同点多有阐述，而对两地婚恋诗的不同及其深厚的人类文化学根源的研究则相对薄弱，值得我们进一步探讨。

一 郑、卫婚恋诗的比较

《诗经》郑、卫婚恋诗数量较多，表现出了不同的思想文化特点。

卫地婚恋诗有《邶风·静女》《鄘风·桑中》《卫风·氓》等12首，内容比较丰富，反映的生活面广阔，受周礼约束较大。卫地婚恋诗内容上既有贵族女子失宠伤怀之作，又有丈夫久役在外的妇人思念之作，还有女子遭丈夫离弃怨愤所作，以及反映男女自由恋爱的诗作，总体来说忧伤情调较浓，受周礼的约束影响较大。卫地婚恋诗受周代礼乐文化的约束影响，从几个方面表现出来：一是卫诗表现出周代嫡庶等级制带来的上下等级观念。如《邶风·绿衣》中反对"绿衣黄里"，因为根据周代后服的规定，黄色的"鞠衣"应在绿色这种王后六服中没有纳入的颜色之上。绿衣在上，黄衣在下就违背了周礼的规定，暗示了正妻遭到贬低的违礼现象。二是卫诗维护"同姓不婚""嫡长子继承制"等周礼规定，反对宫廷乱伦现象。如《邶风·新台》《鄘风·墙有茨》《鄘风·鹑之奔奔》等诗批判了宫廷淫乱现象，反映了卫地婚恋诗对周代婚姻制度的维护和对周礼的遵循。

《郑风》中的婚恋诗有《郑风·将仲子》《郑风·溱洧》等14首，《郑风》中的婚恋诗有以下几个特点：第一是婚恋诗数量多，比例大。郑地婚恋诗占《郑风》诗歌总数的一半以上，多于卫地三风中此类诗歌的数量总和，且郑地婚恋诗在郑诗中所占比例大于卫地婚恋诗所占比例。第二，诗歌总体情调轻松愉悦，风情流荡。郑地婚恋诗表达了男女间的玩笑戏谑、深刻思念、盛情邀约、欢聚见面及家庭的幸福等方面，与卫地风诗中的忧思伤怀情绪有极大不同。诗歌充满了浪漫轻松、戏谑曼妙的情绪氛围。第三，郑地婚恋诗中多有女子对男子的情感表达，如《郑风·山有扶苏》《郑风·狡童》等。《郑风》中反映女子对男子戏谑、思恋，甚至主动邀约出游等内容的诗歌，数量达到7首之多，这在《国风》中罕有，因此常被斥为"淫奔"之作。第四，在作者的态度和情感倾向上，郑诗体现了对男女恋情的宽容、支持和赞美态度。《郑风》的14首婚姻爱情诗中，只有《将仲子》表现了一些对礼教的畏惧，其他诗作都是描述婚姻恋爱中的一些感受和情绪体验，丝毫没有表现出礼教束缚下的畏缩和怯懦。卫诗反映出的周代礼乐观念在郑诗中几乎没有反映和表现，由此看出郑诗在婚姻爱情方面受到周礼的约束影响更小，男女自由婚恋思想占主要地位。

比较郑、卫两地的婚恋诗歌，二者有几点明显的不同：一是婚恋诗的数量和所占比例不同，郑诗中的婚恋诗所占比例大于卫诗中婚恋诗所占的比例。二是情绪基调不同，郑地婚恋诗多洋溢着欢快愉悦的情绪，卫诗则是以忧思伤怀情绪为主。三是在婚姻爱情中女子的主动性不同。郑诗中多女子对男子的情感表达，体现出了诗作者对男女爱情，尤其是女子主动追求男子行为的支持赞美态度，较少受到礼教约束。卫诗则多是男子对女子的情感表达，作者思想受礼教约束较郑诗更加明显。

郑诗和卫诗表现出的以上不同，根源于郑、卫两地的婚恋风俗、地理文化特点等。如前所述，郑国温暖的气候及地理特点成为形成郑诗自由轻快、浪漫轻松情绪风貌的重要因素，卫国寒冷干燥的气候是形成卫诗忧思伤怀风貌的重要因素。除此之外，不同的婚恋风俗酝酿形成了地域的婚恋文化，婚恋文化反映在风诗中，就形成了地域风诗间的不同表现。

二 卫地的桑间濮上传统

卫地风诗中体现出了桑间濮上传统。班固《汉书·地理志》云："卫地有桑间濮上之阻，男女亦亟聚会，声色生焉。"[1]《礼记·乐记》认为："郑卫之音，乱世之音也，比于慢矣。桑间濮上之音，亡国之音也，其政散，其民流，诬上行私而不可止也。"[2] 桑间、濮上是指卫国境内的桑林和濮水，桑间濮上传统在《鄘风·桑中》一诗中有着充分的表现，下面通过具体分析诗歌来探求其中蕴含的风俗文化。

---

[1] （汉）班固：《汉书》卷二十八《地理志》，中华书局1962年版，第1665页。
[2] （唐）孔颖达：《礼记正义》，阮元《十三经注疏》本，中华书局1980年版，第1528页。

爰采唐矣？沬之乡矣。云谁之思？美孟姜矣。期我乎桑中，要我乎上宫，送我乎淇之上矣。

爰采麦矣？沬之北矣。云谁之思？美孟弋矣。期我乎桑中，要我乎上宫，送我乎淇之上矣。

爰采葑矣？沬之东矣。云谁之思？美孟庸矣。期我乎桑中，要我乎上宫，送我乎淇之上矣。

《鄘风·桑中》描写了桑林欢会的景象，可以通过对关键字词的训诂分析得出这一结论。"沬"应为地名，马瑞辰《毛诗传笺通释》认为："沬，《书·酒诰》作妹邦。沬、妹均从未声。未、牧双声，故马融《尚书注》云：'妹邦即牧养之地。'盖谓妹邦即牧野也。"① 王先谦《诗三家义集疏》通过音韵训诂来证明"沬"即牧野："沬邑之'沬'即妹邦之'妹'，皆转音借字，其本字当为'牧'，即牧野也……郑注：'妹邦，纣之都所处也。'牧是纣都之郊，故以纣都统之。《说文》：'坶，朝歌南七十里地。《周书》：武王与纣战于坶野。'从土，母声。《水经注·清水篇》：'自朝歌以南暨清水，土地平衍，据皋跨泽，悉坶野矣。《郡国志》曰：朝歌县南有牧野。'牧、坶双声，故牧又为坶。"② 马瑞辰和王先谦的疏证表明"牧野"、"妹邦"和"沬邑"均为同一地。因此《桑中》之事发生的地域应在殷都之郊，即朝歌之南。"孟姜""孟弋""孟庸"应为女性，孟、仲、叔、季是古代兄弟姊妹的排行，"孟"为老大。古代学者将"孟姜""孟弋""孟庸"释为三人，现当代学者多认为应指一人，即与男子相会的女子，且不一定为实指。毛《传》解释姜、弋、庸均为姓，认为是三人。朱熹没有明确为几人，《诗集传》载："孟，长也。姜，齐女。言贵族也。"③ 祝敏彻等《诗经译注》认为："孟姜、孟弋、孟庸所指实为一人，为了押韵而变换字面，不是分指三人。"④ 朱守亮《诗经评释》也

---

① （清）马瑞辰：《毛诗传笺通释》，中华书局1989年版，第178页。
② （清）王先谦：《诗三家义集疏》，中华书局1987年版，第232页。
③ （宋）朱熹：《诗集传》，中华书局1958年版，第30页。
④ 祝敏彻等：《诗经译注》，甘肃人民出版社1984年版，第102页。

认为:"孟戈,戈姓之长女,亦托言也。"因此现当代学者多认为"孟姜""孟戈""孟庸"所指为一人。"桑中"一词,学者多释为地名或植桑之地。毛《传》载:"桑中、上宫,所期之地。"朱熹《诗集传》释道:"桑中、上宫、淇上,又沫乡之中小地名也。"① 即认为"桑中""上宫""淇上"是下属的更小的地域名称。清姚际恒《诗经通论》认为是植桑之地:"桑中,即桑之中。古卫地多桑,故云然。"袁梅也赞同此看法,认为桑中即桑林之中,《诗经译注》载:"古代,女子多务蚕桑,诗中女子可能借采桑之机,在桑林深处幽会情人。"② 杨任之解释较为详细,指出桑林为卫地的祭祀之社,也是男女聚会之处,《诗经今译今注》载:"桑,卫地桑林之社。卫为殷的故地。殷社曰桑林。殷人以桑树当神,在社的前后广为栽种,称桑林,为男女聚会之所。"③ 与"桑中"相关联的"上宫",古代学者多解释为地名,现当代学者认为它同"桑中"的意思一样,是祭祀和男女聚会之所,着重它的民俗文化意义。毛《传》载:"桑中、上宫,所期之地。"马瑞辰《毛诗传笺通释》载:"上宫宜为室名。'孟子之滕,馆于上宫',赵岐《章句》曰:'上宫,楼也。'古者宫、室通称,此上宫亦即楼耳。"④ 袁梅《诗经译注》载:"上宫,城角楼。因其处幽静,所以便成了这姑娘私会之地。"⑤ 杨任之《诗经今译今注》认为:"宫,古人谓庙曰宫,上宫或指高禖庙,即后世之娘娘庙,也为男女节日或祭祀聚会之所。"⑥ 由此,"桑中""上宫"并非一般的地理概念和处所,其中蕴含了深刻的风俗文化内涵。

桑林祭祀的行为在商代最早出现,绵延至近代。最早的记载出现于商汤的传说,《竹书纪年》记载:"二十四年,大旱。王祷于桑林,雨。"⑦《吕氏春秋·顺民篇》将其进行了形象化的解说:"汤克夏而正天下,天

---

① (宋)朱熹:《诗集传》,中华书局1958年版,第30页。
② 袁梅:《诗经译注》(国风部分),齐鲁书社1980年版,第182页。
③ 杨任之:《诗经今译今注》,天津古籍出版社1986年版,第70页。
④ (清)马瑞辰:《毛诗传笺通释》,中华书局1989年版,第179页。
⑤ 袁梅:《诗经译注》(国风部分),齐鲁书社1980年版,第182页。
⑥ 杨任之:《诗经今译今注》,天津古籍出版社1986年版,第71页。
⑦ 方诗铭、王修龄:《古本竹书纪年辑证》,上海古籍出版社1981年版,第217页。

大旱，五年不收，汤乃以身祷于桑林，雨乃大至。"高诱注《吕氏春秋》载："桑林，桑山之林，能兴云作雨也。"可知桑林最早是祭祀神灵、祈祷佑护、求雨祈福之地，在商代就已出现了桑林祭祀祈祷的行为。卫地由于处于殷商旧地，遗留承继了商代的桑林传统，《鄘风·桑中》就体现了这一传统行为。但值得一提的是，卫国的桑林祭祀现象并不是孤立存在的，周代其他诸侯国也遗留有早期的祭祀行为，且与人类生殖现象密切相关。周代各诸侯国均有先祖祭祀祈福之地，这证明早期人类祈祷上天佑护这一文化现象是普遍存在的。《墨子》中提到早期的祭祀之地不仅有宋卫地区的桑林，还有燕地的祖，齐地的社稷，楚地的云梦等，且这些祭祀活动之地本身也是男女聚会之所。《墨子·明鬼》载："燕之有祖，当齐之社稷，宋之有桑林，楚之有云梦也，此男女之所属而观也。"① 近代学者对这种祭祀与男女欢会合一的现象进行了文化人类学的阐释，郭沫若《甲骨文字研究·释祖妣》认为："祖社同一物也，祀于内者为祖，祀于外者为社，在古未有宗庙之时其祀殊无内外。此云'燕之有祖，当齐之社稷'，正祖社为一之证。古人本以牡器为神，或称之祖，或谓之社，祖而言驰盖荷此牡神而趋也。此习于近时犹有存者，扬州某君为余言，往岁于仲春二月上已之日，扬州之习以纸为巨大之牝牡器各一，男女群荷之而趋，以焚化于纯阳观之前，号曰迎春。所谓'男女之所属而观'者，殆即此矣。"又郭沫若《甲骨文字研究》云："其祀桑林时事，余以为《鄘风》之《桑中》所咏者，是也。……桑中即桑林所在之地，上宫即祀桑林之祠，士女于此合欢。"② 从郭沫若的分析中可以看出两点：第一，早期没有宗庙祭祀之时，燕地的祖、社祭祀与桑林祭祀一样，是对祖先祭祀的初级方式；第二，郭沫若生活的时代扬州地区仍存在类似祖、社祭祀的形式，男女群体出动，聚会观看。这证明了两千年后现当代的一些地区仍存在夏商文化的遗留。因此无论由史料记载分析，还是根据现当代文化遗留推测，西周时期卫地留存有商代的桑林祭祀遗俗是

---

① （清）孙诒让：《墨子间诂》，上海书店1986年影印诸子集成本，第138页。
② 郭沫若著作编辑出版委员会编：《郭沫若全集》第一卷，科学出版社2002年版，第19—21页。

十分确切可信的。

　　桑林之地除祭祀先祖、祈祷护佑外，还寄予了人类繁育的希望。古代桑林与人类繁育有着密切关系，一些神话传说和圣人出生故事往往与桑林有关。传说大禹与涂山女在台桑相遇并结合。屈原《天问》载："禹之力献功，降省下土四方，焉得彼涂山女，而通之于台桑？"商朝大臣伊尹和圣人孔子均诞生于空桑。《列子·天瑞篇》载："伊尹生乎空桑。"又《史记·孔子世家》载："（颜）征在生孔子空桑之地，今名空窦，在鲁南山之空窦中。"①将桑林祭祀与人类繁育结合在一起的原因，现当代一些学者进行了探讨。鲍昌的《风诗名篇新解》发挥了郭沫若的说法论述道：上古蛮荒时期人们认为人类的生殖能促进万物生长，因此同时奉祀农神和生殖神，《桑中》便描写了这种祭祀风俗，并非淫乱行为，"今按郭氏之说，一发千载之覆。历代儒者力评'卫俗淫乱'，实际上都是封建卫道之言。他们不知道郑、卫之地仍存上古遗俗，凡仲春、夏祭、秋祭之际男女合欢，正是原始民族生殖崇拜之仪式，以历史唯物主义观点来看，决不能简单斥之为'淫乱'的"。②又"初民们从交感巫术的原理出发，以为人间的男女交合可以促进万物的繁殖，因此在许多祀奉农神的祭典中，都伴随有群婚性的男女欢会。……《桑中》诗所描写的，正是中国古代此类风俗的孑遗"。③

　　郭沫若、鲍昌将《诗经》卫诗中的祭祀与欢会合一的现象做了文化人类学的阐释，是颇有见地的，也是符合历史文化规律的。这种远古祭祀与欢会合一的风俗文化不仅在中国出现，古埃及、巴比伦、叙利亚、小亚细亚、欧洲等地都奉祀农神，也有类似文化现象的出现及保留。弗雷泽在《金枝》中列举了欧洲的一些民俗：爪哇一些地方，在稻秧孕穗开花结实的季节，农民带着妻子到田间看望，并在地头进行交合，目的是促进作物成长。在新几内亚西端和澳大利亚北部之间的洛蒂、萨马他及其他群岛，每年雨季开始的时候男男女女在一起纵情狂欢……这种节庆活

---

① （汉）司马迁：《史记·孔子世家》，中华书局1959年版，第1905页。
② 鲍昌：《风诗名篇新解》，中州书画社1982年版，第130页。
③ 同上书，第133页。

动的目的是为了向太阳、祖先求得雨水和丰富的食品,子孙兴旺,牲畜繁殖,多财多福①。

　　桑林祭祀与男女聚会结合在一起的情况,根源于古人同感共通、交相互感的思想。郭沫若等学者给《桑中》之事正名,指出了这种现象的文化人类学本质和民俗学含义,颇有见地,可惜没有指明这一风俗文化现象的思想根源——人类的同感共通思想。在古代,人的自然科学知识有限,自发形成了一种与天地自然浑融一体的宇宙观。他们认为人和草木一样,也是天地、阴阳的产物,自然、风雨、雾霭变化的结果,无论形体还是精神,都和天地、自然万物互相沟通感应,即同源、同构和互感关系②。"'小我'与'大自然'浑然一体,这便是中国人所谓的'天人合一'。"③这种交感囊括天地宇宙和自然万物,十分广泛,天地、阴阳、神鬼、四季、万物、礼制等均可互相比并,交相互感。④ 由此人们认为人类的生殖可以促进自然作物的生长。上古自然作物在二、三月间开始生长,春耕时节早期人类为了让作物更好地繁育、开花、结果,在桑林祭祀的时候特别是二、三月间,男女便通过祭祀的契机自由相会,以此与天地协同、互感共通,达到促进作物蓬勃生长的目的。正是在这种思想指导下,周礼对春季男女聚会的行为持支持鼓励态度,违背者还要受罚。《周礼·地官·媒氏》云:"媒氏掌万民之判……仲春之月,令会男女,于是时也,奔者不禁。若无故而不用令者罚之,司男女之无夫家者而会之。"郑玄注曰:"中春阴阳交,以成婚礼,顺天时也。"⑤

　　因此在《诗经》产生的时代,卫地传统的桑林祭祀依然存在,随着周代宗庙的建立,桑林祭祀中敬天祈福的内容逐渐减少,桑林的神性变得淡薄;而男女在春日桑林的聚会则保留下来,并为周代礼法许可,逐渐演变成为一种风俗,《鄘风·桑中》正是卫地这一风俗的反映。卫地桑林祭祀

---

① [英]弗雷泽:《金枝》,徐育新译,大众文艺出版社1998年版,第129页。
② 葛兆光:《中国经典十种》,上海书店出版社2002年版,第136—137页。
③ 钱穆:《中国文化史导论》,商务印书馆1993年版,第18页。
④ 杨洁:《论〈礼记·乐记〉中的天人关系》,《短篇小说》2013年8月刊。
⑤ (唐)贾公彦:《周礼注疏》,阮元《十三经注疏》本,中华书局1980年版,第253页。

丰富的内涵及风俗的演变，根源于古人自我与自然界同感共通的思想。

三　郑地婚恋诗的地理文化根源

相较卫诗，郑地婚恋诗在内容上更加疏放大胆，多有女子主动追求男子的表现；在形式上，歌曲的节奏更加明快奔放，音律转换频繁，不同于周代正乐的缓慢典正，总体来说更加具备俗乐的特点。郑地婚恋诗表现出来的热情泼辣风貌，其影响因素更加丰富：不仅与前文提到的《郑风》产生在温暖的气候时期有关，与郑国整体社会文化氛围宽松、社会思想受周礼影响较小也有关系，同时还受到了郑国山高谷汲的地理特点及水边风俗的影响。

第一，郑国建国时间较晚，婚姻爱情观念受到周礼影响较小，更多地遗留了殷商时期的传统风俗。郑国在各诸侯国中属建立较晚的国家，建国时间约在西周末期。周宣王二十二年，封其弟王子友于郑，是为郑桓公，最初封地位于今陕西省凤翔一带。《史记·郑世家》载："郑桓公友者，周厉王少子而宣王庶弟也，宣王立二十二年，友初封于郑。"① 郑桓公在位时将国家迁移到了东虢国和郐之间，今河南嵩山以东荥阳一带。后桓公之子郑武公先后灭郐和虢国，将都城迁至今河南新郑一带，采食溱洧间，周平王东迁时郑国国都已经位于河南新郑。郑国建国时已是西周末期，周王室权利下移，统治力下降，周代礼乐制度的影响力随之减退，难以深入诸侯国实施。《国语·郑语》载："惟谢、郑之间，其冢君骄侈，其民怠沓其君，而未及周德。"② "谢郑之间"是郑国东迁后的中心区域，"未及周德"证明迁都后的郑国受到西周礼乐文化影响较小，是周礼影响薄弱的地区。不仅如此，随着各诸侯国势力的不断增大，各地遗留的地域文化凸显，遗风遗俗重新兴起。在这一潮流的影响下，春秋初期各地记载本地域历史的史籍纷纷产生，如鲁史、楚史等就是地域文化兴起的明证。在周王朝统治力下降、各地地域文化重新兴起的形势下，周代礼乐制度更加难以

---

① （汉）司马迁：《史记·郑世家》，中华书局1959年版，第1757页。
② （宋）王应麟：《诗地理考》，中华书局2011年版，第227页。

渗透到郑国，周代"嫡庶妻等级制""同姓不婚"等婚姻礼法规定对郑国的影响力比较薄弱。因此郑国保留了更多的殷商文化，地域风俗浓厚，恋爱婚姻相对自由，表达婚姻爱情的方式也泼辣大胆，如女子主动追求男子等。

第二，郑国独特的地理位置和国君的支持有利于商业的发展繁荣，发达的商贸活动促进了城市的发展，形成了宽松自由的社会风气。郑国地理位置独特，东濒溱水，南临颍淮，西靠陨山，北靠黄河，中原腹地温润的气候和肥沃的土地非常适合农业生产。郑国还有着便利的交通，联通各诸侯国。郑国位于各诸侯国的中心地带，距周王朝的统治中心洛邑不远，占据要道，交通便利，四通八达。东部与宋、陈、曹相接，南与楚国交界，西部靠近东周的国都洛邑，东北部有鲁国和齐国，北部和西北部是卫国和晋国。独特的枢纽位置使郑国成为春秋时期的商业贸易中心，便利的交通条件加速了郑国商业的发展。此外，郑国从建国开始就确立了支持商业发展的政策，并与商人订立盟约，商人不能背叛国君，国君也不干涉商人的商业活动。《左传·昭公十六年》记载了郑国大臣子产的一段话："昔我先君桓公，与商人皆出自周。庸次比耦，以艾杀此地，斩之蓬、蒿、藜、藋而共处之。世有盟誓，以相信也，曰：尔无我叛，我无强贾，毋或匄夺。尔有利市宝贿，我勿与知。恃此质誓，故能相保，以至于今。"[①] 得天独厚的地理位置和便利的交通条件，及国家的支持，使郑国的商业达到繁荣发达的局面，并与周、晋、楚、秦、齐等诸侯国均有贸易往来。商人的商贸活动频繁，西到周，北到晋，东到齐，南到楚，都有郑国商人活动的轨迹。

城市中聚集了大量贵族和富有的商贾，催生了对娱乐的需求，歌舞艺人纷纷涌向都市，使郑国的歌舞娱乐发展起来。正如清代魏源对郑、卫及周边东方各国所进行的描述："三河为天下之都会，卫都河内，郑都河南……据天下之中，河山之会，商旅之所走集也。商旅集则货财盛，货财盛则声色辏。"[②] 郑国在歌舞娱乐、声色繁华中形成了宽松、自由、

[①] （唐）孔颖达：《春秋左传正义》，阮元《十三经注疏》本，中华书局1980年版，第828页。
[②] （清）魏源：《诗古微·桧郑答问》卷九，光绪十三年扫叶山房席氏补刊本。

开放的社会氛围。总之，相较以农业立国的诸侯国的封闭保守，商贸交通发达的郑国的社会风气要开放通脱许多，对恋爱婚姻的态度更加开放，社会风俗氛围也更为轻松自由少约束，因此产生了《郑风》中大量的女子主动大胆追求男子的爱情诗歌。

第三，郑国具有独特的山川地理特征，境内高险的山川和溱、洧两河有利于郑国自由开放风俗文化的形成。郑国是地势险要之国，《汉书·地理志》对郑国的地理环境进行了描述："郑国，今河南之新郑，本高辛氏火正祝融之墟也。及成皋、荥阳、颍川之崇高、阳城，皆郑分也，本周宣王弟友为周司徒，食采于宗周畿内，是为郑。……土陿而险，山居谷汲，男女亟聚会，故其俗淫。"又《汉书·地理志》载："河内本殷之旧都……卫地有桑间、濮上之阻，男女亦亟聚会，声色生焉，故俗称郑卫之音。"[1] 清代顾栋高的《春秋大事表·郑疆域论》记述了郑国的高险地势："西有虎牢之险，北有延津之固，南据汝颖之地。"由此揭示出郑国"土陿（狭）而险，山居谷汲"的地理特点。山高水险的地形特点是形成郑国自由开放风气的重要原因之一。首先，山高谷深的地形对外来文化是一种有形的阻隔，客观上使郑国保留了较多的原始文化。李学勤在《东周与秦代文明》一书中叙述道："1953年，郑县太仆乡发现一批青铜器，形制、纹饰……属于春秋前期。值得注意的是，其中几件还有图像化的族氏铭文，如作日下奔走形，两足形之类，为商代以来这类铭文最晚的例子。"[2] 这说明郑地受到殷商文化影响的时间较长、程度较深，直至春秋时期仍有刻有殷商铭文图形的青铜器在使用，并在当代成为历史遗迹留存下来。郑国山高水险的地形特点保留了更多的殷商文化，殷商文化相对周代礼乐文化对待婚恋的态度更加自由少拘束，因此山高水险的地形特点是形成郑国自由开放风气的重要原因。其次，在山高谷深的地势特点下，形成了许多特殊的自然环境，为男女自由聚会提供了处所，便于男女交往，有利于形成宽松的社会风气和开放的婚恋风俗。

---

[1] （汉）班固：《汉书》卷二十八《地理志》，中华书局1962年版，第1642页。
[2] 李学勤：《东周与秦代文明》，文物出版社1984年版，第174页。

溱水和洧水两条河流孕育了郑国独特的文化。溱水和洧水是郑国境内的两条主要河流。《汉书·地理志》载："幽王败，桓公死，其子武公与平王东迁，卒定虢、郐之地，右雒左泲，食溱、洧焉。"① 溱水古称潧水，据《说文解字·水部》载："溱作潧，潧水出郑。《诗》曰'潧与洧，方涣涣兮'。"② 从许慎的说解可以看出，"溱"与"潧"二字可以通假互换。《释文》也解释道："溱，《说文》作潧"。洧水的流经路线比较明确，《说文解字》载："洧水出颍川阳城山，东南入颍。"《水经注》载："洧水出河南密县西南马领山，又东过新郑县南，潧水从西北来注之，又东过习阳城西，折入于颍。"③ 洧水发源于今登封市东南马领山，向东南流入新密市，在曲梁乡交流寨与北面而来的溱水汇合，再流入新郑市境内，称双洎河。直到清代，溱、洧两条河流的走向仍较为清晰，清顾祖禹说："洧水在密县南十五里，自河南登封县流入县境。又溱水，亦曰郐水，出古郐城西北鸡络坞下，东南流至新郑县而合洧水。"④ 又《大清一统志》云："溱水在密县东北，流迳新郑县西北，又南流合洧水。一名潧水，或又作郐水。《诗》：'溱与洧方涣涣兮。'《说文》：'溱水在郑国南入于洧水。'……《县志》：'溱洧自密两水会合而东为双子洎水河。'"⑤ 溱、洧作为贯穿郑国境内的两条主要河流，流向蜿蜒曲折，沿岸风光秀美，便于遣兴抒怀、表情达意，为郑国男女自由相会提供了便利。因此溱水和洧水是《溱洧》等郑国婚恋诗的发源地，孕育、承载了郑国独特的历史文化。

第四，郑国的水边修禊祭祀习俗鼓励并促使男女自由相会，有助于郑国自由开放的社会风气形成。郑国的水边修禊风俗由来已久，《郑风·溱洧》一诗就反映了郑国男女修禊之时自由相会的情景。

溱与洧，方涣涣兮。士与女，方秉蕑兮。女曰观乎？士曰既且，

---

① （汉）班固：《汉书》卷二十八《地理志》，中华书局1962年版，第1647页。
② （唐）孔颖达：《毛诗正义》，阮元《十三经注疏》本，中华书局1980年版，第182页。
③ （宋）王应麟：《诗地理考》，中华书局2011年版，第239页。
④ （清）顾祖禹：《读史方舆纪要》卷四十七，上海书店出版社1998年版。
⑤ 《大清一统志》卷一百四十九，文渊阁著录本。

且往观乎？洧之外，洵讦且乐。维士与女，伊其相谑，赠之以芍药。

　　溱与洧，浏其清矣。士与女，殷其盈兮。女曰观乎？士曰既且，且往观乎？洧之外，洵讦且乐。维士与女，伊其将谑，赠之以芍药。

　　诗歌描绘了一个风和日丽的春日，一名女子邀约男子到水边游赏，二人兴尽而归、欢快融洽的情景。韩诗认为《溱洧》反映了郑国上巳节水边游赏、招魂续魄、拂除不祥的风俗。汉薛汉讲授《韩诗章句》载："郑国之俗，三月上巳之日，此两水之上，招魂续魄，拂除不祥，故诗人愿与说者俱往观也。"[1] 清范家相《三家诗拾遗》也认为反映了郑国三月三日上巳节水边拔除不祥的风俗。整首诗风格清新明朗，基调轻松欢快，反映了郑国的水边修禊风俗。

　　殷商时期崇尚天神崇拜，祭祀方式较多，在春季水边进行的重要祭祀活动是"修禊"。"修禊"又称"祓禊"，是古人春日到水边洗浴，拔除不祥，以消灾祈福的重要形式，后来演变为男女聚会的风俗。"禊"，《广雅》释为："祭也"。《集韵》注曰："除恶祭"。汉代应劭的《风俗通义》载："禊，洁也"，把禊列为祀典。修禊这一祭祀活动的用意不仅有对上天表达敬意，祈求上天赐福，同时还有通过沐浴去除不祥，消灾保身之意。由于春日天气转暖，万物复苏，细菌也容易滋生，使人患病。上古之人的生活环境较为恶劣，卫生和医疗条件较差。春暖花开时节人们到水边洗浴，可以帮助去除污垢，免于生病，这是修禊由祭祀活动逐渐演化为民间风俗沿袭下来的重要原因。殷商之后祭祀之意逐渐减少，风俗内容慢慢增加，临水修禊逐渐转变为一种风俗活动。郑国的水边修禊发展到汉代，成为上至宫廷，下到平民的全国性的风俗仪式。《后汉书·礼仪志》记载了汉代的"祓禊"风俗："是月上巳，官民皆洁于东流水上，曰洗濯祓除，去宿垢疢，为大洁。"刘昭注曰："韩诗曰郑国之俗，三月上巳，之溱洧两水之上，招魂续魄，秉兰草祓除不祥。"[2]

---

[1] （清）唐晏：《两汉三国学案》卷六，龙溪精舍丛书本。
[2] （南朝）范晔：《后汉书·礼仪志》，中华书局1965年版，第3110页。

水边修禊与远古人类水边生殖有一定联系，修禊习俗不仅有水边洗浴被除不祥之意，还衍生了男女自由相会、促进人口增长的内容。在夏商时期，水就与人类的生殖联系在一起。《史记·殷本纪》载："殷契，母曰简狄，有娀氏之女，为帝喾次妃。三人行浴，见玄鸟堕其卵，简狄取吞之，因孕生契。"① 又《列女传·母仪传》载："契母简狄者，有娀氏之长女也，当尧之时，与其妹娣浴于玄邱之水，有玄鸟衔卵过而坠之，五色甚好，简狄与其妹娣竟往取之，简狄得而含之，误而吞之，遂生契焉。"② 两则记载都是说殷商的始祖契之母简狄，在行浴时吞鸟卵而生契。尽管这个传说加入了想象加工的成分，但可以说明在远古时期，人们认为水与人类的生殖活动有着密切联系，这种联系也表现在水边修禊活动上。从现实性来讲，春暖花开时节，男女老幼均走出家门，聚集到水边，为人们见面相会制造了契机，容易造成青年男女的聚会及恋爱婚姻行为的发生，因此修禊之日也成为上古时期男女相互交往的重要节日。周代的礼法客观上允许并鼓励利于人口繁衍的修禊活动，使这一春日相会的风俗保留发展下来。《周礼·地官·媒氏》载："媒氏掌万民之判……中春之月，令会男女，于是时也，奔者不禁，若无故而不用令者，罚之，司男女之无夫家者而会之。"郑玄注曰："中春阴阳交，以成婚礼，顺天时也。"③ 周代礼法鼓励未婚男女在仲春时节自由相会，春日的河边修禊活动，符合周礼的规定，有利于人口繁衍，属合理合法的行为。人口是社会生产力的重要基础和保证，在生产力低下、人们改变和控制环境能力有限的周代，人口保持稳定和增长是国家存在的重要前提。周人希望促进人口增长，在客观上使修禊这一风俗文化活动传承延续下来。修禊通过男女自由相会衍生子孙，促进了人口生产，因此在汉代又演变为求子仪式。《汉书》记载武帝即位后数年无子，便在上巳之日举行了祓禊求子的活动。修禊风俗允许男女相会而不加禁忌，使男女交往更加自由，不受约束，客观上促成了郑国社会风气的自由开放。

---

① （汉）司马迁：《史记·殷本纪》，中华书局1959年版，第91页。
② （汉）刘向：《列女传·母仪传》，四库丛刊本。
③ （唐）贾公彦：《周礼注疏》，阮元《十三经注疏》本，中华书局1980年版，第253页。

总之，郑地风诗中婚姻爱情诗的数量较卫诗更多，感情基调轻快流荡，多由女子主动表达情感。这种热情泼辣的思想倾向，根源于郑国整体宽松的地域文化氛围，这包括较少受到周代礼乐思想的约束，城市繁荣带来的宽松自由的社会风气，郑国的地理、山河等形成的独特历史文化，及水边修禊习俗等。而卫地婚恋诗在文化背景方面则主要受到桑间濮上风俗传统的影响。

第二节 郑、卫诗歌的审美风俗

审美风俗是在审美好尚方面长期形成的模式或规范，对社会成员有一种强烈的制约作用。郑国和卫国在地域上同属中原地带，国家毗连，郑、卫两地的审美风俗既有一些相似之处，也有许多差异，其根源是多方面的。对《诗经》郑、卫风诗中的审美风俗进行研究，不仅有利于揭示郑、卫两国的风俗特点，而且通过探究这些相似风俗习惯背后的多样性文化根源，可以更深入地解读《诗经》郑、卫诗歌，探究郑、卫诗歌中风俗与地域历史、地理、文化之间的深层次关系。由于地理位置、地域风貌比较接近，郑、卫风诗表现出了许多相似的审美风俗，主要体现在尚武风俗和以硕大为美、以白为美及佩玉习俗等几个方面。

一 郑、卫诗歌中的尚武风俗

恶劣的自然环境和物质资源极度匮乏的状况，是人类最早形成尚武风气的重要原因。由于远古时期人类生存条件十分恶劣，野兽时有出没，人类个体想要生存必须具备一定的适应自然、抵御外敌、猎取食物、自我保护的能力，因此拥有强健的体魄和具备一定的勇力武艺显得格外重要，人类由此逐渐形成了习武和尚武的风气。从远古时期人类对龙虎图腾的崇拜、一些部落战争胜利后杀俘虏饮敌血的习俗来看，物质资源极度匮乏造成的频繁抢夺，也是形成远古人类的尚武风气的原因之一。远古时期的尚武风俗遗留下来，影响了周代的各国，在《诗经》地域风诗中体现出来。

西周及春秋时期郑、卫两国的尚武风俗，在《诗经》郑、卫两地风诗中均有表现。邶、鄘、卫三风体现尚武风俗的诗歌主要有《邶风·简兮》,《郑风》体现尚武文化的则有《叔于田》《大叔于田》《羔裘》三首诗歌。具体看来,卫诗《邶风·简兮》反映了西周和春秋时期卫国的尚武风俗,诗歌赞扬了一名正在表演万舞的武师的勇武健美、壮硕有力。其中"硕人俣俣"赞美了武师的高大俊美,"有力如虎,执辔如组"则是赞美武师的勇武健硕有力。诗歌先用一些词汇对武师进行了赞扬的描绘,随后表达了对武师的欣赏爱慕之情。从整首诗歌看,作者表达了一种对高大勇武、壮硕俊美的欣赏赞叹之情。《郑风》中的《大叔于田》和《叔于田》也反映了尚武的风俗。《叔于田》以"巷无居人""巷无饮酒""巷无服马"来对比映衬"叔"的"洵美且仁""洵美且好""洵美且武",即被赞美者所具备的仁德、勇武及俊朗的形体等特征。《大叔于田》则是通过乘马、执辔、善射及颇有英雄勇武气概的赤膊斗虎献于君王公室等一连串动作描写,赞美了主人公的过人胆识和高超武艺,对主人公豪侠义勇精神的颂扬之情溢于言表。可见郑、卫风诗对侠义勇武、豪气慷慨的肯定赞美之情是一致的,证明郑、卫两地均有尚武的风俗。但相似风俗表现背后的尚武根源仍值得我们进一步深入探讨。

(一)卫诗尚武风俗探源

卫诗中的尚武精神是卫地尚武风俗的表现,卫地的尚武风俗主要根源于殷商文化。不仅用于祭祀和军事训练等的万舞起源于商代,商代也有着重视武力和战功的传统。

《邶风·简兮》中描述的表现武师勇武美的"万舞",是殷商文化的遗留。由于卫国处于殷商旧地,殷商时期的尚武风气遗留、延续到了周代的卫地,在卫地风诗中得到了一定程度的保留和表现。汉代毛《传》对《邶风·简兮》解析道:"简,大也。方,四方也。将,行也。以干羽为万舞,用之宗庙山川。故言于四方。"万舞起源很早,最早有关"万舞"的文字记载可以追溯到夏商时期。《墨子·非乐篇》载:"殷乃淫逸康乐……万舞翼翼,章闻于天。"[1] 说的是殷商贵族的奢靡淫乐生活中充满了声乐歌

---

[1] 吴毓江:《墨子校注》,中华书局1993年版,第383页。

舞。在商代，万舞作为一种大型舞蹈，还用于祭祀。《商颂·那》载"庸鼓有斁，万舞有奕"，意为商人祭祀祖先时使用了大型歌舞万舞。殷墟甲骨文中有关万舞的记载较多，可以推测殷商时期的万舞使用得多而普遍，不仅限于贵族阶级的享乐和祭祀，还包括婚恋、祈雨、军事训练等多方面的功用。

商代的万舞在周代留存下来，并得到了一定程度的发展，用于祭祀、宫廷欣赏、庆祝胜利及军事训练等。春秋时期的万舞包括"文舞"和"武舞"，仍然在祭祀中发挥作用。《左传·隐公五年》载："九月，考仲子之宫，将万焉。公问羽数于众仲。对曰：'天子用八，诸侯用六，大夫四，士二。夫舞，所以节八音而行八风，故自八以下。'公从之。于是初献六羽，始用六佾也。"杜预注曰："万，舞也。"① 九月祭仲子庙，鲁隐公准备在庙里献演万舞，向众仲询问执羽舞的人数，众仲的回答区别了不同等级所用的执羽舞蹈人数，并指出天子用乐舞来调节八种材料所制乐器的乐音而传播八方之风。鲁隐公听从了众仲的建议，于是鲁国献演六羽乐舞，开始使用六行舞人。杨伯峻《春秋左传注·隐公五年》载："万，舞名，包括文舞与武舞。文舞执籥与翟，故亦名籥舞、羽舞，《诗·邶风·简兮》所谓'公庭万舞，左手执籥，右手秉翟'者是也；武舞执干与戚，故亦名干舞。"② 从中可以看出，万舞在春秋时期仍是宫廷歌舞的重要部分。春秋时期万舞演出时，文舞的舞师往往手持籥与翟，武舞的舞师往往手执干、戚等道具。武舞经过发展，增加了许多其他功能，不但成为庆祝重大军事胜利的演出，而且还具有了军事训练功能。《逸周书·世俘解》载武王克商后："籥人奏《武》，王入，进'万'，献《明明》三终。"③ 通过演奏万舞来庆祝周武王取得的重大军事胜利，这里万舞为庆祝胜利的演出。又《左传·庄公二十八年》载："为馆于其宫侧而振万焉……夫人闻之泣曰：'先君以是舞也，习戎备也。'"④ 说明春秋时期万舞也是进行

---

① （唐）孔颖达：《春秋左传正义》，阮元《十三经注疏》本，中华书局1980年版，第1727页。
② 杨伯峻：《春秋左传注》，中华书局1981年版，第46页。
③ 朱右曾：《逸周书集训校释》，商务印书馆1937年版，第55页。
④ （唐）孔颖达：《春秋左传正义》，阮元《十三经注疏》本，中华书局1980年版，第1781页。

军事训练的方式之一。因此，充满尚武精神的万舞是殷商遗留文化的重要方面。

商代是个强烈崇尚勇武的时代，其尚武风气主要表现在两个方面。首先，商人重视并崇尚健壮的体格和高超的搏斗技能。殷纣王因其体魄强健，勇武过人，屡次率兵征战而闻名天下，名入史籍。《帝王世纪》记载他能"倒曳九牛，抚梁易柱"①，《荀子·非相论》描述他"长巨姣美，天下之杰也；筋力越劲，百人之敌也"。又《史记·殷本纪》载："帝纣资辨捷疾，闻见甚敏，材力过人，手格猛兽。"② 这些记载都称赞了他气力巨大，勇武过人。除商纣王以外，商朝的多位国王如商汤、武丁、武乙等都勇武超群，拥有过人的武功。《史记·律书》载："夏桀、殷纣手搏豺狼，足追四马，勇非微也。百战克胜，诸侯慑服，权非轻也。"③ 又《史记·殷本纪》载："帝武乙无道，为偶人，谓之天神，与之博，令人为行。天神不胜，乃僇辱之。为革囊，盛血，仰而射之，命曰'射天'。"④ 以此足见商王武乙的好射与好战。商王朝的大臣也多是勇武善射之人，如殷纣王手下的著名力士费仲、恶来等，他们武力过人，征战四方，备受纣王器重。其次，商代的尚武风气浓厚还表现在商代的兵器制造技术发达，武器数量众多，且商代贵族十分重视战功。商代掌握了青铜武器的冶炼制作技术，拥有当时世界上最先进的青铜武器，及当时世界上最大的战车，外国史学界称之为"中国坦克"。戈、矛等长兵器在商代应用普遍，数量众多，各地的商代考古挖掘中发现了不计其数的戈、矛等战具，且杀伤力较大。商代贵族的荣誉多由战功来决定，这充分体现了商人对武力征战的重视和尚武传统。商人对待战俘比较残酷，甚至有烹杀战俘的情况。

商人尚武之风的根源，可以追溯到早期商人的狩猎生活和东夷民族的尚武传统。商人在进入农耕文明之前是狩猎民族，保留了狩猎民族尚武的风俗。狩猎民族必须依靠强壮的体格和勇武的斗志来和野兽搏斗，从而获

---

① （汉）司马迁：《史记·殷本纪》，中华书局1959年版，第105页。
② 同上。
③ （汉）司马迁：《史记·殷本纪》，中华书局1959年版，第1241页。
④ 同上书，第104页。

取食物。锻炼体魄、习武射箭成为早期商人生活中最重要的内容。不仅如此，商族起源于东夷民族，商文化受到东夷文化的影响，东夷文化中浓重的尚武传统决定影响了商人的审美风俗。东夷族是我国东方最古老的民族之一，与早期的中原华夏民族、南方苗蛮民族共存。"夷"是夏、商、周三代中原地区的居民对以海岱地区为主体的东方居民的称谓，据文献记载这一称谓始见于夏代。《礼记·王制》曰"东方曰夷"①，夏称之为"九夷"，商称之为"夷"或"夷方"，入周以后始名之为"东夷"。② 东夷族产生以后，随着漫长的演化发展成为许多原始部落，统称"九夷"。据《竹书纪年》及《后汉书·东夷传》记载，"九夷"包括吠、于、方、黄、白、赤、玄、风、阳九姓部落。东夷的先祖有太昊和少昊两个集团，之后出现了蚩尤的九黎集团。东夷文化是聚居于海岱地区的古东夷族所创造的文化体系，在遥远的史前时期就开始产生。东夷文化从距今8300年前的后李文化起，历经北辛文化（距今约7300年）、大汶口文化（距今约6500年）、龙山文化（距今约4500年）和岳石文化（距今约3900年）等几个文化阶段。从新石器时代晚期开始，东夷人在领土和势力扩张过程中与中原华夏民族产生了矛盾冲突，蚩尤与炎帝集团展开斗争，蚩尤最终以失败告终，带领部落归顺了炎、黄二帝，开始了东夷民族和华夏民族的大融合，文化的相互影响也开始产生。

　　殷商文化受到东夷文化和中原华夏文化的共同影响。商族从东夷族中分化产生，受到了东夷文化的影响，随着盘庚迁都，商代文化和东夷文化出现了既有抵抗又有融合的局面。东夷族是弓箭的发明者，有浓重的尚武文化。《说文·大部》载："夷，从大，从弓。东方之人也。"③ 又《说文·矢部》载："古者夷牟初作矢。"④ 可见是东夷人最早发明了弓箭，弓箭是人类最早期的武器之一，由此可以推知东夷文化有着悠久的尚武传统。商

---

① （唐）孔颖达：《礼记正义》，阮元《十三经注疏》本，中华书局1980年版，第1781页。
② 程红：《试论先秦时期东夷文化与华夏文化的关系》，《烟台师范学院学报》（哲学社会科学版）2005年第4期。
③ （汉）许慎：《说文解字》，中华书局2003年版，第43页。
④ 同上书，第110页。

族起源于东夷民族，只是到了夏代，商族更多地接受了华夏文化影响，才与山东半岛地区的"九夷"产生了差别。随着夏王朝对东夷失去控制，商王朝逐渐兴起壮大，由东向西摧毁夏朝，最后定都中原。① 殷商文化受到东夷文化的多方面影响，《尚书·盘庚》载："我王来，既爰宅于兹，……兹犹不常宁。不常厥邑，于今五邦。"② 此处"不常宁"指殷商最初都城在鲁西南地区，经常受到东夷族的扰乱。另外商朝的主要与国是蒲姑、莱、微等，都是东夷民族。因此商族与东夷族有着千丝万缕的联系，殷商文化中刻有深深的东夷文化烙印，东夷的尚武之风也影响到了商人的审美风俗。由此我们可以勾勒出一条文化发展的脉络，东夷文化影响下的商文化有着浓厚的尚武风习，商代的尚武风俗遗留并影响了卫地，卫地风诗便表现出了崇尚勇武的文化精神和审美风俗。

（二）郑诗尚武风俗探源

从《郑风》的《大叔于田》和《叔于田》两诗可以看出郑地文化风俗中崇尚勇武的传统。《左传·昭公元年》记载的郑国徐吾犯之妹自由择婿的故事，也反映了郑国崇尚勇武的风俗。故事中，子晳和子南为求婚分别向吾犯之妹展示自己的特质："子晳盛饰入，布币而出。子南戎服入，左右射，超乘而出。"结果吾犯之妹选择了戎装英武的子南，没有选择盛饰多金的子晳；并指出"夫夫妇妇，所谓顺也"，意为子南更像个男子汉和丈夫的形象。③ 从春秋时期郑国女子择偶的标准来看，郑国人认为豪气勇武才是男子的重要特征，反映了郑国崇尚勇武的社会风气。与卫诗不同，郑诗中的尚武风俗主要与郑国所处的时代环境、地理位置和君主的好战思想有关。

首先，《郑风》中的尚武思想与春秋战国时期各诸侯国尚武风气兴盛，征战频繁有关。西周时期社会形成了"国之大事，在祀与戎"④ 的观念，

---

① 张富祥：《商先与东夷的关系》，《殷都学刊》1997年第3期。
② （清）孙星衍：《尚书今古注疏》，中华书局1986年版，第223页。
③ （唐）孔颖达：《春秋左传正义》，阮元《十三经注疏》本，中华书局1980年版，第702页。
④ 同上书，第191页。

到了春秋时代重视征战的风气更加浓厚。春秋时期"礼坏乐崩",宗法制度遭到了极大破坏,周王统治衰微,各诸侯国势力逐渐强大。诸侯国之间为了取得土地和利益,不断地进行兼并战争,强大的诸侯国成为霸主,其他诸侯国不再听命周王的调遣指示,而是根据当时的霸主马首是瞻。在争霸战争中,齐、楚、秦、越、晋等国家的军事实力强大,并在一定阶段内取得了争霸战争的胜利,成为统治一时的霸主国家。诸侯国间不断进行的兼并战争也迫使郑国必须加强军事训练和武器装备。《郑风》产生于西周末到春秋时期,因此其中的尚武风气应当受到了春秋时代各诸侯国流行的尚武之风的影响。

其次,《郑风》中的尚武思想与郑国所处地理位置有极大关系。《汉书·地理志》载:"后三年,幽王败,桓公死。其子武公与平王东迁,卒定虢、郐之地,右雒左泲,食溱、洧焉。"[1] 经考证当时郑国的疆域北至于廪延(今河南延津),南至于泛(今河南襄城),东至于匡(今河南扶沟),西至于颍谷(今河南登封)。[2] 郑国东与宋、陈、曹相接,南与楚国毗连,西临东周国都洛邑,北部为卫国,西北部与晋国隔周都、卫相望,东北部与鲁、齐隔卫相望;处于楚、齐、晋、宋等国家的包围之中,位于各诸侯国的中心和枢纽地带,地理位置特殊。郑国的地理位置在军事上属咽喉要地,因此引起了一些诸侯强国的觊觎。而相较以上国家,郑国的军事实力并不强大。在大国、强国的夹缝中生存,必然要增强军事实力,提倡武力和勇斗精神。因此在地理位置和时代环境的迫使下,郑国不得不加强军事管理,增强军事实力,尚武风气也因之强化。

再次,《郑风》中的尚武思想与国君扩张领土的主观性及好战思想有关。郑国东迁以后,二代君主郑武公开始了不断扩张领土的战争,先后灭虢、郐等十邑,确立了郑国的基本疆域范围。武公之子郑庄公继续进行领土扩张,使郑国的疆域范围达到顶峰:东有汴梁,南包许昌,西距虎牢,北越黄河,方圆一二百里,地处各诸侯国的中心。郑庄公好战,他在位40

---

[1] (汉)班固:《汉书》,中华书局1962年版,第1662页。
[2] 新郑市地方史志编纂委员会编:《新郑县志》,1997年版,第40页。

多年间，对外战争频繁，《左传》记载了与他相关的17次大小战争。郑国还是发起诸侯间争夺战争较早的国家。君主的好战会带动整个国家的尚武风气，强化地域的尚武风习。

二 郑、卫诗歌中的审美风俗

郑、卫两地地域毗连，都受到殷商文化的影响，在风俗文化方面具有一定的相似性，风诗中体现出的审美风俗也比较接近，因此将之放在一起进行讨论。郑、卫风诗所体现的审美风俗主要表现在以硕大为美、服色尚白、喜用玉石三个方面。

（一）以硕大为美的审美观

先秦时期人们的审美普遍是以硕大为美，以强壮为美，硕大强壮甚至成为人们的择偶观念。以硕大为美的审美观的形成有着现实的条件和基础。先秦时期人们的生产力水平低下，主要依靠体力来进行春耕秋获、建房修舍、抵御外敌等各种事务，因此拥有强健的体魄、壮硕的外形和巨大的气力便十分重要。个体是否强壮决定了大到国家、小到个人的生活水准甚至生死存亡，强壮往往与硕大相连，这种现实中对硕大强壮的需求就决定了当时人的审美标准。郑、卫风诗在对人个体进行描述的时候，也都透露出了以硕大为美的审美观。

郑、卫风诗多处展现了对高大强壮的追求、崇尚，及以硕大为美的审美观。《卫风》中《考槃》《硕人》两首诗就是这种审美思想的反映。《考槃》一诗的主人公为"硕人"。郑《笺》载："硕，大也。"王先谦《诗三家义集疏》载："古人硕、美二字为赞美男女之统词。"[1] 王先谦认为《诗经》时代的"美""硕"都是男女通用的赞美之词。另一首诗《硕人》则描述了卫庄姜出身家势之隆、相貌体态之美和随从仪仗之盛。首先从题目的字面意思上看，就体现出了对身材高大健硕的崇尚。诗歌首先描述了主人公高贵不凡的出身，然后以细腻的笔触描绘了主人公的外貌："手如柔荑，肤如凝脂，领如蝤蛴，齿如瓠犀。螓首蛾眉，巧笑倩

---

[1] （清）王先谦：《诗三家义集疏》，中华书局1987年版，第277页。

兮，美目盼兮。"这段描写成为赞颂女子之美的千古绝唱，清姚际恒《诗经通论》载："千古颂美人者，无出'巧笑倩兮，美目盼兮'二语，绝唱也。"诗歌最后还描述了卫庄姜出嫁时的车马仪仗之盛和随从男女之众。从《硕人》一诗可以看出卫人的审美标准中，与高大健硕的男性审美观相类，女性审美方面也以身材高大修长为美，因为具有这种特质的女子可以更好地繁衍人口和从事生产劳动。除此之外，对女子的审美要求中还包括肤白发密、手指柔软、牙列整齐、配饰适当等与男子不同的内涵要素。以"硕人"为题统领全篇，极尽赞颂之意，证明"硕"在先秦时期蕴含了美好、尊贵、崇高、盛大之意，是卫人所崇尚赞美的审美特征。另外在《邶风·简兮》中，作者通过赞美高大健壮的武师，表达了对高大、勇武、健壮等审美特质的崇尚之情，也是以硕大为美的审美观的体现。以硕大为美的审美观还体现在《郑风》诗歌中。《郑风·丰》为一女子因未及时婚嫁而表达后悔叹惋之情的作品，诗载："子之丰兮，俟我乎巷兮，悔予不送兮""子之昌兮，俟我乎堂兮，悔予不将兮"。诗中描述的男子具备"丰"和"昌"的外貌特点，"丰"即丰满健壮，"昌"即高大强壮之意，女子因未能同意婚配这样的男子而感到十分惋惜。由此透露出高大强壮是郑国人择偶观念中的重要标准，择偶观念往往受到时代和社会审美观念的影响，因此郑国人的审美风俗也是以强壮丰满为美。

  以高大健硕为美的审美风俗在西周、春秋时期的其他诸侯国普遍存在，如齐国等，并在地域风诗中表现出来。《齐风》中明显体现出以硕大为美的审美观念。《齐风·还》是一篇猎人相遇、互赞打猎技术高超的作品。诗中两个猎人共同追逐猎取"肩""牡""狼"这样凶猛的大型野兽，并取得了胜利，由此赞美了猎人的强壮勇武和猎技的高超，反映了齐国人以强壮勇武为美的审美风俗。另外一首《齐风·猗嗟》中，以高大健壮为美的审美观则表现得更加直接。诗歌一开始便赞叹道："猗嗟昌兮，颀而长兮"，用极为夸张的口吻赞美主人公体魄的健壮和身材的高大，之后又描写了主人公高超的射技，突出表现了齐地东夷文化中崇尚高大、强壮、勇武、高超射技等的审美好尚。齐地为东夷人的后代，东夷民族缘起东部沿海，其文化具有海洋文化的特征，富有浪漫特质，特别崇尚高大壮硕的审美特质。郑、卫地区属殷商旧地，殷商文化又可以追溯到东夷文化。因此三地以硕大为美的审美风习或具有同根同源的特点，因而在诗歌审美观的表现上体现出了较多的相似性。

(二) 以白为美的服色审美风俗

古人崇信五行学说，每个朝代都有一种特别崇尚的颜色，形成了以某一色为美的审美风俗，并在服色中有着鲜明的体现。服色是指车马、祭牲、服饰等的颜色。夏、商、周王朝每朝都特别崇尚一种服色，夏代尚黑、殷代尚白、周代尚赤。《史记·殷本纪》载成汤在举行建国大典时："汤乃改正朔，易服色，上白，朝会以昼。"① 秦汉以后每个新王朝建立时，都将改正朔、易服色视为关系到国家命运的大事。

殷商时期崇尚的服色为白色，旗帜、马匹、车架、服饰的颜色都尚白。殷商尚白，历史上有较多记载，《礼记·檀弓上》载："夏后氏尚黑，大事敛用昏，戎事乘骊，牲用玄；殷人尚白，大事敛用日中，戎事乘翰，牲用白；周人尚赤，大事敛用日出，戎事乘騵，牲用骍。"② 孔颖达疏曰："'殷之大白'，谓白色旗。'周之大赤'者，赤色旗。此大白大赤，各随代之色。无所画也。"又《礼记·明堂位》载："有虞氏之旗，夏后氏之绥，殷之大白，周之大赤。夏后氏骆马黑鬣，殷人白马黑首，周人黄马蕃鬣。夏后氏牲尚黑，殷白牡，周骍刚。"③ 孔颖达疏曰："此一经明鲁有三代之马，及牲色不同。"又《周颂·有客》记载了周灭商后，封商纣王同母之庶兄微子掌管宋国，微子乘驾白马自宋至周朝拜宗庙，周王以客待之的史事。周王为微子设宴饯行时命人吟唱乐歌《周颂·有客》，从"有客有客，亦白其马"之句可知虽殷商时代已经过去，但纣王之兄微子仍不忘先代，保留了殷商尚白的传统风习，乘白马至周。不仅旗帜、马匹，殷商时期车架和衣着服饰的颜色也是以白为美。《史记·殷本纪》载："孔子

---

① (汉) 司马迁：《史记·殷本纪》，中华书局1959年版，第98页。
② (唐) 孔颖达：《礼记正义》，阮元《十三经注疏》本，中华书局1980年版，第1276页。
③ 同上书，第1490页。

曰：'殷路车为善，而色尚白'。"① 在祭祀和婚礼等重大场合，殷人服饰多为白色，体现了尚白的风习。《礼记·王制》载："殷人冔而祭，缟衣而养老。"② 又《周易·贲》六四载："贲如皤如，白马翰如，匪寇，婚媾。"这里"皤如"，本是指老人的白发，此为不加修饰的白色之意，"白马翰如"是指白马像飞鸟一般快速飞奔，"匪寇，婚媾"明确了非为抢劫，而是求婚，到此使六四阴爻终无灾祸之意。为婚姻而来，驾白马着白服，可以看出殷人婚姻中白色服饰的使用和尚白的风尚。以上记载充分表明殷代旗帜、车马和服饰的颜色尚白，殷商的服色审美风俗是以白为美。

郑、卫地域风诗受到殷商遗俗的影响，体现出服色尚白的审美观。殷商服色尚白的审美观念遗留到周代郑、卫地域，在郑、卫风诗中有多处体现。《鄘风·干旄》是一首赞美卫大夫善于招贤纳士的作品，诗歌描写了春秋时期纳贤招士所用之物，是"素丝纰之"的"干旄"，"素丝组之"的"干旟"，"素丝祝之"的"干旌"；"干旄""干旟""干旌"都是以白色丝线进行装饰的。清马瑞辰《毛诗传笺通释》载："是古者聘贤招士多以弓旌、车乘。此诗干旄、干旟、干旌，皆历举召贤者之所建。"③ 诗歌所描述的用白色丝线镶旗边、以白色丝线织旗上及白色丝线缝旗上的旗帜，都是吸纳贤才之物，体现了卫地以白为美的审美观。郑地也在一定程度上受到了殷商遗俗的影响，保留有服饰尚白的风习。《郑风·出其东门》表现了男子对白衣素服女子的倾慕欣赏，诗载："出其东门，有女如云。……缟衣綦巾，聊乐我员""出其闉阇，有女如荼。……缟衣茹藘，聊可与娱。"在"如云""如荼"的女子中，唯独这位身着白衣的女子符合男子的心意。诗歌以两个"虽则……，匪我……"的转折句表达了坚定无可动摇的语气，体现了主人公对白衣女子的钟情。由此可见郑、卫地域在服饰审美方面有尚白的风习。

在其他地域风诗中也有服色尚白的记载，说明殷商遗留文化在周代的影响广泛存在。《召南·羔羊》赞美了在位者的纯正之德，诗载："羔羊

---

① （汉）司马迁：《史记·殷本纪》，中华书局1959年版，第109页。
② （唐）孔颖达：《礼记正义》，阮元《十三经注疏》本，中华书局1980年版，第1346页。
③ （清）马瑞辰：《毛诗传笺通释》，中华书局1989年版，第189页。

之皮，素丝五纶""羔羊之革，素丝五緎""羔羊之缝，素丝五总"，"素丝五纶""素丝五緎""素丝五总"中的"素丝"为白色丝线。薛汉《韩诗薛君章句》称："诗人贤仕为大夫者，言其德能，称有洁白之性，屈柔之行，进退有度数也。"[①] 诗歌描述了周大夫所穿着的是白丝线镶边的羔裘。清代之前的诗评一直将周大夫作为诗歌赞颂的对象，白丝镶边的羔裘一方面象征了周大夫节俭正直的优秀品质，另一方面也反映了殷商尚白风习在周代的遗留。

（三）用玉风俗

中国人对玉的发现和使用很早，我国是世界上用玉最早，使用玉时间最长的国家。据考古学和历史学家考证，中国玉器诞生于新石器时代早期，至今已有七八千年的历史。新石器时代的古人将玉石进行打磨和穿孔，制作成类似镞、矛、刀、斧、铲等的生产工具和各种玉雕饰品。河姆渡遗址、良渚文化遗址中均有用玉料制作的装饰品，距今已有七千年历史。殷商时期人们已将玉作为货币的一种，用来交换物品，使玉具备了经济功能。商周时期人们治玉的水平更加高超，玉雕工艺有了进一步发展，雕琢逐渐精细并讲究纹饰，出现了鱼、龟、鸟、兽面等造型和夔龙纹、蟠螭纹、云雷纹等纹饰。商代国君武丁配偶妇好墓出土了七百多件玉器，其中有相当部分为佩玉。此时玉器的使用更加多样化，不仅在日常生活中发挥了装饰功能，还具备了宗教礼仪功能，成为礼器之一。到了春秋战国时期，玉的制作方式又发生变化，形态更加精美。春秋战国以后玉又增加了政治使用的功能。《诗经》中出现了多处关于玉的记载，反映了周代人用玉的普遍性和玉用途的多样化，如《诗经·秦风》载："何以赠之，琼瑰玉佩"。郑、卫两地风诗中也出现了大量有关玉的记述，有的将玉作为馈赠佳品，有的作为佩戴之物，还用玉来形容人的品格高洁，这些都反映了郑国和卫国的用玉风俗。

郑、卫风诗中出现了多处佩玉的记载，表现了郑、卫地域的佩玉风俗。将玉作为佩饰使用起源甚早，大约可以追溯到新石器时期。从商周时

---

① （宋）王应麟：《诗考 诗地理考》，中华书局2011年版，第15页。

期开始,男女尤其是贵族腰间多佩玉,行走时玉佩相互撞击,发出悦耳之声,可以起到协调脚步、调整行走节奏速度的作用,使佩戴者显得庄重大方,仪貌不俗。郑诗中就有佩玉风俗的具体表现,《郑风·有女同车》载"将翱将翔,佩玉琼琚""将翱将翔,佩玉将将"。"琼琚"即美玉,"将将"是玉石相互碰击摩擦发出的清脆悦耳之声。这里用佩玉和所佩戴玉石发出的锵锵之声衬托出女子的端庄美丽、高雅脱俗、身份高贵、品德高尚。清代姚际恒《诗经通论》评价道:"以其下车而行,始闻其佩玉之声,故以'将翱将翔'先之,善于摹神者。'翱翔'字从羽,故上诗言凫、雁,此则借以言美人,亦如羽族之翱翔也。《神女赋》'婉若游龙乘云翔',《洛神赋》'若将飞而未翔',又'翩若惊鸿',又'体迅飞凫',又'或翔神渚',皆从此脱出。"[①] 姚际恒认为此诗以佩玉之声衬托了女子行动的轻盈柔美,可谓善解诗意。卫诗也表现出了卫地的佩玉风俗,如《卫风·竹竿》载:"巧笑之瑳,佩玉之傩"。"傩",毛《传》释为"行有节度"。赵浩如《诗经选译》解释道:"傩,婀娜,形容走路有风度的样子。"女子因佩玉而行走婀娜多姿,充分表现了女子的娴雅端庄,也证明了玉在古代重要的装饰作用。又《卫风·芄兰》中的"芄兰之支,童子佩觿"一句,描述了古人佩觿的情况。毛《传》载:"觿,所以解结,成人之配也。"宋朱熹《诗集传》载:"觿,锥也。以象骨为之,所以解结,成人之配,非童子之饰也。"[②] 商周时代玉器流行,已有玉觿产生。《礼记·内则》载:"子事父母,左佩小觿,右佩大觿。"[③] 玉觿也是先秦时期人们佩玉的一种重要形式。

郑、卫风诗还表现出了赠玉风俗。因为玉石晶莹美丽,既可用作装饰品,又具有经济功能,因此先秦时人也常将它作为馈赠之用,形成了赠玉风俗。赠玉行为既可以在贵族朝聘会盟等正式场合中发生,也可以在私人交往中进行。在郑、卫风诗中,赠玉风俗主要体现为古人在日常生活中以玉石作为馈赠品。如《郑风·女曰鸡鸣》载:"杂佩以赠之""杂佩以问

---

① (清)姚际恒:《诗经通论》,中华书局1958年版,第106页。
② (宋)朱熹:《诗集传》,中华书局1958年版,第39页。
③ (唐)孔颖达:《礼记正义》,阮元《十三经注疏》本,中华书局1980年版,第138页。

之""杂佩以报之",即以玉石作为报答物和馈赠。又《卫风·木瓜》是首相互赠答之作,诗载:"投我以木瓜,报之以琼琚""投我以木桃,报之以琼瑶""投我以木李,报之以琼玖"。这种投桃报李的行为体现了我国先民礼尚往来的友好传统和知恩图报的朴素思想。诗歌或为受到周礼影响所作,朱熹将之视为男女赠答之作,《诗集传》载:"言人有赠我以微物,我当报之以重宝。而犹未足以为报也,但欲其长以为好而不忘耳。疑亦男女相赠答之词,如《静女》之类。"①《卫风·木瓜》中出现了多种玉石的名称,如"琼""琚""琼瑶""琼玖"等。毛《传》载:"琼,玉之美者。琚,佩玉名。"又"琼瑶,美玉","琼玖,玉名"。由此可见古人对玉的了解程度之深及当时玉材使用品种的多样性。

在用玉的基础上,郑、卫风诗还以玉比喻人的品德。《卫风·淇奥》载:"有匪君子,如切如磋,如琢如磨""有匪君子,充耳琇莹,会弁如星""有匪君子,如金如锡,如圭如璧"。其中"充耳琇莹,会弁如星"描述了君子的佩戴及装饰:佩冠的左右两旁以丝线悬挂着至耳的似玉美石,所戴皮弁缝合处点缀着耀目的佳玉。"如切如磋,如琢如磨""如金如锡,如圭如璧"则是描述君子的内在性情品德:胸怀宽大、性情温和、从谏如流、善于自修。古人经过对玉的大量辨别、使用后,积累了丰富的玉石知识,也在加工制作玉石过程中体验到一种独特的心理感受。毛《传》载:"武公质美德盛,有康叔之余烈。……道其学而成也,听其规谏以自修,如玉石之见琢磨也。"认为《淇奥》赞颂的是卫武公,并指出武公具有细腻执着的性情、从谏如流的美德,可以通过纳谏自修达到品行的完善,这和攻玉以达到玉石的完美具有相似共通之处。古人将这种治玉过程中细腻执着、温和坚韧、不断追求完善的情绪体验用来比喻人善于自我砥砺完善的美德,具有异曲同工、不言自明的妙处。

综之,虽然郑、卫两地风诗均表现出了尚武风俗,但其风俗文化的根源却存在着明显的地域差异。而在审美风俗方面,郑、卫两地风诗表现出了较大程度的相似性:都以硕大为美,服色尚白,都存在用玉风俗;风诗

---

① (宋)朱熹:《诗集传》,中华书局1958年版,第41页。

中除体现出佩玉、赠玉风俗以外，还用玉来比喻君子的美德。

第三节　郑、卫诗歌与宴饮文化

卫国位于黄河中下游的殷商王畿旧地，继承了殷商遗留的饮酒风俗。郑地位于中原腹地，地理位置重要，商业发达，酒文化兴盛。郑、卫两地风诗都表现出了饮酒风俗，从《诗经》郑、卫诗歌中我们可以获知先秦时期古人饮酒的状况和酒文化，探讨《诗经》时代的宴饮风俗和传统礼仪。

一　酒文化的源头与宴饮礼仪的产生

酒文化在中国源远流长，其源头可以追溯到上古时期。浙江余姚的河姆渡文化、山东大汶口文化、龙山文化遗址中，都出土了大量的尊、罍、杯、盉等酒器，大汶口文化出土的酒具达268件之多，占出土文物总数的26.4%，说明那时人们已开始普遍饮酒了，酿酒技术也比较成熟了，由此推知酒在中国的历史十分悠久。关于酒的起源存在多种说法：第一种说法认为，在距今7000年前的新石器时代，随着稷、黍等谷物的大面积种植，酒就出现了。第二种说法认为酒是在黄帝时期诞生的。第三种说法是仪狄、杜康造酒说。其中，第三种说法影响最大。其实早在夏代以前，我国古人就会酿酒了。他们最早是从自然界中水果谷类自然发酵后的产物受到启发，以发芽的谷物"曲蘖"酿造酒，并掌握了酿酒的技术。后来人们开始人为地制造曲蘖，大量地酿酒，在河北一商代遗址就发现了重达8.5公斤的酿酒酵母。商代不仅酿酒数量多，且酿酒技术进一步发展，实现了"曲""蘖"分离。人们把用"蘖"即发芽的谷物所酿造的酒称为"醴"，类似于今天的糯米酒，把用"曲"酿造的酒称为"酒"。伴随着酿酒技术的提高，制酒业也发达起来，饮酒器具制造之多、酿酒规模之大都达到了前所未有的水平，酒成为贵族的主要消费品之一。这些情况在甲骨文中和《诗经》中均有记载，《商颂·烈祖》载："既载清酤，赉我思成。亦有和羹，既戒既平。"即在祭祀中以清酒祭祖，祈佑事业得以成功。商代末期荒淫无度的商纣王居然积酒以为池，悬肉以为林，让男女歌妓赤裸身体在酒池肉林中追逐嬉戏，以挥霍作乐。《史记·殷本记》记载纣王"戏于沙丘，以酒为池，悬肉为林，使男女倮相逐其间，为长夜之饮。"① 从地下出土的商代文物看，饮器中存有大量的酒器，反映出商人嗜酒的风习。

到了周代，酿酒技术更为成熟，且宴饮礼仪逐渐形成并完备。周公制礼作乐，在宴饮的礼仪方面也进行了一系列的礼法规定。随着周代礼制在各诸侯国的推行，这些规定逐渐成为人们遵循的礼仪规范。春秋战国时期，在各种祭祀、会盟、庆典、接待使者、欢庆胜利等场合中，酒已经成为必不可少的用品，且具有重要的礼仪作用。"醴"盛行于夏、商、周时期，到了秦代就基本为"酒"所取代了。因为"醴"不似今天的白酒那样浓烈，而是糖分高、乙醇含量极低的甜淡的酒，类似今天的糯米酒；而以"曲"酿造的"酒"，由于有多种菌类共同作用，所酿成的酒乙醇含量较高。人们更加喜欢以"曲"酿制的"酒"，于是以"蘖"酿造的"醴"就逐渐被淘汰。正如明代科学家宋应星在《天工开物》中所说："古来曲造酒，蘖造醴，后世厌醴味薄，遂至失传，则并蘖法亦亡。"② 醴被淘汰、蘖酿造法失传，大约出现在战国与秦代之间。

二 《诗经》中的宴饮礼仪

饮酒风俗和周代礼制相结合，产生了宴饮礼仪，这些礼仪规定了人们在饮酒和宴飨时需遵循的行为规范和仪式礼节。《诗经》中的宴饮诗，反映了包括郑国、卫国在内的整个周代社会的饮酒文化和宴饮仪节，这些宴饮礼仪是我国传统礼仪的一部分，也是我国优秀的文化遗产。

周代的宴饮十分重视仪节礼法，体现了饮酒风俗的礼仪化。《诗经·小雅·瓠叶》载："幡幡瓠叶，采之亨之，君子有酒，酌言尝之。有兔斯首，炮之燔之，君子有酒，酌言献之。有兔斯首，燔之炙之，君子有酒，酌言酢之。有兔斯首，燔之炮之，君子有酒，酌言酬之。"诗歌通过排比

---

① （汉）司马迁：《史记·殷本纪》，中华书局1959年版，第105页。
② （明）宋应星：《天工开物》第十七《曲蘖》，明崇祯十年刊本。

和反复吟咏,描述了春秋战国时期宴饮的几个基本仪节,即"尝之""献之""酢之""酬之"。"尝"即在宴席上,主人首先要品尝酒味;"献"即宾客入席后,主人取酒爵到宾客席前奉上;"酢"即宾客取酒爵回敬主人;"酬"指主人将酒注入觯中,先自饮再劝宾客随饮。在宴饮的礼仪上,献、酢、酬进行一遍,称为"一献"。按照《仪礼·乡饮酒礼》的说法,在筵席上主宾之间"一献"之后,主、介(陪客)之间,主人和众宾(指主宾以外的其他来宾)之间,还要分别进行献和酢。这之后,由乐工演奏和歌伎歌唱来为宴飨助兴,直至尽欢①。诗歌中宴会所用的菜肴为瓠叶和兔肉,说明这次宴饮并非是贵族宴饮,但仍遵守了完整的尝酒、奉酒、回敬酒及饮酒劝酒等几个环节,可见周代宴饮礼仪影响之大;周代宴饮礼仪已成为了全社会普遍遵守的礼仪秩序,所进行的宴饮礼仪的各个环节也体现了礼仪执行者的文化修养。

古人不仅重视饮酒的礼仪,酒浆和食物的摆放位置也十分讲究,体现了细致完备的饮食礼仪。《礼记·曲礼》载:"凡进食之礼,左殽右胾,食居人之左,羹居人之右。脍炙处外,醯酱处内。葱渫处末,酒浆处右。以脯修置者,左朐右末。"② 即凡是陈设便餐,要把带骨头的菜肴放在左边,将切好的不带骨头的肉放在右边。干的食物菜肴放在左手方位,羹汤放在靠右手的位置。将盛在豆内的细切和烧烤的肉摆在外围,调味的醯酱摆在靠里一点的地方;蒸葱等伴料放在最末的位置,酒浆等饮料放在人身体的右边。如果宴席上要进献干肉,则要把弯曲的部分朝向左边,将上下两头朝右摆放。从菜肴、汤羹,到酒浆和调味品,都具体规定了摆放的方位。食物的这种摆放方式,不仅是一种看似烦琐的仪节,更重要的目的是让食用者饮食方便,符合一般人的进食习惯。

周代宴饮礼仪不仅体现了中华民族悠久的饮食文化,还包含了恭敬爱戴长者的传统美德,体现了礼仪之邦所独有的尚礼民风和敬老传统。《礼记·乡饮酒义》载:"乡饮酒之礼,六十者坐,五十者立侍以听政役,所

---

① 晁福林:《先秦民俗史》,上海人民出版社2001年版,第13—14页。
② (唐)孔颖达:《礼记正义》,阮元《十三经注疏》本,中华书局1980年版,第39页。

以明尊长也。六十者三豆，七十者四豆，八十者五豆，九十者六豆，所以明养老也。"① 根据乡饮酒的礼仪，不同年龄的人享受不同的待遇：六十岁的人可以享受坐着的礼遇，五十岁的人要站立陪侍、听候差遣；六十岁的人面前摆放饭食三豆，七十岁的人可以享用饭食四豆，八十岁的人享用饭食五豆，九十岁的人则享用六豆。用坐、立待遇的不同和供给饭肴的多寡显示出对年长者的尊重。尽管这些礼法在周代不一定全部实施，但仪节所体现的上下有序、各居其位、敬重长者等的制礼精神，具有鲜明的周代礼乐文化特点，也成为中华民族优秀的传统文化。

三 《诗经》郑、卫风诗中的饮酒风俗

郑国和卫国的地域风俗中都存在饮酒风俗。黄河以南的中原地区以及河北平原南部地区，是商人原先统治的都城及核心区域，也是卫国的疆域所在。周初对殷商实行的"灭国不灭祀"政策保留了商代祭祀，"启以商政，疆以周索"的土地政策允许卫国开拓疆域时采用商朝的制度，使得殷商文化风俗在卫国得到一定程度的保留，卫地由此继承了殷商的饮酒传统，酒文化和饮酒风俗也保留下来。郑国建国大约在西周末期，时间较晚，周室东迁以后，郑国都城迁到今河南省新郑县，领土在今河南省中部黄河以南，大致包括今河南的郑州、荥阳、登封、新郑一带地方。此地毗连卫地，且商业发达，饮酒风气较为兴盛。这些饮酒遗俗和风气在《诗经》郑、卫诗歌中表现出来，使郑、卫风诗出现了"十五国风"中较多的与酒相关的描写。

《诗经》郑、卫风诗出现了多处与酒相关的描写，体现了地域饮酒风俗。与酒有关的表述主要出现在郑、卫风诗的《邶风·泉水》《邶风·柏舟》《邶风·简兮》《郑风·叔于田》等诗歌中，有的描绘了饮酒送行的场景，有的描述了日常饮酒的情况。《邶风·泉水》载："出宿于泲，饮饯于祢""出宿于干，饮饯于言"。毛《序》云："《泉水》，卫女思归也。嫁于诸侯，父母终，思归宁而不得，故作是诗以自见也。"郑《笺》载：

---

① （唐）孔颖达：《礼记正义》，阮元《十三经注疏》本，中华书局1980年版，第184页。

"饯，送行饮酒也。"孔疏分析认为诗歌反映了卫宣公时期卫国的一位女子嫁给了诸侯成为夫人，女子思乡想要返归故国，但父母已没不能归省，女子因不能违礼归国而内心忧虑不已。因女子思国欲返，此时所饮应是离别送行的饯行酒。诗中女主人公因遵循周代礼法不敢贸然返归家乡，说明她受到了周礼思想的影响，诗歌体现了周文化对卫地的渗透。谨守规范的女子尚能"饮饯"，可见饮酒送别并非是违背周礼之事，而是得到周礼认可的风俗文化，由此可以推知饮酒送行成为当时人的一种普遍做法。

在郑、卫风诗中酒不仅出现在送别这样的特殊场景中，还出现在人们的日常生活中，为普通人日常饮食之一，酒还在日常生活中发挥了解除忧愁、嘉奖赏赐等作用。据《郑风·叔于田》反映的内容看，酒已成为人们的日常饮食。《郑风·叔于田》载："叔于狩，巷无饮酒。岂无饮酒？不如叔也。"从汉代《毛诗故训传》到宋代朱熹的《诗集传》，许多经学家都将"叔"释为共叔段。联系郑国史事，《左传·隐公三年》记载郑庄公弟共叔段受到其母偏爱，受封邑于京。共叔段出身尊贵，又有着俊朗的外表和过人武艺，在他叛乱郑国之前，应广受贵族和平民的欣赏赞美。因此在《郑风·叔于田》中，以"巷无居人""巷无饮酒""巷无服马"这些日常生活细节来衬托共叔段狩猎归来时不同寻常的俊美勇武。从诗意看，所有的一切与"叔"相比，都是可以忽略、不值一提的，诗歌以极为夸张的艺术手法制造了一种万人空巷的表达效果，体现了作者对共叔段热切的赞美之情。在诗中"饮酒"成为和"居人""服马"并列的日常事务或行为，可见在郑国，饮酒已是普通人的日常之事，早已列为民俗生活内容之一。酒在卫人日常生活中，还发挥了解除忧愁、嘉奖赏赐的作用。《邶风·柏舟》载："微我无酒，以敖以游。"这里酒在卫人生活中发挥了祛愁散忧的作用。又《邶风·简兮》载："赫如渥赭，公言锡爵。""爵"是一种酒器，用以温酒和盛酒。这里王公贵族赐予酒爵，其实就是赏赐魁梧壮美的万舞武师美酒。这里酒成为生活中的一种赏赐嘉奖。

综之，酒文化是我国重要的传统文化，随着酿酒技术的进步，西周、春秋时期人们逐渐形成了饮酒的风俗和一定的宴饮礼仪，并体现在《诗经》郑、卫风诗及其他诗歌中。从饮酒风俗中可以获知西周、春秋时期的社会风貌,而宴饮礼仪中包含了维护秩序和敬重长者的思想,这些礼貌仪节和社会规范是我国优秀文化传统的重要组成部分,也是传统美德的重要方面。

第四节　卫诗与商、周文化

卫地风诗包括《邶风》《鄘风》《卫风》,三风诗歌应还未产生时,三地已合一,之所以将诗歌分为三个部分,应该是以产生的地域或歌唱曲调的不同来加以划分的。在春秋末期人观念中,已经将邶、鄘、卫三风均归为卫风。季札观乐时明确称邶、鄘、卫三风为卫风,《左传·襄公二十九年》载季札观乐时赞美道:"美哉渊乎!忧而不困者也。吾闻卫康叔、武公之德如是,是其《卫风》乎!"[①] 又《左传·襄公三十一年》载北宫文子道:"《卫诗》曰:'威仪棣棣,不可选也'。"[②] 而此句是《邶风·柏舟》中的诗句,并不属《卫风》。

卫地地处殷商旧地"王畿",民歌自然受到了殷商文化余绪的渗透;而风诗产生于注重礼乐教化的周代,周文化必然波及卫地;两种文化交互作用,共同影响,形成了《邶风》《鄘风》《卫风》的思想风貌。商、周两种文化的影响并不均衡,有的卫诗中殷商文化印记明显,有的诗歌受周文化的影响更盛,而有的诗歌展现了两种文化的交杂碰撞。查考前贤诸家所论,多集中于对殷商文化或周文化的分别考述罗列,述其影响,忽视了二者并非静态分布、平分秋色。商、周文化在卫诗中实则彼此各有消长、共同作用,特别是有时在一首诗歌中体现出文化对立共存的二元情形。我们将两种文化进行动态的、历史的、文本的分析,有助于对《诗经》卫地风诗作出更深入的探究和解读。

---

① (唐)孔颖达:《春秋左传正义》,阮元《十三经注疏》本,中华书局1980年版,第668页。
② 同上书,第690页。

一 商、周文化对卫地的共同影响

一个地区某时期的地域文化与当地的社会历史状况密不可分，一旦形成，有着较强的延续性，从而体现出一地域与其他地域不同的历史文化特点。卫地由于处于殷商旧地，受到殷商文化影响深厚；而由于周代宗法制度、礼乐制度的推行，周文化也对卫地的社会思想产生了重大影响。

（一）商文化对卫地的影响

商代是中国历史上第二个奴隶制朝代，从公元前17世纪产生到前11世纪灭亡，总共经历了600多年时间。其中几经迁都，但中心地区都不出黄河中下游地区，大致在河南省北部、中部和河北省西南部，卫地正处于殷商旧地中心区域。作为一种文化，其发展演变都有着自己内部的规律，往往不会因朝代的因革而骤然变化。当经济基础或上层建筑发生变化，社会成员以新的方式作出应对时，变迁开始发生；而直到这种方式被这一民族或地域足够数量的人认可接受，并成为他们共同拥有或表现的特点之后，才称为发生了文化的变迁。600多年的商代统治赋予了殷地商文化特质，这种特质又延续到周代卫地的地域文化当中。

周初武王分封武庚，保留殷商祭祀宗庙，使殷商旧裔和殷商文化得以保留。周初建国时，周武王要稳定刚刚建立的政权，首先要稳定殷商旧势力及周边民族所在的黄河以南的中原地区及河北平原（南部）地区，大约后来的郑地和卫地，因为这是商代人原先统治的都城及核心区域。武王采取了较为温和的安抚政策，没有对殷商旧地大加讨伐重创，而是按照先秦惯例，为殷商保留了宗庙祭祀，并安排纣王的儿子武庚留在朝歌掌管祭祀。《逸周书·作洛篇》载："武王克殷，乃立王子禄父，俾守殷祀。"[①]通过安抚殷商旧族、保留宗庙祭祀等举措，使得殷商文化在周初时期得到了较好的保护和延续，武王的政策也得到了殷民的认同。《史记·殷本纪》载："封纣子武庚、禄父，以续殷祀，令修行盘庚之政。殷民大悦。"[②]汉

---

① 黄怀信等：《逸周书汇校集注》，上海古籍出版社1995年版，第544页。
② （汉）司马迁：《史记·殷本纪》，中华书局1959年版，第108页。

代郑玄已注意到周初卫地殷商文化之深厚，指出"庶殷顽民被纣化日久"。郑玄《诗谱》载："邶、鄘、卫者，商纣畿内方千里之地，其封域在《禹贡》冀州太行之东。北逾衡漳，东及兖州桑土之野。周武王伐纣，以其京师封纣子武庚为殷后。庶殷顽民被纣化日久，未可以建诸侯，乃三分其地，置三监，使管叔、蔡叔、霍叔尹而教之。"

周代统治政策相对灵活，允许诸侯国因地制宜，使卫地保留了商代的一些典章制度。对分封的诸侯国，周王允许他们因地制宜，或采用前代成法，根据各地的具体情况制定合适的统治政策。《左传·定公四年》载卫子鱼论蔡、卫之先后而及周初分封时云："分康叔以大路、少帛、綪茷、旃旌、大吕，殷民七族，陶氏、施氏、繁氏、锜氏、樊氏、饥氏、终葵氏。封畛土略，自武父以南，及圃田之北竟，取于有阎之土，以共王职。取于相土之东都，以会王之东蒐。聃季授土，陶叔授民，命以《康诰》，而封于殷墟，皆启以商政，疆以周索。分唐叔以大路、密须之鼓、阙巩、沽洗、怀姓九宗，职官五正。命以《唐诰》而封于夏虚，启以夏政，疆以戎索。"杜预注曰："皆，鲁、卫也。启，开也，居殷故地，因其风俗，开用其政，疆理土地以周法。"① 由此可见，周代允许鲁国和卫国开拓疆域时采用商朝的制度，而划封土地时则需使用周代的方法。《礼记·王制》曰："凡居民材，必因天地寒暖燥湿，广谷大川异制，民生其间者异俗，刚柔、轻重、迟速异齐。五味异和，器械异制，衣服异宜。修其教，不易其俗；齐其政，不易其宜。中国戎夷五方之民，皆有性也，不可推移。"② 又《礼记·曲礼下》载："君子行礼，不求变俗。祭祀之礼，居丧之服，哭泣之位，皆如其国之故，谨修其法而审行之。"③《礼记》中因地制宜、因俗就礼的思想正是继承和体现了周初通脱灵活的统治政策。卫国因此保留了商代的一些典章制度，殷商时期的风俗文化也得以部分地保留。

周代统治薄弱时期，各诸侯国地域遗留文化凸显。从西周末年到春秋

---

① （唐）孔颖达：《春秋左传正义》，阮元《十三经注疏》本，中华书局1980年版，第949页。
② （唐）孔颖达：《礼记正义》，阮元《十三经注疏》本，中华书局1980年版，第247页。
③ 同上书，第72页。

时期，周朝对诸侯国的控制能力日益降低，周代礼乐制度逐渐走向"礼坏乐崩"，各地延续未断绝的遗留文化重又显露出来。由于《诗经》国风多产生于西周末年到春秋时期的各诸侯国，加之民歌形式容易浸染地域时代风习，因此各地国风均不同程度地反映了当地的地域文化特征。其中卫地风诗产生于殷商旧地，深受殷商遗俗的影响。卫诗所表达的男女自由相恋、桑林卜筮等内容源于殷商文化，是旧文化的表现和回归。同样地，《齐风》体现出了地域遗留的东夷文化的影响，《秦风》表现出了秦人明显的尚武好战、重利轻礼的文化遗留。周代统治疲弱之际各地文化典籍的纷纷兴起也是地域文化彰显的表现之一。平王东迁之后的东周时期，各地地域史书陆续产生，有鲁史、楚史等。鲁国史书《春秋》记载了从鲁隐公元年到鲁哀公十四年的历史，由于所记史实与客观的历史发展时期大体相当，史学家便把《春秋》这一书名作为这个历史时期的名称。东周各地域史书纷纷诞生证明各诸侯国重视并开始总结自己的历史文化，同时也是诸侯地位加重、各地地域文化遗脉重新兴起的结果。

（二）周文化对卫地的影响

周代通过推行典章制度、实施礼乐教化，从外在的制度规定和内在情感的融通两方面来推行周代的统治，实施周文化的渗透。周文化也深入影响了卫地，对卫人的行为和思想发生了重大的改变和影响。

周王朝创立制定了不同于商代的典章制度，用较强的统治力将这些典章制度推行到各诸侯国，包括卫国。不同于商代遗留的殷商旧俗，周代创立并实施了分封制、宗法制、同姓不婚制等典章制度。尤其是宗法制和分封制的结合，使天子、诸侯、大夫、士等按照嫡长子继承的原则和顺序世代相传，形成了以"大宗"、"小宗"为区分序列分明的组织方式。这种组织方式将家族关系和行政关系统一起来，形成了宗法、封建、等级三位一体的社会政治模式。以人为中心的政治秩序的建立将社会置于人可以控制把握的范围当中，减少了神秘因素带来的虚妄，及对神灵的依赖、敬畏和天意难测的不确定性。宗法制是一种社会政治制度方式的进步，表现了人对自然和自身更多的认知和把握。周朝以典章制度的方式在卫国推行了统治政策，《左传·定公四年》载卫子鱼论周初分封时，同样有"疆以周

索""疆以戎索"的规定,虽然周朝允许鲁国和卫国开拓疆域时采用商朝
的制度,但划分土地疆界时仍要采用周代的典制,这便是对周代典章的推
行实施。

周王朝创立形成了不同于商代的礼乐文化,并采取措施强化推行,
必然对卫地产生重大的影响。根据文献记载,殷商文化重视卜筮,崇信
天命,礼乐主要是作为辅助宗庙祭祀活动的外在形式而存在,范文澜称
之为"尊神文化"。到了周代,周公将前代的礼乐文化加以整理并根据
周代情况改造创新,形成了周文化中重要的礼乐文化。周代礼乐文化体
现的是宗法人伦精神,包括西周以来的典章、制度、规范、仪节等,规
定和体现了人与人之间的上下贵贱、长幼尊卑的秩序。其中礼是外在礼
仪的规范体系,乐是礼的精神的内化体现,展现了礼与人内在精神的融
通。这样,礼与乐结合在一起,在举行仪式的过程中,人们不仅在仪节
上遵行礼制,而且从内心对礼仪产生认同皈依,内外达到协调一致,将
具有外在强制性特征的礼转化为内在的精神需求。周代的文化思想不同
于殷商旧俗,二者甚至会产生一系列的矛盾冲突。新的变革必然引起社
会各阶层的行为方式和思想变动,也会产生异流逆施,周王朝采取了一
些强化礼乐的措施。如在《尚书》的《康诰》《酒诰》《梓材》等篇中,
周公数次警示卫君康叔勿忘殷商之鉴,谨修今朝之礼,严格遵守周代礼乐
典制。《诗经》国风篇章也体现了周代礼乐政策的推行,《诗经·周南·
关雎序》载:"上以风化下,下以风刺上,主文而谲谏,言之者无罪,闻
之者足以戒,故曰风。""上以风化下"就是周朝统治者以国风中符合周
礼的内容来劝化民众,实施周文化的影响。卫地是周王朝实行劝化影响的
重点区域,通过这些警示劝化,周代强化推行了礼乐制度,同时也加深了
周文化对卫地的影响。

二 卫诗中的商、周二元文化

卫地诗歌受到殷商文化和周文化的共同影响,这种影响以多种形式和
多个角度表现出来,且并不均衡。有的诗歌体现了殷商文化的影响,有的
体现出周代礼乐教化的痕迹,而有的诗歌则表现出两种文化的共同作用及

深层次交杂时产生的碰撞和激荡。对卫诗中遗留的某一种文化习俗或某种文化对卫诗的单独影响，前人多有讨论，不再赘述。此处专门讨论卫地风诗中两种文化共同存留的情况及这两种文化间的相互矛盾碰撞。

商文化和周文化有着不同的特点，它们同时体现在卫地风诗中。殷商文化的特点主要表现为尊奉神权，巫风弥漫，崇尚勇武，注重声乐，祭祀活动多，宗教仪式性强等。周文化特点有以民为本和以农为本，敬重天时；注重礼教和礼乐文明；婚姻讲求"六礼"，同姓不婚；重视父子宗族关系，实行嫡长子继承制等。同时体现出商、周两种文化的卫地风诗，主要有《邶风·绿衣》《邶风·新台》《鄘风·墙有茨》《鄘风·鹑之奔奔》《卫风·芄兰》五首。两种文化共同影响一首诗歌，主要体现为诗中描述的事件或做法属于殷商文化遗留，而作者对于事件所持的态度、评价事件的标准则明显受到了周文化的影响，这样在同一首诗中两种文化就产生了矛盾和碰撞。反映文化间碰撞的诗歌，根据主题不同可分为两类：一类是指斥宫廷淫乱丑恶现象的刺淫诗，以《邶风·新台》《鄘风·墙有茨》《鄘风·鹑之奔奔》为代表；另一类是讽刺不合礼法现象的违礼诗，以《邶风·绿衣》《卫风·芄兰》为代表。

（一）刺淫诗中的二元文化

卫地风诗中有多首反映宫廷淫乱现象的诗歌。《邶风·新台》为国人讽刺卫宣公之作。毛《序》载："《新台》，刺卫宣公也。纳伋之妻，作新台于河上而要之，国人恶之而作是诗也。"《左传·桓公十六年》载："初，卫宣公烝于夷姜，生急子，属诸右公子。为之娶于齐，而美，公取之。"[①] 这一段典故是《诗经·新台》的历史背景。类似的现象同样存在于《鄘风·墙有茨》《鄘风·鹑之奔奔》中，它们虽不属同一国风，但均是卫地民歌，表现的都是卫宣公及卫公子顽等人的宫廷混乱现象。《鄘风·墙有茨》以无法用扫帚打扫的墙上蒺藜草，暗示了宫室中不可张扬明说的尴尬和丑闻。《鄘风·鹑之奔奔》则讽刺了卫宣姜与公子顽的乱伦行为。毛

---

① （唐）孔颖达：《春秋左传正义》，阮元《十三经注疏》本，中华书局1980年版，第128页。

《序》载:"《鹑之奔奔》,刺卫宣姜也。卫人以为宣姜鹑鹊之不若也。"郑《笺》载:"刺宣姜者,刺其与公子顽为淫乱行,不如禽鸟。"

卫诗中的宫廷混乱现象是古代收继婚的一种,为殷商旧俗的遗留。周代以前,收继婚这种婚姻形式广泛存在。人类在经济水平低下,人口生产不稳定,思想荒蛮的大背景下,普遍存在"收继婚"这样的婚姻形式。收继婚指寡居的妇人,可由其亡夫的亲属收娶为妻。例如,兄死,弟可娶寡嫂为妻;弟死,兄可娶弟妇为妻;伯叔死,侄可娶婶母为妻;父亲死,儿子可收父妾为妻等等。卫诗中的宫廷混乱现象多为古代收继婚。收继婚和所谓"烝报"情况类似,只不过"烝报"是站在儒家否定的立场对待这种现象。在从尧舜到清代的漫长时期内,在汉族和少数民族中,收继婚都不同程度地存在着。[①] 商代之前的收继婚现象,有舜与象的故事和浇收寡嫂的故事。殷商时期收继婚现象仍然广泛存在,如史载商代开国时商汤之子獯收娶了夏桀的妻妾。司马贞《史记索隐》引《括地志》云:"夏桀无道,汤放之鸣条,三年而死,其子獯粥妻桀之众妾。"[②] 殷商时期对婚姻没有礼法规定,更倾向于一种自然荒蛮的形式,收继婚是其中重要的一种,加之桑林乐舞传统,使商代婚姻形式更加自由少约束。

殷商文化余绪流传到周代,收继婚在婚姻形式中仍然占有一定地位和比例,并在一定程度上是合理合法的,并非像后来一样成为口诛笔伐的对象。收继婚的合理性可以从事实存在、外交认可和子女不受歧视三方面加以论证。首先,卫国的收继婚现象在事实上是存在的。以宫廷举例,卫宣公先夺走为儿子所娶的齐女,即自己的儿媳、后来的宣姜;宣公死后,在齐襄公安排下宣姜又嫁给她的庶子公子顽,这些说明收继婚或烝报现象在春秋早期的卫国是事实存在的。其次,在外交当中,收继婚被认可并成为干预别国的一种方式。根据史实记载,宣公去世后惠公即位,齐国为了帮助外甥卫惠公巩固地位,便让宣姜和公子顽即昭伯结合,从而使卫、齐两国的联姻关系继续下去,通过宣姜继续巩固齐国在卫国的权威和影响。这

[①] 董家遵:《中国古代婚姻史研究》,广东人民出版社1995年版,第3页。
[②] (汉)司马迁:《史记·殷本纪》,中华书局1959年版,第2879页。

样，收继婚或烝报的联姻形式就成为一种外交干预的手段。《左传·闵公二年》载："初，惠公之即位也少，齐人使昭伯烝于宣姜，不可，强之。生齐子、戴公、文公、宋桓夫人、许穆夫人。"① 宣姜和公子顽的婚姻最初虽遭到公子顽反对，但他被强迫后也便作罢。可见收继婚在当时是一种可以接受的婚姻形式，并被齐襄公作为干预卫国、巩固齐国地位影响的一种方式所使用。再次，收继婚子女未受歧视。宣姜与公子顽生齐子、戴公、文公、宋桓夫人、许穆夫人五人，五人均为显贵，两个女儿分别嫁给宋桓公、许穆公为妻，并未因出身而受到排斥和贬低。《左传·闵公二年》载："许穆夫人赋《载驰》。"《载驰》因许穆夫人创作而成为历史上第一首女子写作的思国怀乡的诗歌，并流传下来。从现有史料看，也未有许穆夫人因出身问题受贬低歧视的记载。由此可见诸侯国对宣姜和公子顽的婚姻是认可的，收继婚直到春秋早期还存在，是卫国现实存在的婚姻形式之一，也是殷商遗俗的表现。

　　诗作者对收继婚所持的讽刺批评态度，是周代礼乐文化影响的结果。《诗经》产生的时代是周文化渐次浸染的时期，违背周代婚姻制度的做法自然会受到诟病批判，并在卫地风诗中体现出来。以《邶风·新台》为例，诗歌的作者使用了一些丑陋的意象讽刺卫宣公："蘧篨"即不能叠的粗竹席，比喻鸡胸；"戚施"是丑陋的蟾蜍，比喻驼背，它们暗示象征了对象的丑陋老迈，是对好美色的卫宣公的比喻和讽刺。凡此种种批评的态度是从周代婚姻制度出发的，周代实行"同姓不婚""嫡长子继承制"等，要求有较严格的嫡庶妻等级制，以确保嫡长子制的实施。根据周代在婚姻制度上的较严格的规定，来评价殷商收继婚遗留时，自然会持反对批评的态度。因此从卫诗中描述的事件或做法看，属于殷商文化的遗留；而作者对于事件所持的态度、评价事件的标准则是周文化影响的结果，这样两种文化在同一首诗中就产生了矛盾和碰撞。两种文化共同体现在一首诗歌当中，反映了文化的共存性和复杂性。

---

① （唐）孔颖达：《春秋左传正义》，阮元《十三经注疏》本，中华书局1980年版，第110页。

（二）违礼诗中的二元文化

《邶风·绿衣》和《卫风·芄兰》讽刺了不合礼法的现象，所反映现象应为殷商文化遗留，批评者所持观点依据的是周代礼乐文化，商、周文化产生矛盾，引发了作者的忧虑不满甚至愤懑之情。

《邶风·绿衣》表达了对上下颠倒、违逆犯上情况的否定和批判。诗载："绿兮衣兮，绿衣黄里。心之忧矣，曷维其已？绿兮衣兮，绿衣黄裳。心之忧矣，曷维其亡？"此诗的关键点在于对"绿衣黄里"的解读。"绿衣黄里"的解释历史上主要有两种观点，分别为毛《传》和郑《笺》的不同说法。毛《传》曰："兴也。绿，间色。黄，正色。"认为黄色为尊贵的颜色，而绿色为间色。朱熹支持这一观点，《诗集传》具体解释道："绿，苍胜黄之间色。黄，中央之土正色。间色贱而以为衣，正色贵而以为里，言皆失其所也。"朱熹据此认为："以比贱妾尊显而正嫡幽微"。① 另一种为郑玄的看法，《笺》曰："'绿'当为'褖'，故作'褖'，转作'绿'，字之误也。"又"'绿兮衣兮'者，言褖衣自有礼制也。诸侯夫人祭服之下，鞠衣为上，展衣次之，褖衣次之。次之者，众妾亦以贵贱之等服之。鞠衣黄，展衣白，褖衣黑，皆以素纱为里。今褖衣反以黄为里，非其礼制也，故以喻妾上僭。"根据周代礼制，后服有六种，《周礼·天官·内司服》载："掌王后之六服：袆衣、揄狄、阙狄、鞠衣、展衣、缘衣，素沙。"② 其中鞠衣为王后六服之一，且为较尊贵的黄色。郑玄认为尊贵的鞠衣反在褖衣之下，这种穿衣方式不符合礼制。由此可见，毛、郑二者的分歧在于毛亨认为"绿"与"黄"是尊卑不同的两种颜色，"绿衣"就是"绿色的衣服"；而郑玄则认为"绿"是"褖"的误字，"绿衣"当为"褖衣"。但他们的中心观点都为尊贵的颜色或衣服被放在了不适宜的低贱位置，低贱的颜色或衣服却被放在了尊贵的位置。这种穿衣方式与周代礼制极为不符，暗示了一种上下颠倒、违逆犯上情况的出现。从文化根源上进行解读，殷商文化属于较早期的文化，在嫡庶妻制度和服制礼仪方面还

---

① （宋）朱熹：《诗集传》，中华书局1958年版，第16页。
② （唐）贾公彦：《周礼注疏》，阮元《十三经注疏》本，中华书局1980年版，第135页。

没有严格规定，嬖妾获上位、正妻遭贬低、服饰无礼仪的情况可能为殷商文化的遗留。而作者庄姜在周代逐渐受到周文化的熏染，她贵为夫人却被妾上僭，失去正位，这种不合等级秩序的违礼现象使她忧伤不已而作此诗。因此诗歌反映的是殷商文化和周文化的冲突碰撞。

《卫风·芄兰》一诗也体现了商、周文化的矛盾和碰撞。我们考察整首诗歌的核心"童子佩觿"来探究诗意。"觿"是古代一种解结的锥子，用骨、玉等制成，也用作佩饰。以骨制成的工具产生在远古时期，殷商时期流行玉器，玉制觿应在此时流行，觿使用者的年龄没有明确规定。周代及以后，觿为成人所使用，并被赋予了一定的意义。毛《传》载："觿，所以解结，成人之配也。"宋朱熹《诗集传》载："觿，锥也。以象骨为之，所以解结，成人之配，非童子之饰也。"[①] 可知周代以后"觿"为具有一定承担能力和素质修养的成人所佩戴。因此佩觿的童子成为诗歌讽刺的对象。"童子佩觿"不仅从年龄上让人看出了反差，更暗示了佩饰者不具备成人的仪礼修养，不能够完成成人的使命。佩觿童子的不顾礼法的行为应为殷商文化遗留，而评论者的立场和批评"童子佩觿"的态度则代表了周代礼乐文化，商、周文化形成了矛盾和碰撞。

卫地由于特殊的地理位置造就了殷商文化和周代礼乐并存的现象，卫诗中以周文化的角度批判了一些不合礼仪的现象，这些不合周礼的情况可能是殷商文化的遗留。由此产生了文化的冲突和碰撞，当这两种文化同时体现在一首诗歌中，更能展现出二者的胶着和嬗变。

三 文化的二元影响在其他风诗中的表现

《诗经·齐风》也存在类似卫诗的两种文化碰撞共存的现象，《齐风》中的两种文化为东夷文化和周文化。《南山》《敝笱》《载驱》三首诗歌均暗示了宫廷中的违礼现象，表现了齐地遗留的东夷文化和周文化的矛盾冲突。齐襄公与文姜是同父异母的兄妹，文姜出嫁前即与齐襄公私通，后嫁到鲁国。出嫁十五年后鲁桓公不能防嫌夫人，使文姜不顾礼制而跟从他回

[①] （宋）朱熹：《诗集传》，中华书局1958年版，第39页。

到齐国并与齐襄公私通。事情败露，齐襄公请鲁桓公宴饮，趁鲁桓公酒醉让公子彭生将其抱上车，后桓公死。现代学者解读认为，《齐风》中此三首诗所讽刺反对的，并非是齐襄公与文姜的私通行为，而是不愿因宫廷淫乱事件影响齐国的对外交往和在诸侯国中的威信，表现了人民对政治的关心和对外关系的看重。[①] 从文化根源上来看，齐襄公与文姜的私通，是东夷文化"巫儿不嫁"的遗留。《汉书·地理志》载："始桓公兄襄公淫乱，姑姊妹不嫁，于是令国中民家长女不得嫁，名曰'巫儿'，为家主祠，嫁者不利其家，民至今以为俗。"[②] 班固认为这种风俗始于齐襄公是有误的，实则这种风俗在早于殷商文化的东夷文化中就已存在。因为掌管祭祀，深受东夷遗风影响的齐地女子地位较高，齐地还存在着男卑女尊的情况。因此在男女关系上齐女表现得比其他地域女子更要泼辣大胆而少顾忌。

　　齐国人所持反对态度，表面上出于对鲁国外交关系的重视和齐国政治的关心，深层原因则是齐人受到了周代礼制和婚姻制度的影响。随着周代推行"同姓不婚""嫡庶妻等级制"等的婚姻制度，齐人逐步将兄妹私通这种不符合周礼的行为看作不光彩的事，一旦引发其他矛盾，便对这种行为持否定批判态度。进一步说，齐人对政治外交的重视和关心，希望齐国维护好和邻国的关系，是一种对周礼的肯定和维护。周代礼制对冠、婚、丧、祭等方面都进行了规范。周公把宗法制和政治制度结合起来，创立了一套完备有序的政治体制，周天子是天下大宗，姬姓诸侯对周天子来说是小宗，诸侯在封国内是大宗，同姓卿大夫又是小宗，这样组成的政治结构严密而有序，保证了周天子的统治权威，也使诸侯内和诸侯国之间保持一种稳定井然的秩序。齐人反对齐襄公和文姜的行为，是周文化对齐人影响的结果。从表面看是为了保证国家间政治外交关系的稳定，从根本上说其实是为了维护巩固周代社会秩序及周代礼制。因此齐襄公的行为代表了齐地早期的东夷文化，是早于殷商的文化遗留，而齐人的批评态度是周文化

---

① 李兆禄：《〈诗经·齐风〉研究》，硕士毕业论文，山东师范大学，2004年，第21—27页。
② （汉）班固：《汉书》卷二十八《地理志》，中华书局1962年版，第1661页。

影响的结果。《齐风》中《南山》《敝笱》《载驱》三首诗,正反映了东夷文化和周文化的交融和对抗,这种对抗类似于卫地风诗中殷商文化和周文化的激荡碰撞。

综之,卫国地处殷商旧地,周初的宽松政策,使其一定程度上保留了殷商文化;周代的礼乐文化和典章制度不可避免地使卫地又受到周文化的浸染,卫地风诗便受到了殷商和西周两种文化的共同影响。以《鄘风·墙有茨》为代表的五首诗体现了殷商和周文化的胶着、碰撞,反映了文化间的二元冲突对抗。这种情况不仅在卫地风诗中出现,在《诗经·齐风》中也存在类似的文化冲突。某一种思想文化对地域的影响是渐进性、长期性的,既不会在短时期内达到全面的覆盖,在某一朝代灭亡之时文化也不会立即消亡,而是伴随新主导思想的产生,仍部分地以风俗文化的方式影响传播。在某一时期内,文化往往不是一元的,新的文化在与旧文化的矛盾冲突中逐渐加强影响,占领思想,达到控制和平衡。

第四章 《诗经》郑、卫诗歌的主题

主题是指文章或作品的全部内容表达出的基本观点，郑、卫风诗因为时代久远且属于文学作品，绝大多数诗篇没有史料加以佐证，因此对一首诗歌的主题往往存在着多种解读，正如董仲舒在《春秋繁露》中所谓"诗无达诂"。通过分析郑、卫风诗的主题，能更加准确地把握诗歌的基本思想和观点，讨论国风的总体特点。下面分别对《邶风》《鄘风》《卫风》和《郑风》的主题进行探讨。

第一节 《邶风》诗歌主题与产生时代

《邶风》主要是在邶地产生或是以邶地曲调进行歌唱的诗歌，包括《柏舟》《绿衣》《燕燕》《日月》《终风》《击鼓》《凯风》《雄雉》《匏有苦叶》《谷风》《式微》《旄丘》《简兮》《泉水》《北门》《北风》《静女》《新台》《二子乘舟》等19首。下面分类别对诗歌的主题进行探讨。

一 婚姻爱情诗

婚姻爱情诗是指反映爱情和婚姻生活内容的诗歌。《邶风》反映婚姻爱情的诗歌总共有8首，分别是《柏舟》《绿衣》《日月》《终风》《雄雉》《匏有苦叶》《谷风》《静女》等。

《柏舟》应为卫庄姜失宠，表达忧愁失意的作品。《柏舟》的主旨有仁人不遇说、卫宣姜守制说、卫庄姜失宠说、卫夷姜忧愤说等多种说法。

考其诗意,诗题应为卫庄姜失宠表达忧愁失意而作。卫庄姜是姜太公的后裔、齐庄公嫡女,又是东宫得臣之妹、卫庄公夫人,后来成为太子完、即卫桓公的养母,大约生活在春秋时期的公元前753—前717年之间。据传她聪颖敏达、富有文才、擅长辞令,是春秋前期卫国受人爱戴的具有良好个人修养与文学修养的贵族女性。《列女传·母仪传》载:"女为卫庄公夫人,号曰庄姜。……庄姜者,东宫得臣之妹也。无子,姆戴妫之子桓公。"① 卫庄姜出身高贵,美而无子,卫人作《硕人》诗赞赏她的美丽。但卫庄公对庄姜并非一心一意,后来又娶了陈国的厉妫和戴妫,对庄姜的态度也发生了改变。《左传》记载卫庄公"又娶于陈,曰厉妫,生孝伯,早死。其娣戴妫生桓公,庄姜以为己子"②。又《史记·卫世家》载:"庄公五年,取齐女为夫人,好而无子。又取陈女为夫人,生子,早死。陈女女弟亦幸于庄公,而生子完。完母死,庄公令夫人齐女子之,立为太子。庄公有宠妾,生子州吁。十八年,州吁长,好兵,庄公使将。……二十三年,庄公卒,太子完立,是为桓公。"③ 从《左传》和《史记》所载可以看出,卫庄公又娶了厉妫及厉妫之"娣"戴妫。《公羊传》对此事也有记载,《公羊传·庄公十九年》载:"媵者何?诸侯娶一国,则二国往媵之,以侄、娣从。侄者何?兄之子。娣者何?女弟也。"④

卫庄姜失宠而忧愁失意,具有一定的时代背景。春秋时期对诸侯娶立夫人之事有明确礼法规定。《公羊传·庄公十九年》载:"诸侯一聘九女,诸侯不再娶,媵不书。"⑤ 汉班固《白虎通义·嫁娶篇》载:"天子娶十二女,法天有十二月,万物必生也。必一娶何?防淫泆也,为其弃德嗜色,故一娶而已,人君无再娶之义也。"⑥ 但在春秋时期,实际上诸侯娶立之事较为随意和混乱,按照个人意志而行的情况比比皆是。不仅在卫国庄公

---

① (汉)刘向:《列女传》,四库全书本。
② (唐)孔颖达:《春秋左传正义》,阮元《十三经注疏》本,中华书局1980年版,第77页。
③ (汉)司马迁:《史记·周本纪》,中华书局1959年版,第1592页。
④ (唐)徐彦:《春秋公羊传注疏》,阮元《十三经注疏》本,中华书局1980年版,第683页。
⑤ 同上书,第97页。
⑥ (汉)班固:《白虎通义》卷十,道光陈立白虎通疏证本。

又娶厉妫,在鲁国哀公也重立夫人。《左传·哀公二十四年》载:"公子荆之母嬖,将以为夫人,使宗人衅夏献其礼。对曰:'无之。'公怒曰:'女为宗司,立夫人,国之大礼也,何故无之?'对曰:'周公及武公娶于薛,孝、惠娶于商,自桓以下娶于齐,此礼也则有。若以妾为夫人,则固无其礼也。'公卒立之,而以荆为大子,国人始恶之。"① 对重立夫人之事,朝臣加以反对,但鲁哀公仍一意孤行。在卫国,厉妫与戴妫均嫁给卫庄公,戴妫为媵妾,且厉妫、戴妫二人均生子,这很可能加重了卫庄公对庄姜的冷落。

从诗意来看,《柏舟》描述了一种难以排遣的忧愁思绪。抒情主人公自比一只漂流在水上、没有方向和依靠的柏木之舟,舟的意象具有人生无常、不知何去何从之意。尽管卫庄姜内心坚定:"我心匪鉴,不可以茹""我心匪石,不可以转""我心匪席,不可卷也",但遭到冷遇令人心痛,内心有着排遣不掉的失意和忧愁苦闷。意象"澣衣"和动作"静言思之"是具有女性特点的词汇,可以看出诗歌为女性所作,一个满带思虑的抒情女主人公形象跃然眼前。卫庄姜作为贵族夫人,具有一定的文化修养,又不必为生计奔波劳碌;但她美而无子,卫庄公又娶新妻对她越加冷落,小人因势而为使她遭受到更多的屈辱伤痛,内心的忧愤难以言说,便化为诗句抒发心曲。朱熹《诗集传》分析道:"妇人不得于其夫,故以柏舟自比,言以柏为舟,坚致牢实,而不以乘载,无所依薄,但泛然于水中而已。故其隐忧之深如此,非为无酒可以遨游而解之也。《列女传》以此为妇人之诗。今考其辞气,卑顺柔弱,且居变风之首,而与下篇相类,岂亦庄姜之诗也欤?"② 朱熹认为《柏舟》为卫庄姜失意所作,确有道理;但笔者认为诗作言辞语气并非所谓柔弱,从"我心匪鉴,不可以茹""我心匪石,不可以转""我心匪席,不可卷也"等诗句,可以看出其内心坚定不可动摇。凭此有人认为是男子之诗,笔者认为这应是一种比喻的修辞方式,用来表达内心的坚定执着;女子也可使用充满阳刚之气的表达方

---

① (唐)孔颖达:《春秋左传正义》,阮元《十三经注疏》本,中华书局1980年版,第1050页。
② (宋)朱熹:《诗集传》,中华书局1958年版,第15页。

式，如李清照之诗句："生当作人杰，死亦为鬼雄"，因此并不能以此认定为男子之作。诗中更多的是浓重忧思，难以排遣之状如在目前，情感表达方式细腻柔婉，迂回曲折，一唱三叹，因此《柏舟》应为卫庄姜失宠之作。

《绿衣》为卫庄姜失宠表达忧思的作品。《绿衣》的主题有卫庄姜伤己说、卫庄姜忧国忧君说、妇人哀怨说、男子怀念前妻说等多种说法，考其诗意，诗歌应为卫庄姜失宠忧伤而作。卫庄姜身世遭遇前文已述，不再赘言。从诗句来看，头两句"绿兮衣兮，绿衣黄里。心之忧矣，曷维其已？绿兮衣兮，绿衣黄裳。心之忧矣，曷维其亡？"昭示了重要的信息，其中的"绿衣黄里""绿衣黄裳"，需要根据先秦服饰礼制进行解读。根据周代礼制，后服有六种，分别为祎衣、揄狄、阙翟、鞠衣、展衣、缘衣。《周礼·天官·内司服》载："掌王后之六服：祎衣、揄狄、阙狄、鞠衣、展衣、缘衣，素沙。"① 郑玄注："此缘衣者实作褖衣也。褖衣，御于王之服，亦以燕居。"王后六服有着各自的颜色和图样：祎衣是王后跟从国王祭祀先王时所穿，色玄，郑玄以为素质五彩刻为翚雉之形，即黑色衣服上面绣刻有五彩野鸡的图样。揄狄是王后祭祀先王时所穿，为青质五彩，即在青色衣服上面绣刻有五彩野鸡图样。阙翟也是祭祀所穿，色赤，在赤色衣服上面绣刻野鸡图样，但图样为纯色不为五色，另外衣服上点缀花纹。鞠衣是王后参加告桑的礼服，礼服颜色模仿刚刚长出的桑叶的颜色，郑玄认为是黄桑之服，色如鞠尘，鞠尘即淡黄色的酒曲霉菌。展衣为王后见王及宾客所穿，为白色。褖衣是王后燕居及与王同房所穿，为黑色。② 首先，从色彩来看黄色非普通的庶人能够穿着，而是王后参加告桑活动的礼服，因此作诗之人应为贵族。其次，绿衣黄裳不合礼制。六服中前三种均为王后参加祭祀所穿，衣服图样设计比较复杂、色彩丰富。后三种在日常穿着，没有装饰图案，颜色为纯色。其中鞠衣为黄色，在除去祭祀以外的服饰中，属位分较高、较尊贵的，黄色也应是较为尊贵的颜色。

---

① （唐）贾公彦：《周礼注疏》，阮元《十三经注疏》本，中华书局1980年版，第76页。
② （宋）聂崇义：《新定三礼图》，丁鼎点校，清华大学出版社2006年版，第47—56页。

而在诗句中，尊贵的黄色鞠衣被放在了下裳的地位，而绿色这种在王后六服中没有纳入的颜色，却被放在黄色之上，做了衣，因此是极为不合礼制的。这暗示了一种上下颠倒、违逆犯上情况的出现。联系卫庄姜的情况，她贵为夫人，却被妾上僭、贵贱颠倒，正位失去、丧失卫庄公宠信，因此忧伤不已，而作此诗。郑《笺》曰："'绿'当为'褖'，故作'褖'，转作'绿'，字之误也。'绿兮衣兮'者，言褖衣自有礼制也。诸侯夫人祭服之下，鞠衣为上，展衣次之，褖衣次之。次之者，众妾亦以贵贱之等服之。鞠衣黄，展衣白，褖衣黑，皆以素纱为里。今褖衣反以黄为里，非其礼制也，故以喻妾上僭。"朱熹《诗集传》载："绿，苍胜黄之间色。黄，中央土之正色。间色贱而以为衣，而正色贵而以为里，言皆失其所也。庄公惑于嬖妾，夫人庄姜贤而失位，故作此诗。言绿衣黄里，以比贱妾尊贵，而正嫡幽微，使我忧之不能自已也。"①确有道理。

《绿衣》的写作时间，可据《史记·卫康叔世家》考察。《史记·卫康叔世家》载："庄公五年，娶齐女为夫人，好而无子，……二十三年，庄公卒，太子完立，是为桓公。"②创作时间在卫庄公五年到二十三年之间。具体时间可能在"妾上僭，夫人失位"之时，也即"州吁之乱"时间点左右。毛《序》载："《绿衣》，卫庄姜伤己也，妾上僭，夫人失位，而作是诗也。"郑《笺》："庄姜，庄公夫人，齐女姜氏。'妾上僭者'，谓公子州吁之母，母嬖而州吁骄。"据考，州吁之乱大约在公元前740年，故将《绿衣》所作时间系于此时。

《日月》应为卫庄姜婚姻生活不幸的伤己之作。《日月》的主题有卫庄姜伤己说、卫庄姜伤己归齐说、卫庄姜恶州吁说、卫宣姜伤宣公听谗说、女子怨恨丈夫变心说等多种说法。考察诗意，诗歌表现的是抒情主人公失去了丈夫的宠信，内心无比失落的情绪。结合史实，卫庄姜先是受到卫庄公的冷落，庄公去世后公子完被杀，又遭受州吁叛乱带来的灾祸苦痛。当卫庄姜在抢天呼地中返归日月、父母时，表明了内心伤痛之深重。

---

① （宋）朱熹：《诗集传》，中华书局1958年版，第16页。
② （汉）司马迁：《史记·卫康叔世家》，中华书局1959年版，第1592页。

清方玉润《诗经原始》卷三载:"夫仰日月而诉幽怀,……一诉不已,乃再诉之;再诉不已,更三诉之;三诉不听,则惟有自呼父母而叹其生我之不辰。盖情极则呼天,疾痛则呼父母,如舜之号泣于旻天、于父母耳,此怨极也。"[1] 另外卫庄姜伤己归齐说、卫庄姜恶州吁说等几种说法,意思也非常接近,都将主人公定为卫庄姜,诗中所指责的负心男子为卫庄公,只是时间上略有差别。毛《序》载:"《日月》,卫庄姜伤己也。遭州吁之难,伤己不见答于先君,以至穷困之诗也。"郑《笺》进行了较为详细的解说:"日月喻国君与夫人也,当同德齐意以治者,常道也。之人,是人也,谓庄公也。其所以接及我者,不以故处,甚违其初时。"朱熹《诗集传》也认为:"庄姜不见答于庄公,故呼日月而诉之。言日月之照临下土久矣,今乃有如是之人,而不以古道相处,是其心志回惑,亦何能有定哉?"[2] 确有道理。

《日月》的写作时间应为卫庄公去世前、卫庄姜失去卫庄公宠信之时,有学者将时间系于卫石碏谏庄公宠州吁事之后[3]。具体的时间缺乏明确的证据,但总的时间段应在卫庄姜失去宠信到卫庄公去世之前,即公元前757—前735年之间。

《终风》应为庄姜不见答于卫庄公而自伤之作。《终风》的主题有卫庄姜不见答于卫庄公而自伤说、卫庄姜伤州吁说、卫庄姜怀念庄公说、贤妇人嫁狂夫说等多种说法。毛《序》载:"《终风》,卫庄姜伤己也。遭州吁之暴,见侮慢而不能正也。"认为是庄姜遭庄公宠妾之子州吁的欺侮而作。郑《笺》认为《终风》中的狂风比喻了宠姜之子州吁对卫庄姜的"不善"和"无敬",引起了卫庄姜的伤痛之感。孔《疏》认为表现了对州吁的"暴力"和"侮慢"的不满。我们从具体诗句来考察整首诗的主题:"莫往莫来,悠悠我思"和"寤言不寐,愿言则怀"中,"思"和"怀"是其中的关键词语。"思"意为思念,"怀"的意思也是思念。邵炳

---

[1] (清)方玉润:《诗经原始》,中华书局1986年版,第126—127页。
[2] (宋)朱熹:《诗集传》,中华书局1958年版,第17页。
[3] 邵炳军:《〈诗·邶风〉系年辑证——春秋诗歌系年辑证之三》,《诗经研究丛刊》2011年第2期。

军对《诗经》中的"思"和"怀"的使用进行了统计,"思"在《诗经》中出现84次,"怀"在《诗经》中出现31次。认为在婚恋诗中,"怀"与"思"均具有情爱意味。① 为明确这两个关键词的意思,首先我们应考察先秦时期这两个字的用法,其次考察在《诗经》的卫地诗歌中,这两个字的具体意思和用法,这样既考虑了大的时代范围,同时兼顾了具体地域的使用情况。《说文解字》载:"思,莫往莫容也。从心囟声,凡思之属皆从思。息兹切。""怀,念思也,从心褱声。"清段玉裁《说文解字注》载:"怀,念思也。念思者,不忘之思也。《释诂》《方言》皆曰:'怀,思也',《诗》《卷耳》《野有死麇》《常棣》传同。若《终风》传曰:'怀,伤也。'《释诂》曰:'至也。'《匪风》《皇矣》传曰:'归也。'《皇皇者华》《板传》皆曰:'和也。'皆引申之义,可以意会者也。古文又多段怀为褱者,从心,褱声。户乖切,古音在十五部。"② 由此可见先秦时期"思"为思念之意比较明确;而《诗经》中,段玉裁认为"怀"有多种说法,主要的意思为"思",还引申出了伤、至、归等引申义。我们再来考察卫诗中"怀"字的用法,《邶风·雄雉》曰:"我之怀矣,自诒伊阻",其中"怀"为思念之意。从"怀"字在先秦时期和《诗经》卫诗其他诗歌中的释义可以推知,在本诗中"怀"的释义应为思念。再从整首诗的诗意来看,抒情主人公多次表达了复杂的情感,既有哀怨之意,又有思念之情;又爱又恨的情感错杂其中,应为妻子与丈夫或者恋爱男女之间的情感表达。卫庄姜与州吁在辈分上属母子,对州吁的欺侮庄姜应只有愤恨之情,而无思念之意。因此题旨不是对州吁的"暴力"和"侮慢"的不满,应是庄姜不见答于卫庄公的忧伤失意。朱熹《诗集传》说:"庄公之为人狂荡暴疾,庄姜盖不忍斥言之,故但以终风且暴为比。言虽其狂暴如此,然亦有顾我而笑之时。但皆出于戏慢之意,而无爱敬之诚,则又使我不敢言而心独伤之耳。"③ 朱熹认为从诗句看有夫妻之情,未见母子之意,

---

① 邵炳军:《〈诗·邶风〉系年辑证——春秋诗歌系年辑证之三》,《诗经研究丛刊》2011年第2期。
② (清)段玉裁:《说文解字注》,上海古籍出版社1981年版,第900页。
③ (宋)朱熹:《诗集传》,中华书局1958年版,第18页。

确有道理。在写作时间上，当为卫庄公在世，且失去对卫庄姜宠信之时，根据卫庄公执政的时间段为公元前757—前735年，诗作应作于此段时间之内。

《雄雉》应为妇人思念久役在外的君子的作品。《雄雉》的主题有刺卫宣公说、怀念征夫说、规劝丈夫说、劝谏僚友说、责怨君子说、征夫思归说、贤者欲去说等多种说法。从诗意看，"我之怀矣，自诒伊阻"为忧伤怀人之意，"瞻彼日月，悠悠我思"为思念怀人之意，因此诗作为怀人之作无疑。所怀之人究竟为谁，有"妇人怀念在外的征夫"和"僚友之间劝谏怀念"等多种说法。毛《序》、郑《笺》、朱熹《诗集传》等都认为诗歌反映了妇人怀念在外的征夫。毛《序》载："《雄雉》，刺卫宣公也。淫乱不恤国事，军旅数起，大夫久役，男女怨旷，国人患之，而作是诗。"郑《笺》载："淫乱者，荒放于妻妾，烝于夷姜之等。国人久处军役之事，故男多旷、女多怨也。男旷而苦其事，女怨而望其君子。""刺卫宣公"之意在诗中没有明确体现，毛《序》、郑《笺》的解释应为增释。从"丈夫久役、男女怨旷"看，诗歌反映的应是思妇对在外征战的丈夫的思念。而朱熹等人的说解要更加详细明确，朱熹《诗集传》载："妇人以其君子从役于外，故言雄雉之飞舒缓自得如此，而我之所思者，乃从役于外，而自遗阻隔也。"[①] 马瑞辰《毛诗传笺通释》也持相同意见："此诗当从朱子《集传》，以为妇人思其君子久役于外而作。"[②] 多数学者均认同此观点。也有学者认为诗作表现了僚友之间的劝谏，如方玉润的《诗经原始》、徐绍桢的《诗说》等。方玉润《诗经原始》载："盖以为友朋相勖之辞，则'雄雉'二字不可解。如以为夫妇相思之作，则'百尔君子'实难通。殊知'雄雉'者，雄飞之象也，而雉又有文采，可以章身，故取以喻丈夫之有志高骞而欲显名当世者，非男女雌雄之谓也。《老子》曰：'知其雄，守其雌，为天下谿。'是雄以喻高，雌以喻卑之意。且诗首章'泄泄其羽'者，喻文采之光辉也。'下上其音'者，喻令闻之广誉也。

[①] （宋）朱熹：《诗集传》，中华书局1958年版，第20页。
[②] （清）马瑞辰：《毛诗传笺通释》，中华书局1989年版，第125页。

而下云'自诒伊阻',又曰'展矣君子'者,诚哉其为君子也。但欲高骞,以致远隔,谁实使之?乃自贻耳。何则?吾人之所以自立者,名固当争,实尤宜务。今以务名之故,蹉跎岁月,更阻隔关山,是徒驰逐於外而不反求诸内者之过也;是不知修德立行以为实至名归者之过也。诚能反求诸身,毋忿人而生嫉忌之心,毋枉己而启贪求之念,则何人而不自得哉?即使雌伏,亦胜雄飞,又何必远适他邦,广求人誉,不知自返,使我劳心?此友朋相望而相勉之词,不知诸儒何以认为妇人作,且以为刺宣公'淫乱不恤国事'作。淫乱词固未尝见,即男女情亦何可信哉?读古人诗,当眼光四射,不可死于句下者,此类是也。"[①] 详细说明了如何理解为友朋劝谏,可备一说。需要明确的是,此诗中"展矣君子""百尔君子"中的"君子"当指贵族阶层,因此诗歌并非普通下层人所作。

有学者将最后一句理解为对君子的讽刺,认为以反问句的形式表达了对君子的贪婪无德行的讽刺,疑末章旨在怨愤贵族老爷为贪婪发动战争,造成了民众离散、受难。[②] 笔者认为这个说法存在问题,原因在于如果作此理解,最后一句就应翻译成:"如果你们老爷们不贪婪,我们哪有不顺当?"相当于将假设词"若"加在了整个句子前面,表示对整个句子的假设。我们知道反问句用来表达否定之意,据此句意也可理解为"就是因为你们老爷们的贪婪,我们才有不顺当"。以上两句句意完全相同。但仔细考察诗句,"不忮不求"前面并没有"若"存在,因此之前的理解在解释句意时增加了原文没有的内容。正确的解释应为"你们君子们不忌恨不贪婪,何以不好呢?"即"只要君子们不忌恨不贪婪,怎么做都是善行"。这样句子的逻辑关系由假设变成了条件,得出了完全不同的结论。因此笔者认为"诗歌表达了对君子贪婪无德行的讽刺"这一说法,作为关键点的最后一句的翻译应是存在问题的。

《匏有苦叶》应为表现婚姻爱情中贵族女子主动追求男子的作品。《匏有苦叶》的主题有刺卫宣公说、刺淫乱之诗说、女子守正说、男子守

[①] (清)方玉润:《诗经原始》,中华书局1986年版,第132—133页。
[②] 鲍昌:《诗邶风雄雉新探》,转引自刘毓庆《〈诗经〉百家别解考》,山西古籍出版社2001年版,第372页。

礼说、君子审时度势说、贤者不遇时说、盼望迎娶说、情人赴约说等多种说法。毛《序》载："《匏有苦叶》，刺卫宣公也。公与夫人并为淫乱。"毛《传》认为："卫夫人有淫泆之志，授人以色，假人以辞，不顾礼义之难，致使宣公有淫昏之行。"郑《笺》继续明确道："夫人谓夷姜。"孔《疏》也持讽刺说，认为讽刺了宣公及夫人。但从诗意上揣度，不能直接体味出讽刺的意味，更无法明确是对卫宣公和夫人夷姜的讽刺。朱熹《诗集传》认为是刺淫乱之诗，与之前观点有相通之处的是：认为诗歌提出依照水的深浅涉河而行，暗示了男女或夫妻依照礼仪交往，即"夫济盈必濡其辙，雉鸣当求其雌，此常理也"。而"今济盈而曰不濡轨，雉鸣而反求其牡，以此淫乱之人不度礼义，非其配偶，而犯礼以相求也"。[①] 朱熹认为不按照常理的做法即暗示讽刺了男女的淫乱，"非其配偶，而犯礼以相求"。笔者认为，诗歌第二章可以认为有违反常理的逻辑存在，但违反常理是否一定要和男女失仪淫乱相关，则是值得讨论的，二者应该不存在直接必然的联系。朱熹的注解隐约曲折、穿凿迂滞，和他以理学为出发点的思想态度有密切关系。

诗歌反映了贵族婚姻中女性主动追求男性的情况。毛《序》、朱熹《诗集传》等说法的立场和出发点虽然存在较大的偏狭，但认为诗歌反映了男女爱情应该是符合诗意的。根据"雉鸣求其牡""士如归妻，迨冰未泮"等诗句中将"雉""牡"并列，"士""妻"并排可以看出诗歌应是反映男女爱情的。且"士"在古代属贵族男子，因此诗歌反映的是贵族男女的婚姻。古代一般情况下婚姻形式为士人求娶女子，而诗歌用不太符合逻辑的"济盈不濡轨，雉鸣求其牡"暗示可能存在女子主动追求士人，期盼他到来的不同一般的情况。这一点朱熹也理解到了，但在他"存天理、灭人欲"的观念里这就是淫乱，因此作出了"犯礼以相求"的解释，事理相通但观点偏颇。联系诗歌最后的"招招舟子，人涉卬否。人涉卬否，卬须我友。"可以看出这个主动追求的贵族女子并非不守礼，而是需待友同济，说明是遵礼而行，无违越之事。

[①] （宋）朱熹：《诗集传》，中华书局1958年版，第20页。

《谷风》应为女子遭丈夫离弃怨愤而作。《谷风》的主题有刺夫妇失道说、弃妇之辞说、劳役苦妻说、嫉妇愤怒说、人臣见弃说等多种说法。从整首诗来看，诗意显豁，应为女子遭丈夫离弃怨愤而作。诗歌以女性口吻叙述了男子不顾惜往日的恩情，断然将曾经为家庭做出奉献的女子赶出家门。表达了女子受到丈夫驱逐、遗弃以后内心的悲伤和哀怨之情。朱熹《诗集传》载："妇人为夫所弃，故作此诗，以叙其悲怨之情。"① 明代丰坊《诗说》载："邶之良妇见弃于夫，而作是诗。"这一说法确实抓住了诗歌的主旨大意。方玉润《诗经原始》认同朱熹的观点，并力驳毛《序》"刺幽王"之说穿凿空泛②。今人高亨的《诗经今注》、程俊英的《诗经译注》等均取此说。毛《序》认为是刺夫妇失道："淫于新昏（婚）而弃其旧室，夫妻离绝，国俗伤败焉。"毛《传》、郑《笺》、孔《疏》持相同的说法。清陈奂《诗毛氏传疏》将事件系于卫宣公世："《左传》称卫宣公纳伋之妻，是为宣姜，而夷姜缢，此淫新婚弃旧室也。国人化之，遂成为风俗。"③应该说从诗歌中能解读出女子被丈夫抛弃之意，但原因没有明确，认为"淫于新婚而弃其旧室"或系于卫宣公时，应是一种揣测的说法。

《静女》应为反映男女爱情之作。《静女》的主题有刺时说、淫奔期会之诗说、思妇思念征夫说，刺淫奔之诗说、刺宣公纳伋妻说、爱恋卫宫女史说、情人幽期密约说等多种说法。毛《序》认为是刺时之作："《静女》刺时也，卫君无道，夫人无德。"郑《笺》解释道："以君及夫人无道德，故陈静女遗我以彤管之法。得如是，可以易之，为人君之配。"此说是一种讽刺说，具体来说是对政治时事的比附。从诗歌本身来看无法看出政治讽刺的内容。朱熹《诗集传》认为是"淫奔期会之诗也"④。宋欧阳修的《诗本义》、元梁寅的《诗演义》、清李光地的《诗所》等都持此观点。说明他们都看到了诗歌的主旨乃反映爱情，但理学家的视域中男女

---

① （宋）朱熹：《诗集传》，中华书局1958年版，第21页。
② （清）方玉润：《诗经原始》，中华书局1986年版，第136页。
③ （清）陈奂：《诗毛氏传疏》，清道光二十七年陈氏扫叶山庄刻本。
④ （宋）朱熹：《诗集传》，中华书局1958年版，第26页。

自由恋爱是被禁止的，于是产生了批评角度的"淫奔"之诗的说法。从诗意来看，诗歌描绘了一幅青年男女自由恋爱的生动有趣的图景，在小城之隅，小伙子抓耳挠腮地等待着自己的心上人的到来，而美女踏至还给小伙子带来了彤管。小伙子赞美彤管，更是表达了对心上人的喜爱。整个诗歌感情基调轻松愉悦，情节设计有戏剧感，画面性强，是《诗经》里少见的精悍短小的叙事诗。因此《静女》的诗旨应为反映男女自由恋爱之作。

二 政治和出仕诗

《邶风》反映政治和出仕的有《式微》《旄丘》《北门》《二子乘舟》四首诗。

《式微》为黎大夫劝黎侯归国之作。《式微》的主题有黎大夫劝黎侯归国说、黎臣疲苦不忍弃君说、黎庄夫人不见答守妇道说、悯黎庄夫人不得志说、人民怨恨差役繁重说、讽刺统治者无能说等多种说法。黎大夫劝黎侯归国说为传统经学的说法，毛《序》载："《式微》，黎侯寓于卫，其臣劝以归也。"郑《笺》载："黎侯为狄人所逐，弃其国而寄于卫，卫处之以二邑，因安之。可以归而不归，故其臣劝之。"孔《疏》总结道："此经二章皆劝以归之辞，而在《邶风》者，盖邶人述其意而作，亦所以刺卫君也。"另一种传统说法为黎庄夫人不见答守妇道说。刘向《列女传·贞顺篇》记载了卫侯之女嫁黎国庄公之事。卫侯之女既往，却不为黎庄公所纳，有人劝其归，她却"终执贞一，不违妇道，以俟君命"，并赋此诗以明志[1]。以上两种说法，主人公无论是黎侯还是黎庄夫人，都指向黎国的史事。黎国是商周时期的一个部族小国，根据《吕氏春秋·慎大览》记载，周武王伐纣建立周之后，命尧之后人在黎地建国。在地理位置上，黎国与卫、晋两国位置紧邻，关系密切，既有日常往来，又有联姻关系。黎君出居卫，原因可能是有赤狄相逼。[2] 据《左传·宣十五年》记载，黎侯之国即黎国，被赤狄潞氏所灭。百余年后的晋景

---

[1] 姜亮夫、夏传才：《先秦诗鉴赏辞典》，上海辞书出版社1998年版，第72页。
[2] 邵炳军：《〈诗·邶风〉系年辑证——春秋诗歌系年辑证之三》，《诗经研究丛刊》2011年第2期。

公六年,即公元前594年,晋景公灭赤狄潞氏,夺回了黎国被赤狄潞氏占领的土地并恢复建立黎国。因为传统毛诗说将诗歌解释为劝归,影响极大,后世便形成了以"式微"寓意归隐的用法,如唐代王维的"即此羡闲逸,怅然吟式微"(《渭川田家》),孟浩然的"因君故乡去,遥寄式微吟"(《都下送辛大之鄂》),贯休的"东风来兮歌式微,深云道人召来归"(《别杜将军》)等。

  从诗歌文本来看,虽不能明确看出与黎侯或黎庄夫人有明确直接的关系,但从诗意理解上看,"中露""泥中"可比喻为黎侯处境艰难、大夫劝其早归。清代方玉润《诗经原始》卷三载:"'泥中'犹言泥涂也。"① 吴闿生《诗义会通》评价此诗为"词特悲愤。旧评:英雄之气,忠尽之谋,有中夜起舞之意。"② 解读出了黎大夫为黎侯谋划时的忠心耿耿,恳切慨然之状如在目前。明代何楷《诗经世本古义》卷二十六认为《式微》和《旄丘》均为黎臣所作:"《旄丘》则作于居守者,此诗则作于从行者。"③ 因此黎大夫劝黎侯归国说可备一说。近现代学者多认为是一首表达人民对繁重差役的怨恨之作,如余冠英在《诗经选》中认为"这是苦于劳役的人所发的怨声"④,另有蒋立甫的《诗经选注》、袁梅的《诗经译注》、祝敏彻的《诗经译注》等都持相同看法。

  《旄丘》应为黎臣责卫伯未能尽职助黎之作。《旄丘》的主题有黎臣责卫伯说、黎臣劝君勿忘救于卫说、黎庄夫人不见答说、兵士登高怀乡说、流亡者盼望救济说、女子思念爱人说等多种说法。毛《序》载:"《旄丘》,责卫伯也。狄人迫逐黎侯,黎侯寓于卫,卫不能修方伯连率之职,黎之臣子以责于卫也。"郑《笺》、孔《疏》持相同观点。孔《疏》载:"作《旄丘》诗者,责卫伯也。所以责之者,以狄人迫逐黎侯,故黎侯出奔来寄于卫。以卫为州伯,当修连率之职,不救于己,故黎侯之臣子以此言责卫而作此诗也。"后世学者多持此说。清人陈奂《诗毛氏传疏》

---

① (清)方玉润:《诗经原始》,中华书局1986年版,第139页。
② 吴闿生:《诗义会通》,中华书局1958年版,第28页。
③ (明)何楷:《诗经世本古义》,浙江巡抚采进本。
④ 余冠英:《诗经选》,人民文学出版社1979年版,第40页。

载:"《诗》录《旄丘》所以责卫也。"① 清代顾炎武《日知录》卷三载:"许无风,而《载驰》之诗录于《鄘》,黎无风,而《式微》《旄丘》之诗录于《邶》。圣人阐幽之旨,兴灭之心也。"② 陈启源《毛诗稽古编》卷三载:"《式微》劝其君归,《旄丘》责卫伯之不救,旨各不同者,意狄人破黎之后,必是弃而不守。黎侯若能自振,则遗民犹有存也,归而生聚之,教诲之,尚可复兴,此《式微》劝归之意也。然此时狄虽去,而国已破,且日惧狄之再至也。必得贤方伯资以车甲,送之返国,为之成守,如齐桓之于邢、卫,方可转危为安,此《旄丘》之诗所以望卫之深而责之至也。始则勉其君,继则望其邻,然终莫之从,亦可愍矣。夫子录其诗,示后世以自强之道、恤邻之谊也。厥后百余年,晋人数赤狄潞氏罪,言其夺黎氏地,遂灭狄而立黎侯,是黎未尝亡也。岂黎君流寓日久,虽无卫援,而仍自归其国欤?则《式微》一诗有以激之矣。"③ 陈氏说解十分详尽,切近事理逻辑,很有说服力。元代朱公迁《诗经疏义会通》载:"一章怪之,二章疑之,三章微讽之,四章直责之。"④ 因此此诗为黎臣责卫伯未能尽力助黎之作。《旄丘》与《式微》应为一时之作,亦当为卫懿公九年,即公元前660年狄灭卫之前。

《北门》应为刺仕不得志之作。《北门》的主题有刺仕不得志说、君子安贫知命说、记贤大夫廉洁说、臣子自刺诗说、小吏发牢骚说、破产贵族呼叹说等多种说法。这些说法基本思想相同,即为官而受到压制、内外交困。对这首诗进行解读,按照积极和消极态度的不同可以分为两种理解:从消极方面理解,将受到压制解读为带来诸多困顿辛苦,便产生了刺仕不得志说、小吏发牢骚说、破产贵族呼叹说等说法。从积极方面理解,将受到压制归结为自身原因而自我救赎,或者归之于天,不怨怒周围之人,便产生了君子安贫知命说、记贤大夫廉洁说、臣子自刺诗说等说法。其实它们是一个问题的两种解读方法,反映的是同一个实质问题。之所以

---

① (清)陈奂:《诗毛氏传疏》,清道光二十七年陈氏扫叶山庄刻本。
② (清)顾炎武:《日知录集释》,花山文艺出版社1990年版,第114页。
③ (清)陈启源:《毛诗稽古编》卷五,文渊阁四库全书台湾商务印书馆影印本。
④ (元)朱公迁:《诗经疏义会通》,明嘉靖二年书林刘氏安正书堂刻本。

产生分歧是由于不同解读者阅读心态不同，即阅读前见的不同。毛《序》载："《北门》，刺仕不得志也。言卫之忠臣不得其志尔。"郑《笺》载："不得其志者，君不知己志，而遇困苦。"朱熹《诗集传》载："卫之贤者处乱世，事暗君，不得其志，故因出北门而赋以自比。又叹其贫窭，人莫知之，而归之于天也。"① 三家诗无异议。因此《北门》的诗旨归为刺仕不得志之作更加恰切。

《二子乘舟》应是国人因思伋寿而批评讽刺二人拘泥礼法之作。《二子乘舟》的主题有国人思伋寿说、傅母悯伋寿说、国人讽伋寿说、送女伴出嫁说、上乘送别诗说、父母送别挂念孩子说、挂念流亡者说等多种说法。毛《序》载："《二子乘舟》，思伋、寿也。卫宣公之二子争相为死，国人伤而思之，作是诗也。"毛《传》认为二人皆为义死，国人伤而思之，孔《疏》、朱熹《诗集传》继续解释阐发，认为诗作为国人思伋、寿之作。汉代刘向《新序·节士》篇也载此事，认为是傅母悯伋、寿之作。明何楷《诗经世本古义》、清魏源《诗古微》都赞同刘向的观点，清代王先谦《诗三家义集疏》载："鲁韩说曰：'卫宣公之子，伋也、寿也、朔也。伋，前母子也。寿与朔，后母子也。寿之母与朔谋，欲杀太子伋而立寿也，使人与伋乘舟于河中，将沉而杀之。寿知不能止也，故与之同舟，舟人不得杀伋。方乘舟时，伋傅母恐其死也，悯而作诗，《二子乘舟》之诗是也。'"② 陈子展《诗经直解》更是认为《二子乘舟》"此确似太子伋之傅母所作。……刘向习鲁《诗》，兼用韩《诗》，此今文家说，较古文毛氏《序》《传》为合。诗作于二子生前，傅母忧虑之词；非作于二子死后，国人哀悼之词也。"③ 傅母悯伋寿说的情节与《左传·桓公十六年》的记载基本相同，不同之处为《左传》载伋、寿两公子皆为盗所杀。

国人讽伋、寿说也是认为诗歌叙述了伋、寿二人遭遇之事，只不过出发点不同，以二人固守伦理不知变通为出发点表达看法，持此观点的有宋

---

① （宋）朱熹：《诗集传》，中华书局1958年版，第25页。
② （清）王先谦：《诗三家义集疏》，中华书局1987年版，第213页。
③ 陈子展：《诗经直解》，转引自张树波《国风集说》，河北人民出版社1993年版，第402页。

欧阳修《诗本义》、清方玉润《诗经原始》等。此种观点认为诗中带有批判和惋惜的意味，从诗歌来看，"愿言思子，不瑕有害？"确实略带批评、惋惜、讽刺的倾向。讽刺批评的原因是二人品行贤良、守遵礼法，却遭遇杀害，令人心痛、惋惜、思念，从而产生了对二人的批判讽刺，有"哀其不幸，怒其不争"的意味。讽伋、寿也是因怀念而产生的，思伋、寿和讽伋、寿其实是内在原因与表现结果的关系。因此将以上两种说法结合起来更加合理，即认为诗歌的主题为国人因思伋、寿而批评惋惜二人拘于礼法身受杀害，略带讽刺之情。伋、寿被杀根据《左传》记载大约在卫宣公十八年，因此诗歌所作时间应为卫宣公十八年，即公元前701年左右。

三 贬刺诗

《邶风》反映统治者暴虐荒淫的诗歌有《北风》和《新台》两首。

《北风》应为统治者残暴威虐而使上层贵族、士人相率离去之作。《北风》的主题有刺虐说、国人相携避祸说、客子欲回本国说、贤者相率去国说、异性之臣避乱说、新妇赠婿之词说、夫妇始合终离说、情诗恋歌说、征人战后归家说等多种说法。毛《序》载："《北风》，刺虐也。卫国并为威虐，百姓不亲，莫不相携持而去焉。"郑《笺》载："寒凉之风病害万物，兴者，喻君政教酷暴，使民散乱，故皆云彼有性仁爱而又好我者，与我相携持同道而去，疾时政也。"孔《疏》认为："作《北风》诗者，刺虐也。言卫国君臣并为威虐，使国民百姓不亲附之，莫不相携持而去之，归于有道也。此主刺君虐。"上博简《诗论》评论《北风》为"不绝人之怨"。由于统治者的残暴而导致人民相率离去，因此产生了"携手同行""携手同车"的情形。从诗中"同车"来看，相率离去的应非普通下层民众，而是当时的上层贵族、士人。朱熹《诗集传》将之解释为"欲与其相好之人去而避之""彼其祸乱之迫已甚"。[①] 这样毛《序》、郑《笺》等刺虐说重点指出了原因，而朱熹等的贤人相率去国说、国人相携避祸说等是侧重结果，二者结合起来更能全面地反映诗歌的主题。因此

---

① （宋）朱熹：《诗集传》，中华书局1958年版，第26页。

《北风》诗题应为统治者残暴威虐而使上层贵族、士人相率离去之作。古乐府中的《北风行》即仿照《北风》而作，鲍照的诗作中的"北风凉，雨雪雱"，模仿化用了《北风》的诗句，应是对古乐府《北风行》的拟作。闻一多在《风诗类钞》中认为《古诗十九诗》之《凛凛岁云暮》篇中的"良人惟古欢，枉驾惠前绥。愿得常巧笑，携手同车归"句，应源于《北风》诗。唐代诗人李白的《北风行》也有受到《北风》启发的痕迹。因此《北风》一诗对后世影响深远。

《新台》应为国人讽刺卫宣公之作。《新台》的主题有国人讽刺卫宣公说、贤妇不见答说、刺齐女从卫宣公说、新娘不悦新郎说、新郎不悦新娘说、新郎变蟾神话说等多种说法。毛《序》载："《新台》，刺卫宣公也。纳伋之妻，作新台于河上而要之，国人恶之而作是诗也。"郑《笺》载："伋，宣公之世子。伋之妻齐女来嫁于卫，其心本求燕婉之人，谓伋也，反得籧篨不善，谓宣公也。"孔《疏》认为："此诗伋妻盖自齐始来未至于卫，而公闻其美，恐不从己，故使人于河上为新台，待其至于河而因台所以要之耳。若已至国，则不需河上要之矣。"卫宣公纳伋妻之事史书有载，《左传·桓公十六年》载："初，卫宣公烝于夷姜，生急子，属诸右公子。为之娶于齐，而美，公取之。生寿及朔，属寿於左公子。夷姜缢。宣姜与公子朔构急子。公使诸齐，使盗待诸莘，将杀之。寿子告之，使行。不可，曰：'弃父之命，恶用子矣！有无父之国则可也。'及行，饮以酒。寿子载其旌以先，盗杀之。急子至，曰：'我之求也，此何罪？请杀我乎！'又杀之。二公子故怨惠公。十一月，左公子洩、右公子职立公子黔牟。惠公奔齐。"① 这一段典故是《诗经·新台》及后面《二子乘舟》《蝃蝀》三首诗的历史背景。从诗意来看，意象"蘧篨"是用不能叠的粗竹席比喻鸡胸，"戚施"是用丑陋的蟾蜍比喻驼背，它们暗示象征了对象的丑陋老迈，可以作为对年老丑陋而好美色的卫宣公的比喻和讽刺。这种说法影响深远，当代许多学者依然依从此说，如余冠英的《诗经选》、马持盈的《诗经今注今译》、蒋立甫的《诗经选注》等。

---

① （唐）孔颖达：《春秋左传正义》，阮元《十三经注疏》本，中华书局 1980 年版，第 128 页。

四 其他诗歌

《简兮》赞美了宫廷舞者，《击鼓》为征战诗，《燕燕》为送别诗，《凯风》为孝子自责之作，《泉水》为卫女思归之作。

《燕燕》应为卫庄姜送别而作。有关《燕燕》的主题说法很多，众说纷纭，有卫庄姜送归妾说、卫庄姜送完妇大归说、卫定姜送娣说、卫定姜送妇说、兄送其妹出嫁说、卫君送妹远嫁说等多种说法。探寻辨析这多种解释，要明确两个关键点：第一是诗中"之子于归"的"归"作何解释。如果将"归"解释为"归宁"，便为已婚女子回家探望父母；如果解释为"大归"，是已婚女子永归母家之意。以此解释，应为前四种说法中的一种。如果将"归"解释为"嫁归"，则是出嫁之意，应为后两种说法之一。二是卫桓公之生母戴妫生子后是否去世。《史记》载卫桓公之生母戴妫生子后即死去，公子完才被庄姜收养而立为太子。如若事实如此，应排除第一种说法。具体来看，第一个关键点"归"的意思，古代"归"的本义指女子出嫁，但女子回娘家也称"归"。《说文解字》载："归，女嫁也。"《公羊传·隐公二年》载："妇人谓嫁曰归。"① 《诗经·周南·桃夭》载："桃之夭夭，灼灼其华。之子于归，宜其室家。"这里"归"为出嫁之意。《诗经》中同时有已婚女子回归母家之意，如《诗经·周南·葛覃》载："害澣害否，归宁父母。"《左传·庄公二十八年》载："凡诸侯之女归宁曰来，出曰来归。"② 第二方面关于卫桓公之生母戴妫生子后是否去世，孔《疏》对此进行了解释："《左传》唯言戴妫生桓公，庄姜养之以为己子，不言其死，云完母死，亦非也。"认为《左传》中没有记载公子完亲生母亲去世之事。

对于《燕燕》的主题，绝大多数古代经学家认可第一种说法，即卫庄姜送归妾戴妫所作。如毛《序》曰："《燕燕》，卫庄姜送归妾也。"毛

---

① （唐）徐彦：《春秋公羊传注疏》，阮元《十三经注疏》本，中华书局1980年版，第43页。

② （唐）孔颖达：《春秋左传正义》，阮元《十三经注疏》本，中华书局1980年版，第175页。

《传》说同，郑《笺》进一步解释为："庄姜无子，陈女戴妫生子名完，庄姜以为己子。庄公薨，完立，而州吁杀之，戴妫于是大归，庄姜远送之于野，作诗见己志。"孔《疏》和朱熹《诗集传》都持相同的看法。当代学者晁福林进一步解释推论为：戴妫归陈，是已经和卫庄姜密谋好，为了联合陈的势力，讨伐州吁，以报杀子之仇[①]。从诗意来看，抒情主人公温厚贤良，与所送之人情感厚密，因此整首诗作充满了伤感的离愁别绪。卫庄姜的性情符合主人公性格特点，其遭遇丧子之痛，内心悲伤；又送别多年一起生活的姐妹返回陈地故里，此生永远分离，更加重了离别的伤感。因此整首诗多次出现"涕泣如雨""伫立以泣"等饱含涕泪之词，足见情感的厚重和分离带来的伤痛。因此将主题归于卫庄姜送归妾戴妫。考其时间，卫庄公薨，太子完即位为卫桓公。第二年，卫桓公以骄奢之由赶走州吁，州吁与在外的共叔段结交，收拢卫国流亡之人发兵攻打卫国，弑杀了卫桓公，自立为国君。诗作应产生于此时，也即公元前740年左右。

持卫定姜送娣说、卫定姜送妇说的，多是以《列女传·母仪篇》为源头进行阐发解释，如王先谦的《诗三家义集疏》。《列女传·母仪篇》卫姑定姜篇载："卫姑定姜者，卫定公之夫人，公子之母也。公子既娶而死，其妇无子，毕三年之丧，定姜归其妇，自送之，至于野。恩爱哀思，悲心感恸，立而望之，挥泣垂涕。乃赋《诗》曰：'燕燕于飞，差池其羽，之子于归，远送于野，瞻望不及，泣涕如雨。'送去归泣而望之。又作《诗》曰：'先君之思，以畜寡人。'君子谓定姜为慈姑，过而之厚。"[②] 对《燕燕》篇，卫定姜使用了两个动词，分别为"赋"和"作"。"作"为"写作"之意，但"赋"为"吟诵"之意，可能篇目早已存在。有学者提出《燕燕》篇可能有错简现象，前后并非一篇。若果真如此，倒可以解释《列女传·母仪篇》中前后两个动词的不同。因此《燕燕》篇为卫定姜所作尚待考证。

[①] 晁福林：《先秦社会思想研究》，商务印书馆2007年版，第456—459页。
[②] （汉）刘向：《列女传》卷一，四库全书本。

《击鼓》应为战争中贵族思归之作。《击鼓》的主题有卫人怨州吁说、戍卒思归说、军士厌战说、室家迎丧说等多种说法。卫人怨州吁说认为诗作乃卫人怨恨州吁向陈国与宋国用兵暴乱而作。毛《序》云："《击鼓》，怨州吁也。卫州吁用兵暴乱，使公孙文仲将而平陈与宋。国人怨其勇而无礼也。"郑《笺》以《左传·隐公四年》州吁伐郑的史实进行佐证。孔《疏》指出国人怨其勇而无礼。考察诗歌意思，诗句表现了抒情主人公参加战事的过程，对战争的忧虑厌倦和思乡怀人之情，而非对州吁用兵暴乱的怨恨之情。因此诗歌的主题为戍卒思归之作有一定道理。但又不完全准确，因为抒情主人公应为贵族。先秦时期，马在交通运输、农业生产和战争中都发挥了重要的作用。《周礼·夏官·马质》将马匹分为戎马、田马、驽马三类。戎马是品种优良的用于战争的马。田马是狩猎时所乘用的马，品种质量略次于戎马。驽马是品种相对较差的马，多用于日常生产、生活之中。由于社会生产力较低，在战争中使用的马匹数量有限，根据贵族等级的不同所驾乘的马匹的数量不同，体现了一定的尊卑上下礼仪。春秋时期下层士卒按照礼制不配备车骑，诗歌主人公在战争中吟诵到他的战马，说明诗歌应为战争中的贵族思归之作。正如朱东润所认为的：诗人自述"爰丧其马"，可见其地位较高，不在甲士之下，应为统治阶级所作。[①]

关于《击鼓》的产生时代有两种观点。一是毛《序》、郑《笺》、孔《疏》所认为的州吁之乱之时。毛《序》载："卫州吁用兵暴乱，使公孙文仲将而平陈与宋，国人怨其勇而无礼也。"孔《疏》载："作《击鼓》诗者，怨州吁也。由卫州吁用兵暴乱，乃使其大夫公孙文仲为将而兴兵伐郑。又欲成其伐事，先告陈及宋与之俱行，故国人怨其勇而无礼。"认为《击鼓》反映事件的时间为州吁之乱之时。当代学者继续寻找证据，以《左传》等史书佐证，对这一观点进行阐发说明，如对诗中的人物"孙子仲"索引史实进行对照，认为孙子仲即《春秋》《左传》之"卫人"，毛《序》之"公孙文仲"、《元和姓纂》中的"武仲"，是庄公扬的从孙、公

[①] 朱东润：《读诗四论》，商务印书馆1940年版，第34页。

孙耳之子、州吁的从子,伐郑时的主将[1]。有的学者则根据诗中记载的"平陈与宋"的史实和"城漕"的建立时间来推测诗歌的本事是卫国联合宋、陈、蔡国攻打郑国;时间为公元前719年州吁之乱后。发动攻伐的原因是作为中原国家,郑国的强大导致卫、宋、陈、蔡等国不得不联合,以防止郑国继续强大而侵犯他们的利益。[2] 他们都认为诗歌所反映的事件应为卫国联合宋、陈、蔡国攻打郑国,时间为公元前719年州吁之乱后。第二种观点与毛《序》等不同,这种观点认为毛《序》的说法"与经不合者六",主要是与《左传》所记载史实不相合,因此反对毛《序》。认为诗作内容与《春秋·宣公十二年》所载"宋师伐陈,卫人救陈"之事相合,时间在鲁宣公十二年,即周定王十年、卫穆公之时,大约公元前597年,代表人物有姚际恒、方玉润、余冠英等。

笔者认同第一种观点,因为《左传·隐公四年》载:"及卫州吁立,将修先君之怨于郑,而求宠于诸侯以和其民,使告于宋曰:'君若伐郑以除君害,君为主,敝邑以赋予陈、蔡从,则卫国之愿也。'宋人许之。于是陈、蔡方睦于卫,故宋公、陈侯、蔡人、卫人伐郑,围其东门,五日而还……秋,诸侯复伐郑。"[3]《左传》记载了州吁领导的卫国联合宋、陈、蔡国攻打郑国之事,"从孙子仲"中的"孙子仲"应为伐郑的主将公孙文仲,"平陈与宋"中"平"有"讨伐""平定""联合"等多种意思。"平"如果训为"讨伐""平定",那么应为卫国讨伐陈国和宋国,卫国讨伐陈、宋之事在《左传》中没有记载;如果理解为"联合",则可以联系《左传·隐公四年》记载的卫国联合宋、陈、蔡国攻打郑国一事。又《击鼓》载"我独南行",从地理位置上看郑国恰在卫国南部。卫国在郑国的北部,宋国、陈国、蔡国在郑国东部环绕分布,几国对郑国呈包围之势,从地势上看卫国和三国联合具备攻打郑国的可行性。因此诗歌中的"南行"之事应为公元前719年州吁之乱后卫国联合宋、陈、蔡国攻打郑国之

---

[1] 邵炳军:《〈诗·邶风〉系年辑证——春秋诗歌系年辑证之三》,《诗经研究丛刊》2011年第2期。

[2] 姜亚林:《〈诗经·邶风·击鼓〉本事新证》,《学术论坛》2007年第5期。

[3] (唐)孔颖达:《春秋左传正义》,阮元《十三经注疏》本,中华书局1980年版,第56页。

事。诗歌的主题为描写了贵族在战争中思乡盼归之情。

《凯风》应为孝子自责之作。《凯风》的主题有赞美孝子说、孝子自责说、慰母谏父说、悼念亡母说等多种说法。关于《凯风》的主题，说法不一，赞美孝子说是比较传统的说法，这种说法认为母不能自守其道，而子以孝谏之。毛《序》载："《凯风》，美孝子也。卫之淫风流行，虽有七子之母，犹不能安其室。故美七子能尽其孝道，以慰母心，而成其志尔。"认为是赞美孝子的诗。郑《笺》、孔《疏》、朱熹《诗集传》等都与毛《序》一脉相承，持相同看法。朱熹《诗集传》进一步阐述道："母以淫风流行，不能自守，而诸子自责，但以不能事母，使母劳苦为词。婉辞几谏，不显其亲之恶，可谓孝矣。"① 从诗歌内容来看，确有表明子孝的内容和字眼，如"母氏劬劳""母氏劳苦""母氏圣善，我无令人""有子七人，莫慰母心"等，可见子对母的一片拳拳之心。其中"有子七人，莫慰母心"一句，没有指出莫慰母心的原因何在；此句也可能为谦辞，即孩子认为对母亲所尽的孝道仍不够多或者不够好，而自谦为"莫慰母心"。在没有一个与"淫风"或"不自守"相关的字眼下，毛《序》、郑《笺》、孔《疏》、朱熹《诗集传》等都认为是淫风流行，母亲不能"自守"，即遵守妇道，孩子非但不离不弃，反而更加尽孝以宽慰母心。这种说法是以读者之意去揣测原诗，增加了原诗中没有的内容，明显是对诗意的扩大解释。

魏源、皮锡瑞、王先谦总结今文三家遗说，认为《凯风》是七子孝事其继母的诗，比毛《序》的解说更加合理。而清人方玉润的《诗经原始》认为："《凯风》，孝子自责以感母心也"②。又"夫七子自责，而母心遂安，子固称孝，母亦不得谓为不贤也。"③ 持论更加公允通达。现代学者多依此说。根据诗中"爰有寒泉？在浚之下"进行考证，"浚"在卫地，《汉书·地理志下》颜注曰："浚，卫邑也。"《水经注·瓠子河注》载："又东径浚城南，西北去濮阳三十五里，城侧有寒泉冈，即《诗》所谓

---

① （宋）朱熹：《诗集传》，中华书局1958年版，第19页。
② （清）方玉润：《诗经原始》，中华书局1986年版，第130页。
③ 同上书，第131页。

'爰有寒泉，在浚之下。'"① 杜佑《通典·州郡十》载："濮阳，汉旧县，即昆吾之墟，亦曰帝丘。卫自楚丘迁于此城，《诗》云：'爰有寒泉？在浚之下。'寒泉在县东南，有古浚城。"② 可见浚地在帝丘的东南大约三十五里的地方，卫人将都城迁到帝丘以后，帝丘附近的浚地也逐渐发展起来。寒泉也在帝丘的东南，与浚地紧邻。此诗应为浚地人所作，时间大约是卫迁都帝丘后，卫成公在公元前629年自楚丘迁都帝丘，因此作诗时间应在公元前629年之后。

《简兮》为赞美宫廷舞者高超技艺，倾慕宫廷舞蹈家之作。《简兮》的主题有讽刺卫君不用贤说、教国子弟歌舞说、贤者失意抒怀说、刺卫庄公废教说、描写舞蹈场面说、赞美舞蹈艺术家说、情诗恋歌说等多种说法。诗旨总体说来有两个大的方向，一是讽刺说，即讽刺卫君不用贤能，由此引发了贤者的惆怅失意、玩世不恭等，它们都是因卫君不用贤能而引发，因此可以作为同一个大类的观点。二是赞美说，即描写了宫廷盛大的舞蹈场面，赞美舞蹈艺术家舞技高超，令观者产生赞美爱恋之情等。

第一大类的观点以毛《序》为首，传统经学家多支持此观点。毛《序》载："《简兮》，刺不用贤也。卫之贤者仕于伶官，皆可以承事王者也。"孔《疏》载："作《简兮》诗者，刺不能用贤也。卫之贤者仕于伶官之贱职，其德皆可以承事王者，堪为王臣，故刺之。"三家诗无异议。后世继承了这一说法并继续阐发，将情节具体化，如朱熹《诗集传》认为："贤者不得志而仕于伶官，有轻世肆志之心焉，故其言如此，若自誉而实自嘲也。"③ 以贤能不得重用引发出了玩世不恭之感。严粲《诗缉》载："极言贤者人品之高，见之不用可刺矣。"④ 方玉润《诗经原始》认为诗歌反映了贤能因不得重用而自伤，失意抒怀。持刺贤不用说类似观点的还有明代梁寅《诗演义》、何良俊《四友斋丛说》，清代颜元《颜元集·四书正误》，近现代闻一多的《神话与诗》《风诗类钞》等。

---

① （北魏）郦道元：《水经注》，岳麓书社1995年版，第362页。
② （唐）杜佑：《通典》卷第一百八十，中华书局1988年版。
③ （宋）朱熹：《诗集传》，中华书局1958年版，第23页。
④ （宋）严粲：《诗缉》，转引自张树波《国风集说》，河北人民出版社1993年版，第350页。

第二大类观点主要持赞美态度，现当代学者多持此观点。如余冠英《诗经选》认为："这诗写卫国公庭的一场万舞。着重在赞美那高大雄壮的舞师。"① 金启华《诗经全译》认为："歌赞并怀念英俊的舞师。"② 陈子展《诗经直解》认为："《简兮》是描述卫国伶官举行简（检阅）'万舞'之诗"；又"'万舞'为古代大规模舞蹈之一，用之朝廷，用之宗庙山川"。③ 在赞美之余，有的学者又阐发出了舞者的高超技艺令观者产生爱恋之情，如高亨的《诗经今注》认为："卫君的公庭大开舞会，一个贵族妇女爱上领队的舞师，作这首诗来赞美他。"④ 持类似观点的还有祝敏彻的《诗经译注》、蒋立甫的《诗经选注》等。从诗意来看，整首诗描绘了宫廷万舞的场面，塑造了一个英俊壮美的舞师形象，以"山有……，隰有……"这一表示爱恋的特殊句式，表达了对舞师的倾慕和赞美。因此笔者赞同现当代学者的观点，诗歌应为赞美宫廷舞者高超技艺，倾慕宫廷舞蹈家之作。

《泉水》应为卫女思归之作。《泉水》的主题有卫女思归说、宋桓夫人闵卫说、许穆夫人思救卫说、与《载驰》相唱和说、卫女思念故乡说等多种说法。《泉水》为卫女思归之作，诗意显豁，从句意上看较为明确，传统序传所论皆有道理。毛《序》云："《泉水》，卫女思归也。嫁于诸侯，父母终，思归宁而不得，故作是诗以自见也。"郑《笺》载："以自见者，见己志也。国君夫人父母在则归宁，没则使大夫宁于兄弟。卫女之思归虽非礼，思之至也。"孔《疏》载："此时宣公之世，宣父庄，兄桓，此言父母已终，未知何君之女也。言嫁于诸侯必为夫人，亦不知所适何国，盖时简札不记，故《序》不斥言也。四章皆思归宁之事。"从孔颖达的分析可以明确：女主人公为卫国的一位女子，在卫宣公时期嫁给诸侯为诸侯夫人，女子思乡想要返归故国，但父母已没不能归省，女子因不能违

---

① 余冠英：《诗经选》，人民文学出版社1979年版，第41页。
② 金启华：《诗经全译》，江苏古籍出版社1984年版，第67页。
③ 陈子展：《诗经直解》，转引自张树波《国风集说》，河北人民出版社1993年版，第351页。
④ 高亨：《诗经今注》，上海古籍出版社1980年版，第54页。

礼归国而内心忧虑不已。《公羊传·庄公二十七年》何休注曰："诸侯夫人尊重既嫁"①，孔子删诗时，特意把它保留下来，就是为了让它"著于经，以示后世"，让后世的人都懂得遇到这种事时该如何处理，都去效法卫女这样的典范。

除毛《序》、郑《笺》、孔《疏》外，三家诗、朱熹《诗集注》、方玉润的《诗经原始》、范家相《诗渖》等都认为是卫女思归之作，而何楷的《诗经世本古义》、龚橙《诗本谊》、魏源《诗古微》、高亨《诗经今注》等将范围缩小为许穆公夫人所作。许穆夫人为姬姓，许国是她的夫国，穆是其夫谥号。她颇具政治才干与外交才能，富有文才，善于辞令，热爱母国，为春秋前期著名贵族女诗人。据传卫地灭亡之时许穆夫人忧伤不已，想要返归祖国。联系诗歌内容可以解读出为女主人公的思归之情真挚迫切，因此极有可能为许穆夫人所作。卫地灭亡之时在公元前660年，因此诗歌可能产生于公元前660年前后。

总之，《柏舟》《绿衣》皆为卫庄姜失宠表达忧愁失意而作。《燕燕》为卫庄姜送别而作。《日月》《终风》皆为庄姜不见答于卫庄公而自伤之作。《击鼓》应为贵族战争思归之作。《凯风》应为孝子自责之作。《雄雉》应为妇人思君子久役在外之作。《匏有苦叶》应为表现贵族婚姻爱情中女子主动追求男子的作品。《谷风》应为女子遭丈夫离弃怨愤而作。《式微》应为黎大夫劝黎侯归国之作。《旄丘》应为黎臣责卫伯未能尽职助黎之作。《简兮》为赞美宫廷舞者高超技艺，倾慕宫廷舞蹈家之作。《泉水》应为卫女思归之作。《北门》应为刺仕不得志之作。《北风》应为统治者残暴威虐而使下层贵族士人相率离去之作。《静女》应为反映男女爱情之作。《新台》应为国人讽刺卫宣公之作。《二子乘舟》应是国人因思伋寿而批评讽刺二人拘泥礼法之作。其中产生最早的诗歌应是产生于公元前750—前740年左右的《绿衣》《日月》《终风》，最晚的应是卫地灭亡之时公元前660年许穆夫人所作的《泉水》及公元前629年之后的《凯

---

① （唐）徐彦：《春秋公羊传注疏》，阮元《十三经注疏》本，中华书局1980年版，第105页。

风》，涉及时代从卫庄公时期到狄人灭卫之后的迁都，总共大约120年的时间。

五 《邶风》的主题特点

根据以上进行的分析，可以看出《邶风》诗歌在主题内容方面的一些特点：

其一，《邶风》作者阶层分布广泛，从上层贵族到一般贵族士人、普通下层民众均有。《柏舟》《绿衣》《燕燕》《日月》《终风》皆为庄姜所作，既有表达送别愁绪的，又有不见答于卫庄公的自伤之作。从作者身份来看，卫庄姜是卫庄公夫人，在阶级中属上层贵族。《击鼓》《匏有苦叶》反映了贵族战争及婚姻爱情中贵族女子对男子的主动追求，从诗意来看作者身份应为一般贵族。《式微》《旄丘》都为黎大夫思虑国事之作，为属国贵族所作。其后《简兮》《泉水》《北门》《北风》《静女》《新台》《二子乘舟》等诗歌作者应为普通士人、国人及下层民众。概而论之，《邶风》作者大致包含了上层贵族、一般贵族、属国贵族、普通士人和下层民众，分布在各个社会阶层。在西周宗法制的约束控制下，按照血缘关系，从贵族到平民将人们分成了不同阶层，这种宗法制度下的阶层观念影响了《诗经》篇目的编排顺序，形成了《邶风》的篇章面貌。

其二，《邶风》诗歌反映的生活空间广大，涉及上至卫国宫廷贵族生活，下到中下层民众的普通生活。诗歌主题反映的生活内容与作者阶层密切相关，作者阶层不同，所处生活环境不同，人生遭际不同，诗作反映出的生活内容、态度观念也便不同。《柏舟》《绿衣》《燕燕》《日月》《终风》等诗是卫庄姜失宠忧愁所作，充溢着浓重的忧伤愁绪，体现了卫庄姜在卫国宫廷中衣食无忧、但遭遇冷落失去宠信的生活境况。《北门》反映了普通士人仕而不得志，无法掌握自己的命运，凭上层统治者左右，从而内心产生的愁苦忧惧。《北风》表现了统治者残暴威虐，士人平民相率离去。《静女》反映了青年男女的自由恋爱。《新台》表现了国人对淫邪暴虐的卫宣公的讽刺，一抒愤懑之情。这些诗歌中反映的生活内容都与作者所在阶层及阶层中人的生活遭际、思想情绪等密切相关，因此《邶风》诗篇所反映的生活空间广大，生活内容丰富，体现了卫国宫廷贵族生活及中下层民众普通生活的各个侧面。

其三，《邶风》诗歌情感基调忧伤。在总共的19首诗歌中，表达忧伤失意、自责、思念、怨愤等悲伤失意情绪的就有《柏舟》《绿衣》《燕燕》《日月》《终风》《击鼓》《凯风》《雄雉》《谷风》《式微》《泉水》《北门》《北风》13篇，占《邶风》中的68%，大大高于其他国风中同类诗歌所占的比例。如《齐风》11首诗中只有一首《甫田》表达了忧伤思念的情绪。究其原因，寒冷干燥的气候是影响形成卫诗忧思伤怀风貌的重要因素，卫地风诗主要产生于寒冷干燥的西周中后期，寒冷气候易使人产生忧思伤怀情绪，卫诗也更多地透露出了一种忧伤失意的感情基调。

其四，《邶风》中诗篇的前后顺序体现了从支持赞颂到反对讽刺的情感态度。在总共的19首诗歌中，前面大部分诗歌讽刺意味不浓，最后的两首《新台》和《二子乘舟》则均有讽刺意味，《新台》讽刺了卫宣公的年老丑陋而好美色，《二子乘舟》中，国人因思伋、寿，而批评、惋惜二人拘于礼法身受杀害，略带讽刺之情。因此《邶风》诗篇在前后顺序上体现了从支持赞颂到反对讽刺的态度变化。

第二节 鄘风诗歌主题与产生时代

《鄘风》是采集于旧时鄘地，或是用鄘地的曲调演唱的诗歌。联系之前所述，鄘地应在朝歌的西南方向。鄘地在武王设三监之后、康叔统管卫地之前作为独立的区域存在了一段时间，因此郑玄《诗谱》、朱熹《诗集传》均认为《邶》《鄘》《卫》之分来自于武王克商设三监、建诸侯。周公将邶、鄘、卫交由康叔管理之后，邶、鄘、卫合为卫地，后世便统称《邶风》《鄘风》《卫风》为"卫诗"。《鄘风》共有10首诗歌，包括《柏舟》《墙有茨》《君子偕老》《桑中》《鹑之奔奔》《定之方中》《蝃蝀》《相鼠》《干旄》《载驰》。按照诗歌主题进行分析，《鄘风》诗歌大致可以分为以下几类：

一　讽刺诗

《鄘风》讽刺宫廷丑恶现象、贵族违礼行为的诗歌有4首，包括《墙有茨》《鹑之奔奔》《蝃蝀》《相鼠》，占了《鄘风》诗歌的40%。

《墙有茨》应为卫人刺卫公子顽与宣姜所作，关于主题的其他说法有卫人刺其上说，厌恶内外交乱说，内丑不可外扬说，讽刺管蔡霍三叔说，刺卫宣公说，刺人不能防妻说，姑娘受辱哭诉说等。刺卫公子顽与宣姜说、卫人刺其上说、内丑不可外扬说等说法在内容上互有交叉之处，均有道理。诗歌以无法用扫帚打扫的墙上的蒺藜草，不可张扬明说的宫室中的秘密，来暗示宫中令人尴尬的丑闻。毛《传》载："《墙有茨》，卫人刺其上也。公子顽通乎君母，国人疾之而不可道也。"郑《笺》载："宣公卒，惠公幼，其庶兄顽烝于惠公之母，生子五人：齐子、戴公、文公、宋桓夫人、许穆夫人。"公子顽与君母宣姜私通之事《左传·闵公二年》有所记载，如前所述应是早期收继婚的遗留，主要是出于巩固惠公君位，保持齐、卫之间婚姻关系的政治考虑，或有一些宣姜与公子顽的情感因素；但国君母亲与国君庶兄之间的婚恋关系不符合周代婚姻制度方面的礼法规定，因此为国人所诟病，却又无法明确言说，国人便作此诗表明对卫公子顽与宣姜行为的贬斥。卫宣公已逝、惠公实力不够强大并遭卫国百官驱逐的时候，大约是公子顽与宣姜婚姻开始之时，这之后国人便作诗贬刺，因此诗歌产生时间大约在公元前697—前686年。

《鹑之奔奔》应为讽刺荒淫无度的卫宣公而作。《鹑之奔奔》的主题有刺卫夫人宣姜说，刺宣姜与公子顽说，刺公子顽说，刺卫宣公说，刺宣公与公子顽说，责骂卫国君主说，怒斥负心丈夫说，女御不平愤辞说，赞美贵族女子说等多种说法。诗歌的感情态度应以讽刺指斥为主。关于此首诗的主题，毛《序》载："《鹑之奔奔》，刺卫宣姜也。卫人以为宣姜鹑鹊之不若也。"郑《笺》载："刺宣姜者，刺其与公子顽为淫乱行，不如禽鸟。"孔《疏》载："二章皆上二句刺宣姜，下二句责公不防闲也。顽与宣姜共为此恶，而独为刺宣姜者，以宣姜卫之小君，当母仪一国，而与子淫，尤为不可，故作者意有所主，非谓顽不当刺也。"朱熹《诗集传》

载:"卫人刺宣姜与顽非匹偶而相从也,故为惠公之言以刺之。"① 宋李樗《毛诗集解》载:"曰'人之无良,我以为兄'者,言人之不善我以为兄。兄,公子顽也,顽乃惠公之庶兄也。'我以为君'者,人之不善我乃以为君。君者,宣姜也。夫人称曰小君,故谓之君。"② 认为诗歌表达了对卫宣姜与公子顽之事的指斥批判,当今学者多同意此观点,如高亨《诗经今注》载:"卫宣公死,其妻宣姜公然与宣公庶子顽姘居,生了三男二女。这首诗是顽的弟弟所作,讽刺顽与宣姜的淫秽行为。"③ 袁梅《诗经译注》认为:"这首短歌,是卫人刺宣姜与公子顽私通之事。第一章刺顽,第二章刺宣姜。"④

笔者认为诗歌的讽刺对象应为卫宣公。首先,"为兄""为君"前面皆为"人之无良",那么"兄"和"君"应为一人。《左传·襄公二十七年》载:"郑伯享赵孟于垂陇,子展、伯有、子西、子产、子大叔,二子石从。赵孟曰:'七子从君,以宠武也,请皆赋以卒君贶,武亦以观七子之志。'……伯有赋《鹑之奔奔》,赵孟曰:'床第之言不逾阈,况在野乎!非使人之所得闻也!'"⑤ 根据赵孟对《鹑之奔奔》的理解,再联系卫宣公淫乱之事可以看出,诗歌讽刺对象应为卫宣公。其次,诗中以"兄"和"君"来称呼之人应为男子。《说文解字》中"君"的解释为"尊也,从尹。发号,故从口。"君子的本字为"尹","尹"在甲骨文中的写法像人手执权杖,表示掌握大权,管理事务,后来"尹"被借用,另加"口"造"君"字,表示掌权治国,发号施令者。在《诗经》产生的西周至春秋时期,"君"指男子,并多指国君。具体到《诗经》风诗中,"君"也多指诸侯君主。⑥ 再次,齐诗和鲁诗均持"刺卫宣公说"。王先谦《诗三家义集疏》引用司马迁和刘向的鲁诗说,认为从《史记》和《列女传》来看,

---

① (宋)朱熹:《诗集传》,中华书局1958年版,第30页。
② 张树波:《国风集说》,河北人民出版社1993年版,第444页。
③ 高亨:《诗经今注》,上海古籍出版社1980年版,第70页。
④ 袁梅:《诗经译注》,齐鲁书社1985年版,第183页。
⑤ (唐)孔颖达:《春秋左传正义》,阮元《十三经注疏》本,中华书局1980年版,第647—648页。
⑥ 邵炳军:《〈诗·鄘风〉创作年代考论》,《中州学刊》2011年第2期。

鲁诗未记载宣姜与公子顽之事。而在齐诗中,并未将宣姜作为"君"来称呼和对待,因此王先谦认为据齐诗说和鲁诗说,诗歌不是讽刺宣姜,而是讽刺卫宣公。"刺卫宣公说"更加通达,姚际恒《诗经通论》、陈子展《诗经直解》也均持此观点。因此《鹑之奔奔》讽刺了卫宣公的丑恶荒淫。

《蝃蝀》应为讽刺卫国宫廷丑恶违礼现象之作。《蝃蝀》的主题有止奔说,刺卫宣姜说,刺淫奔之诗说,女子急于成婚说,刺卫宣公说,讥卫灵公说,代宣姜答《新台》说,歌颂婚姻自由说,指责婚姻自主说,责备丈夫变心说等多种说法。在主题方面,毛《序》、孔《疏》均持"诗教说",朱熹《诗集传》持"讽刺说",两者的态度恰好相反。毛《序》载:"《蝃蝀》,止淫奔也。卫文公能以道化其民,淫奔之耻,国人不齿也。"孔《疏》载:"作《蝃蝀》诗者,言能止当时之淫奔。卫文公以道化其民,使皆知礼法,以淫奔者为耻。其有淫之耻者,国人皆能恶之,不与之为齿列相长稚,故人皆耻之而自止也。"毛《序》、孔《疏》认为《蝃蝀》诗意为教化止淫,具体来说是人民受到卫文公教化后,荣辱感增强、知礼守法,见到不齿之事自觉躲避排斥、不与之为伍。并将"莫之敢指"蝃蝀的主人公看作有教化、守礼法者,作者对其持赞赏态度。而朱熹《诗集传》则认为是刺淫奔之诗,"此刺淫奔之诗。言蝃蝀在东,而人不敢指,以比淫奔之恶,人不可道。况女子有行,又当远其父母兄弟,岂可不顾此而冒行乎?"[①] 韩《序》与之观点相近,载:"刺奔女也。"此观点将主人公看作不守教化的违礼者,作者持反对讽刺态度。虽论者都认为主题与"淫奔"有关,但毛《序》、郑《笺》持赞赏态度的"止奔"说,《诗集传》持反对讽刺态度的"刺奔"说,二者在态度上恰好相反。

从文本来看,诗歌前两章没有讽刺之意,第三章"大无信也,不知命也"明显具有讽刺批评意味,指出"大无信"行为,令人无法正视和接受,正如蝃蝀在东,而人不敢指。联系卫国史事,卫宣公先夺子之妻占为己有,宣公死后,宣姜又嫁子之庶兄,卫国宫廷的混乱难以言说,作者极有可能针对这些贵族的违礼龌龊行为展开批判,但又无法直接指斥明说,

---

[①] (宋)朱熹:《诗集传》,中华书局1958年版,第32页。

因此以"蟋蟀在东,莫之敢指"来针砭讽刺这些行为。因此诗歌应为讽刺卫国宫廷丑恶现象之作。

《相鼠》表达了对无礼仪者的痛恨和讽刺。《相鼠》的主题有刺无礼说,群臣相戒说,讽刺三叔说,妻子谏夫说,宣扬维护周礼说,咒骂统治阶级说等多种说法。笔者认为《相鼠》表达了对无礼仪者的痛恨和讽刺。毛《序》载:"《相鼠》,刺无礼也。卫文公能正其群臣,而刺在位承先君之化无礼仪也。"朱熹《诗集传》载:"言视彼鼠而犹必有皮,可以人而无仪乎?人而无仪,则其不死亦何为哉。"① 宋欧阳修《诗本义》载:"《相鼠》之义不多,直刺卫之群臣无礼仪尔。"② 从诗歌文本来看,诗歌明确直接地表示"人而无仪,不死何为""人而无止,不死何俟""人而无礼,胡不遄死",对无礼仪者表达了深刻的憎恶和讽刺。诗歌整体语气强烈,对违背周礼的行为表现出了火山爆发式的愤怒和诅咒,将违礼之人和鼠类相提并论,并认为违礼之人不如鼠类,可见憎之深、恨之切。清牛运震《诗志》载:"痛呵之词,几于裂眦。"③ 诗中对违礼行为显豁的讽刺批判常被古人借用,引赋诗句以刺无礼。如《左传·襄公二十七年》载:"叔孙与庆封食,不敬。为赋《相鼠》,亦不知也。"④ 可见早在春秋时期《相鼠》已经作为对不懂礼、不遵仪者的讽刺而发挥外交方面的作用了。后世这种用法仍然存在,如三国时期曹植在《上责躬应诏诗表》中论到:"窃感《相鼠》之篇,无礼遄死之义。"⑤ 因此诗歌《相鼠》表达了对无礼仪者的痛恨和讽刺。

二 赞美诗

《鄘风》反映对国君、贵族女子和士大夫赞美的诗歌有3首,为《君

---

① (宋)朱熹:《诗集传》,中华书局1958年版,第32页。
② (宋)欧阳修:《诗本义》,转引自张树波《国风集说》,河北人民出版社1993年版,第466页。
③ (清)牛运震:《诗志》,转引自张树波《国风集说》,河北人民出版社1993年版,第471页。
④ (唐)孔颖达:《春秋左传正义》,阮元《十三经注疏》本,中华书局1980年版,第643页。
⑤ (清)严可均辑:《全三国文》卷十五,清光绪王毓藻刻本。

子偕老》《定之方中》和《干旄》。

  《君子偕老》为赞美贵族女子之作。《君子偕老》的主题有刺卫夫人宣姜说、哀贤夫人说，刺贵妇人说、赞美贵族女子说等多种说法。诗歌通过对贵族女子外貌的描写，表达了作者的思想，对《君子偕老》主题的判断主要存在赞美歌颂和讽刺批评截然相反的两大类观点。传统毛《序》、郑《笺》、孔《疏》的看法主要以贬刺为主，如毛《序》载："《君子偕老》，刺卫夫人也。夫人淫乱，失事君子之道，故陈人君之德，服饰之盛，宜与君子偕老也。"郑《笺》载："夫人，宣公夫人，惠公之母也。人君，小君也。或者小字误作人耳。"孔《疏》载："作《君子偕老》，刺卫夫人也。以夫人淫乱，失事君子之道也。毛以为由夫人失事君子之道，故陈别有小君内有贞顺之德，外有服饰之盛，德称其服宜与君子偕老者，刺今夫人有淫泆之行，不能与君子偕老。"又"经陈行步之容，发肤之貌。言德美盛饰之事，能与君子偕老者乃然。故发首言'君子偕老'以为一篇之总目。"以上说法通过赞颂内外兼美的古之夫人的德行，来对比贬刺宣姜之失德行为，认为宣姜有失"内有贞顺之德，外有服饰之盛"的"人君"之德。孔《疏》将"人君"解释为贵妇人，"以言刺夫人，故知人君为小君。以夫妻一体，妇人从夫之爵，故同名曰人君。"而朱熹《诗集传》对主题的阐释则包含了更加直接猛烈的批判指斥，认为诗歌所描述和指责的就是宣姜，而不是借古贵妇人委婉地对比讽刺宣姜，《诗集传》载："言夫人当与君子偕老，故其服饰之盛如此，而雍容自得，安重宽广，又有以宜其象服。今宣姜之不善乃如此，虽有是服，亦将如之何哉。言不称也。"[1] 这一看法得到了后世一些学者的认同，清人吴懋清《毛诗复古录》载："惠公之即位也少，齐人使昭伯辅之，宣姜反与之偕老。卫人因作是歌，故诡其辞，似美而实嘲也。"[2] 也认为诗歌指刺宣姜，王先谦《三家诗义集疏》载三家诗无异议。现当代学者朱守亮的《诗经评释》、马持盈的《诗经今注今译》、程俊英

---

[1] （宋）朱熹：《诗集传》，中华书局1958年版，第29页。
[2] （清）吴懋清：《毛诗复古录》，转引自张树波《国风集说》，河北人民出版社1993年版，第427—428页。

的《诗经译注》也持类似的观点。

刺卫夫人宣姜说虽然由来已久，附和者众多，但并非无可商榷之处。笔者认为将主题定为"赞美贵族女子说"更为符合诗意，原因有以下几个方面。首先，从诗歌的文本来看，《君子偕老》描写了贵族女子俏丽外貌的几个方面：墨色如云的"鬒发"，白皙宽广的额头，清澈秀丽的眼眸；还描写了精美华丽的首饰："副""笄""六珈""玉瑱""象揥"等；又描写了绚丽华贵、剪裁合身的贵族内外服饰："象服""翟服""展衣""绁袢"等；以及雍容华贵、大方庄重的仪态："委委佗佗"，诗歌最后总结申明此贵族女子为"邦之媛也"。从所描述内容看，作者描绘之精细、用词之绚烂、情感之真切，都足以说明作者是持肯定支持的态度，特别是最后一句"展如之人兮，邦之媛也"，认为此贵族女子确实为国之美女子，将赞美支持的态度观点加以总结升华。全诗并未出现明显讽刺反对的字眼，因此作者态度应为歌颂赞美的，传统经学所持的刺卫夫人宣姜说等讽刺观点应为两汉美刺观念的产物。

其次，整首诗中似有讽刺意味的一句"子之不淑，云如之何"，应给予准确解读，如何理解这句将成为解读整首诗歌的关键所在。朱熹将其解释为"今宣姜之不善乃如此，虽有是服，亦将如之何哉"。我们有必要重新疏解这句的意思，"淑"，《说文解字》注为"清湛也，从水叔声"，引申为"善"的意思；"子之不淑"当为否定句，翻译为"贵族女子不够贤良淑善"；"云如之何"翻译为"仪容气度怎会如此华美端庄"。这个句子蕴含了一层假设的意思，即"如果贵族女子不够贤良淑善，仪容气度怎会如此华美端庄。"表达了对贵族女子的内在品质和外貌仪容的美赞。而在历史和今天，许多言之凿凿持讽刺观点的经学家往往将这两句割裂开来进行理解，着重第一句"子之不淑"的阐释解读，认为表达了对贵族女子的讽刺否定，甚至无限扩大；而不顾这句与后句的关联，也不顾整首诗歌的语义氛围，从而产生了许许多多的贬刺观点，此处限于篇幅不一一枚举。

最后，许多学者也颇有识见，洞察出诗歌蕴含的美赞之意，如金启华《诗经全译》认为此诗："描写贵族女子服饰容貌的美好。"祝敏彻《诗经译注》认为:"这是一首赞美贵族少妇的诗。"陈介白《诗经选译》认为:"这是称赞女子的美丽。"① 这些看法都突破了传统经学美刺观念的窠臼。因此从整首诗来看表达了对贵族女子的欣赏赞美。

《定之方中》应为大夫赞美卫文公之作。《定之方中》的主题有美卫文公说,颂鲁僖公城楚丘说,宫人迁帝丘思楚丘说,刺卫文公说,刺卫宣公说等多种说法。毛《序》载:"《定之方中》,美卫文公也。卫为狄所灭,东徙渡河,野处漕邑。齐桓公攘夷狄而封之。文公徙居楚丘,始建城市而营宫室,得其时制,百姓说之,国家殷富焉。"郑《笺》载:"《春秋》闵公二年冬,狄人入卫,卫懿公及狄人战于荧泽而败,齐桓公迎卫之遗民渡河,立戴公,以庐于漕。戴公立一年而卒。鲁僖公二年,齐桓公城楚丘而封卫,于是文公立而建国焉。"孔《疏》又进一步加以说解扩充,载:"作《定之方中》诗者,美卫文公也。卫国为狄人所灭,君为狄人所杀,城为狄人所入,其有其余之民东徙渡河,暴露野次处于漕邑。齐桓公攘去夷狄而更封之,立文公焉。文公乃徙居楚丘之邑,始建城使民得安处,始建市使民得交易,而营造宫室既得其时节,又得其制度,百姓喜而说之。民既富饶,宫亦充足,致使国家殷实而富盛焉。故百姓所以美之。"清人王先谦《三家诗义集疏》载三家诗无异议,因此毛《传》、郑《笺》等经书的解说应是符合诗歌背景的。

联系史实探讨,卫懿公当政时,爱鹤如痴,朝政荒疏,百姓哀怨。公元前660年,北方狄人攻破卫国,卫懿公被杀,卫亡。卫遗民渡过黄河寻求齐国和宋国的救援,随后立公子申为戴公,造草庵暂住于漕地(今河南滑县旧城东)。一年后卫戴公死,齐国立公子毁为文公,并发兵戍守重建的卫国,击败狄人。公元前658年,在齐国援助下卫国在楚丘建立新都,但国势大大下降。卫文公登基后励精图治,《左传·闵公三年》载:"卫文公大布之衣,大帛之冠,务材训农,通商惠工,敬教劝学,授方任能。元年革车三十乘,季年乃三百乘。"② 可以看出,卫文公"训农""通商"

---

① 张树波:《国风集说》,河北人民出版社1993年版,第429页。
② (唐)孔颖达:《春秋左传正义》,阮元《十三经注疏》本,中华书局1980年版,第194页。

"惠工""劝学"、善用人才，使卫国国势得到了中兴，国力日强并在诸侯国中生存了下来。经书所载与历史记载相互印证，因此《定之方中》表达了对卫文公励精图治的赞美，正如蓝菊荪《诗经今译》评价所说："这是一篇很好的叙事诗，也是一篇很好的史诗。"

《干旄》主题为美赞卫大夫善于招纳贤才。《干旄》的主题有美卫文公招纳贤才说，国君出野亲迎说，良辅求贤不遇说，卫大夫访贤说，美卫武公好贤说，卫夫人求援说，刺卫文公好淫好奢说，行聘礼铺张说，女恋男情诗说，男恋女情诗说等多种说法。毛《序》载："《干旄》，美好善也。卫文公臣子多好善，贤者乐告以善道也。"朱熹将诗意解释得更加明晰，《诗集传》载："言卫大夫乘此车马，建此旄旌，以见贤者。彼其所见之贤者，将何以畀之，而答其礼意之勤乎？"① 认为诗歌描述了卫大夫访求贤人的场景。朱熹《传》与毛《传》是一脉相承的，只是意思上更加明确具体，便于理解。

从诗歌文本来看，首先干旄、干旟、干旌皆是春秋时期纳贤招士所用之物。清人马瑞辰《毛诗传笺通释》载："是古者聘贤招士多以弓旌车乘。此诗干旄、干旟、干旌，皆历举召贤者之所建。"② 其次，诗中所提到的良马也是招贤纳士所用之物。春秋战国时期驾马之数一般为双数，最常见的主要有三种情况：驾一马、驾二马和驾四马，驾三马、五马的情况应是没有的。《干旄》中有"良马四之""良马五之""良马六之"之句，所述之马定非驾乘之马；联系前后句，此诗中所述"四""五""六"之良马应不是卫大夫所驾乘之马，而极有可能是招纳贤才所用之物。春秋战国时期确实存在赠马、赐马的情况。清人孔广森语曰："四之、五之、六之，不当以辔为解，乃谓聘贤者用马为礼，转益其庶且多也。《左传》：'王赐虢公、晋侯马五匹。''楚弃疾遗郑子皮马六匹。'皆不必成乘，故或五或六也。"③ 因此《干旄》为美卫大夫招纳贤才所作。

---

① （宋）朱熹：《诗集传》，中华书局1958年版，第33页。
② （清）马瑞辰：《毛诗传笺通释》，中华书局1989年版，第189页。
③ （清）王先谦：《诗三家义集疏》，中华书局1987年版，第256页。

三 婚姻爱情诗

《鄘风》反映婚姻爱情的诗歌有两首,分别为《柏舟》和《桑中》。

《柏舟》应为共姜自誓守贞而作。《柏舟》的主题有共姜自誓说、鄘人借宣姜口气刺卫宣公夺媳而作说,女守独身说、赞美节妇说、爱情忠贞说等多种说法。毛《序》载:"《柏舟》,共姜自誓也。卫世子共伯早死,其妻守义,父母欲夺而嫁之,誓而弗许,故作是诗以绝之。"郑《笺》释:"共伯,僖侯之世子。"朱熹《诗集传》载:"旧说以为卫世子共伯早死,其妻共姜守义,父母欲夺而嫁之,故共姜作此以自誓。言柏舟则在彼中河,两髦则实我之匹,虽至于死,誓无他心。母之于我,抚育之恩,如天罔极,而何其不谅我之心乎?不及父者,疑时独母在,或非父意耳。"[①]考其文本,诗歌应为卫庄姜自誓守贞而作。从《柏舟》诗意可以看出,歌者应为女性,为了"髧彼两髦,实维我仪"的心上人,她坚持自己的恋爱信念,"之死矢靡它",表现了对爱情坚定不移的信念。"之死矢靡它"有两种可能:"非他不嫁"或"已嫁而不移"。联系毛《序》、郑《笺》的说法,诗歌表现的是卫世子共伯之妻共姜对已逝丈夫坚贞不渝,拒绝母亲劝说改嫁,应属"已嫁而不移"。因此认为诗歌是卫庄姜自誓守贞而作,是符合诗意的。

《桑中》应为记录原始习俗遗风下男女相会的作品。《桑中》的主题有刺淫奔说,国君微行期会说,刺上失政说,刺宣姜及公子顽说,淫奔之诗说,情人幽期密约说,劳动情歌说,原始习俗遗风说等多种说法。毛《序》、郑《笺》主要持"刺奔说",朱熹等人持"淫诗说",两种说法存在较大的共同之处,即因"姜氏、弋氏、庸氏"为贵族姓氏,而联系卫国宫廷的淫乱现象,指刺宫廷、贵族婚恋中的违礼之行,认为这种行为受到了卫国民俗的影响并对整个国家的风气都产生了不良作用。毛《序》载:"《桑中》,刺奔也。卫之公室淫乱,男女相奔,至于世族在位,相窃妻妾,期于幽远,政散民流而不可止。"郑《笺》载:"卫之

---

① (宋)朱熹:《诗集传》,中华书局1958年版,第28页。

宫室淫乱，谓宣惠之世男女相奔，不待媒氏以礼会之也。世族在位，娶姜氏、弋氏、庸氏者也。"郑《笺》在《序》说的基础上加以解释说明，并认为诗歌讽刺的是"娶姜氏、弋氏、庸氏"的世族。这种解说过于倾向表面意思的理解，"姜氏、弋氏、庸氏"应为泛指主人公所思念的女子，而非具体的三人。宋吕祖谦《吕氏家塾读诗记》载："《诗》之体不同：有直刺之者，《新台》之类是也。有微讽之者，《君子偕老》之类是也。有铺陈其事，不加一辞而意自见者，此类是也。"① 宋朱熹《〈诗序〉辩说》认为："此诗乃淫奔者所自作。"②《诗集传》载："卫俗淫乱，世族在位，相窃妻妾。故此人自言将采唐于沬，而与其所思之人相期会迎送如此也。"③ 明季本《诗说解颐》载："卫俗淫奔，虽巨室之妻亦比比与人期会，而迎送之不以为耻。其后所私之男子托采物以至其地而追思之，故作此诗也。"④ "刺淫奔说"和"淫奔之诗说"都看到了诗歌反映男女相会的主题内容，但它们的出发点在美刺传统和封建伦常方面，受到了主观前见的局限。这些说法多倾向于以礼法和伦常观念对诗中的男女相会现象进行评论，而未寻找现象的根源所在。而郭沫若的"原始习俗遗风说"最早找到了男女期会现象的根源——原始风俗的遗留，并分析了这种现象存在的原因和背景。郭沫若在《甲骨文研究》中论道："桑中即桑林所在之地，上宫即祀桑林之祠，士女于此合欢"；又"其祀桑林时事，余以为《鄘风》中之《桑中》所咏者，是也"。⑤ 鲍昌的《风诗名篇新解》、孙作云的《诗经恋歌发微》都进一步解释了这一观点。如前所述，卫国遗留有桑间濮上传统，《桑中》描写和反映的正是卫国祭祀与男女欢会合一的风俗，因此诗歌为记录原始习俗遗风下男女恋爱相会的作品。

---

① （宋）吕祖谦：《吕氏家塾读诗记》卷五，上海涵芬楼借常熟瞿氏铁琴铜剑楼藏宋刊本影印，第二册，第8页。
② （宋）朱熹：《朱子全书》第一册，上海古籍出版社2010年版，第364—365页。
③ （宋）朱熹：《诗集传》，中华书局1958年版，第30页。
④ （明）季本：《诗说解颐总论》，明嘉靖四十一年刻本。
⑤ 郭沫若著作编辑出版委员会：《郭沫若全集》第一卷，科学出版社2002年版，第19—21页。

四 忧思诗

《载驰》为许穆夫人忧国而作。《载驰》主题为表现了许穆夫人伤许不能救、思归亦不得的忧愁思绪。《载驰》的主题有伤许不能救、思归亦不得说,许国君臣反对夫人归唁说,许国君臣不纳夫人主张说,表现许穆夫人爱国思想感情说等多种说法。毛《序》认为诗歌表达了许穆夫人伤许不能救、思归亦不得的忧伤复杂心情,毛《序》载:"载驰,许穆夫人作也。闵其宗国颠覆,自伤不能救也。卫懿公为狄人所灭,国人分散,露于漕邑。许穆夫人闵卫之亡,伤许之小,力不能救。思归唁其兄,又义不得,故赋是诗也。"《载驰》的创作在《左传》中有明确记载,因此关于作者和主题情况学者看法较为一致,歧义较少。《左传·闵公二年》载:"冬十二月,狄人伐卫。……及狄人战于荥泽,卫师败绩,遂灭卫。……初,惠公之即位也少,齐人使昭伯烝于宣姜,不可,强之。生齐子、戴公、文公、宋桓夫人、许穆夫人。文公为卫之多患也,先适齐。及败,宋桓公逆诸河,宵济。卫之遗民男女七百有三十人,益之以共、滕之民为五千人。立戴公以庐于曹。许穆夫人赋《载驰》。"① 毛《序》所载与《左传》相合,古今学者绝大部分均持此说,认为诗歌主题表达了许穆夫人伤许不能救、思归亦不得的情绪。有关主题的其他多种说法实际是对许穆夫人思归不得的各个侧面的阐释,如从许国角度出发进行解说,便形成了两种说法:"许国君臣反对夫人归唁说"或"许国君臣不纳夫人主张说",和"许穆夫人伤许不能救、思归亦不得说"。从许穆夫人角度出发解说,又形成了两种说法:即"表现思归不得的忧伤心情说"和"对祖国的浓郁热爱思恋说"。概而述之,诗歌应为许穆夫人伤许不能救、思归亦不得而作。

综而论之,《柏舟》为共姜自誓守贞而作,作于公元前812年左右。《墙有茨》为卫人刺公子顽与宣姜所作,诗歌产生时间大约在公元前

---

① (唐)孔颖达:《春秋左传正义》,阮元《十三经注疏》本,中华书局1980年版,第191页。

697—前686年，卫惠公即位之后。《君子偕老》表达了对贵族女子的欣赏赞美。《桑中》为记录原始习俗遗风下男女相会的作品。《鹑之奔奔》为刺卫宣公之作，作于公元前718—前700年。《定之方中》为美卫文公之作，约作于公元前659—前635年。《蝃蝀》为卫人讽刺卫国宫廷丑恶违礼现象之作，作于卫宣公、惠公之世，大约在公元前718—前697年。《相鼠》表达了对无礼仪者的痛恨和讽刺。《干旄》为赞美卫文公时期卫大夫招纳贤才之作，作于卫文公早期，大约在公元前650年左右。《载驰》为许穆夫人伤许不能救、思归亦不得而作，大约作于公元前660年左右。

五　《鄘风》的主题特点

根据以上分析，可以看出《鄘风》在诗歌主题内容方面的一些特点：

其一，《鄘风》诗歌内容比较单一，多是对宫廷贵族的批评和赞美，反映婚姻爱情的作品数量不多。《鄘风》对宫廷贵族进行批评和赞美的诗歌，占了全部诗歌数量的70%，其余为反映婚姻爱情的作品和许穆夫人伤国之作。反映婚姻爱情的作品只有两首，与《邶风》《卫风》《郑风》相比，《鄘风》中婚姻爱情诗的数量是最少的。

其二，《鄘风》的贬褒对象多是宫廷贵族。除去《桑中》以外，《鄘风》情感抒发的对象多是宫廷贵族和士大夫等，这部分占了《鄘风》诗歌总数的90%，而涉及普通民众思想情感的作品则极少。其中可能存在这样的原因，周礼渗透下卫国宫廷的混乱现象违背了礼法的规定，引起了社会的极大关注，成为卫人街谈巷议的话题，因而《鄘风》中针对宫廷贵族予以贬褒的作品所占比例也较大。

其三，《鄘风》诗歌情调以讽刺贬斥为主。在总共的10首诗歌中，表达讽刺、贬斥之情的就有《墙有茨》《鹑之奔奔》《蝃蝀》《相鼠》4篇，占《鄘风》的40%，且有《相鼠》这样对贵族统治者的无礼进行痛入骨髓、暴风骤雨式批判的作品，足见《鄘风》的讽刺批评精神之强烈。在表达形式上，首先与《鄘风》曲调的节奏特点有关，《鄘风》反复吟唱的类似副歌部分较多，适合表达强烈的情感。如《蝃蝀》有"女子有行，远父母兄弟""女子有行，远兄弟父母""父母"和"兄弟"变换位置重复两遍。讽刺批评性的其他诗歌如《墙有茨》《鹑之奔奔》《蝃蝀》也具有这样较明显的回环往复的特点。多次出现的相同或类似句式，往往只变换其中一个或几个字，在强化节奏的同时加强了思想感情表达的力度，起到了强调语气、渲染情感的作用。其次《鄘风》表意比较直露显豁，适合抒发愤怒的情感，表达讽刺的内容。如《相鼠》："人而无仪，不死何为""人而无止，不死何俟""人而无礼，胡不遄死"，像一把把锋利的刀剑，毫不留情、怒目裂眦地直接刺向无礼的统治阶级。

第三节　卫风诗歌主题与产生时代

《卫风》应是产生于卫地或以卫地曲调演唱的诗歌，"卫"这个概念在西周时期出现过两次，一次是在武王设三监之后，邶、鄘、卫地分别为"三监"掌管，目的是监控管理殷商旧地；其中三地之一的卫地位于朝歌的东部。第二次是三监叛周、周公平叛之后，周王封康叔于朝歌建立卫国，统一管理原来的邶、鄘、卫三地。虽邶、鄘、卫成为统一的国家，民歌仍然保留了原来不同地域的曲调而体现出一些差别。朱熹《诗集传》认为："卫本都河北，朝歌之东，淇水之北，百泉之南。其后不知何时并得邶、鄘之地。至懿公为狄所灭，戴公东徙渡河，野处漕邑。文公又徙居于楚丘。"[①] 卫地在今河南淇县附近。周蒙、冯宇《诗经百首译释》认为："卫地旧说在殷都朝歌以东，即今之河南省淇县附近地带。但从王国维'邶即燕，鄘即鲁'的考定来看，则卫地当在今之河南省和山东省的交界地区。"[②] 此可备一说。

《卫风》主要是以邶、鄘、卫分立时期卫地的曲调进行歌唱的诗歌。《卫风》共10首诗歌，包括《淇奥》《考槃》《硕人》《氓》《竹竿》《芄

---

① （宋）朱熹：《诗集传》，中华书局1958年版，第15页。
② 周蒙、冯宇：《诗经百首译释》，黑龙江人民出版社1986年版，第118页。

兰》《河广》《伯兮》《有狐》《木瓜》。从诗歌主题分析，《卫风》诗歌大致有以下几类：

一 讽刺诗

《卫风》讽刺统治者或贵族的诗歌有两首，分别为《考槃》和《芄兰》。

《考槃》主题应为刺卫庄公使贤者退穷处。《考槃》的主题有刺卫庄公使贤者退穷处说，描述隐居生活说，国君嫔妃遭遗弃说，赞美贤者隐居说，讽刺仕宦不止说，描写梦境恋歌说等多种说法。影响较大的为"刺卫庄公使贤者退穷处说"与"描述隐居生活说"。毛《序》等持"刺卫庄公使贤者退穷处说"，毛《序》载："《考槃》，刺庄公也。不能继先公之业，使贤者退而穷处。"宋人袁燮《洁斋毛诗经筵讲义》载："庄公之先公是为武公，笃于好善，能听其规谏。而厥子弗克遵业，使贤者退而穷处，此《考槃》之诗所以作也。"① 清人王先谦《诗三家义集疏》认为三家诗无异义。"描述隐居生活说"认为诗歌描写了隐士隐居的生活和感受，宋人欧阳修《诗本义》载："《考槃》本述贤者退而穷处"，又"谓硕人居于山涧之间不以为狭，而独言自谓不忘此乐也。"元代刘瑾《诗传通释》载："《孔丛子》：'子曰：吾于《考槃》见遁世之士无闷于世。'辅氏曰：《孔丛子》所记，深得诗意。"② 元代朱公迁《诗经疏义会通》及当今学者祝敏彻等《诗经译注》、吕恢文《诗经国风今译》、李长之《诗经试译》等都认为反映了隐士隐居的生活和思想。"刺卫庄公使贤者退穷处说"与"描述隐居生活说"有一个共同之处，即都认为诗歌反映了隐士的生活和思想。"刺卫庄公使贤者退穷处说"秉承美刺传统，认为是昏君导致贤者不能施展才华、厌弃统治集团而隐居，指出了隐居的原因所在，诗歌的态度是反对讽刺的。"描述隐居生活说"没有说明退穷处的原因，而是对隐居士人持赞美欣赏的态度，如糜文开、裴普贤《诗经欣赏与研究》认为："这是一首隐士之歌，读此诗，隐士安贫，啸傲山林，扣槃而歌，自得其

---

① （宋）袁燮：《洁斋毛诗经筵讲义》，中华书局1985年版，第32页。
② （元）刘瑾：《诗传通释》，转引自张树波《国风集说》，河北人民出版社1993年版，第510页。

乐的情景,活现眼前。"①

从诗歌文本来看,"在涧""在阿""在陆"应是隐士隐居之地,"独寐寤言""独寐寤歌""独寐寤宿"指隐士孤独一人的生活,郑《笺》载:"在涧独寐,觉而独言"。而"永矢弗谖""永矢弗过""永矢弗告",郑《笺》载:"永,长。矢,誓。"证明了隐士归隐意志之坚定。因此可以说《考槃》是中国隐逸诗的源头。隐士如此坚定地隐居,在隐逸之风并不盛行的西周至春秋时期,应是有一定原因的。诗歌主人公为"硕人",郑《笺》载:"硕,大也。"王先谦《诗三家义集疏》载:"古人硕、美二字为赞美男女之统词。"如此美硕之人当为宫廷贵族居享优渥生活,或为高人达士身肩国朝重任,却隐逸在僻静的山谷,笃定地过着幽独的生活;其中的原因虽没有直接道出,但暗示了统治贵族不用贤人,硕人无用于世而退世隐居。联系史事,相较卫武公的从谏如流、善纳贤才,卫庄公的确没有继承先公的态度与做法。"刺卫庄公使贤者退穷处说"指出了隐居的原因,符合史实、情理,且更加全面,因此从此说。写作时间应在卫庄公之时,卫庄公执政在公元前757—前735年,诗作应作于此段时间内。

《芄兰》应为刺卫惠公骄纵而作。《芄兰》的主题有刺卫惠公说,讽刺统治阶级说,讽刺霍叔说,作歌教诲国子弟说,刺童子傲慢无礼说,美卫惠公说,情感恋诗说等多种说法。毛《序》、郑《笺》等持"刺卫惠公说"。毛《序》载:"《芄兰》,刺惠公也。骄而无礼,大夫刺之。"郑《笺》载:"惠公以幼童即位,自谓有才能而骄慢于大臣,但习威仪,不知为政以礼。"孔《疏》载:"《左传》曰:'初,惠公之即位也少。'杜预云:'盖年十五六'。"又"经言童子,则惠公时仍幼童。童者,未成人之称,年十九以下皆是也。"清人邓翔《诗经绎参》载:"惠公名朔,宣公子,即位少,骄而无礼,大夫刺之";又"惠公始则随其母以潜其兄,继则听其兄之通其母,无知甚矣。即位少,故称童子,诗之为刺无疑"。②

---

① 糜文开、裴普贤:《诗经欣赏与研究》,转引自张树波《国风集说》,河北人民出版社1993年版,第510页。
② (清)邓翔:《诗经绎参》,转引自张树波《国风集说》,河北人民出版社1993年版,第552页。

清人王先谦《诗三家义集疏》载三家诗无异议。"刺卫惠公说"与"刺统治阶级说"有相通之处，不同的是此说将讽刺之人更加具体为卫惠公。

从诗歌文本来看，"佩觿"之"觿"，毛《传》载："觿，所以解结，成人之佩也。"宋朱熹《诗集传》载："觿，锥也。以象骨为之，所以解结，成人之佩，非童子之饰也。"①《礼记·内则》载："子事父母，左佩小觿，右佩大觿。"②《说苑·修文篇》载："能治烦决乱者佩觿"。可知"觿"不仅要求配饰者达到成人的年龄，更要求配饰者具备成人的能力与素养。而"童子佩觿"不仅从年龄上让人看出了反差，更暗示了佩饰者不具备成人的仪礼修养，不能够完成成人的使命。联系卫国史事，卫惠公母受宣公宠爱，进谗使宣公遣盗杀太子伋，惠公兄寿为护太子先代伋被杀，太子伋后也被杀死，朔从而成为卫惠公。综合史实进行分析，应该说卫惠公是个狡诈有余而仁义不足之人，他年少即位又矜于狡智，未免骄纵轻狂、轻视礼仪，不能以德为政，因此受到臣民的诟病。由此诗歌主题应为刺卫惠公骄纵，诗歌应作于卫惠公即位初年，即公元前699年左右。

二 赞美诗

《卫风》反映对国君、贵族女子和士大夫进行赞美的诗作有两首，为《淇奥》和《硕人》。

《淇奥》诗歌主题应为美卫武公之德。《淇奥》的主题有美卫武公之德说，美有文采修养之人说，歌颂卫国贵族说，赞美怀念旧都人物说，贵族女子夸夫说等多种说法，考其诗意，诗歌主题应为赞美了卫武公之德。毛《序》载："《淇奥》，美武公之德也。有文章，又能听其规谏，以礼自防，故能入相于周，美而作是诗也。"毛《传》载："武公质美德盛，有康叔之余烈。……道其学而成也，听其规谏以自修，如玉石之见琢磨也。"朱熹《诗集传》载："卫人美武公之德，而以绿竹始生之美盛，兴其学问自修之进益也。"③《左传·昭公二年》载："自齐聘于卫，卫侯享之。北

---

① （宋）朱熹：《诗集传》，中华书局1958年版，第39页。
② （唐）孔颖达：《礼记正义》，阮元《十三经注疏》本，中华书局1980年版，第138页。
③ （宋）朱熹：《诗集传》，中华书局1958年版，第34—35页。

宫文子赋《淇奥》，宣子赋《木瓜》。"① 可知北宫文子曾吟诵过此诗，那么诗歌至少产生于昭公二年之前，昭公二年即公元前540年。

从历史上看，卫武公因善于治国、纳谏如流而深得民心。卫武公是卫厘侯之子、卫共伯之弟，卫国第11代国君，公元前812—前758年在位。公元前813年，厘侯卒，立太子共伯余为君。共伯之弟和在厘侯生前受宠，便用所得赏赐贿赂卿士，受赂之人在厘侯墓附近袭击了共伯，使共伯进入厘侯墓自杀。卫人于是立和为卫侯，就是后来的卫武公。犬戎杀周幽王时，卫武公率兵助周抵御犬戎，在战斗中立了大功，被周平王封为公爵。卫武公在位55年，他沿袭修用康叔等明君之德政，修城筑围，兴办牧业，使社会安定。他能够采纳臣民的谏言，并与臣下共勉，95岁时曾作《抑》诗自警，正如《国语·楚语》云："昔卫武公年数九十有五矣，犹箴儆于国曰：'自卿以下至于师长士，苟在朝者，无谓我耄而舍我……'于是乎作《懿戒》以自儆也。"② 三国吴韦昭注："昭谓《懿》诗，《大雅·抑》之篇也，懿读曰抑。"

联系《淇奥》文本进行解读，诗歌所赞美者衣着服饰华美："充耳琇莹，会弁如星"，即冠的左右两旁以丝线悬挂着至耳的似玉美石，所戴皮弁缝合处点缀着耀目的佳玉。朱熹《诗集传》释"会弁如星"为："以玉饰皮弁之缝中，如星之明也。"③ 所赞者乘坐着豪华车驾："宽兮绰兮，猗重较兮"，"猗"是车厢两旁可以依靠的挡板，一般是窗棂形有花纹，即上下有立柱，立柱之间有横向木条连接，立柱与木条共同组成护栏式的挡板。"较"是车厢顺镶于猗的上缘的沿木，可以供人倚攀。古代能够乘坐带有装饰的车驾者只有贵族。从穿戴装饰及所乘坐车驾来看，被描述者的身份地位高贵，非一般贵族。内在方面："宽兮绰兮""如切如磋，如琢如磨""如金如锡，如圭如璧"，这些句子描述了被赞美者胸怀宽大、性情温和、从谏如流、善于自修的美德。综之，从被赞美者内在性情道德

---

① （唐）孔颖达：《春秋左传正义》，阮元《十三经注疏》本，中华书局1980年版，第719页。
② （唐）孔颖达：《毛诗正义》，阮元《十三经注疏》本，中华书局1980年版，第644页。
③ （宋）朱熹：《诗集传》，中华书局1958年版，第35页。

看，符合卫武公善于从谏、励精图治的特点；从外在服饰车驾看，符合卫武公诸侯王的身份地位，因此《淇奥》描述的被赞颂者应为卫武公。诗歌主题为赞美卫武公的美德善行，应作于卫武公执政晚年。

　　《硕人》主题应为赞美卫庄姜出嫁的仪式之盛大与卫庄姜之美丽。《硕人》的主题有国人悯卫庄姜说，弃妇思归说，傅母隐谕卫庄姜说，赞美卫庄姜说，讽刺卫庄姜说等多种说法。关于此诗的主题，按照态度划分主要有赞美、讽刺、怜悯、陈述等几种观点。第一种为怜悯说，传统毛《序》持怜悯态度："《硕人》，闵庄姜也。庄公惑于嬖妾，使骄上僭，庄姜贤而不答，终以无子，国人闵而忧之。"宋朱熹《诗集传》、宋戴溪《续吕氏家塾读诗记》、明丰坊《诗说》等均持此说。第二种为赞美说，认为庄姜美而无子，卫人为之赋《硕人》。方玉润及许多现代学者持赞美态度，《诗经原始》载："《硕人》，颂卫庄姜美而贤也。"① 今之学者多持此说，如高亨《诗经今注》、余冠英《诗经选》、北京大学中文系中国文学史教研室《先秦文学史参考资料》等。第三种是讽刺态度的讽刺说，如蓝菊荪的《诗经国风今译》认为从诗中看出卫庄姜出身的豪贵、态度的骄矜、服饰的妖艳、行为的淫荡、车驾的铺张等，反映了人民对贵族夫人的嘲笑讽刺和仇恨。第四种看法持陈述态度，如《鲁说》认为傅母见卫庄姜有冶容之行、淫逸之心、妇道不正，所以作此诗警示她，"砥厉女之心以高节"，卫庄姜于是受到警策而加强了自我约束，《列女传·齐女傅篇》也有此记载。清魏源《诗古微》、清牟庭《诗切》均持此看法。

　　结合文本考察，诗歌描述了卫庄姜出身家势之隆、相貌体态之美和随从仪仗之盛。首先"齐侯之子，卫侯之妻。东宫之妹，邢侯之姨，谭公维私"点明了主人公高贵不同平凡的出身，接下来一段著名的外貌描写"手如柔荑，肤如凝脂，领如蝤蛴，齿如瓠犀。螓首蛾眉，巧笑倩兮，美目盼兮"成为写女子之美的千古绝唱之作，清姚际恒《诗经通论》载："千古颂美人者无出其右，是为绝唱。"② 之后"四牡有骄，朱幩镳镳，翟茀以

---

① （清）方玉润：《诗经原始》，中华书局1986年版，第176页。
② （清）姚际恒：《诗经通论》，中华书局1958年版，第83页。

朝""庶姜孽孽，庶士有朅"描述了卫庄姜出嫁的车马仪仗之盛大和随从男女之众多。全篇没有一处讽刺指斥的字眼，因此诗歌主题应为赞美卫庄姜出嫁的仪式之盛大与卫庄姜之美丽。卫庄姜出嫁大约在公元前751年，即卫庄公五年，诗歌应作于此时。

三 征战诗

《卫风》表现怀念征夫，忧思征战的作品有《伯兮》《有狐》两首。

《伯兮》主题应为描写了思妇怀念征夫之情。《伯兮》的主题有刺时说，思念征夫说，美思妇说等说法。《伯兮》的主题较为明晰，为描写思妇对征夫的怀念之情，对此古今学者基本无异议。在思妇怀念征夫的大主题下，又产生了几种不同侧重的观点。如毛《序》认为卫宣公时的频仍战争导致了征夫过时不返，家人思念。毛《序》载："《伯兮》，刺时也。言君子行役，为王前驱，过时而不反焉。"郑《笺》载："卫宣公之时，蔡人、卫人、陈人从王伐郑伯也。卫王前驱久，故家人思之。"

更加通达直接的解释是认为诗歌表现了一般意义上的思妇对征夫的思念之情。宋人苏辙《诗集传》载："君子上从王事，不得休息，妇人思之而作是诗。"[①] 宋朱熹《诗集传》也持"思妇思念征夫说"："妇人以夫久从征役而作是诗，言其君子之才之美如是，今方执殳而为王前驱也。"[②] 今之学者多从此说，如马持盈《诗经今注今译》、陈子展《诗经直解》、余冠英《诗经选译》等。因此《伯兮》主题为描写思妇对征夫的怀念之情。

《有狐》表达了后方臣民对征夫的忧念之情。《有狐》的主题有刺时说，悯伤孤贫说，寡妇欲嫁鳏夫说，齐桓公思恤卫说，忧念征夫无衣说，母亲寄诗戒子说，情诗恋歌说等多种说法。考察《有狐》的主题，应首先弄清"狐"在先秦的含义及它在《诗经》中的用法。《礼记·檀弓上》载："古之人有言曰：'狐死正丘首，仁也。'"[③]《白虎通义》载："狐死

[①]（宋）苏辙：《诗集传》卷三，影印文渊阁四库全书本，第70册，第349页。
[②]（宋）朱熹：《诗集传》，中华书局1958年版，第40页。
[③]（唐）孔颖达：《礼记正义》，阮元《十三经注疏》本，中华书局1980年版，第125页。

首丘，不忘本也，明安不忘危也。"① 可知"狐"并非只有《诗集传》认为的"妖媚之兽"、现代意义上的惑人之物一个意思。在《诗经》中有四首诗在起兴中或作为主要诗歌意象用到"狐"，另有五首诗中"狐"没有作为主要意象出现。以"狐"作为主要意象的诗歌除《有狐》外，还有《小雅·何草不黄》《齐风·南山》《邶风·北风》等三首诗。《齐风·南山》有"南山崔崔，雄狐绥绥"之句，"雄狐"象征男性。且《齐风·南山》中的"雄狐绥绥"与《卫风·有狐》中"有狐绥绥"只差一字，诗句表达的意思也相近。《小雅·何草不黄》有"有芃者狐，率彼幽草"，"狐"应象征征夫，为男性。方玉润认为："《何草不黄》，征夫泪也。"因此"狐"在《诗经》中常常作为男性尤其是征夫的象征。除此之外，《有狐》中的"之子无裳""之子无带""之子无服"，与《秦风·无衣》的意境非常相像，《秦风·无衣》展现的是征战中的同仇敌忾、慷慨激昂之情，因此《有狐》也应为表现征夫征战的诗歌。除此之外在《诗经》中出现"狐"的诗歌还有《桧风·羔裘》《邶风·旄丘》《秦风·终南》《豳风·七月》《小雅·都人士》五首，但这五首诗均为写"狐裘"或是猎狐制裘，"狐"并非在起兴中用到或作为诗歌的主要意象。因此《雄狐》中"狐"的意象应指征夫。

《有狐》中对征夫"无裳""无带""无服"的重重忧心，表达的是一种深切的思念和关怀，具体说来这种关怀可能是思妇对征夫的，也可能是在后方的臣民对征战将士的忧虑与关心。现当代多数学者将之理解为思妇忧念征夫无衣而作，如马持盈《诗经今注今译》、朱守亮《诗经评释》、祝敏彻《诗经译注》等，这种理解相对来说具有一定局限性，较为狭窄。联系与《秦风·无衣》的共通之处，笔者认为将之理解为后方的臣民对征战将士的忧虑与关心更为恰切。

四　婚姻爱情诗

《卫风》反映婚姻爱情的诗歌有《氓》和《木瓜》两首。

---

① （汉）班固：《白虎通义》卷六，道光陈立《白虎通疏证》本。

《氓》表达了女子被男子抛弃后的怨愤。《氓》的主题有刺淫奔、淫逸之行说，淫妇见弃自悔说，借弃妇警示世人说，弃妇悔恨怨怒说，社会制度罪恶说等多种说法。有关《氓》主题的各种说法都是围绕女子被男子抛弃而悔恨不已展开解说，只是在归结缘由时有的说法秉承了美刺传统，有的掺杂了礼教气息，有的则归结为社会原因。毛《序》认为诗歌反映了刺淫逸之风影响下的男子抛弃女子的行为，体现了评判上的美刺传统。毛《序》载："《氓》，刺时也。宣公之时，礼义消亡，淫风大行，男女无别，遂相奔诱。华落色衰，复相弃背。或乃困而自悔，丧其妃耦，故序其事以风焉。美反正，刺淫泆也。"清人姜炳璋《诗序广义》也持此观点。朱熹认为诗歌反映了女子不检点导致为人所弃，心生悔恨，这种观点体现了视男女为大防的封建理学观念。《诗集传》载："此淫妇为人所弃，而自叙其事以道其悔恨之意也。"[1] 现当代学者多认为是社会造成了男女的不平等及女子惨遭抛弃，将原因归结为不合理的社会制度。程俊英《诗经译注》认为："诗中反映了当时的社会制度造成的妇女的不幸命运。"[2] 袁梅《诗经译注》、蒋立甫《诗经选注》、游国恩《中国文学史》等均持此观点。

"刺淫奔、淫逸之行说"和"淫妇见弃自悔说"在疏解时增加了诗歌原文没有的内容，是封建传统礼教观念下的产物，有较大偏颇。"社会制度罪恶说"从诗歌中也不能明确解读出，女子被男子抛弃有社会的因素，可能更多的是与男子的个人道德品行有关。《氓》作为《诗经》中少有的叙事与抒情结合的诗歌，其所叙本事是确定的，即女子被男子抛弃而悔恨不已。那么我们摒弃附庸在诗歌本事之上的原因说解，认为诗歌的主题应为反映了女子被男子抛弃的怨恨与愤怒。

《氓》产生的地点应在淇水附近，与朝歌不远，写作时间应是卫人迁去楚丘之前。根据诗歌中"送子涉淇，至于顿丘"所指的位置，北魏郦道元《水经·淇水注》载："淇水又东屈而西转，迳顿丘北。故阚骃云：

---

[1] （宋）朱熹：《诗集传》，中华书局1958年版，第37页。
[2] 程俊英：《诗经译注》，上海古籍出版社1985年版，第109页。

'顿丘在淇水南'。"① 清魏源《诗古微·诗序集义》载："淇水、顿丘皆未渡河故都之地。"② 可知顿丘在淇水南部，位置应在今河南省清水县，卫都朝歌附近。从时间看《氓》应作于卫人迁去楚丘之前。根据史实，卫懿公九年即公元前660年狄人入卫，卫遗民渡过黄河寻求齐、宋救援，随后立公子申为戴公，造草庵暂住于漕地（今河南滑县旧城东）。一年后卫戴公死，齐国立公子毁为文公，公元前658年，卫在齐国援助下于楚丘建立新都。《左传·闵公二年》载："狄入卫……卫之遗民男女七百有三十人，益之以共、滕之民为五千人。立戴公以庐于漕。"③ 孔《疏》载："卫国为狄人所灭，君为狄人所杀，城为狄人所入，其有遗余之民，东徙渡河，暴露野次，处于漕邑。齐桓公攘去戎狄而更封之，立文公焉。文公乃徙居楚丘之邑，始建城，使民得安处，始建市，使民得交易，而营造宫室，既得其时节，又得其制度，百姓喜而悦之。"新都楚丘在今河南濮阳西南，联系诗歌中的地域判断，《氓》应作于卫人迁去楚丘之前。公元前658年卫人迁楚丘，因此诗歌应作于公元前658年之前。

《木瓜》应为男女相互赠答之作。《木瓜》的主题有美齐桓公说，男女相互赠答说，臣下报上说，讽卫人以报齐说，朋友相互赠答说，讽刺送礼行贿说，表达礼尚往来思想说等多种说法。毛《序》、郑《笺》、孔《疏》等持美齐桓公说。毛《序》载："《木瓜》，美齐桓公也。卫国有狄人之败，出处于漕，齐桓公救而封之，遗之车马器服焉。卫人思之，欲厚报之而作是诗也。"宋人严粲《诗缉》、清人魏源《诗古微》均持此观点。"美齐桓公说"其实为国家之间友好往来赠答的一种说法。朱熹《诗集传》则持"男女相互赠答说"，《诗集传》载："言人有赠我以微物，我当报之以重宝，而犹未足以为报也，但欲其长以为好而不忘耳。疑亦男女相赠答之词，如《静女》之类。"④ 今之学者多从此说，且引申为"情诗恋

---

① （北魏）郦道元：《水经注》卷九，王先谦校本。
② （清）魏源：《诗古微》，转引自陈子展《诗三百解题》，复旦大学出版社2001年版，第204页。
③ （唐）孔颖达：《春秋左传正义》，阮元《十三经注疏》本，中华书局1980年版，第115页。
④ （宋）朱熹：《诗集传》，中华书局1958年版，第41页。

歌说"。"男女相互赠答说"所述行为属于人与人之间的友好往来赠答，从诗歌文本来看，"投我以木瓜，报之以琼琚""投我以木桃，报之以琼瑶""投我以木李，报之以琼玖"是一种友好往来、相互赠答的行为，这种行为既可以发生在国与国之间，也可发生在人与人之间，可以是朋友之间的往来，也可为恋人间的互相赠予。他们的目的都是"永以为好"，也都可以达到和睦友好的结果，因此可以存在多种理解。将之解释为男女赠答更具普适性和永恒性，更符合人类普遍的情感与思维，因此认为《木瓜》的主题为表现了男女之间的相互赠答。

五 忧思诗

《卫风》表达忧思思念的作品有《竹竿》和《河广》两首。

《竹竿》应为女子因思念家乡却又守礼归宁不得，从而忧愁而作。《竹竿》的主题有卫女思归说，许穆夫人思卫说，怀念他嫁情人说，贤者托言达意说，与《泉水》篇唱和说，已嫁之女思归说，卫姬自请和亲说等多种说法。多种说法中，"卫女思归说"比较通达。思归又分为几种原因，毛《序》认为因主人公身在异国不见答而思归。毛《序》载："《竹竿》，卫女思归也。适异国而不见答，思而能以礼者也。"郑《笺》载："此伤己今不得夫妇之礼，适异国而不见答，其除此忧，维有归耳。"宋人欧阳修的《诗本义》，宋人李樗、黄椿的《毛诗集解》，清人王先谦的《诗三家义集疏》等均持此观点。朱熹《诗集传》认为是因归宁父母不得而思归，如朱熹《诗集传》载："卫女嫁于诸侯，思归宁而不可得，故作此诗。"[①] 清人傅恒的《诗意折中》，徐绍桢的《学寿堂诗说》均持此观点。今人高亨《诗经今注》，袁愈荌、唐莫尧的《诗经全译》，程俊英的《诗经译注》，陈介白的《诗经选译》也赞同此观点，今人对"适异国而不见答"说赞同者很少。除"卫女思归说"外，影响较大的还有"怀念他嫁情人说"。"怀念他嫁情人说"是从男子的角度着眼，明人季本《诗说解

[①] （宋）朱熹：《诗集传》，中华书局1958年版，第38页。

颐》载:"卫之男子因所私之女既嫁,思之而不可得,故作此诗。"① 费振刚主编的《诗经诗传》认为:"《竹竿》说的是一个男子见到自己的心上人出嫁他人,忆及当年情事,忧伤不已,只好划着船出去散心。"② 清人邓翔的《诗经绎参》,闻一多的《风诗类钞》,糜文开、裴普贤的《诗经欣赏与研究》,余冠英的《诗经选译》,孙作云的《诗经恋歌发微》等均持此观点。

《竹竿》一诗中有"女子有行,远父母兄弟",此句也出现在《鄘风·蝃蝀》中,可知《竹竿》与《蝃蝀》在对周代礼法的遵守或违背方面有着内在的联系。《鄘风·蝃蝀》讽刺了卫国宫廷的丑恶违礼现象,《竹竿》则表现了女子对礼法的遵守。《竹竿》中"岂不尔思,远莫致之"说明路途遥远,致使女子归去不得;"远父母兄弟"可以理解为女子远离父母,为遵守礼教归宁不得,因而产生了思念之情。因此诗歌为女子因思念家乡却又守礼归宁不得,从而忧愁而作。

《河广》应为侨居卫国的宋人思乡之作。《河广》的主题有宋襄公母思宋说,侨居卫国宋人思乡说,宋桓公夫人望宋渡河救卫说,宋女嫁卫思归不得说,歌咏宋卫两国密近民谣说等多种说法。毛《序》持宋襄公母思宋说。毛《序》载:"《河广》,宋襄公母归于卫,思而不止,故作是诗也。"孔《疏》载:"作《河广》诗者,宋襄公母本为夫所出而归于卫,及襄公即位,思欲向宋而不能止,以义不可往,故作《河广》之诗以自止也。"从诗歌文本看,"谁谓宋远?跂予望之""谁谓宋远?曾不崇朝"虽用了夸张手法,但可以看出诗歌主人公认为宋地距所在卫地并不遥远。孔《疏》当是按照常理推究,如果目的地距离较近、容易到达,因愿望实现的可能性较大,思念可能不甚迫切,从而可以作诗"自止",因此孔《疏》的解释应是合乎情理的。宋桓公夫人望宋渡河救卫说将思念的原因归结为盼宋救卫,则更加具体。清人陈奂《诗毛氏传疏》载:"当时卫有狄人之难,宋襄公母归在卫,见其宗国颠覆,君灭国破,忧思不已;故篇

---

① (明)季本:《诗说解颐》卷五,影印文渊阁四库全书本。
② 费振刚、赵长征、廉萍等:《诗经类传》,吉林人民出版社2000年版,第132页。

内皆叙其望宋渡河救卫,辞甚急也。未几,而宋桓公逆诸河,立戴公以处曹,则此诗之作,自在逆河以前。《河广》作而宋立戴公矣,《载驰》赋而齐立文公矣。《载驰》许诗,《河广》宋诗,而系列于《鄘》《卫》之风,以二夫人于其宗国皆有存亡继绝之思,故录之。"① 陈奂将《河广》释为宋桓夫人,即宋襄公母希望宋渡河救卫之诗,将诗歌的背景置于国破家亡的紧急时刻,诗作者思宋救卫的心情十分迫切,此可备一说。

将《河广》主题解释为侨居卫地的人对宋地的思念,这种说法比较通达。现当代学者多摒弃历史的附庸,将《河广》解释为侨居卫国的宋人的思乡之作。如余冠英《诗经选译》认为这首诗:"似是宋人侨居卫国者思乡之作,……本诗只说黄河不广,宋国不远,而盼望之情自在言外。"② 朱守亮《诗经评释》载:"此宋人侨居于卫地者所作,居卫而思宋之诗。"③ 程俊英《诗经译注》,陈介白《诗经选译》,陈延杰《诗经序解》等均持此观点。因此诗歌为侨居卫国的宋人思乡之作。

综上所述,《淇奥》主题为卫人美武公之德,当作于武公执政晚年。《考槃》主题为刺卫庄公使贤者退穷处,作于公元前757—前735年卫庄公之世。《硕人》主题为赞美卫庄姜出嫁的仪式之盛大与卫庄姜之美丽,作于庄姜自齐初嫁卫之时,即卫庄公五年、公元前751年左右。《氓》应为女子被男子抛弃后怨恨与愤怒之作。作于卫人迁去楚丘之前,即公元前658年之前。《竹竿》应为女子因思念家乡却又守礼归宁不得、忧愁而作。《芄兰》为刺卫惠公骄纵而作,作于卫惠公即位初年,即公元前699年左右。《河广》主题为描写了侨居卫国的宋人的思乡怀国之情。《伯兮》为思妇怀念征夫而作。《有狐》应表达了后方臣民对征夫的忧念之情。《木瓜》表现了男女的相互赠答。

六 《卫风》的主题特点

根据以上分析,可以看出《卫风》在主题内容方面的一些特点:

---

① (清)陈奂:《诗毛氏传疏》,清道光二十七年陈氏扫叶山庄刻本。
② 余冠英:《诗经选》,人民文学出版社1979年版,第65页。
③ 朱守亮:《诗经评释》,转引自张树波《国风集说》,河北人民出版社1993年版,第560页。

其一，诗歌内容比较丰富，既有对宫廷贵族批评和赞美的诗歌，也有反映婚姻爱情和征战、忧思的作品。各种类型的诗歌分配比较平均，说明《卫风》诗歌反映的生活面比较广阔。其中反映婚姻爱情的作品只有两首，与《鄘风》爱情诗的数量相同，与《邶风》《郑风》相比，数量较少。且爱情诗在内容上仅限于以礼赠答和对不如意婚姻的悔恨，并无展现情思的动人吟唱。

其二，对宫廷贵族表达赞美或针砭的诗歌占有一定比重。讽刺统治者或贵族的诗歌有《考槃》《芄兰》两首，表达对国君、贵族女子赞美的有《淇奥》《硕人》两首，总共4首，占《卫风》的40%。相对《鄘风》来说，《卫风》中针对宫廷贵族寄予褒扬和批评的作品所占比例不大。

其三，《卫风》诗歌有着浓重的忧思情调。表达忧思怀念的作品占全部诗歌的一半，《伯兮》《有狐》《竹竿》《河广》四首诗歌表达了或浓或淡、忧伤低回的思乡怀人愁绪，《氓》表达的是更深切的忧伤与痛悔，彻入心扉。究其原因，可能与《卫风》的曲调节奏特点有关，《卫风》的曲调更加绵长，徐迁婉转、一唱三叹，因此更加适合表达叹惋忧思、感念怀人的内容。与《邶风》和《鄘风》一样，寒冷干燥的气候也是影响形成《卫风》忧思伤怀风貌的重要因素。卫地风诗主要产生于寒冷干燥的西周中后期，寒冷气候易使人产生忧思伤怀情绪，《卫风》也更多地透露出了一种忧伤失意的感情基调。

第四节　郑风诗歌主题与产生时代

《郑风》是产生于郑国或以郑地曲调进行歌唱的诗歌。公元前806年，周宣王封郑桓公于郑地（今陕西省华县），郑桓公为周宣王之弟。周幽王时郑桓公为司徒，犬戎攻打西周王朝时郑桓公死。桓公子郑武公协助周平王东迁，并趁机吞并了虢国与桧国的领土，迁都新郑（今河南省新郑市）。郑国的地理位置原在今陕西省华县西北，周室东迁以后，郑国迁到今河南省新郑县，领土包括今河南省中部黄河以南地区，大致在今天河南的郑州、荥阳、登封、新郑一带地方。朱熹《诗集传》载："郑，邑名，本在西都畿内咸林之地。宣王以封其弟友为采地。后为幽王司徒,而死于犬戎之难,是为桓公。其子武公掘突,定平王于东都,亦为司徒。又得虢、桧之地,乃徙其封而施旧号于新邑,是为新郑。咸林,在今华州郑县。新郑,即今之郑州是也。其封域山川,详见《桧风》。"① 从中可以看出:首先从时间上看郑国立国很晚,大约在西周的末期,因此《郑风》诗歌绝大多数应产生于春秋时期。许多学者持类似观点,如邓荃《诗经国风译注》认为《郑风》产生于春秋时代的前期一百五十年间,周蒙、冯宇《诗经百首译释》也认为《郑风》产生于春秋时期,特别是郑文公之前的时间。其次,从地域上推断《郑风》应产生于河南省中部,大约郑州、荥阳、登封、新郑一带地区。郑桓公在建立郑国后,郑国只经历了一代国君便迁都新郑,因此《郑风》中的诗篇主要是在郑国东迁后的地域产生的。

古往今来许多著名思想家、经学家对郑乐、郑声多有诟病,先秦时期的伟大思想家孔子对郑声进行了贬斥,《论语·卫灵公》载:"放郑声,远佞人。郑声淫,佞人殆。"朱熹《诗集传》载:"郑卫之乐,皆为淫声。然以诗考之,……卫犹为男悦女之词,而郑皆为女惑男之语。……是则郑声之淫,有甚于卫矣。故夫子论为邦,独以郑声为戒而不及卫,盖举重而言,固自有次第也。"② 这些都是对"郑声""郑乐"等发出的严厉批评。尽管"郑诗"不同于"郑声"和"郑乐",但"郑声""郑乐"、郑风均源于郑地,其中音乐韵律与风诗之间并非毫无关系,理应存在某种联系。朱熹在《诗集传》中多处指斥郑诗为"淫奔之诗",诗歌女主人公为"淫女""淫妇",这些明显带有贬斥意味的字眼从某方面代表了部分经学家对《郑风》的态度。因此探讨《郑风》的主题,不仅对于探究几千年来学者对《郑风》诟病的原因具有重要的价值和意义,还有利于进一步研究《郑风》的思想内涵及艺术风格,对探寻郑地的历史文化特质也具有重要的价值和意义。《郑风》共有21首诗,包括《缁衣》《将仲子》《叔于田》

---

① (宋)朱熹:《诗集传》,中华书局1958年版,第47页。
② 同上书,第56—57页。

《大叔于田》《清人》《羔裘》《遵大路》《女曰鸡鸣》《有女同车》《山有扶苏》《萚兮》《狡童》《褰裳》《丰》《东门之墠》《风雨》《子衿》《扬之水》《出其东门》《野有蔓草》《溱洧》。关于《郑风》的主题和写作年代，从古到今众说纷纭、莫衷一是，至今学界仍讨论不休。从诗歌主题方面分析，《郑风》大致可分为以下几类：

一 婚姻爱情诗

《郑风》反映婚姻爱情的诗歌有《将仲子》《遵大路》《女曰鸡鸣》《有女同车》《山有扶苏》《狡童》《褰裳》《丰》《东门之墠》《风雨》《子衿》《出其东门》《野有蔓草》《溱洧》14首。

《将仲子》为反映女子与男子相爱却畏于礼法不敢做出越礼举动的诗歌。《将仲子》的主题有刺郑庄公说，谏共叔段说，淫奔之诗说，淫奔改行说，情诗恋歌说，劝世守礼说，拒绝逼婚说等多种说法。毛《序》曰："《将仲子》，刺庄公也。不胜其母，以害其弟，弟叔段失道而公弗制。祭仲谏而公弗听，小不忍以致大乱焉。"毛《序》、郑《笺》将诗歌比附史实而使诗意隐幽难测，十分牵强。后世经学家在纲常礼教的有色眼镜下视《将仲子》为淫奔之诗或讽世守礼之诗。封建卫道士称男女自由爱情为"淫奔"，认为属违礼之事，因此宋人郑樵《诗辨妄》载："此实淫奔之诗，无与于庄公、叔段之事，《序》盖失之，而说者又从而巧为之说，以实其事，误亦甚矣。"[①] 朱熹同意此观点，《诗集传》照搬郑的说法："莆田郑氏曰：'此淫奔者之辞。'"[②] 这说明宋代学者郑樵、朱熹等人解读出了《将仲子》中反映男女爱情的内容，但在封建礼教的有色眼镜下，他们视男女自由恋爱为"淫奔"，认为男女自由爱情是令人不齿之事。对《将仲子》持肯定观点的经学家，往往是将阐释的侧重点放在畏于人言、未敢越礼之上。清人方玉润《诗经原始》载："《将仲子》，讽世以礼自持也。"又"此诗难保非采自民间闾巷，鄙夫妇相爱慕之辞，然其义有合于圣贤守

---

① （宋）郑樵：《诗辨妄》，续修四库全书本，第五十六册，第228页。
② （宋）朱熹：《诗集传》，中华书局1958年版，第48页。

身大道,故太史录之,以为涉世法。"① 方氏也体会到了诗中反映的男女爱情的内容,但他从另一个角度着眼,因女子最终未敢违越礼法,以正面劝谏说导的角度,强调其中的守制遵礼内容,认为诗歌为劝世守礼之作。不管是"淫奔说"还是"劝世守礼说",它们都回避了诗歌反映的男女自由恋爱的本质。从诗歌文本来看,《将仲子》表现了一个女子倾心于男子,但又畏于父母、兄长和他人的言论,不得不遵守礼法,不敢做出违礼越法之事的矛盾心理。因此《将仲子》反映了女子与男子自由恋爱,却畏于礼法不敢做出越礼举动的心理。

《遵大路》反映了女子离别丈夫或恋人时的惜别挽留之情。《遵大路》的主题有借思望君子说,淫奔之诗说,送别丈夫说,朋友言情说,欲留庄公说,挽留丈夫说,弃妇劝夫说,情诗恋歌说等多种说法。从诗歌文本看,诗歌以第一人称的口吻表现了对对方的挽留,"掺执子之祛兮""掺执子之手兮",挽留之意情真意切。毛《序》将其解释为国人对贤能君子的挽留,持"思望君子说"。毛《序》载:"《遵大路》,思君子也。庄公失道,君子去之,国人思望焉。"宋人范处义《诗补传》载:"郑庄公失道,君子舍之而去,盖出于不得已。诗人思念君子,而望其留为国计。忠厚之意见之终篇,诚为恳切也。"② 清人王先谦《诗三家义集疏》载三家诗无异义。以上说法秉承美刺传统,将诗歌与社稷国家联系起来,解说较为隐幽,难以情测。

朱熹认为诗歌表现了淫妇对弃之者的挽留。朱熹《诗序辩说》认为此诗为淫乱之诗,《序》说有误。又朱熹《诗集传》载:"淫妇为人所弃,故于其去也,揽其祛而留之曰:子无恶我而不留,故旧不可以遽绝也。"③ 宋人王柏《诗疑》、明人季本《诗说解颐》等均持此观点。"淫妇挽留说"看到了诗歌中蕴含的女子对所爱恋男子依依不舍、尽力挽回的情感,但将这种情感斥为淫邪,因此定为"淫乱之诗"。这反映了朱熹等封建卫道士

---

① (清)方玉润:《诗经原始》,中华书局1986年版,第205页。
② (宋)范处义:《诗补传》,转引自张树波《国风集说》,河北人民出版社1993年版,第718页。
③ (宋)朱熹:《诗集传》,中华书局1958年版,第51页。

的传统礼教观念。拨开封建道学和美刺传统的迷雾,抛弃附着在诗歌内容之上的礼教传统,《遵大路》中的女子一再眷眷叮嘱,为的是巩固和对方的感情而不被抛弃,因此诗歌应是反映了女子离别丈夫或恋人时的惜别挽留之情。明人戴君恩《读诗臆评》认为此诗与孟郊诗"欲别牵郎衣,郎今到何处。不恨归来迟,莫向临邛去"所述意境相同。现代学者多认为主题是妻子对丈夫或是恋人的挽留。

《女曰鸡鸣》的主题为表现和赞美了家庭生活的美满幸福。《女曰鸡鸣》的主题有刺不悦德而好色说,君子会友说,夫妇警戒说,美贤夫人说,劝夫隐居说,美满家庭说,新婚生活说,思念悼亡配偶说,猎户生活说等多种说法。毛《序》持"刺不悦德而好色说"。毛《序》载:"《女曰鸡鸣》,刺不说德也。陈古义以刺今不说德而好色也。"孔《疏》载:"作《女曰鸡鸣》诗者,刺不说德也。以庄公之时,朝廷之士不悦有德之君子,故作此诗。陈古之贤士好德不好色之义,以刺今之朝廷之人,有不悦宾客有德,而爱好美色者也。经之所陈,皆是古士之义,好德不好色之事。"清人王先谦《诗三家义集疏》载鲁、韩诗无异义。

从文本来看诗歌描绘了一幅琴瑟和鸣、夫妻和睦的美好画卷。诗中记录了许多家庭生活的细节:妻子提醒丈夫天亮了须去打猎,妻子与丈夫共享美酒佳肴,为表真情相互馈赠,加之琴瑟共御、岁月静好,没有一丝不协调的因素,一切都和谐美满,令人称羡。邓荃《诗经国风译注》认为:"本诗是《郑风》第八首,是一首写劳动夫妇和睦美满的家庭生活的诗。"[①] 因此诗歌主题应赞美了家庭生活的美满幸福。

《有女同车》主题应为赞美了同车女子的灿烂美好。《有女同车》的主题有刺忽不婚于齐说,刺忽所美非美说,悯忽当立无助说,惜忽迎娶陈妫说,淫奔之诗说,亲迎之礼说,劝人好德说,刺郑武公说,赞美新娘说,情诗恋歌说等多种说法。毛《序》将诗歌与郑忽辞齐女联系起来,认为本诗讽刺了忽不娶美丽的齐女而导致了郑国危难时齐国的冷漠不助。毛

---

① 邓荃:《诗经国风译注》,转引自张树波《国风集说》,河北人民出版社1993年版,第725页。

《序》载:"《有女同车》,刺忽也。郑人刺忽之不昏于齐。太子忽尝有功于齐,齐侯请妻之,齐女贤而不取,卒以无大国之助,至于见逐,故国人刺之。"孔《疏》补充解释道:"忽宜娶齐女,与之同车,而忽不娶,故经二章皆假言郑忽实娶齐女,与之同车之事,以刺之。"清王先谦《诗三家义集疏》载三家诗无异义。"刺忽所美非美说""悯忽当立无助说""惜忽迎娶陈说"等都是毛《传》"刺忽不婚于齐说"的延伸,均对忽迎娶了陈妫而拒绝了齐女之事表达遗憾、不满之情。持以上观点的有宋人欧阳修《诗本义》、宋人范处义《诗补传》、清人钱澄之《田间诗学》、清人刘沅《诗经恒解》等。朱熹《诗集传》持"刺淫奔说",他解读出了诗歌反映的男子对女子倾慕欣赏的内容,因此认为"此疑亦淫奔之诗,言所与同车之女其美如此。"① 带有浓厚的封建道学家的主观前见。对刺忽的观点,方玉润认同本事,但所持态度不同,他认为不娶齐女应为幸事,不应刺之。《诗经原始》评价道:"然忽已辞昏,而诗仍存者,一为忽惜,一为忽幸,而终以忽之辞昏为有见也,而又何刺乎?"② "亲迎之礼说"与"赞美新娘说"没有明确的字句可以表明,因此不取。

  从文本看,诗歌描写并赞美了姜姓女子仪容的娴雅美好和配饰的灿烂华贵。发出赞叹者应为一名男子,他看到孟姜美丽的容颜和动人的仪态而心生赞叹,欣赏倾慕之情油然而生。"情诗恋歌说"进一步将赞美者和孟姜的关系定为爱恋对象,也是符合逻辑的。因为如果不是男子内心产生浓厚的欣赏与倾慕之情,便不会给女子以如此高度的评价,而倾慕欣赏往往是男女主人公爱恋的前提条件或爱恋中的主导因素。因此杨任之《诗经今译今注》认为:"这是一篇情诗,描写其所恋之女的美好。"③ 程俊英《诗经译注》认为:"这是一首贵族男女的恋歌。男方看中的姜家大姑娘,不但容貌美丽,更使他难忘的是品德好、内心美。"④ 所述确有道理,因此诗歌主题应为赞美了所恋之同车女子的灿烂美好。

---

① (宋)朱熹:《诗集传》,中华书局1958年版,第52页。
② (清)方玉润:《诗经原始》,中华书局1986年版,第213页。
③ 杨任之:《诗经今译今注》,天津古籍出版社1986年版,第119页。
④ 程俊英:《诗经译注》,上海古籍出版社1985年版,第151页。

《山有扶苏》应为恋人间的戏谑玩笑之作。《山有扶苏》的主题有刺忽所美非美说,刺忽不婚于齐说,淫女戏其所私说,忧灵公弃世臣说,恋人打情骂俏说,恶少调戏少女说,女子难择佳偶说等多种说法。根据文本分析,诗歌用了"山有……,隰有……"的句式,据闻一多的社会学和民俗学观点看,以此起兴的诗歌往往为恋诗。"子都""子充"为古代美男的代称,是对男子赞美的称呼;而"狂且""狡童"则是对男子戏谑的称呼。恋诗中对一个人出现这样高低尊卑的称呼转变,证明作诗之人和诗中男子的关系非常亲近,二人极有可能在戏谑玩笑,因此诗歌应为恋人间戏谑玩笑之作。朱熹《诗集传》载:"淫女戏其所私者曰:'山则有扶苏矣,隰则有荷花矣,今乃不见子都,而见此狂人何哉?'"① 也认为诗歌乃表现男女戏谑之作,只不过戴上了封建道学家的有色眼镜。

《狡童》表达了女子被拒绝时产生的怨怒之情。《狡童》的主题有刺忽不用贤臣说,忧君为群小所弄说,淫女见绝戏人说,忠于忽者告忽说,刺贵人忘故友说,钟情少女失恋说,情人之间戏谑说等多种说法。毛《序》认为《狡童》的主题是刺忽,毛《序》载:"《狡童》,刺忽也。不能与贤人图事,权臣擅命也。"孔《疏》进一步解释为忽童心未改,不能听取贤人的国事之谏,在国家面临危机之时权臣擅命,贤人心忧以至于不能餐食。三家诗无异义。另一种说法同样认为主题是刺忽,但"狡童"解释为权臣蔡仲,如宋范处义《诗补传》。而"忧君为群小所弄说"认为主题是刺权臣蔡仲,将矛头指向权臣,对国君则持忧悯态度,表达了贤人忧悯君主为群小所弄之情,清方玉润《诗经原始》等持此观点。

对"狡童"一词的分析关系着全篇的理解。"狡童"一词,也出现在诗歌《郑风·山有扶苏》中,孔《疏》载:"狡童谓狡好之童",朱熹《诗集传》载:"狡童,狡狯之小儿也。"② 有学者认为"狡童"仅出现在《郑风》当中,而未见于先秦其他典籍。仅有传世的《麦秀歌》及须进一步考订的银雀山汉墓竹简《孙膑兵法·将德篇》提到"狡童"二字,银

---

① (宋)朱熹:《诗集传》,中华书局1958年版,第52页。
② 同上。

雀山汉墓竹简《孙膑兵法·将德篇》中有"爱之若狡童,敬之若严师,用之若土芥"之句①。"狡童"二字在典籍中出现次数极少,究其原因有两个方面:一是先秦典籍所用书面语言十分简练,加之经过朝代嬗递,存留较少,未能全部记录当时人的用语。二是"狡童"在先秦时期可能作为日常口语使用,而不作为书面语使用,由于《诗经·国风》的民歌性质,才将"狡童"这样的先秦时期的口语词汇记录下来。"狡童"应仅是在郑地及附近地域使用的口语,因此仅在《郑风》中有所记录而不见于其他国风或典籍中。明确了这一特点,笔者将《狡童》主题还原为女子被拒绝时所发出的带有戏谑之意的怨怒之情。如此理解,便可拨开历史的迷雾,抛去封建礼教中的"淫女"称谓,重新审视朱熹《诗集传》所谓"此亦淫女见绝而戏其人之辞"的观点。

《褰裳》应为恋爱中的女子对男子的戏谑之作。《褰裳》的主题有思大国之正说,思见正于友说,贤者去君说,淫奔之诗说,刺不守信义说,答《狡童》之人说,情人戏谑说,女子恨怒男子说等多种说法。从文本来看,诗歌主人公以第一人称称呼对方为"狂童",假设了"子惠思我"和"子不我思"两种情况,并根据两种情况给出投奔对方的"褰裳涉溱"与再觅他人的两种不同回应。从对对方带有戏谑意味的"狂童"的称呼上,和主人公泼辣大胆的行为举止来看,诗歌应描述了恋爱中的女子对男子的戏谑。今之论者多持此说,如余冠英的《诗经选》认为:"是女子戏谑情人的诗。"② 陈子展《诗经直解》也认为诗歌疑是采自民间打情骂俏一类之歌谣。

《丰》应为女子因未及时婚嫁而后悔之作。《丰》的主题有刺乱说,亲迎不行后悔说,淫奔之诗说,赞美贞女说,赞美有礼说,郑思从晋说,刺臣二心说,悔仕进不以礼说,女子于归自咏说,拒接求婚后悔说,情人失约后悔说等多种说法。毛《序》持"刺乱说",毛《序》载:"《丰》,刺乱也。昏姻之道缺,阳倡而阴不和,男行而女不随。"指刺女子不从男

---

① 刁生虎、罗文荟:《"狂且"与"狡童"》,《文艺评论》2011年第10期。
② 余冠英:《诗经选》,人民文学出版社1979年版,第88页。

子婚娶而破坏了娶嫁之礼。毛《序》除了对本事说解之外，主要从礼法角度对诗中女子进行了批判。而"亲迎不行后悔说"则切中要害，强调了女子未及时婚娶而后悔不已，如宋人严粲《诗缉》载："此诗述妇人之辞也。男子亲迎，女有他志而不从，其后复思亲迎之人……悔我当时不送是子而去也。"① 确有道理。从诗歌文本来看，"丰"，毛《传》释为"丰满也"。"昌"，毛《传》释为"盛壮也"。"归"《说文解字》注为："女嫁也"。诗歌前半部分描述了一个丰满健壮的男子迎候着女子，而这个女子却未能同行，因此女子后悔不已。诗歌后半部分抒发了女子期待与男子同行同归、嫁与男子的愿望。因此诗歌应为女子未及时婚娶而后悔之作。

《东门之墠》应为反映了女子对男子的思恋之作。《东门之墠》的主题有刺乱说，思慕隐者说，淫奔之诗说，贞洁自守说，托情写义说，刺女出游说，情诗恋歌说，答《丰》篇说等多种说法。毛《序》持"刺乱说"，毛《序》载："《东门之墠》，刺乱也。男女有不待礼而相奔者也。"郑《笺》认为"此女欲奔男之辞"。宋朱熹《诗集传》、宋王柏《诗疑》等均将之指斥为淫奔之作。从诗意来看，诗歌描写了一个女子对男子的思念之情，"其室则迩，其人甚远""岂不尔思，子不我即"等诗句精妙地刻画了女子对男子的单相思，及想见面却又有些迟疑、羞怯的心态。因此《东门之墠》表现的是女子对男子的思恋之情。

《风雨》应描述了婚姻爱情中有情人见面的喜悦。《风雨》的主题有思君子说，美君子说，怀念故友说，淫奔之诗说，夫妻重逢说，情人相见说等多种说法。诗歌以阴沉昏暗、风雨交加的天气起兴、加以铺垫，反衬了有情人见面的兴奋欢快，并以反问句的形式强调了见到君子的喜悦之情。风雨如晦的天气往往使人心情沉闷，而思念已久的君子出现却使得主人公的内心由阴转晴、欣喜万分，这种情况可能为阔别已久的老友相见，也可能是分居两地的恋人见面，将之理解为婚姻爱情中的有情人的见面更为合适。因此诗歌描述了婚姻爱情中有情人见面的喜悦。

《子衿》描写了恋爱中的女子希望与男子见面的迫切心情。《子衿》

---

① （宋）严粲：《诗缉》卷八，明昧经堂刻本。

的主题有刺学校废弃说，思见故友说，淫奔之诗说，师儒思念学子说，情诗恋歌说等多种说法。"青青子衿"中的"衿"，毛《传》载："青衿，青领也。学子之所服。"因此主人公所思念之人应为一名年轻的学子。诗歌的字里行间透露了对这名学子的思念和希望与之来往的迫切心情，最后的"一日不见，如三秋兮"成为描述恋爱中男女思恋心理的千古绝唱。因此诗歌描写了恋爱中女子希望与男子见面的迫切心情。糜文开、裴普贤《诗经欣赏与研究》载："一个独自登上城楼的骄矜女子，不自责失约迟到，却责怪她男友的不够体贴。但她徘徊不能去，终于自觉爱她男友之深，已经到不能一日不看见他的程度了。《子衿》诗的主题，就是这种恋爱中女子心理的描写。"[①] 评论点出了女子等待见面的焦急心理，心理描写是整首诗歌的重点。

《出其东门》表现了一个男子对白衣女子的钟情欣赏。《出其东门》的主题有闵乱说，鳏寡相见之辞说，丈夫钟爱妻子说，贫士风流自赏说，男子爱情专一说，讽刺贵族仕女说等多种说法。从诗意看，诗歌表现了一名男子对女子的欣赏之情。诗作者表示，在"如云""如荼"的女子中，唯独身穿白衣的女子符合自己的心意。有学者将男子钟情的女子解说为他的妻子，诗中没有关键词语可以证明，因此笔者认为诗歌主题为表现了一个男子对白衣女子的欣赏倾慕之情。

《野有蔓草》应是一首描写男女邂逅相遇的恋歌。《野有蔓草》的主题有思遇时说，思遇闲说，男女邂逅相遇说，刺郑庄公说，感物怀人说，比喻君子遇主说，朋友相会说，及时婚姻说，厌乱思治说等多种说法。朱熹《诗集传》载："男女相遇于野田草露之间，故赋其所在以起兴。言野有蔓草，则零露漙矣，有美一人，则清扬婉矣，邂逅相遇，则得以适我愿矣。……与子偕臧，言各得其所欲也。"[②] 从与"有美一人""邂逅相遇"，并"适我愿兮""与子偕臧"等诗句看，《野有蔓草》是一首描述男女邂逅相遇的恋歌，明季本《诗说解颐》、宋王质《诗总闻》、今之学者程俊

---

① 糜文开、裴普贤：《诗经欣赏与研究》，转引自张树波《国风集说》，河北人民出版社1993年版，第787页。

② （宋）朱熹：《诗集传》，中华书局1958年版，第30页。

英《诗经译注》、蒋立甫《诗经选注》等均持此观点。程俊英《诗经译注》解释其中的背景道:"春秋时候,战争频繁,人口稀少。统治者为了繁育人口,规定超龄的男女还未结婚的,可以在仲春时候自由相会,自由同居。这首诗就是写一对男女邂逅于田野间自由结合的情景。"①

《溱洧》描写了春日男女相约到溱洧水边游赏的欢乐情景。《溱洧》的主题有刺乱说,刺淫说,淫奔之诗说,朋友游春说,情诗恋歌说等多种说法。《溱洧》描绘了风和日丽的时节,一名女子邀约男子到水边游赏,二人情感融洽的欢乐情景。诗歌风格清新明朗,情调轻松欢快。毛《序》认为诗歌的主题为"刺乱",认为兵革不息导致了淫逸大行,将诗中描述的男女爱情斥为淫逸。毛《序》载:"《溱洧》,刺乱也。兵革不息,男女相弃,淫风大行,莫之能救焉。"除此之外,朱熹《诗集传》、宋辅广《诗童子问》等均持"淫诗说",说明他们也体察到了诗中表现男女相悦的内容,并对郑国的风俗有所阐述。宋人辅广《诗童子问》解释诗歌背景道:"郑国之土地宽平,人物繁丽,情意骀荡,风俗淫逸。读是诗者,可以尽得之。诗可以观,讵不信然?"② 有关此风俗的阐释在《韩诗外传》中更加明确:"郑国之俗,三月上巳之日,此两水上招魂,祓除不祥也。"③ 清范家相《三家诗拾遗》中也叙述了郑国水边祓除不祥的风俗。今之学者多结合此背景来阐释诗意,如杨任之《诗经今译今注》认为:"这是一首情诗。古时于夏历三月三日,即上巳节,祓于水滨,以除不祥,郑国男女青年集于溱洧之滨,踏青修禊,这首诗就是描写当时青年欢乐的情怀。"④ 从诗歌文本看,"涣涣",毛《传》释为:"盛也",朱熹《诗集传》释为:"春水盛貌。盖冰解而水散之时也。"⑤ 据此,往观溱洧的时间应是在春日上巳节前后。因此诗歌描绘了在春日上巳节前后,一名女子邀约男子到水边游赏,二人情感融洽的欢乐情景。

---

① 程俊英:《诗经译注》,上海古籍出版社1985年版,第164页。
② (宋)辅广:《诗童子问》,转引自张树波《国风集说》,河北人民出版社1993年版,第813页。
③ (宋)李昉等:《太平御览》卷五十九,四部丛刊三编影宋本。
④ 杨任之:《诗经今译今注》,天津古籍出版社1986年版,第129页。
⑤ (宋)朱熹:《诗集传》,中华书局1958年版,第56页。

二　贵族赞美诗

《郑风》赞美郑武公、共叔段等贵族或大夫的诗歌有《缁衣》《叔于田》《大叔于田》《羔裘》四首。

《缁衣》赞美了郑武公尊重、善待贤士的德行。《缁衣》的主题有美郑武公之德说，美武公好贤说，礼待卿士贤者说，刺待卿士无恩说，妻子关心丈夫说，情诗恋歌说等多种说法。毛《序》持"美武公之德说"，毛《序》载："《缁衣》，美武公也。父子立为周司徒，善于其职。国人宜之，故美其德以明有国善善之功也。"孔《疏》载："作《缁衣》诗者，美武公也。武公之与桓公，父子皆为周司徒之卿，而善于其卿之职。郑国之人咸宜之，谓武公为卿，正得其宜。诸侯有德乃能入仕王朝，武公既为郑国之君，又复入作司徒，已是其善；又能善其职，此乃有国者善中之善，故作此诗，美其武公之德，以明有邦国者善善之功焉。经三章，皆是国人宜之，美其德之辞也。"宋严粲《诗缉》、明何楷《诗经世本古义》等均持此观点。

根据诗歌内容，不妨将武公之德具体化为郑武公尊重、善待贤士之德。"缁衣"即黑衣，为朝服，毛《传》载："缁，黑色，卿士听朝之正服也。"清人陈奂《诗毛氏传疏》载："朝服以缁布为衣，故谓之缁衣。"①诗中"适子之馆兮"一句，郑《笺》载："卿士所之之馆，在天子之宫，如今之诸庐也。""馆"是馆舍，应为卿士官员治事之处。"粲"，毛《传》释为"餐"，也有学者释为"鲜明的新衣"。根据诗意解析，郑武公为馆中卿士改制弊衣，又令其还馆授食或赠予新衣，表现了郑武公对卿士贤人的仁爱之心。古来诸多学者慧心见此，如孔子从《缁衣》中体会到了诸侯王的好贤之心，《孔丛子》载："孔子曰：于《缁衣》见好贤之至。"②又《礼记·缁衣》载："子曰：好贤如《缁衣》，恶恶如《巷伯》。"清代学者方玉润在《诗经原始》中也认为："《缁衣》，美郑武公好贤也。"③又

---

① （清）陈奂：《诗毛氏传疏》，清道光二十七年陈氏扫叶山庄刻本。
② 《四库全书存目丛书》，齐鲁书社1997年版，经部第六十五册。
③ （清）方玉润：《诗经原始》，中华书局1986年版，第203页。

"罗贤以礼不以貌,亲贤以道尤以心。贤所以乐为用,而共成辅国宏猷。国人好之,形诸歌咏,写其好贤无倦之心,殆将与握发吐哺,后先相映,为万世美谈,此《缁衣》之诗所由作也。"[①] 今之学者谢无量《诗经研究》、金启华《诗经全译》、杨任之《诗经今译今注》等也持"郑武公好贤说"。因此诗歌主题为赞美了郑武公尊重、善待贤士的德行。

《叔于田》为刺郑庄公而美共叔段之作。《叔于田》的主题有刺郑庄公而美共叔段说,赞美猎人说,情诗恋歌说等多种说法。《大叔于田》也为刺郑庄公而美共叔段之作。《大叔于田》的主题有刺郑庄公说,赞美共叔段说,赞美武士田猎说,赞美猎人说,情诗恋歌说等多种说法。《大叔于田》与《叔于田》均以热情昂扬的基调赞美了一名武艺高超而骁勇果敢的男子。《叔于田》通过"洵美且仁""洵美且好""洵美且武"的品德、外貌、武艺方面的直接描写和普通人"不如叔也"的比较鉴别来赞美主人公的勇武,用了直接赞颂的方式。《大叔于田》则是通过乘马、执辔、斗虎、善射等一连串动作的细节描写来衬托主人公的骁勇与武艺,虽没有"不如叔也"的直白表达,颂扬之意却早已蕴含其中。两首诗所使用的表现方式不同,但诗歌的情感基调和描写对象却有着极大的共同之处。毛《序》、郑《笺》认为两首诗的主题均是刺郑庄公而美共叔段。《叔于田》一诗,毛《序》载:"《叔于田》,刺庄公也。叔处于京,缮甲治兵,以出于田,国人说而归之。"孔《疏》载:"此皆悦叔之辞。时人言叔之往田猎也,里巷之内全似无复居人,岂可实无居人乎?有居人矣,但不如叔也信美好而且有仁德。国人注心于叔,悦之若此,而公不知禁,故刺之。"毛《序》、孔《疏》认为《叔于田》赞美了共叔段美好有仁德,受到国人的喜爱。《大叔于田》一诗,毛《序》载:"《大叔于田》,刺庄公也。叔多才而好勇,不义而得众也。"毛《序》认为《大叔于田》赞美了共叔段多才好勇,深得民心,而反刺郑庄公。

联系郑国史事,《叔于田》和《大叔于田》确为赞美了共叔段的勇武善猎。两首诗有许多共同之处,毛《序》认为《叔于田》《大叔于田》同

---

① (清)方玉润:《诗经原始》,中华书局1986年版,第203—204页。

为刺郑庄公、美共叔段的诗篇,因此阐释这两首诗的关键在于对"叔"字的理解。"叔"字在古代既有"年少""年幼的"之意,又在兄弟的长幼排序"孟、仲、叔、季"中使用,表示排行第三,同时也可以专指一人,即共叔段。从毛《传》到朱《传》,许多经学家都将"叔"释为共叔段,认为两诗同为赞美共叔段之作。如宋欧阳修《诗本义》,明丰坊《诗传》等。丰坊《诗传》载:"大叔段多才而好勇,郑人爱之,赋《叔于田》。"又清人吴懋清《毛诗复古录》载:"郑庄公时,处叔段于京,厚而得众,国人誉之,而作是歌。"以及清人陈奂《诗毛氏传疏》等都认为"叔"为共叔段,将诗歌理解为对共叔段的赞美。① 结合史实进行分析,《左传·隐公三年》记载郑庄公弟共叔段,受到郑庄公母的偏爱,封邑于京,称"京城大叔"。共叔段作为郑庄公之同母弟,出身尊贵,有着俊朗的外表和过人的武艺,又受到母亲的特别宠爱。在共叔段叛乱郑国之前,他广受贵族和平民的欣赏赞美,因此很可能产生《叔于田》和《大叔于田》这样的美赞之作。《大叔于田》中"禮裼暴虎,献于公所"中的"公",根据共叔段与郑庄公的亲兄弟关系判断,极有可能为郑庄公。在共叔段叛乱郑国后,史学家和经学家并未将罪责归于共叔段一人,而是提出了二人均责和美叔刺公的观点。《左传·隐公元年》载:"夏五月,郑伯克段于鄢",释曰:"段不弟,故不言弟;如二君,故曰克;称郑伯,讥失教也;谓之郑志。不言出奔,难之也。"② 杨伯峻注云:"此若书段出奔共,则有专罪叔段之嫌;其实庄公亦有罪,若言出奔,则难于下笔,故云'难之也'。"③ 虽共叔段作出叛乱郑国之事,但与郑庄公的故意骄纵密不可分,因此史家没有偏责共叔段一方的过错,而是对庄公也蕴含谴责之意。《春秋》用"克"字而不用"出奔",表明二人身份能力的势均力敌,并均有过失。因叛乱为庄公诱导所致,因此美共叔段之诗被毛《序》释为"刺庄公"之作。因此两首诗歌中所赞美者"叔"应为一人,即共叔段,诗歌当作于郑庄公克段于鄢之前。从文本看,"田",毛《传》释为:"取禽也",意为打猎。"狩",毛《传》

---

① 张树波:《国风集说》,河北人民出版社1993年版,第691页。
② (唐)孔颖达:《春秋左传正义》,阮元《十三经注疏》本,中华书局1980年版,第32页。
③ 杨伯峻:《春秋左传注》,中华书局1990年版,第14页。

载:"冬猎曰狩"。从"叔于田""叔于狩""叔适野"等诗句来看,两首诗歌均赞美了共叔段外出狩猎的彪悍勇武和高超技巧。

《羔裘》应为美赞郑大夫之作。《羔裘》的主题有借古代之德君贤臣嘲讽当今在朝之人说,美郑国大夫说,美大夫书詹说,美郑相子皮说,美郑相子产说,美正直官吏说,刺俗士得贵仕说等多种说法。诗歌所描述主人公的衣着和地位证明了他为国之重臣,而非普通贵族或士人。朱熹《诗集传》载:"《羔裘》,大夫服也。"① 且着润泽鲜明、边缘装饰豹皮的大夫服之人,定非普通大夫,而是国邦之重臣。毛《序》等认为《羔裘》的主题为借古代之德君贤臣讽刺当今朝廷无贤人。毛《序》载:"《羔裘》,刺朝也。言古之君子以风其朝焉。"郑《笺》载:"言犹道也。郑自庄公而贤者凌迟,朝无忠正之臣,故刺之。"清人王先谦《诗三家义集疏》载三家诗无异义。宋袁燮《洁斋毛诗经筵讲义》,当代学者陈子展《诗经直解》,邓荃《诗经国风译注》,袁愈荌、唐莫尧《诗经全译》等均持此观点。

从整体氛围看,整首诗歌洋溢着赞美的感情基调,并作为外交辞令使用,起到美赞对方的作用。《诗经》在先秦时期常用于祭祀、宴饮、外交当中,根据用途将《羔裘》解释为赞颂之意,更加符合诗歌的本意,适合当时的使用场合。在《诗经》的传播使用中,以诗歌作为宴饮娱乐的方式,颂扬当朝贵族定胜于赞古贬今;以诗歌作为外交辞令和手段,当面向对方嘉宾表示赞赏称许也十分适宜。《左传·昭公十六年》载:"夏四月,郑六卿饯宣子于郊,宣子曰:'二三君子请皆赋,起亦以知郑志。'……子产赋郑之《羔裘》,宣子曰:'起不堪也。'"② 这则记载体现了《诗经》在外交中的使用功能,子产以《羔裘》颂扬宣子之贤能和地位之重要,而宣子认为有些过誉。从史传可知,《羔裘》在使用中多作为称美贤者之辞,因此将诗歌主题理解为"美郑国大夫",更合乎诗歌的本意及当时的使用和传播情况。朱熹《诗集传》载:"言此羔裘润泽,毛顺而美,彼服此者

---

① (宋)朱熹:《诗集传》,中华书局1958年版,第50页。
② (唐)孔颖达:《春秋左传正义》,阮元《十三经注疏》本,中华书局1980年版,第828页。

当生死之际，又能以身居其所受之理而不可夺。盖美其大夫之词，然不知其所指矣。"① 朱熹认为《羔裘》为赞美郑大夫的作品，具体美赞对象为谁，则不可考。清人方玉润《诗经原始》载："《羔裘》，美郑大夫也。"② 袁梅《诗经译注》、马持盈《诗经今注今译》也持此说。因此认定诗歌为赞美郑国大夫之作。

三 讽刺诗、唱和诗等

《郑风》讽刺贵族统治阶级的有《清人》一首诗，另外《扬之水》表现了兄弟之情，《箨兮》为歌舞演唱中的唱和之作。

《清人》为刺郑文公与高克之作。《清人》的主题有刺郑文公说，刺高克弃师说，讽刺清人说，讽刺士兵游荡说，写将士生活说等多种说法。毛《序》持刺文公说，毛《序》载："《清人》，刺文公也。高克好利而不顾其君，文公恶而欲远之，不能，使高克将兵而御狄于竟。陈其师旅，翱翔河上，久而不召，众散而归，高克奔陈。公子素恶高克，进之不以礼，文公退之不以道。危国亡师之本，故作是诗也。"联系史实，《左传·闵公二年》载："郑人恶高克，使帅师次于河上，久而弗召。师溃而归，高克奔陈，郑人为之赋《清人》。"③ 因为有史实佐证，因此有关诗歌主题的说法比较一致。只是在阐述上，根据事件关涉到的郑文公和高克二人，批判的角度有所侧重和不同。按照毛《传》的解释和史实记载，诗作应对郑文公和高克均体现出贬斥态度，因此《清人》应为刺郑文公与高克之作。诗歌应作于郑文公时期，大约公元前 670—前 628 年。

《扬之水》描写了兄弟一方对另一方的劝诫。《扬之水》的主题有闵忽无臣说，淫者相遇说，兄弟相诫说，丈夫劝勉妻子说，妻子劝勉丈夫说，朋友相邀之辞说，情人互相提醒说等多种说法。毛《序》持"闵忽无臣说"，载："《扬之水》，闵无臣也。君子闵忽之无忠臣良士，终以死

---

① （宋）朱熹：《诗集传》，中华书局 1958 年版，第 50 页。
② （清）方玉润：《诗经原始》，中华书局 1986 年版，第 209 页。
③ （唐）孔颖达：《春秋左传正义》，阮元《十三经注疏》本，中华书局 1980 年版，第 192 页。

亡，而作是诗也。"从诗歌文本来看，诗歌描述了主人公对对方的劝勉砥砺，并要求对方与之同心同德，不要听信他人之言。从两方的关系来看，可能为君臣、兄弟、友人、夫妻、恋人等多种关系。从诗句"终鲜兄弟，维予与女""终鲜兄弟，维予二人"来看，很可能为兄弟关系，且手足较少，只有二人，因此砥砺彼此要互相团结。因此诗歌表现了兄弟一方对另一方的劝诫。宋人王质《诗总闻》载："当是兄弟止二人，无他昆，为人所间而不协者。此盖兄辞。"认为《扬之水》是哥哥劝诫弟弟的言语。高亨《诗经今注》，糜文开、裴普贤《诗经欣赏与研究》等均持此观点。[①]

《箨兮》描述了歌舞演唱中的主唱与和者的唱和。《箨兮》的主题有刺忽说，淫诗说，呼吁救亡说，郑人思纳忽说，记录歌舞场面说，唱和诗歌说，扬场时歌唱说，情人唱和说，咏落叶之歌说等多种说法。从文本来看，"箨"，毛《传》释为："槁也。"郑《笺》载："槁，谓木叶槁，待风乃落。"因此"箨"应为枯落的草叶，枯落的草叶有一个特点即软脆无刚性，往往随风而动，可用枯叶的这一特点比喻歌舞场面中的和者随主唱而和的情况；加之"叔兮伯兮，倡予和女"和"叔兮伯兮，倡予要女"之句具有明显的唱和意味，因此《箨兮》应为描述歌舞演唱中的主唱与和者的唱和之作。《左传·昭公十六年》载："夏四月，郑六卿饯宣子于郊。……子游赋《风雨》，子旗赋《有女同车》，子柳赋《箨兮》。宣子喜曰：'郑其庶乎！二三君子以君命贶起，赋不出郑志，皆昵燕好也。二三君子，数世之主也，可以无惧矣。'"[②] 根据《箨兮》在宴会中作为赋唱之诗的用途，及宣子的评价"赋不出郑志，皆昵燕好也"来看，此诗应为歌舞唱和之作，而无讽刺贬斥之意。

总之，《缁衣》赞美了郑武公尊重、善待贤士之德。《将仲子》反映了女子与男子相爱却畏于礼法不敢做出越礼举动。《叔于田》和《大叔于田》赞美了共叔段的勇武善猎。《清人》为刺郑文公与高克之作。《羔裘》为美赞郑大夫之作。《遵大路》反映了女子离别丈夫或恋人时的惜别挽留

[①] 张树波：《国风集说》，河北人民出版社1993年版，第792页。
[②] （唐）孔颖达：《春秋左传正义》，阮元《十三经注疏》本，中华书局1980年版，第828—829页。

之情。《女曰鸡鸣》应为赞美了家庭生活的美满幸福。《有女同车》赞美了所恋之同车女子的灿烂美好。《山有扶苏》应为恋人间戏谑玩笑之作。《萚兮》为描述歌舞演唱中主唱与和者的唱和之作。《狡童》为女子被拒绝所发出的带有戏谑之意的怨怒之词。《褰裳》为恋爱中的女子对男子的戏谑之作。《丰》为女子未及时婚娶而后悔之作。《东门之墠》为女子对男子思恋之作。《风雨》描述了婚姻爱情中有情人见面的喜悦。《子衿》描写了恋爱中的女子希望与男子见面的迫切心情。《扬之水》描写了兄弟一方对另一方的劝诫。《出其东门》表现了一个男子对白衣女子的钟情欣赏。《野有蔓草》应是一首描写男女邂逅的恋歌。《溱洧》描写了春日男女相约到溱洧水边游赏的欢乐情景。

四 《郑风》的主题特点

根据以上对主题进行的分析，可以看出《郑风》诗歌在主题内容方面的特点：

其一，反映爱情婚姻的诗歌占绝大多数。《郑风》中反映爱情婚姻的诗歌占诗歌总数的70%，超过《邶风》中爱情诗的数量和所占比例，更是大大高于其他国风中婚姻爱情诗歌的数量和所占比例。且其中有大量反映女子对男子戏谑、思恋、邀约出游等内容的诗歌，达到7首之多，因此常被斥为"淫奔"之作。

其二，按照篇章顺序大致描述了从上层贵族到一般贵族士人到普通下层民众的生活。《缁衣》赞美了郑武公尊重、善待贤士之德，《叔于田》和《大叔于田》赞美了共叔段的勇武善猎，《清人》为刺郑文公与高克之作，《羔裘》为美赞郑国大夫之作，这些诗歌中赞美或批评的人物体现了从诸侯王到上层贵族到贵族大夫的嬗递。其后的诗歌多为描写男女婚恋之作，诗歌的描述对象从贵族、士人到普通民众。在西周宗法制的约束控制下，按照血缘关系，从贵族到平民将人们分成了不同阶层，这种宗法制度下的阶层观念影响了《郑风》篇目的编排顺序，形成了《郑风》的篇章面貌。

其三，《郑风》诗歌总体自由轻快，风情流荡。在总共的21首诗歌中，表达男女之间玩笑戏谑、深刻思念、希望见面、愉快欢聚、盛情邀约、夫妻融洽等方面内容的诗歌就有 10 首左右。诗歌整体情调浪漫轻松、戏谑曼妙，尤多女子对男子的情感表达。如前所述，温润的气候加之郑国的地理条件成为形成郑诗自由欢快、浪漫轻松情绪风貌的重要因素。《郑风》产生于春秋时期的郑国，那时气候温暖湿润，草木繁盛茂密，郑国拥有山高水险的地理条件，天然形成了许多男女聚会的场所，春日出游的"上巳"传统，为男女自由聚会提供了机会，发达的商业和音乐文化促进了民间风俗的开放，带来了郑国自由宽松的社会氛围。气候、地理与社会文化因素相结合，形成了《郑风》浪漫轻松、自由欢快的感情基调。

其四，在态度和情感倾向上，《郑风》诗歌体现了对男女恋情的宽容、支持、赞美态度。在十几首反映婚姻爱情的诗歌中，只有《将仲子》表现了对礼教的畏惧。其他婚姻爱情诗都是表现了婚姻恋爱中的一些感受和情绪体验，没有流露出受礼教束缚的畏缩怯懦思想。可以看出郑国的整体社会文化氛围比较宽松，受殷商文化影响较多，而受周代礼法的影响较少。因此《郑风》诗歌体现了对男女恋情的宽容、支持、赞美态度。

第五章 《诗经》卫诗的排序原则与"郑卫之音"

先秦时《诗经》是诗、乐结合在一起的，音乐散佚后才成为案头文本。除了《诗经》郑、卫诗歌以外，郑、卫地域还存有大量的地域流行音乐，被称为"郑卫之音"。此种地域音乐独树一帜，受到了孔子等儒家学者的反对批评，并被评价为"淫"，因此"郑卫之音"的内容和形式特点值得进一步探讨。《诗经》卫诗有着一定的编排顺序和排列方式，从春秋时候至今"邶""鄘""卫"三风的先后排列顺序基本一致，这种排序有着一定的思想背景和文化考量。

第一节 "郑卫之音"考论

古代诗乐一体，先秦时期的民间诗歌多用来歌唱，因此郑、卫风诗是西周和春秋时期郑地和卫地的民间歌唱。罗根泽在所著《中国文学批评史》中认为："两周诗乐未分，诗经所载之诗，都是乐歌。"① 《左传》所载季札论乐之事也是国风皆为配乐演唱诗歌的明证。郑、卫两地地域毗连，位于今河南省中东部地区，都部分地继承了殷商文化，受到商、周两种思想文化的影响，因此地域流行音乐在特点和风格上有一些相似之处，常被放在一起讨论，称为"郑卫之音"。随着时代发展到了战国时期，以郑、卫两地民歌为代表的流行音乐也被称为"郑卫之音"，之后这个概念

---

① 罗根泽：《中国文学批评史》，上海古籍出版社1984年版，第43页。

的外延继续扩大,所有非官方的民间音乐都称为郑卫之音。具体来说,狭义的"郑卫之音"指春秋时期在各诸侯国兴起的以郑国和卫国为代表的民间音乐;广义的"郑卫之音"则是非官方的民间音乐的代称。

"郑卫之音"与"郑卫风诗"虽有一定联系却并不相同。"郑卫之音"主要指流行在郑、卫地区的地域民歌,其概念的外延在历史发展过程中发生了扩大,概念范畴较大;"郑卫风诗"指《诗经》中的"邶风""鄘风""卫风"和"郑风",属于孔子修订过的"五经"之一的内容,概念范畴固定。因此"郑卫风诗"与"郑卫之音"有所不同。二者的联系在于,"郑卫之音"是产生流行于郑、卫地区的民间乐歌;"郑卫风诗"是郑、卫地域民间乐歌的一部分,虽然经过周代史官、乐官的编订,仍带有郑卫之音的特点和风貌。

以"郑卫之音"为代表的民间音乐在先秦时期受到儒家的排斥,被贬斥为"亡国之音""淫乐"等,和周礼规定的"雅乐""古乐"相对。沈知白在《中国音乐史纲要》中认为:"与封建领主所制定的雅乐相对立的就是流行于民间的俗乐,其中最典型的孔子和儒家称之为'郑卫之音'。"[①] 本节我们主要讨论以"郑卫之音"为代表的周代地方民歌的特点,由于《诗经》中郑、卫风诗的音乐曲调已经散佚无闻,因此这里不再单独评述。

一 "郑卫之音"的历史评价

历史上对"郑卫之音"的评价是从各个角度进行的,既有从社会历史角度出发的述评,也有从音乐角度进行的述评,还有从内容角度切入的评价。从社会历史角度出发的述评出现较早,春秋时期人们便开始了对"郑卫之音"进行评论。贬斥反对的观点由孔子最早提出,从维护周代雅乐的正统思想出发,孔子明确地对"郑声"提出了反对意见。《论语·阳货》载:"恶紫之夺朱也,恶郑声之乱雅乐也,恶利口之覆邦家者。"[②] 又《论

[①] 沈知白:《中国音乐史纲要》,上海文艺出版社1982年版,第13—14页。
[②] 杨伯峻:《论语译注(简体字本)》,中华书局2006年版,第211页。

语》"颜渊问为邦"载:"子曰:行夏之时,乘殷之辂,服周之冕,乐则韶舞。放郑声,远佞人。郑声淫,佞人殆。"① 孔子最早提出了"郑声淫",郑声淫的"淫"字不应该仅训为淫邪或淫荡,还有表达情绪过分,不受约束,缺乏节制之意。班固继承了这种评价方式,从历史地理的角度评价"郑卫之音",《汉书·地理志》载:"河内本殷之旧都,……康叔之风既歇,而纣之化犹存,故俗刚强,多豪桀侵夺,薄恩礼,好生分。"②"卫地有桑间濮上之阻,男女亦亟聚会,声色生焉;故俗称郑卫之音。"③

从音乐欣赏角度评价"郑卫之音"的记载较多。以郑、卫民歌为代表的民间流行新乐类似于今天的俗乐、流行乐,评价者既有赞美支持的观点,也有反对贬斥的观点。赞美支持的观点多从适合统治阶级欣赏的角度出发,《礼记·乐记》中战国时期的魏文侯曾对孔子门徒子夏表示,如"郑卫之音"这样的民间新乐比之古乐,让人感觉入耳动听:"吾端冕而听古乐,则唯恐卧;听郑卫之音,则不知倦。敢问古乐之如彼,何也?新乐之如此,何也?"④《孟子·梁惠王下》和刘向的《新序》记载了齐宣王对"郑卫之音"的看法:"寡人今日听郑卫之声,呕吟感伤,扬《激楚》之遗风"⑤,又"寡人非能好先王之乐也,直好世俗之乐耳。"⑥齐宣王表示不喜先王所好的音乐,只喜欢像"郑卫之音"这样的世俗乐声。战国末年秦国人李斯在《谏逐客书》中指出:"郑、卫桑间,韶虞、武象者,异国之乐也。今弃击瓮叩缶而就郑、卫,退弹筝而取韶、虞,若是者何也?快意当前,适观而已矣。"指出了郑卫民间音乐具有使人快意而适观的特点。又《礼记·乐记》载:"郑卫之音,乱世之音也,比于慢矣。桑间濮上之音,亡国之音也,其政散,其民流,诬上行私而不可止也。"⑦ 认为"郑卫之音"属于乱世之音,"桑间濮上之音"属于亡国之音,它们反映

---

① 杨伯峻:《论语译注(简体字本)》,中华书局2006年版,第184—185页。
② (汉)班固:《汉书》卷二十八《地理志》,中华书局1962年版,第1652页。
③ 同上书,第1665页。
④ 丁鼎:《礼记解读》,中国人民大学出版社2010年版,第454页。
⑤ 赵善诒:《新序疏证》,华东师范大学出版社1989年版,第56页。
⑥ (清)焦循:《孟子正义》,中华书局1987年版,第99页。
⑦ (唐)孔颖达:《礼记正义》,阮元《十三经注疏》本,中华书局1980年版,第1528页。

了国家政治的极端混乱,老百姓的流离失所,统治者的欺上瞒下、自私自利而不可救药。"郑卫之音"到了战国末期作为一种俗乐和新乐走向奢靡,符合了统治阶级对音乐的享乐需求,因此受到了一部分统治阶级的欣赏。而由于"郑卫之音"违背了儒家"发乎情、止乎礼"的要求,歌曲突破了雅乐规范,也遭到了维护周礼的儒家学者的反对。

  从汉代开始许多学者对"郑卫之音"及"郑卫风诗"的关系进行评述辩驳,所论甚丰。宋代朱熹站在理学立场上,将涉及男女情事的《诗经》郑、卫诗歌一概斥为淫诗,提出了"郑卫之乐,皆为淫声"的观点。朱熹《诗集传》云:"郑卫之乐,皆为淫声。然以《诗》考之,《卫诗》三十有九,而淫奔之诗才四之一;《郑诗》二十有一,而淫奔之诗已不翅七之五。卫犹为男悦女之辞,而郑皆为女惑男之语。卫人犹多刺讥惩创之意,而郑人几于荡然无复羞愧悔悟之萌。是则郑声之淫有甚于卫矣!故夫子论为邦,独以郑声为戒,而不及卫,盖举重而言,固自有次第也。"① 明清时期许多学者对朱熹的观点提出了质疑和辩驳,较早的有明代学者杨慎,他指出:"郑声淫者,郑国作乐之声过于淫,非谓郑诗皆淫也。后世失之,解郑风皆为淫诗,谬矣。"②

  后王夫之、毛奇龄、姚际恒、戴震、方玉润、陈启源、王先谦等人,虽诗学观念不尽相同,但都极力反对朱熹的"淫诗说"。清人陈启源《毛诗稽古编》卷五载:"朱子辨说,谓孔子'郑声淫'一语可断尽《郑风》二十一篇,此误矣。夫孔子言'郑声淫'耳,曷尝言郑诗淫乎?声者,乐音也,非诗词也。淫者,过也,非专指男女之欲也。古之言淫多矣,于星言淫,于雨言淫,于水言淫,于刑言淫,于游观田猎言淫,皆言过其常度耳。乐之五音十二律,长短高下,皆有节焉。郑声靡曼幻眇,无中正和平之致,使闻之者导欲增悲,沉溺而忘返,故曰淫也。朱子以郑声为《郑风》,以淫过之淫为男女淫欲之淫,遂举《郑风》二十一篇,尽目为淫奔者所作。"③ 杨慎、陈启源辨析了两个概念:第一,朱熹理解的"淫",是

---

 ① (宋)朱熹:《诗集传》,中华书局1958年版,第56—57页。
 ② (明)杨慎:《升庵全集》(四)卷四十四,商务印书馆1937年版,第448页。
 ③ (清)陈启源:《毛诗稽古编》卷五,文渊阁四库全书台湾商务印书馆影印本。

否与孔子所阐释的"淫"的意思相同。孔子时代所批评的"郑声淫"之"淫"应既指内容上的"淫邪",即反映男女爱情的内容,又指音乐表现形式上的过度,确与朱熹所阐释的"郑卫淫"之"淫"非同一概念。但朱熹的解读是宋代理学观念下的一种理解和认知,对此我们不必苛责古人,每个时代的解读都渗透了当时的文化思想和学术前见,朱熹是在宋代理学的观念背景下做出了他那个时代一个理学家的评价。从伽达默尔的解释学来看,理解是此在本身的存在方式,具有历史性,学术前见是不可消除和避免的,"理解不属于主体的行为方式,而是此在本身的存在方式"①;"理解就不止是一种复制的行为,而始终是一种创造的行为。"② 伽达默尔赋予了理解一种主体性,读者理解的能动性得到重视;并为前见正名,为理解者的创造性解释消除了束缚。这样理解和解释成为开放的框架,强调了解释作为一个不停创造的过程而具有的无限性。第二,杨慎和陈启源认为朱熹将"郑声"与"郑诗"混淆,才作出了错误的判断。杨慎认为的"郑声淫者,郑国作乐之声过于淫,非谓郑诗皆淫也",和陈启源认为的"声者乐音也,非诗辞也",将"郑声"与"郑诗",即"郑卫之音"与"郑卫之诗"完全区分开来,也是不全面的。因为"郑卫之诗"最早产生于郑、卫地域,也是"郑卫之音"的一部分。这里朱熹认为"郑声"与"郑诗"是乐声与歌词的关系,是相互依附、互为表里的,是有道理的。因为音乐的曲调是配合诗歌内容来表情达意、增强表达感染力的,因此"郑声"与"郑诗",乐音与诗词必然存在内在的联系。"郑声"只有依附于"郑诗"的内容,二者才能完整地配合,表现为一首动人的歌曲,单纯的曲子不易理解,未必能有使魏文侯、齐宣王等人如此沉迷留恋其中的感染力。杨慎、陈启源与朱熹产生的观念分歧,关键在于概念阐释上的根本不同。朱熹联系郑卫风诗探讨孔子对"郑卫之音"的批评,认为"郑声"是包括郑卫之诗在内的郑卫地域民歌;而杨慎等人所认为的"郑声"则偏向于郑卫地域民歌的音乐部分。概念的内涵上发生分歧,自然产

---

① [德]伽达默尔:《真理与方法》(上),洪汉鼎译,上海译文出版社1999年版,第6页。
② 同上书,第380页。

生了矛盾冲突之处。

二 "郑卫之音"的特征

虽古乐的乐曲已经亡佚无法见到，我们仍可以从古人的评价中探讨"郑卫之音"的特征。《论语》"颜渊问为邦"载："子曰：'行夏之时，乘殷之辂，服周之冕，乐则韶舞。放郑声，远佞人；郑声淫，佞人殆。'"① 又子曰："恶紫之夺朱也，恶郑声之乱雅乐也，恶利口之覆邦家者。"② 孔子对"郑声"的否定是关于"郑卫之音"的最早记载，他厌恶内容反映男女爱情、旋律复杂、节奏急促的"郑声"，认为与平和典正的周乐相违。"郑卫之音"的风貌究竟怎样，笔者结合前人的论述，将其内容和形式上的特点归纳为以下六个方面。

1. 表达内容上多男女情感和愁思哀怨。汉代《白虎通义》卷二《礼乐》载："乐尚雅，雅者，古正也，所以远郑声也。孔子曰：'郑声淫'，何？郑国土地民人，山居谷浴，男女错杂，为郑声以相悦怿，故邪僻，声皆淫色之声也。"③ "为郑声以相悦怿"说明郑声为有情人表情达意的媒介，用以传递和表达与男女感情相关的内容。"声皆淫色之声也"证明郑声的乐曲和爱情内容相配合，表达了男女的相互好感和爱慕之情。孔子所谓"郑声淫"的"淫"，既指音乐和思想感情上表达得过度，缺少节制；同时更有反映内容上的指责，认为郑、卫歌曲所演唱的内容是与男女情感相关的内容。孔子认为这种过度的情感表达，违背了周礼中正平和的情感抒发要求，因此遭到他的排斥。"郑卫之音"内容上还有较多愁思哀怨的成分。《淮南子》就指出了"郑卫之音""不淫则悲"，有"怨思之气"的特点。刘向《新序·杂事二》所载"郑卫之声，呕吟感伤"也证明了郑卫音乐有感伤愁思之音。孔子排斥哀怨忧愁的乐音，认为不符合中正雅乐的要求，这种思想倾向成为儒家传统，被汉唐乃至后代的经学和乐学所继承，如哀伤的琴音就为儒家学者和欣赏家所否定。

---

① 杨伯峻：《论语译注（简体字本）》，中华书局2006年版，第184—185页。
② 同上书，第211页。
③ 陈立：《白虎通义疏证》，中华书局1994年版，第96—97页。

2. 使用五声音阶系统，与周代礼乐的四声音阶不同。周代雅乐所使用的音阶系统是宫、角、徵、羽四音系统，旋律主要在中音区徘徊。考古学家对出土的西周和春秋时期的编钟测算得知，周代编钟的音阶为"宫、角、徵、羽"四音，没有"商"音。而"郑卫之音"继承了商代音乐，不仅具备五音，而且使用了"变宫""变徵"等音，从而使音域扩大，甚至可能突破了一个八度。这些因素使郑卫之音声调高亢激越，对情感的表达更加细腻热烈、感情充沛，被斥为"细""烦""扬激"。

3. 节奏变化纷繁复杂，被称为"繁声促节"。据《左传·昭公元年》载："中声以降，五降之后，不容弹矣。于是有烦手淫声，慆堙心耳，乃忘平和，君子弗听也。"杜预注："降，罢退。五降而不息，则杂声并奏，所谓郑卫之声。"① 周礼规定五声"大不逾宫，细不过羽"，需使用中声。"中声"指音高和节奏都控制在一定范围内的适中而有节制的音乐。周代礼乐要求五声既降不得再弹，再弹就会出现繁复的音调和多变的节奏，成为过度的曲调，即"淫声"，使人心志失去平和，激荡动乱。"郑卫之音"被称为超出"中声"范围的"淫声"，具有音高多变、声调繁复、节奏复杂急促的特点，即"繁声促节"是其重要的音乐特征。

4. 音乐讲究技巧。陆贾《新语·道基》载："后世淫邪，增之以郑卫之音，民弃本趋末，技巧横出，用意各殊，则加雕文刻镂，傅致胶漆，丹青玄黄琦玮之色，以穷耳目之好，极工匠之巧。"② 意为"郑卫之音"在音乐技巧方面雕琢讲究，通过增加曲调的修饰成分，以增强音乐的欣赏性和悦耳性。据此可知"郑卫之音"多用技巧。又《礼记·乐记》中子夏在回答魏文侯有关古乐和新乐的问题时罗列了四种乱世之音："郑音好滥淫志，宋音燕女溺志，卫音趋数烦志，齐音敖辟乔志：此四者，皆淫于色而害于德，是以祭祀弗用也。"③ "卫音趋数烦志"即揭示了卫地音乐技巧的复杂多变。

---

① （唐）孔颖达：《春秋左传正义》，阮元《十三经注疏》本，中华书局 1980 年版，第 708 页。
② 王利器：《新语校注》，中华书局 1986 年版，第 21 页。
③ （唐）孔颖达：《礼记正义》，阮元《十三经注疏》本，中华书局 1980 年版，第 692 页。

5. 声调高亢，情绪热烈。《新序·杂事二》载："寡人今日听郑、卫之声，呕吟感伤，扬《激楚》之遗风。"① 又《淮南子·道应训》载："今夫举大木者，前呼邪许，后亦应之，此举重劝力之歌也。岂无郑、卫激楚之音哉？然而不用者，不若此其宜也。"② 说明"郑卫之音"中有"激楚"之音的存在，"激楚"之音即声调突破了中正平和的范围，表现出澎湃热烈、活泼奔放、高亢嘹亮的音乐特点；此时歌者情绪激越，热力四射，激情昂扬。

6. 具有与音乐相配合的舞蹈表演特点。屈原《招魂》对楚国宫廷歌舞进行了描写："二八齐容，起郑舞些""士女杂坐，乱而不分些""郑卫妖玩，来杂陈些"。王逸注曰："言二八美女，其仪容齐一，被服同饰，奋袂俱起而郑舞也。"又"妖玩，好女也。"由此可见郑舞不仅传播范围广泛，就连楚国宫廷也有郑舞的演出；而且郑舞表演时女子妆容美丽妖艳，具有男女错杂演出、方式灵活等特点。又《礼记·乐记》中魏文侯问于子夏曰："吾端冕而听古乐，则唯恐卧；听郑卫之音，则不知倦。敢问古乐之如彼，何也？新乐之如此，何也？"③ 子夏的答话分别描述了他眼中的雅乐和以"郑卫之音"为代表的新乐的不同演出特点，子夏说："今夫古乐，进旅而退旅，和正以广，弦匏笙簧，会守拊鼓。始奏以文，复乱以武，治乱以相，讯疾以雅。君子于是语，于是道古，修身及家，平均天下。此古乐之发也。今夫新乐，进俯退俯，奸声以滥，溺而不止，及优侏儒，獶杂子女，不知父子。乐终不可以语，不可以道古。此新乐之发也。今君之所问者'乐'也，所好者'音'也。夫乐者，与音相近而不同。"④ 这一段话不仅指出了新乐的音乐特点，描述了新乐男女、老幼、侏儒错杂演出的表演特点；同时还指出新乐只能作为耳目之娱的"音"，而不为"乐"的原因，在于不能够承载礼乐文化的内容。由此可见，"郑卫之音"在表演上与音声相配合，具有自由奔放、男女错杂、形

---

① 赵善诒：《新序疏证》，华东师范大学出版社1989年版，第56页。
② 何宁：《淮南子集释》，中华书局1998年版，第831页。
③ （唐）孔颖达：《礼记正义》，阮元《十三经注疏》本，中华书局1980年版，第686页。
④ 同上。

式多样等特点；同时不受周礼的束缚，没有承载治国修身大义，具有较强的娱乐性。

三 "郑卫之音"的渊源与发展

"郑卫之音"起源于夏商时期的音乐歌舞，在周代郑、卫地域产生形成，继而发展，并流行于东周各国，成为盛极一时的民间乐歌。

夏代就已产生了早期的音乐和歌舞。夏代君主多爱好乐舞，君王的喜好促进了音乐歌舞的发展。夏启喜好歌舞，文献中有许多和歌舞相关的记载。《墨子·非乐上》载夏启时代："将将铭苋磬以力，湛浊于酒，渝食于野，万舞翼翼，章闻于天。"① 《竹书纪年》载："帝启十年，帝巡狩，舞《九韶》于大穆之野。"② 《山海经·海外西经》载："大乐之野，夏后启于此舞九代。"③ 又《山海经·大荒西经》载："夏后开上三嫔于天，得《九辨》与《九歌》以下焉。"④ 由此可见夏启爱好歌舞，曾在巡狩时观看歌舞表演；并传说曾三次到天上做客，得到《九辨》《九歌》等乐舞带回人间。启之后，夏代君主仍爱好乐舞，屈原的《离骚》载："启《九辨》与《九歌》兮，夏康娱以自纵。"⑤ 之后的帝发时期，《竹书纪年》载："诸夷宾于王门，再保墉会于上池，诸夷入舞。"⑥ 到夏桀时更是纵情声色，歌舞娱乐愈加兴盛，在狩猎、宴飨等多种场合都有乐舞参演助兴。《新序·刺奢》载："为酒池糟隄，纵靡靡之乐，一鼓而牛饮者三千人。"⑦ 夏桀时还出现了大量女乐，《管子·轻重甲》载："昔者桀之时，女乐三万人，端噪晨，乐闻于三衢，是无不服文绣衣裳者。"⑧ 《盐铁论·力耕》载："昔桀女乐充宫室，文绣衣裳。"⑨ 夏代追求的声色歌舞，实质上是刺

---

① （清）毕沅校注，吴旭民标点：《墨子》，上海古籍出版社1995年版，第120页。
② 范祥雍编：《古本竹书纪年辑校订补》，上海人民出版社1957年版，第9页。
③ 袁珂：《山海经校注（增补修订本）》，巴蜀书社1993年版，第253页。
④ 同上书，第473页。
⑤ （宋）洪兴祖：《楚辞补注》，中华书局1983年版，第21页。
⑥ 范祥雍编：《古本竹书纪年辑校订补》，上海人民出版社1957年版，第13页。
⑦ 赵善诒：《新序疏证》，华东师范大学出版社1989年版，第164页。
⑧ 滕新才、荣挺进：《管子白话今译》卷十五，中国书店1994年版，第610页。
⑨ 王利器：《盐铁论校注（定本）》，中华书局1992年版，第28页。

激感官享受的一种娱乐工具,具有满足人耳目之欲的特点。夏代帝王的喜好大大促进了乐舞的发展,这些乐舞一直延续到商代。

商代祭祀中的大量乐舞和帝王宴乐成为"郑卫之音"继续发展的重要推动力量。商文化重祭祀,祭祀的形式多样且往往伴有歌舞娱神内容,这促使了音乐和歌舞的兴盛发达。《墨子·三辩》载:"汤放桀于大水,环天下自立以为王,事成功立,无大后患,因先王之乐,又自作乐,命曰《濩》,又修《九招》。"此《濩》(《大濩》)乐主要用于祭祀汤。《诗经·商颂·那》则记载了商人祭祀商汤的用乐情况:"猗与那与,置我鞉鼓。奏鼓简简,衎我烈祖。汤孙奏假,绥我思成。鞉鼓渊渊,嘒嘒管声。既和且平,依我磬声。於赫汤孙,穆穆厥声。庸鼓有斁,万舞有奕。我有嘉客,亦不夷怿。自古在昔,先民有作。温恭朝夕,执事有恪。顾予烝尝,汤孙之将。"① 于此可以看出其时商人已有较高的音乐水平。

商代宴乐也存在大量歌舞音乐内容,到了殷商末期,商王愈加崇尚歌舞娱乐,生活淫靡,纵情声色。如《史记·殷本纪》载:"帝纣……好酒淫乐……于是使师涓作新淫声,北里之舞,靡靡之乐。"② 此处师涓所作"新淫声"便是郑卫之音的直接源头。对此,《韩非子·十过》曰:"昔者卫灵公将之晋,至濮水之上……夜分,而闻鼓新声者而说之……乃召师涓而告之……师涓……因静坐抚琴而写之。……遂去之晋。……乃召师涓,令坐师旷之旁,援琴鼓之。未终,师旷抚止之,曰:'此亡国之声,不可遂也。'平公曰:'此道奚出?'师旷曰:'此师延之所作,与纣为靡靡之乐也,及武王伐纣,师延东走,至于濮水而自投,故闻此声者必于濮水之上。先闻此声者其国必削,不可遂。'"③ 据此可知,当初商纣王所好之乐直接为郑、卫统治者所延续,进而成了后来郑卫之音的源头。

与夏相比,商代的音乐技术也较为发达,不仅具备宫、商、角、徵、羽五音音阶系统,且乐曲种类丰富。地下文物考古情况也证明了商代就有了五声音阶的存在:据1986年到1987年间河南舞阳贾湖遗址出土的十八

---

① 李学勤:《毛诗正义》,北京大学出版社1999年版,第1432—1436页。
② (汉)司马迁:《史记》,中华书局1959年版,第105页。
③ 张觉:《韩非子全译》,贵州人民出版社1992年版,第128—129页。

支骨笛测算，已经具备了七、八级音阶，而骨笛大约产生于商代前后，这证明殷商时代中原地区就已经具备了制作五级或五级以上音阶乐器的水平和能力。商乐不仅音阶宽广，已经出现五音甚至七音系统，且音乐的表现力强，乐曲的种类也丰富多样，有用于典礼祭祀的乐曲，有宴饮欢聚用乐，还有田猎竞技用乐等。

郑、卫为殷商旧地，继承了大量殷商文化遗留，包括音乐和歌舞。商代乐舞成为"郑卫之音"的萌芽和后世俗乐的基础。故笔者认为，此乃郑卫之音发展过程四个阶段中的第一个阶段，即萌芽期。

第二阶段，地域特色形成期。西周和春秋时期殷商乐舞演变为郑、卫地的地域歌舞，为"郑卫之音"的地域特色形成期。山高谷深的地理特征使郑卫地域保留了较多的商代乐舞文化。尤其是郑国，其山川地理特殊，有高山峡谷，又联通各国。春秋时期这里气候温润，景色秀美。由于山势阻隔，加之其时交通条件有限，除商人贸易外，各诸侯国间大规模的民间交往较少，因此可以在较大程度上保留殷商遗留的音乐和歌舞文化。除祭祀歌舞之外，郑国社会氛围宽松，男女交往自由，在表达男女爱情时也保留了一定的原始歌唱。所以《汉书·地理志》说："卫地有桑间濮上之阻，男女亦亟聚会，声色生焉，故俗称郑、卫之音。"① 此即从自然地理环境角度论述了郑卫之音的形成因素。此时郑、卫地域具有了"郑卫之音"最初的表现形式，标志着"郑卫之音"开始正式产生。

第三阶段，繁荣发展期。发达的商业，宽松的社会文化促使郑国城市繁荣，耳目娱乐需求不断增大，地域音乐歌舞在郑国得到了繁荣发展。历史上商业的繁荣、城市的发达和声色歌舞的兴盛往往有着密切的关联。《史记·货殖列传》载："中山地薄人众，犹有沙丘纣淫地余民，民俗懁急，仰机利而食……多美物，为倡优。女子则鼓鸣瑟，跕屣，游媚贵富，入后宫，遍诸侯……郑、卫俗与赵相类。"② 清代魏源曾对郑、卫地的商业和声色歌舞关系评述道："三河为天下之都会，卫都河内，

---

① （汉）班固：《汉书》，中华书局1962年版，第1665页。
② （汉）司马迁：《史记·货殖列传》，中华书局1959年版，第3263—3264页。

郑都河南……据天下之中，河山之会，商旅之所走集也。商旅集则货财盛，货财盛则声色凑。"①

第四阶段，兴盛远播期。郑卫之乐随着郑国商业贸易发展和战争而传播到春秋时期的各诸侯国。一方面，春秋时期周王室统治力下降，周礼衰弱，所谓"礼坏乐崩"；与此同时各诸侯国势力抬头，地域文化发展，郑国在与其他诸侯国频繁的商贸往来中，也同时将郑卫乐舞传播到了各个国家。郑卫之音兴盛远播受到各诸侯国的欢迎，在诸侯国间带动并形成一股与雅乐相对的俗乐潮流。一方面，各诸侯国间频繁的兼并战争客观上也造成了物质和文化的交流。郑国位于要塞夹缝之地，人员流动频繁，战争不断，音乐恰好可以弥合、抚慰长期战争对人们内心造成的伤痛；另一方面，由于战争频发，也使人感受到人生苦短，须及时行乐，这也在某种程度上促使了"郑卫之音"的兴盛发展。到了战国末期，以郑、卫民歌为代表的各地流行音乐成为一股强大的潮流，广泛流行于各诸侯国。

四 儒家对"郑卫之音"的批判

在先秦时期，"郑卫之音"受到儒家的排斥，被贬斥为"亡国之音""淫乐"，和周礼规定的"雅乐""古乐"相对。沈知白在《中国音乐史纲要》中认为："与封建领主所制定的雅乐相对立的就是流行于民间的俗乐，其中最典型的孔子和儒家称之为'郑卫之音'。"② 从孔子开始，儒家确立了对"郑卫之音"的批判传统。孔子从维护周代雅乐的正统思想出发，明确地对"郑声"提出了反对意见。《论语·阳货》载："恶紫之夺朱也，恶郑声之乱雅乐也，恶利口之覆邦家者。"③ 又《论语》"颜渊问为邦"载："子曰：行夏之时，乘殷之辂，服周之冕，乐则韶舞。放郑声，远佞人。郑声淫，佞人殆。"④ 孔子最早提出了"郑声淫"，这里郑声淫的"淫"字包含两层意思，既指表达内容上的淫邪或淫荡，又指表达程度上

---

① 何慎怡校点：《魏源全集·诗古微·桧郑答问》，岳麓书社1989年版，第509页。
② 沈知白：《中国音乐史纲要》，上海文艺出版社1982年版，第13—14页。
③ 杨伯峻：《论语译注（简体字本）》，中华书局2006年版，第211页。
④ 同上书，第184—185页。

的过分，不受约束，缺乏节制。《礼记·乐记》也对"郑卫之音"提出批评："郑卫之音，乱世之音也，比于慢矣。桑间濮上之音，亡国之音也，其政散，其民流，诬上行私而不可止也。"[1] 认为"郑卫之音"属于乱世之音，桑间濮上之音属于亡国之音，它们反映了国家政治的极度混乱，老百姓的流离失所，统治者的欺上瞒下、自私自利而不可救药。

"郑卫之音"突破了雅正之规，容易造成民众思想散漫，影响周代统治，因此遭到孔子为代表的儒家的反对批判。"郑卫之音"到了战国末期作为一种俗乐和新乐走向奢靡，较周代雅乐更能满足耳目娱乐的要求，符合了统治阶级对音乐的享乐需求，因此受到魏文侯、齐宣王等诸侯国君的欣赏和民间的广泛欢迎。而由于"郑卫之音"违背了儒家"发乎情、止乎礼"的要求，歌曲突破了雅乐规范，也遭到了维护周礼的儒家学者的反对。周代的雅乐讲究中和，相对"郑卫之音"，雅乐在内容上反映周礼思想，音乐上只有四声音阶，音高变化幅度不大，高低音控制在"中声"范围内；五声既降不得再弹，音调相对简单，节奏固定；不使用繁复的音乐技巧，风格典正，庄重严肃。周代雅乐与周礼内容相配合，将礼的外在规范体系进行内化展现，达到礼与人内在精神的融通，从而使礼转化为人自我的需求。孔子生活在礼坏乐崩、礼乐遭僭越的时代，东周政权统治力已大大下降。此时"郑卫之音"突破了周礼的控制和格局，以反映内容上的丰富多彩，音乐节奏上的繁复多变，艺术表演上的灵活自由等给人带来多样化的审美感受，打破了雅正之规。这不仅与孔子要求的遵循礼乐传统，恢复礼乐文化格格不入；而且易导致诸侯国上层和民众思想散漫自由达到难以收拢的地步，可能威胁到社会的安定和整个周代的统治。因此孔子极力反对"郑卫之音"，要求"放郑声，远佞人"，一再重申"郑卫之音"乃亡国之音。

孔子的看法影响了后世，典型者如《礼记·乐记》发展了孔子的观点，认为"郑卫之音"乃亡国之音。《礼记·乐记》载："郑卫之音，乱世之音也，比于慢矣。桑间濮上之音，亡国之音也，其政散，其民流，诬上行私而

---

[1] 丁鼎：《礼记解读》，中国人民大学出版社2010年版，第436页。

不可止也。"① 认为"郑卫之音"属于乱世之音，桑间濮上之音属于亡国之音，它们反映了国家政治的极端混乱，老百姓的流离失所，统治者的欺上瞒下、自私自利而不可救药。当然，荀子亦是比较有代表性的一位，他继承了孔子的观点，站在总结的角度上提出了自己的看法，且对后世影响很大。荀子云"姚冶之容，郑卫之音使人心淫"②，认为"郑卫之音"使人的思想发生变化；又云"乐姚冶以险，则民流僈鄙贱矣。流僈则乱，鄙贱则争，乱争则兵弱城犯，敌国危之"③，认为混乱的社会产生了淫滥邪散的音乐，音乐可以反映表现社会政治的混乱、人民的流散，及欺下瞒上、图谋私利的风气等；反过来这种乐音又引导百姓犯上作乱，危害社会和统治，威胁到国家的治乱安危。"故礼乐废而邪音起者，危削侮辱之本也。故先王贵礼乐而贱邪音。"④ 总之，儒家认为"郑卫之音"不仅是乱世情形的反映，更会带来乱世的结果。这种看法当然比较偏颇，但后世认同此说者却是不绝如缕。

  儒家对"郑卫之音"的否定，不仅体现了周王朝雅正思想和地域文化自由思想的斗争，也使得周代雅乐与"郑卫之音"的对抗成为中国历史上雅俗文化冲突的发端。商代的五音系统较周代的四音系统更发达先进，而周代却对商代乐舞和五音系统持摒弃态度，这与周人对商代文明的继承扬弃有关。周朝建国时就注意吸取商代灭亡的教训，周公等统治者对商人饮酒作乐、沉湎声色歌舞的行为耿耿于怀，认为这是导致国家倾覆的重要原因，因此不仅在《尚书·酒诰》中专门训告殷商旧地的管理者康叔，要戒除官员和人民的酗酒恶习。周公在制礼作乐时对殷商五音声阶也恶而不取。《周礼》《汉书》等继承了周公禁商乐的最初思想动因，《周礼·春官·大司乐》载："凡建国，禁其淫声、过声、凶声、慢声。"⑤《汉书·礼乐志》载："然自《雅》《颂》之兴，而所承衰乱之音犹在，是谓淫、过、凶、慢之声，为设禁焉。"⑥ 商代音乐舞蹈在郑卫地域部分地保留下来，发展

---

① 丁鼎：《礼记解读》，中国人民大学出版社2010年版，第436页。
② 王先谦：《荀子集解》，中华书局1988年版，第381页。
③ 同上书，第380页。
④ 同上书，第380—381页。
⑤ （唐）贾公彦：《周礼注疏》，阮元《十三经注疏》本，中华书局1980年版，第345页。
⑥ （汉）班固：《汉书》卷二十二《礼乐志》，中华书局1962年版，第1039页。

为"郑卫之音"，成为地域音乐的主流、地方音乐的代表，便与周代正统雅乐产生了冲突和对抗。不仅如此，"郑卫之音"和周代雅乐反映的内容及表现出的音乐舞蹈不同特征的背后，蕴含的是地域文化自由思想和周王朝雅正思想的冲突。这种音乐艺术的不同特征，实为两种不同文化的表现，周代雅乐是先秦时期雅文化的代表，"郑卫之音"则是民间地域流行文化的代表，二者体现了最早的雅、俗文化的碰撞，因此周代雅乐与"郑卫之音"的对抗成为中国历史上雅、俗文化冲突的发端。

综上所述，殷商遗留文化影响下，郑地和卫地形成了不同于雅乐的地域歌舞，郑国商业的繁荣促使地域乐舞发展起来，"郑卫之音"开始形成；随着贸易和战争的传播，战国时期以"郑卫之音"为代表的民间俗乐在各诸侯国兴盛流行，成为盛极一时的文化现象。"郑卫之音"内容多有男女爱情和哀怨愁思，形式上音域宽广、节奏复杂、有高亢及哀愁之调、讲究技巧、音乐与表现内容相配合、表演灵活自由。以孔子为代表的儒家对"郑卫之音"采取的嫉恶批判态度，是从维护巩固周代社会和统治的角度出发的。"郑卫之音"与雅乐的矛盾不仅体现了周王朝雅正思想和地域文化自由思想的斗争，也使得二者的对抗成为中国历史上雅、俗文化冲突的发端。

第二节　卫诗的排序原则

《诗经》卫诗分为《邶风》《鄘风》《卫风》三部分，但三风的诗歌数量不同，并非按照篇数分类，也不是按照诗歌产生的时间分类，而是参考了诗歌产生的地域，根据音乐曲调分类的。《邶风》《鄘风》《卫风》的排列顺序与所受周礼影响大小关系密切，体现出了周礼思想渗透程度的差别。

一　卫诗的分编排序原则

春秋时期《诗经》卫地风诗已经被分为了三部分，按照顺序为《邶风》《鄘风》和《卫风》，且时人将它们同归于卫诗。邶、鄘、卫三风之分在春秋时期就已出现，《左传·襄公二十九年》记载吴国公子季札到鲁国观乐，乐工演奏了邶、鄘、卫三风，季札进行了品评并认为三风歌颂了

"卫康叔、武公之德",这说明春秋时期《诗经》卫诗已经分为了三部分。有学者认为卫诗三分的根据是篇目较多,清代顾炎武《日知录》卷三载:"邶鄘卫者总名也,不当分某篇为《邶》,某篇为《鄘》,某篇为《卫》。分而为三者,汉儒之误。以此诗之简独多,故分三名以各冠之,而非夫子之旧也。"顾炎武认为卫国存诗最多,因此汉儒将之分为三部分。近人高亨也持此观点,《诗经今注》认为:"《邶》《鄘》《卫》共诗三十九篇,在春秋时代便已混在一起,今本《诗经》,《邶》十九篇,《鄘》十篇,《卫》十篇,是汉人随意分的。"[①] 以诗篇数目多而判定为卫诗三分的原因,似有随意之嫌,且卫诗三分并非均分。

《邶风》《鄘风》《卫风》的编排顺序与诗歌产生的时间、地域,篇目的作者和题材内容等无关。《邶风》《鄘风》《卫风》的创作时间跨度相差不大。《邶风》最早的诗歌是产生于公元前750—前740年左右的《绿衣》《日月》《终风》,最晚的是卫地灭亡之时公元前660年许穆夫人所作的《泉水》,及公元前629年之后的《凯风》,涉及时间跨度从卫庄公时期到狄人灭卫之后,总共约120年的时间。《鄘风》诗歌的创作时间约在公元前812年到公元前650年左右。《卫风》诗歌的创作时间约在公元前810年至公元前658年左右。如果按照时间顺序分编排序,三风诗篇的创作时间应有前后相递关系。但三风反映出的写作时间基本重合,并未出现前后联系,因此《邶风》《鄘风》《卫风》不是按照写作时间分编排序的。《邶风》《鄘风》《卫风》也不是按照诗歌产生的地域分编排序的。《邶风》《鄘风》《卫风》中出现的河流、城邑等名称多有雷同,证明三风中的诗歌并非分别产生于三个不同的地域,而是多有重合。如"淇水"这一河流意象在《邶风》和《卫风》中多次出现。《邶风·泉水》载:"毖彼泉水,亦流于淇"。又《卫风·淇奥》之"淇奥",即指淇水水边弯曲环绕处。《卫风·氓》中三次出现淇水一词:"送子涉淇,至于顿丘""淇水汤汤,渐车帷裳""淇则有岸,隰则有泮"。据考证淇水古为黄河支流,今在河南省北部,向南流淌至今汲县东北淇门镇南入河。又"漕水"在《邶风》

---

① 高亨:《诗经今注》,上海古籍出版社1980年版,第7页。

和《鄘风》中也均有出现。《邶风·泉水》载:"思须与漕,我心悠悠。"《鄘风·载驰》载:"驱马悠悠,言至于漕。"不同国风诗歌中出现相同河流的意象,说明这些诗歌产生的地域大致相同。同样以"淇""漕"为意象创作的诗歌出现在不同国风中,证明了《邶风》《鄘风》《卫风》不是按照诗歌产生的地域进行划分和排序的。《邶风》《鄘风》《卫风》也不是按照诗歌的题材内容分类排序的。如《邶风》中《柏舟》《绿衣》《日月》为卫庄姜失宠因而忧愁失意之作,《终风》为庄姜不见答于卫庄公自伤之作。《卫风》中的《硕人》篇赞美了卫庄姜出嫁的仪式之盛大与卫庄姜的美丽。《邶风》和《卫风》中的这五首诗歌所牵涉主人公一致,均为卫庄姜,所述内容反映的时代大致相同,都发生在卫庄公在位期间,但并非分布于同一国风,因此《邶风》《鄘风》《卫风》也不是按照题材内容分类和排序的。

当代学者对卫诗的分编排序提出了许多有价值的看法,但也有可商榷之处。翟相君提出邶、鄘、卫三风是按照音乐不同分编排序的,认为十五国风标题并不是按照国家进行的命名,而是曲调的标志。[1] 这种说法确有道理,因为《诗经》十五国风的确是按照音乐的不同进行划分的,但他的说法仍有值得商榷之处:根据某些篇章章数、句数、句式相似的特点,试图使风诗的章数和曲调建立某种必然联系;而将国风中与其他诗歌章数不同的诗歌归为误合、错简、错乱位置,从而重新转换这些诗篇在国风中的位置,这种观点和做法似是不妥。因为一是打破了《诗经》至少在汉代就早已确定的章节位置,将有的篇目移入它风,"邶的后五篇归鄘,鄘的末篇变为卫的首篇,使原邶、鄘、卫的分编发生位移。"[2] 这种对篇目作出的较大改动的确勇气可嘉,但应有确切充分的证据支持,而不是根据需要进行安排。第二方面,多考虑了章数的相似与差异,而对一句当中的字数缺少考量。《邶风》《鄘风》《卫风》的句子与《诗经》的其他诗篇一样,以四字句为主,但也存在差异;如《邶风》中常有多则五、六字一句的情

---

[1] 翟相君:《邶鄘卫分编臆断》,《河北学刊》1984年第3期。
[2] 同上。

况，且五、六字句的位置并不固定。在音乐节奏中，这些字数不同的篇章是如何入乐的，我们如何看待它们，没有提及。李勇在其论文《卫地风诗与商周礼俗研究》中认为《邶风》《鄘风》《卫风》诗篇三分，决定于采诗的地域。这种说法也有道理，《诗经》十五国风的确是不同地域的地域诗歌。但这种说法也存在两个问题：一是诗经国风产生的方式有采诗、献诗等多种说法，不是全部来自民间采集；二是诗经国风经过多次编辑整理，如史官、乐官编订，孔子删诗等，诗歌的编排和面貌应发生了一定变化，不会仍以采集来的原始形态存在。

笔者认为，《邶风》《鄘风》《卫风》首先应是根据音乐曲调划分的，在曲调基础上，后人编辑整理的过程中，还根据与周礼的关系进行了排序。关于《诗经》的编辑整理，有孔子删诗说、太师编诗说等多种说法。① 在交通不发达，地区间文化交流少，语言差异较大的先秦时期，地域民歌如果不经过统一的加工整理，很难出现如此整齐完整的面貌。因此《诗经》应在孔子修订之前，就由周朝史官或乐师进行过统一的编订整理。并有可能不是一人一时的修订，而是经过多次的编订整理，且在这个过程中渗入了周代的礼乐思想。整理后的《邶风》《鄘风》《卫风》基本保留了地域原始诗歌的面貌，在音乐曲调上仍然存在差别和不同，在排列顺序上又增加了周礼影响的因素。

《邶风》《鄘风》《卫风》受周代礼乐文化影响的程度不同，根据周礼对三风影响程度的差异，决定了三风的编排顺序。《邶风》和《鄘风》受周礼影响较小，《卫风》受周礼的影响较大。周公分封康叔于卫地，即殷都朝歌，今天的河南淇县；并使其管理邶、鄘、卫三地。周公对康叔多次施以训诫教诲，使卫地受到周代礼乐思想的影响较大。《尚书》记载了周公以《康诰》《酒诰》《梓材》三篇诰命连续对康叔治国进行训诫。《康

---

① 持孔子删诗说的史籍有：《史记·孔子世家》："古者诗三千余篇，及至孔子，去其重，取可施于礼义。"《尚书古文疏证》："三百五篇，孔子皆弦歌之，以求合韶武雅颂之音。"《汉书·艺文志》："孔子纯取周诗。上采殷，下取鲁，凡三百五篇。"经学者研究，孔子诞生以前《诗经》的面貌就已基本确定了。今人朱自清等认为《诗经》的编审者很可能是周王朝的太师，认为从各地域搜集来的民歌由太师统一编订加工整理，因此现存《诗经》的字数、语法结构、用韵规律等大体一致。对《诗经》的加工整理是周朝文化建设的内容之一，在周代是不断进行的。

诰》中周公将卫地分封给康叔并告诫他不要忘记先父遗训。要求他"德裕乃身，不废在王命"，即使臣民感受到恩德，以完成王命；对刑罚要谨慎严明，"敬明乃罚"；杜绝"亦惟君惟长，不能厥家人，越厥小臣、外正，惟威惟虐，大放王命，乃非德用义"，即杜绝身为君长，不能管好家臣、训诫臣下，任由他们恣意横行，严重破坏周朝的礼法这些不符先王教诲的做法。《酒诰》是周公告诫康叔要戒除卫人饮酒之习的戒辞，要求康叔训导臣民，只有祭祀和孝敬长辈时才可饮酒，不要沉湎于酒，避免饮酒带来的祸患。《梓材》中周公继续传授康叔治国礼法，"谕以治国之理，欲其通上下之情，宽刑辟之用。"三篇诰命的主旨是"敬天保民""明德慎罚"，目的是施德政获民心，使殷民安定下来，从事正常的农业生产和社会活动，维护巩固周朝的统治；同时明确奖惩，使臣民尊奉周礼，对饮酒成风、不孝不友的行为严厉禁止。邶、鄘、卫三地与康叔所在的政治中心的地缘关系，导致三地受到周代礼法影响的深浅程度不同。卫地在康叔的直接辖属管理下，相对来说受到周代礼法的影响较大；而邶、鄘距离卫国的政治中心稍远，康叔所实施的教化影响渐弱，受周代礼乐文化的影响较小。

《邶风》《鄘风》和《卫风》受周代礼乐文化影响不同产生的差异，主要体现在两个方面：第一，《邶风》和《鄘风》中多讽刺创讥之作，《卫风》对统治阶级反抗讽刺的内容较少。《邶风》总共19首诗歌，其中《新台》和《二子乘舟》均是讽刺之作，《新台》讽刺了丑陋好色的卫宣公，贬刺意味浓厚，直接指向统治阶级本身。《二子乘舟》表达了国人思念伋、寿，批评二人拘于礼法身受杀害，略带讽刺之情。因此《邶风》具有明显的批评讽刺意味。《鄘风》讽刺批判的思想更加浓厚，表达讽刺、针砭之意的诗歌有《墙有茨》《鹑之奔奔》《蟋蟀》《相鼠》等。这些诗歌对贵族统治者的荒淫丑陋及无礼行为进行了痛入骨髓、暴风骤雨式的批判，表达方式上直露鲜明。相比之下，《卫风》对统治阶级的批评精神大大减弱，出现了《淇奥》《硕人》等贵族赞美诗。邶、鄘、卫三风的批判精神由强变弱，是所受周代礼乐文化影响渐次加深的结果。这应与康叔受封于卫，卫地受到周礼教化更加浓厚有关。相传周公制礼作乐，制定了严格的礼乐等级制度，《周礼》载："一年救乱，二年伐殷，三年践奄，四年建侯卫，五年营成周，六年制礼作乐，七年致政成王。"① 其中"礼"强调的是"别"，即所谓"尊尊"，这就要求对人区分等级和尊卑贵贱加以不同对待。上层统治者对下层民众要施以德政，奖惩明确；下层民众对统治者要尊重爱戴，俯首听命。下层若是违反了礼仪、居室、服饰等的具体规定，便是非礼、僭越的表现。周公在多篇诰书中对臣下民众都提出了服从统治、谨守礼法的要求。如《多士》篇是周公向殷民发布的文告，文告认为周人的统治符合天命，要求殷民服从周人，否则会受到上天惩罚。在周代礼乐文化影响下，受影响较大地域的尊上守礼思想比较浓厚，地域风诗中体现出的违礼讽刺内容就较少；而距离统治中心较远、受周礼影响较小的地区，对统治者的尊奉就相对薄弱，从而体现出更多的批评、讽刺甚至反抗思想。第二，《邶风》《鄘风》中均出现了与饮酒有关的内容，而《卫风》则无。《邶风·泉水》《邶风·柏舟》《邶风·简兮》三首诗歌，有的描绘饮酒场景，有的蕴含酒可解忧之意，均与酒相关，从正面描写或侧面提及了饮酒之事。而《卫风》中没有出现一个"酒"字，更未出现饮酒的描述或记录。这应该是由于卫地直接受到周公训诫、康叔教化，戒绝饮酒的禁令实施到位的结果，是周代礼乐文化影响深厚的表现。

二 文化根源

《诗经》经过了周代乐官、史官的统一编订整理。《诗经》国风产生于自西周至春秋时期的十一个国家，地域跨涉黄河和长江流域，创作时间较长。但十五国风的诗歌样式较为统一完整，多以四言为主，且章节、音律节奏等存在较大的相似性。如果没有经过统一的加工整理，不可能形成如此整齐有序的地域诗歌。据考证《诗经》与周代其他韵文所押韵部一致，都使用了"雅言"，这也说明《诗经》是通过统一编辑整理的文献。《诗经》的编辑整理者应为周代的乐官、史官，也包括孔子这样的教育家。乐官、史官是周代礼乐文化的代表，孔子是周代礼乐文化的继承者，他幼年即常摆设祭祀之器，演练典礼仪式，奉习仪礼行为。司马迁在《史记》

---

① （唐）贾公彦：《周礼注疏》，阮元《十三经注疏》本，中华书局1980年版，第10页。

中载述孔子将《诗经》三千余篇删至三百余,并用来教授生徒。对孔子是否删诗的争论从唐代一直持续到清代,直到近现代有了基本一致的看法,认为孔子删诗不能成立。最具代表性的论据是公元前544年季札观乐,所见"诗"的总体面貌与今天的留存基本一致,证明大的整理修订工作已经完成,彼时孔子只有八九岁,不可能"删诗"。但孔子对《诗经》的修订完善也做了一定的贡献。春秋时期贵族阶层形成了"不学诗,无以言"的社会风气,《诗经》成为官方教科书之一,孔子首开私学之风,在中下层民众间开始了对《诗经》的教授讲学。孔子对《诗经》没有进行大的删改,但不排除在教授生徒过程中进行了一些修订整理工作。

《诗经》的编订整理者具有深厚的周代礼乐文化基础,邶、鄘、卫三风的编排顺序是受周代史官、乐官的思想影响决定的。首先,周代史官以周王朝的利益为出发点处理国家事务,也以与周王朝的关系为中心决定《诗经》国风的编排顺序。史官本身是周代的大臣,《国语·晋语四》载周文王遇事"谘于蔡、原,而访于辛、尹"。韦昭注曰"蔡、原、辛、尹皆为史官"。[①] 史官在周代的地位十分重要,周天子在为政措施等方面都要询问他们的意见。《大戴礼记·保傅》记载周初有四位被称为四圣的重臣,即周公、太公、召公、史佚。其中"史佚"是一位由殷商继任到周代的史官,在其他文献中又被称为尹佚、史逸,周初的重大典礼几乎都由他主持进行。史官作为处理国家礼仪事务的重要官员,在处置事务时以周朝的利益和周代礼乐文化为出发点;在整理《诗经》过程中,也当以与周王朝关系的远近疏密和受周礼教化影响的程度为中心,考虑安排篇目。

其次,在周代礼乐文化建设中,史官、乐官堪当重命,他们既深受周代礼乐文化的影响,又是周礼的化身,是周礼的实施者、传播者和继承人。史官管理礼书,对周礼拥有解释权,在礼执行过程中产生的歧义纷争由史官判定解决。周代史官以记录统治者言行的方式记录历史,同时也发挥了监督统治者遵行礼制的作用。因此史官是周礼的重要参与者、管理执

---

① (清)王引之:《经义述闻》卷二十一,皇清经解本。

行者和捍卫者。① 乐官作为周代掌管音乐的官员，同史官一样受到周礼的影响熏陶。史官、乐官在编订整理各地域诗歌过程中，不仅在篇章字数、音乐节奏方面进行了一定的调整，在国风的编排顺序上也自觉不自觉地遵循了礼乐文化的思想，突出了周文化的中心地位，将邶、鄘、卫三风按照周代礼乐文化影响的程度及与周王朝关系的疏密进行排序。《论语·为政第二》记载孔子评述曰："《诗》三百，一言以蔽之，曰'思无邪'。"②"思无邪"指在内容上中正平和，在思想感情表达上不过度、不淫邪，符合周礼的意旨。这一评价印证了《诗经》在编订过程中贯彻秉承了周代礼乐文化，从而在国风篇目的安排上体现出了周礼思想的渗透影响。

综之，邶、鄘、卫三风的分编顺序体现了周代礼乐文化影响的差异，根据周礼对三风影响程度的差异，形成了三风的编排顺序。这一排序特点是由修订整理《诗经》的周代史官、乐官及孔子等人深厚的礼乐文化思想决定的。

---

① 王旭送、周军：《周代史官与周礼》，《文山师范高等专科学校学报》2006年第1期。
② （唐）孔颖达：《毛诗正义》，阮元《十三经注疏》本，中华书局1980年版，第16页。

第六章 郑、卫诗歌的艺术风貌

《诗经》作为我国最早的诗歌总集，是我国现实主义文学的开端，《诗经》郑、卫诗歌在题材内容、写人手法、章句特点、所表达的感情基调等方面均体现出一定的艺术特点，展现出了特有的艺术风貌。

第一节 郑诗的题材和艺术特征

《郑风》在题材和艺术方面有着自己独有的明显特征，郑诗题材上主要以反映婚姻爱情的诗歌为主。在艺术手法方面，郑诗句式出现了长短不一的变化及散文化、叙事化的倾向；语气助词频繁使用；诗歌弥漫着浓郁的浪漫轻松氛围，与其他地域风诗多忧思愁苦的情绪表现子然不同。这些题材和艺术上的特点使郑诗独具风貌，成为《诗经》国风中一朵瑰丽的奇葩。

一 率真自然的婚姻爱情吟唱

婚姻爱情诗是《诗经》的重要组成部分，十五国风几乎均有婚姻爱情诗的存在。婚姻爱情诗歌，顾名思义就是以婚姻和爱情生活为题材内容的诗歌。从古到今婚姻爱情都是人们生活的重要内容之一，是人类永恒的母题，为人们所不断思考歌吟，引发了情感的愉悦或悲伤，并诉诸表现于诗歌、小说、戏剧等各种文学体裁中，有着长久不衰的生命力。在众多体裁中，抒情诗因为更适合于抒发表现婚姻爱情中的情绪情感，成为婚恋内容的重要表现形式。《诗经》是我国现实主义文学的开端，也是我国抒情诗的源头，中国诗歌从《诗经》开始就确立了抒情传统，国风中不乏抒发表现男女情绪情感和婚姻家庭生活内容的抒情诗。《郑风》是《诗经》中表现婚恋生活内容的重要部分，集中而大量地反映了婚恋生活的各个侧面。《郑风》题材多样，有婚姻爱情诗、贵族赞美诗、讽刺诗、唱和诗等，其中婚姻爱情诗数量最多，在总共的21首诗歌中，反映和描写婚姻爱情的就有《将仲子》《遵大路》《女曰鸡鸣》《有女同车》《山有扶苏》《狡童》《褰裳》《丰》《东门之墠》《风雨》《子衿》《出其东门》《野有蔓草》《溱洧》14首，占了《郑风》诗歌总数的三分之二。这些诗歌多方面多角度地描写了婚姻爱情和家庭生活，承载了丰富的思想与情感内容。

  《诗经》国风中的婚姻爱情诗数量较多，不同地域风诗之间，受地域文化、社会风俗和各诸侯国政治经济状况等的影响，婚姻爱情诗表现出的特征和风格有很大不同。我们将《郑风》中的婚恋诗和地域特征鲜明的《周南》《齐风》中的婚恋诗进行横向的比较分析，可以更好地展示出不同地域中婚姻爱情诗的本质特点和表现特征，阐释地域文化对婚姻爱情诗歌产生的影响。三风中具有代表性的婚姻爱情诗有《周南》中的《周南·关雎》《周南·汉广》《周南·桃夭》，《齐风》中的《齐风·东方之日》《齐风·鸡鸣》，和《郑风》中的《郑风·子衿》《郑风·狡童》《郑风·褰裳》《郑风·溱洧》《郑风·女曰鸡鸣》等。下面以具体诗歌为例，分析三风中婚姻爱情诗的不同特点。

  《周南》中的婚姻爱情诗符合周礼中正平和的审美要求。《周南·关雎》描写了君子对淑女的思恋追求，被列为《诗经》国风的首篇。孔子认为符合周礼"乐而不淫，哀而不伤"的中正平和传统，是表现中庸之德的典范。汉代毛《序》释诗旨为咏"后妃之德"，继而评价道："乐得淑女以配君子，忧在进贤，不淫其色。哀窈窕，思贤才，而无伤善之心焉，是《关雎》之义也。"虽是从贵族统治阶级的君子淑女之德阐发，但可以从"不淫其色""无伤善之心"等评价看出《关雎》所描述的男女爱情在周代礼法允许范围之内，符合周礼不淫不过的中正精神。古人认为夫妇关系为人伦之始，是天下一切道德关系的基础，因此毛《序》又说："《风》

之始也，所以风天下而正夫妇也。故用之乡人焉，用之邦国焉。"认为将《关雎》列于国风之始，具有感化天下平民和贵族，纲正夫妇人伦关系的重大作用。抛开人伦道义，《周南·关雎》作为表达男女爱情的诗歌，其情感抒发平和而有分寸，对阅读者情绪产生的波澜也有限度。这是《关雎》受到儒家学派赞赏的根本原因，也体现了《周南》爱情诗在情感表达方面不过分、有节制，符合周礼要求的重要特点。又如《周南·汉广》抒发了主人公对"游女"的思慕之情，在对爱情的表达上使用了委婉曲折的方式。诗句"汉之广矣，不可泳思；江之永矣，不可方思"反复出现三次，表达了迂回深挚的情感；回环往复的吟咏方式加强了情感表达的力度，但这种情感又不是如火山爆发般强烈喷薄，而是借助绵长浩渺的江水加以抒发。所追求的对象在遥远贯缥缈的江水对岸和远方，增加了诗境的缥缈空灵之感，也使男女爱情加入了一种情致美。明戴君恩《读风臆评》评价道："诗词之妙，全在反复咏叹。此篇正意只'不可求思'自了，却生出'汉之广矣'四句来，比拟咏叹，便觉精神百倍，情致无穷。"[①]《周南·汉广》情绪表达适中而不过分，符合周代礼乐的要求和中正的审美观，正如评论家所谓"含而不露，韵味无穷"。再如《周南·桃夭》是一首描写女子出嫁的诗歌，以桃花的艳丽繁盛比喻新嫁女的明丽美好和婚礼的热闹氛围。诗歌以"宜其室家""宜其家室""宜其家人"暗示了女子的内在美德，可以和家人和睦相处，建立幸福家庭。整首诗洋溢着欢快热烈的氛围，从思想内容到词语表达都符合周代礼乐的要求。因此《周南》的婚姻爱情诗歌是周代礼乐文化影响的产物，不超出周礼规定的中正平和范围和审美尺度，是一种有节制、不过分的合"礼"的表达。这与《周南》产生于周公封地，地域从较早开始直接受到周公的教化影响是密不可分的。

《周南》是楚国汉、汝流域，及巴国部分地区的民歌，楚地和巴国是王公亲临教化之地。清方玉润《诗经原始》云："南者，周以南之地也，大略所采诗皆周南诗多，故命之曰《周南》。"[②] 对"南"的阐释存在多种

[①] （明）戴君恩：《读风臆评》，转引自张树波《国风集说》，河北人民出版社1993年版，第90页。

[②] （清）方玉润：《诗经原始》，中华书局1986年版，第70页。

解读，其中最重要的是"南化说"。① 《毛诗·关雎序》曰："然则《关雎》《麟趾》之化，王者之风。故系之周公。南，言化自北而南也。"即"周南"是周公采邑之南，"召南"是召公采邑之南，"二南"都在周初时深受周、召二公的教化，因此命名。史籍中多有此二地域受周公、召公亲自教化的记述。司马迁《史记·周本纪》记述了周文王姬昌在殷商末期为西伯，大力发展生产，并先后讨伐犬戎、密须、黎国等部族，将都城自岐下迁到丰邑。郑玄《诗谱》、朱熹《诗集传》记载了周文王迁都丰邑后，将原先的都城岐地二分，封予周公旦和召公奭。周公、召公在两地各自推行实施周人的礼仪教化。《诗集传》载："周国本在禹贡雍州境内岐山之阳，后稷十三世孙古公亶甫始居其地。传子王季历，至孙文王昌，辟国浸广。于是徙都于丰，而分岐周故地以为周公旦召公奭之采邑，且使周公为政于国中，而召公宣布于诸侯。于是德化大成于内，而南方诸侯之国，江沱汝汉之间，莫不从化。"② 周公、召公权高位重，周公掌管周朝为政方针，召公在外号令诸侯。朱熹指出岐地二分后，受到周公、召公这两位国之重臣的德化教育，周人的教化从而传播实施到南方诸国。夏传才先生通过亲身考察，结合地理、文献、文物等方面考证了"二南"中的一些诗篇在文王时代就已经产生，证明"二南"确为受到文王、周公、召公教化影响的产物。另一方面，"二南"诗篇中存有召公实施教化的记载。《召南·甘棠》载："蔽芾甘棠，勿翦勿伐，召伯所茇。蔽芾甘棠，勿翦勿败，召伯所憩。蔽芾甘棠，勿翦勿拜，召伯所说。"由此，《周南》《召南》为周、召二公封地的地域诗歌，两地直接受到周公、召公的教化影响，与周朝关系紧密，受周代礼乐文化影响深远。

《齐风》中的婚姻爱情诗受齐地风俗影响，奔放自由。如《齐风·东方之日》是一首反映男女恋爱的诗歌，毛《序》认为意在"刺衰"，载："君臣失道，男女淫奔，不能以礼化也。"此外还有淫诗说、刺淫说、刺不

---

① "南化说"由毛诗学派首倡，《毛诗正义》云："然则《关雎》《麟趾》之化，王者之风，故系之周公。南，言化自北而南也。"又《毛诗正义》云："《周南》《召南》，正始之道，王化之基。"对"南"之意的其他五种主要阐释为：南乐说、南土说、南面说、诗体说、乐器说。

② （宋）朱熹：《诗集传》，中华书局1958年版，第1页。

亲迎说等。清人马瑞辰《毛诗传笺通释》载："诗刺男女淫奔，相随而行，谓男倡而女随，非谓礼也。"① 虽见解不尽相同，但多数学者都认为诗歌内容与男女情事有关。从文本来看，诗歌反映的男女在爱情行为上是奔放大胆的。"履我即兮""履我发兮"等诗句体现了女子抛却束缚，行为自由而毫无顾忌。明代季本《诗说解颐》载："日始出而女已在室，月始出而女仍在门，则来就者终一日而始发行，此见女之淫奔也。"② 另外一首《齐风·鸡鸣》是《齐风》中反映家庭婚姻内容诗歌的代表，诗歌以描摹夫妇对话的方式，表现了夫妇间的生活情趣。清人姚际恒《诗经通论》评价道："警其夫欲令早起，故终夜关心，乍寐乍觉，误以蝇声为鸡声，以月光为东方明，真情实境，写来活现。"③ 这种妙趣横生的对话式叙事打破了《诗经》惯常的抒情手法，通过小片段的日常情景描写来反映家庭婚姻生活，写法突破常规，反映了《齐风》豪放自由的诗体精神。

从写作手法和诗歌反映的思想内容来看，《齐风》中的婚姻爱情诗普遍比较奔放自由大胆，这与齐国的大国地位有关。西周初建之时，周武王大兴封建，封吕尚于齐。齐国是西周初受封的最大异姓诸侯国，且地位崇高。周成王曾在三监之乱后使召康公命齐太公曰："东至海，西至河，南至穆陵，北至无棣，五侯九伯，实得征之。"④ 使齐国成为地域广大、拥有征伐之权的大国。《齐风》婚恋诗的风貌也与齐人受东夷文化影响形成的疏放宽缓的个性，及齐地"巫儿不嫁"、女子地位较高且婚恋自由的地方遗俗有关。

《郑风》的婚姻爱情诗表现出自由欢快，浪漫轻松的风格特征。《郑风》婚恋诗数量较多，从内容上看主要描写了男女之间的相思思念，盛情邀约，玩笑戏谑，欢愉见面，也反映了家庭生活的幸福美满等，囊括了婚恋生活的各个方面。在全部的14首爱情诗中只有《将仲子》一首表现了一些对礼教的顾忌，其他婚姻爱情诗多直抒胸臆、任性而为、表意直接，

---

① （清）马瑞辰：《毛诗传笺通释》，中华书局1989年版，第300页。
② 向熹：《诗经词典》，四川人民出版社1997年版，第119页。
③ （清）姚际恒：《诗经通论》，中华书局1958年版，第116页。
④ （汉）司马迁：《史记·齐太公世家》，中华书局1959年版，第1480—1481页。

甚至嬉笑怒骂地表现婚姻恋爱中的情绪情感，没有体现出周礼的影响和束缚。如《郑风·溱洧》描绘了男女在上巳节自由相会出游的情景，诗中女子主动邀约男子出游，男子虽然表示已经去过，但还是礼貌地答应同往，在灿烂美好的春光下，"士与女"欢乐同游，互赠芍药。诗歌记录了郑人生活中的一个充满温馨浪漫的小场景，氛围自然欢畅、轻松愉悦；这个场景的主人公似乎可以是你我，可以发生在过去、现在和未来，有着穿透时空、跨越古今的永恒魅力和生命力。周蒙、冯宇合撰《诗经百首译释》认为："《溱洧》乃是一幅绝妙的古代的风俗画。……诗篇的可贵之处，就在于它使千载以下的后人，犹如身临其境一般，目睹到了古代郑国人们的生活习俗，仿佛谛听到了他们的欢声笑语。"[1]《郑风·女曰鸡鸣》则是通过"士与女"的对话，展示了夫妇和谐的家庭生活及融洽的感情。诗歌第二章中，女子表示愿将所射鸭、雁烹饪，相伴美酒，共祝白头；第三章夫妇相互赠送礼物以表衷情，将亲密和谐的情感气氛推向高潮。诗歌洋溢着轻松愉悦、自然欢愉的氛围。糜文开、裴普贤《诗经欣赏与研究》评价这首诗"是一篇交织着清新朝气与浓情蜜意而读来轻松愉快的诗，完全没有警戒之意，更无一点道学气"[2]。《郑风》中的婚姻爱情诗多数都是自由欢愉的恋爱婚姻生活的展现，既不像《周南》那样受周礼中正平和思想的克制和羁绊，也没有表现得像《齐风》那样奔放大胆，而是欢愉轻松状态的自然展现，保留了生活的原汁原味，显现出一种未经刻意修饰加工的原始美。因此《郑风》中婚姻爱情诗的总特点是率真自然，欢愉轻松，既不受礼的约束，也没有过分狂放大胆的表现。

二　散文化和叙事性新特点

和其他地域风诗相比，《郑风》在诗句中出现了散文化和叙事性等新特点。首先，从诗体特点看，《郑风》具有明显的句式变化和句式搭配变

---

[1]　周蒙、冯宇：《韵语品汇　古典诗词名篇鉴赏集》，黑龙江人民出版社2008年版，第27—28页。

[2]　糜文开、裴普贤：《诗经欣赏与研究》，转引自张树波《诗经集说》，河北人民出版社1993年版，第727页。

化。具体表现在诗句字数打破常规，句式长短不一，非严格的四言句式。《诗经》以三、四言句为主，而《郑风》打破了这一传统，在多首诗歌中表现出句子字数增多，句式加长的特点，如《缁衣》《将仲子》《清人》《遵大路》《狡童》《褰裳》《丰》等篇。《诗经》其他地域风诗也存在句式的变化，往往是四、五字或四、六字句相配，比如《邶风·北门》："王事适我，政事一埤遗我。"《邶风·静女》："静女其姝，俟我于城隅。"有的加入了语气词"兮"，若去掉语气词仍为四、五字或四、六字句。如《齐风·还》："之子还兮，遭我乎峱之间兮"；《魏风·伐檀》"坎坎伐檀兮，置之河之干兮""不稼不穑，胡取禾三百囷兮"。《郑风》除了存在以上与其他地域风诗相似的情形外，句式上出现了新的变化，表现在句子的字数更多，句式更长，将一句由四字加长至八字；在上下句式的配合上有了新的特点，出现了四、八字句相配的情况。如《将仲子》："仲可怀也，父母之言亦可畏也""仲可怀也，诸兄之言亦可畏也""仲可怀也，人之多言亦可畏也"。即便去掉语气词"也"，仍为七字句，突破了《诗经》中一般的四、五字句或六字句。《郑风》还出现了《诗经》中绝无仅有的崭新句式搭配，如《郑风·缁衣》为五、一、五字句和五、一、六字句的搭配，"缁衣之宜兮，敝，予又改为兮。适子之馆兮，还，予授子之粲兮。"这种句式在《诗经》国风中是绝无仅有的，仅此一例。

其次，《郑风》诗句结构体现出一种散文化和叙事性的特点。如《郑风·将仲子》载："仲可怀也，父母之言亦可畏也""仲可怀也，诸兄之言亦可畏也""仲可怀也，人之多言亦可畏也"，通过"父母之言可畏""诸兄之言可畏"和"人言可畏"这样的总结性哲理性的叙述，抒发了女子追求爱情过程中感受到的来自父母兄弟及外界他人的压力，表达了周代礼法束缚下女子内心的感叹和抗争；加之语句字数上的增减变化，非整齐的诗歌句式，体现出了明显的散文化特点。《郑风》的散文化特点还体现在叙事性的增强上，如《郑风·溱洧》描述了一幅男女相约出游的小场景，犹如一篇生动的散文小故事。这个故事具备了主要人物"士与女"，出游地点溱水和洧水边，事件起始的邀约对话，作为事件发展的惬意游赏，和结局的兴尽而归赠送芍药等环节，具有完整的故事情节和极强的叙事性，体现了《郑风》不同于其他国风的叙事性和散文化特点。詹安泰《中国文学史》评价道："这诗写一对男女一番游乐的情况，把当时的地点、景物、对话、动作很概括地描述了出来，形象生动，情节曲折，……包含着相当浓厚的戏剧性的意味，使人读了之后，好像看过一部恋爱的喜剧的场面一样。"① 北京师范大学《民间文学史》评价道："在艺术表现上，作者是把对话、景物描写和群众场面结合起来，构成了一幅极热闹的图景。"② 糜文开、裴普贤《诗经欣赏与研究》认为："这是描摹郑国士女春游的写实诗。风光旖旎，别具一格，仿佛电影中成功的特写镜头，又像一幅绝妙的风情画。"③ 这些评价可以说都点出了诗歌在情节性、叙事性方面的新特点。

郑诗句式的变化，反映了风诗在春秋中后期产生的新变。郑国建国在西周末期，相比《诗经》中绝大部分地域风诗产生于西周或春秋前期，《郑风》较早期诗歌产生于春秋前期，大部分诗歌应产生于春秋中后期。当前研究可以确定《郑风》产生于春秋前期的诗歌有《叔于田》《大叔于田》《清人》，可以认定产生于春秋中期的只有《将仲子》，其余诗歌或产生于春秋中晚期，或没有明确证据可供断定创作时间。春秋时期贵族在外交辞令中有引诗、赋诗的传统，《诗经》也是贵族阶级日常学习的重要科目之一，所谓"不学诗，无以言"。而据史籍记载，《诗经》作为春秋早期和中期的外交辞令使用时，被引用较多的是"二南"和"卫诗"，郑诗几乎没有被赋引的记载。且郑国商业发达，地处各诸侯国的交通枢纽位置，其诗不传，大部分郑诗此时还没有产生可能是其中的一个重要原因。因此《郑风》中如《缁衣》《将仲子》这样体现出参差不齐的句式特点和散文化倾向，应是在春秋中后期产生的新变。

最后，与其他地域风诗相比，《郑风》使用的助词很多，绝大多数为语气助词，体现了春秋中后期地域风诗样式和风貌的转变。助词又称为语

---

① 詹安泰：《古典文学论集》，广东人民出版社1984年版，第51—52页。
② 张树波：《诗经集说》，河北人民出版社1993年版，第817页。
③ 糜文开、裴普贤：《诗经欣赏与研究》，转引自张树波《诗经集说》，河北人民出版社1993年版，第817页。

助词,是附着于其他词汇、词组或句子作为辅助之用的词,通常用于句子前、中、后,表示各种语气;或是用于语句中间,表示结构上的关系。《郑风》所使用的主要是语气助词和结构助词。《郑风》中助词的使用较多,在总共的21首诗歌中,带有助词的有13首之多,占到郑诗的一半以上。所使用的助词有:"兮""也""也且""乎""之"等,绝大多数为语气助词。助词的使用位置多位于句尾,有的也在句中出现。用在句尾的语气助词有"也""兮""也且"等。"也"用于句尾的情况如《将仲子》:"仲可怀也,父母之言亦可畏也。""也"作句末语气词,表示判断和肯定。语气词"兮"用于句尾的情况如《遵大路》:"遵大路兮,掺执子之袪兮。""兮"还可重叠使用,如《箨兮》:"箨兮箨兮,风其吹女。"又《子衿》载:"挑兮达兮,在城阙兮。"语气助词"也且"用于句尾如《褰裳》:"狂童之狂也且"。朱熹《诗集传》解释道:"且,语辞也。"高亨《诗经今注》释为:"也且,犹也哉,语气词。"[①]"也且"用在句尾恰切地体现了女子对心上人打情骂俏、娇嗔佯怒的语气。萧哲庵指出:"'狂童之狂也且',是全诗的结穴处,最为精湛。它以六字句收尾,使全诗语言活脱,错落有致,增添了音乐美、节奏感。"[②] 助词"乎"用于句尾如《溱洧》载:"且往观乎?"又"女曰观乎,士曰既且。"

用在句中的助词有"乎""之"等。语气助词"乎"用于句中如《清人》载:"河上乎翱翔""河上乎逍遥","乎"起到顿挫语气、增加深意的作用。助词"之"用于句中如《女曰鸡鸣》:"知子之来之,杂佩以赠之。知子之顺之,杂佩以问之。知子之好之,杂佩以报之。"以上几句中"之"为结构助词,与前文语气助词的情况不同,作用是使宾语倒置于动词之前,语法意义是复指前置宾语。与《郑风》中存在大量助词的使用形成鲜明对比的是,《诗经》中有许多地域风诗基本没有助词的使用,如《秦风》《豳风》等。

《郑风》之所以出现散文化和叙事性特点,主要有三方面的原因:首

[①] 高亨:《诗经今注》,上海古籍出版社1980年版,第120页。
[②] 张树波:《诗经集说》,河北人民出版社1993年版,第761页。

先与诗歌产生时间较晚、地域化特色突出有关。《郑风》产生在春秋时期，此时周代礼坏乐崩，周王朝逐渐失去了统治中心的地位，各诸侯国势力开始强大，地方诗乐也更多地体现出了带有地域特点的新变。《郑风》受郑国自由宽松的社会氛围和殷商遗留风俗文化的影响，诗歌着重抒情表意，而不受太多规范和格律的束缚。因此常打破四言句式，创新地加入新的句式和大量语气助词的使用，在句式上呈现出不同以往的个性化特点。这个时期除《郑风》外，《齐风》约产生于东周初到春秋齐桓公称霸前这一历史时期，也体现出了明显的地域性特征和个性化特点，主要表现在诗歌句式较长，助词较多，语气舒缓，体现了齐人阔达疏放、徐舒宽缓的性格特点。其次，《郑风》为配合音乐的改变而产生了句式的变换。先秦时期的诗歌都是用来演唱的，因此诗歌和音乐相配。郑地的民间音乐自由舒放，突破了四音的限制，音域加宽，音声高亢；音乐节奏加快，变幻繁复，有激动人心的艺术效果。这些新变使"郑声"成为地域音乐的代表，引领了民歌的潮流。受地域音乐影响，《郑风》在音乐特点上也出现了新变，与音乐相对应的歌词也不可能继续照搬旧式俗套，而往往会按照音乐的变化和表情达意的需要改变一些常见的句式和结构，很可能在一句中增减字数，甚至出现散文化、叙事化的倾向。最后，《郑风》为配合装饰音产生了大量虚词的使用。郑乐的特点就是有大量的装饰音的存在，这些装饰音需要借助诗句中一些语气助词或结构助词的衬托帮助才便于发声；因此为配合演唱，《郑风》使用和加入了大量的助词，从而起到了舒缓或衬托语气、托举装饰音的作用。语气助词的使用也成为《郑风》诗体形式的重要特点。

三 自由欢快、轻松愉悦的感情基调

郑国发达的商业和音乐文化促进了民间风俗的开放，带来了郑国宽松的社会氛围，加之温润的气候和地理条件，形成了郑诗自由欢快、轻松愉悦的感情基调。《郑风》轻松愉悦的感情基调从几个方面表现出来：

首先，《郑风》整体情绪氛围欢快愉悦，几乎没有讽刺创讥和忧思伤怀之作。《郑风》总共21篇，有婚姻爱情诗14篇，贵族赞美诗4篇，表

现了兄弟之情的诗歌和歌舞演唱中的唱和之作各一篇，委婉讽刺贵族统治阶级的诗歌一篇。在占绝大多数的反映婚姻爱情的诗歌中，整体的感情基调是浪漫轻松、戏谑曼妙的。优渥的气候条件为男女自由聚会提供了便利，宽松的社会风气带来了对男女爱情的包容态度，14首爱情诗中只有《将仲子》一首表现了一丝对礼教的畏惧，其他婚姻爱情诗都是反映婚姻恋爱中的一些感受和体验，率真自然，自由欢快。

在十五国风中，整体情绪欢快愉悦、鲜有讽刺或悲慨情调的地域国风并不多见。《论语·阳货》记载了孔子对《诗经》的评价："子曰：'小子，何莫学夫《诗》？《诗》可以兴，可以观，可以群，可以怨；迩之事父，远之事君；多识于鸟兽草木之名。'"其中"怨"是《诗经》的重要功能之一，孔安国将"怨"释为"刺上政也"，朱熹注为"怨而不怒"。"怨"在《诗经》中所指向的诗歌范围比较广泛，既有《魏风·硕鼠》《魏风·伐檀》这样的直接表达对统治阶级剥削压迫的怨怒的诗歌，也包含如《秦风·黄鸟》《邶风·二子乘舟》这样对良人殒命抒发忧伤悲慨之情的诗歌，还有如《王风·黍离》《小雅·采薇》这样表达战争后的家园伤感主题的诗歌，及数量众多的类似《邶风·绿衣》《卫风·氓》这样表达女子在婚姻恋爱生活中的哀怨之作。"怨"的内涵不仅限于"刺上政"，而且抒发表达了人们内心多种多样的忧愤悲慨及哀怨之情。孔子将"怨"提到《诗经》四大功能之一的高度，除以上原因外，还由于看出反映和表达"怨"的作品在《诗经》国风中数量众多，比例较大。对十五国风进行文本细读可以发现，整体情绪欢愉、基本没有怨刺作品的国风屈指可数，除去《郑风》外，仅有《周南》《召南》等极少数几个国风。《周南》《召南》被列于《诗经》之首，是周公、召公封地的地域诗歌，两地直接受到周、召二公的教化，周礼的影响较为明显；因此二风注意了情绪抒发的节制性，诗歌多是中正平和情绪的表达。而其他地域风诗则多有怨刺之作，即使被认为"巫风弥漫"的《陈风》，也存有对统治阶级讽刺批评意味强烈的诗歌。《陈风》十篇，是陈地的地域民歌，相传陈是周武王给舜的后裔妫满的封国，周武王又将长女太姬嫁给他，以备三恪，奉祀虞舜。由于"大姬，妇人尊贵，好祭祀，用史巫"的地域风俗，陈诗诗风

"淫声放荡，无所畏忌。"[①] 但其中也不乏情绪浓烈的政治讽刺诗，如《墓门》和《株林》，两诗猛烈犀利地讽刺斥责了统治阶级的邪恶和荒淫无耻。

其次，《郑风》诗篇中多处出现"喜""乐""美""好"等描述愉悦情绪或赞美情感的字眼，直观地体现出诗歌愉悦轻松的感情基调。这些字词表达了赞美、愉悦、喜爱等积极正面的情绪，成为构成《郑风》欢快愉悦基调的重要因素。《郑风》以字词表达赞美之情的作品有《缁衣》《叔于田》《羔裘》等。《缁衣》载："缁衣之宜兮""缁衣之好兮""缁衣之席兮"。"宜""好"为合适美好之意，"席"为宽大舒适之意，《毛传》载："席，大也"。诗歌中郑武公为馆中卿士改制弊衣，又令其还馆赠予新衣，表达了郑武公对卿士贤人的仁爱之心，赞美了郑武公尊重、善待贤士的德行。《叔于田》中有"洵美且仁""洵美且好""洵美且武"之语，"洵"为真正的、的确之意，以连续的三个"洵……且……"句式，赞美了共叔段外形美好，内有仁德，武艺高超，表达了对共叔段的热爱赞美和倾慕之情。又《羔裘》载："洵直且侯""彼其之子，邦之彦兮"。"侯"意为美，诗歌通过对大夫所穿着羔羊皮裘的描写，比拟郑国大夫的美德懿行，表达了对国之重臣的赞美之情。以上都是通过所用字词直接表达欣悦赞赏之意的作品。

《郑风》中以字词表达愉悦情绪的诗歌有《女曰鸡鸣》《风雨》《溱洧》等。《女曰鸡鸣》载："琴瑟在御，莫不静好。""莫不"为"无不""无论何时不"之意，"静好"意为安宁美好，诗歌通过此句直观地表明了夫妇之间的和睦融洽关系和宁静温馨的生活。又《风雨》载："既见君子，云胡不夷""既见君子，云胡不喜"。"夷"通"怡"，为喜悦之意，"喜"即为喜悦。诗歌以阴沉昏暗的恶劣天气加以反衬，表达了恋爱中有情人见面的喜悦。再如《溱洧》篇两次陈述"洧之外，洵訏且乐。"毛《传》载："訏，大也。""乐"即为欢乐。诗歌以"洵……且……"句式

[①] （唐）孔颖达：《春秋左传正义》，阮元《十三经注疏》本，中华书局1980年版，第670页。

表达了春日男女出游的欢乐情形，浸染着浓厚的愉悦情绪。《郑风》中以字词描述喜爱中意情绪的诗歌有《出其东门》《野有蔓草》等诗。《出其东门》载："缟衣綦巾，聊乐我员。""聊乐我员"直白地表明了男子对白色绢衣、青色头巾女子的钟情欣赏。又《野有蔓草》载："邂逅相遇，适我愿兮。"意为不期而遇的人恰符合自己的心意。这些诗歌通过词句表达了一种心理期待得以实现的喜悦满足感。《郑风》正是通过使用大量表现赞美、愉悦、满足之意的词句，奠定了风诗独特的愉悦轻松的感情基调。

再次，民俗称呼的运用，及民歌般自由奔放的表达方式，形成了《郑风》愉悦欢快的风貌和情感基调。《郑风》中有多处民俗称呼的使用，如"狡童""狂童"两词。"狡童"最早出现于商代箕子作的民歌《麦秀歌》，又称《狡童之歌》，晋代陶潜《读史述九章·箕子》载："哀哀箕子，云胡能夷。狡童之歌，凄矣其悲。"[1] 商代之后"狡童"在《郑风》的《山有扶苏》《狡童》等诗中出现，而不见于《诗经》其他国风和雅颂当中。《山有扶苏》载："不见子都，乃见狂且""不见子充，乃见狡童。"《狡童》载："彼狡童兮，不与我言兮""彼狡童兮，不与我食兮。"《褰裳》载："狂童之狂也且。"都使用了"狡童""狂童"的称呼。对"狡童"的解释概不出以下三种：第一，以毛《传》为源头的"昭公说"，毛《传》载："狡童，昭公也。"第二，以郑《笺》、孔《疏》为源头的"狡好之童说"，言有貌而无实。郑《笺》载："狡童，有貌而无实。"孔《疏》载："狡好之童"。第三，以朱熹《诗集传》为源头的"狡狯小儿说"。《诗集传》载："狡童，狡狯之小儿也。"[2] 朱熹对"狂童"的解释近似"狡童"，《诗集传》载："狂童，犹狂且狡童也。"[3] 我们分析以上三种说法："昭公说"所理解的诗意范围狭窄，带有浓厚的时代观点。"狡好之童说"来源于句中"狡童"与"子都""子充"的对比。《山有扶苏》载："不见子充，乃见狡童。""子都""子充"意思相同，毛《传》载："子充，良人也"，即指古代品貌俱佳的男子。将"狡童"与

---

[1]（晋）陶渊明：《陶渊明全集》，上海古籍出版社1998年版，第36页。
[2]（宋）朱熹：《诗集传》，中华书局1958年版，第52页。
[3] 同上书，第53页。

"子充"对比描述,证明二者有极大的反差,因此"狡童"应指有貌无行之人。"狡狯小儿说"可能来源于"狡"的最初意思,《说文解字》解释"狡"字为:"狡,少犬也,从犬交声,匈奴地有狡犬,巨口而黑身。"清人段玉裁《说文解字注》注释"狡"为:"少犬也。犬,各本作狗,今依《急就篇》注。《事类赋》注作犬。《淮南·俶真训》:'狡狗之死也,割之有濡。'高注:'狡,少也。'引申为狂也,猾也,疾也,健也。从犬交声。"[①] 朱熹借用幼犬的迅疾、矫健、狂妄的特点,将"狡童"释为狡狯小儿。第二、三种解释均含有贬斥之意。联系诗歌文本,《山有扶苏》应为恋人间的戏谑玩笑之作,第三种解释体现出活泼的女子对男子的玩笑嬉闹之意,更加符合诗意。由此推知"狡童"一词应该为古郑国一带的俚语,类似"傻瓜""坏蛋"等称呼,为恋爱中男女嬉闹打骂时的戏谑之语。《山有扶苏》《狡童》是女子对男子的戏谑之作,通过民俗称呼的运用,使诗歌具备了民歌般自由欢快、表意直接的特点,在嬉笑怒骂中透出自然活泼,营造了《郑风》轻松愉悦的情感基调。《诗经》中称男子多为"君子""子""士"等,"狂且"和"狡童"等称呼在《诗经》中绝无仅有,体现了郑诗活泼奔放的地域色彩,使郑诗不仅具有民歌热情的风貌,而且反映了春秋中后期诗歌语言的新变。

第二节 卫诗的题材和艺术特征

在题材方面,相对于其他地域风诗,卫地风诗题材内容丰富,并对贵族生活进行了多方位的展示。在艺术手法方面,卫诗细致传神的人物刻画成为《诗经》人物描摹之冠,对后世影响深远。而忧思伤怀的情感基调也是郑诗的重要艺术特征之一。这些题材和艺术上的特点使卫诗独具风貌,在地域风诗中卓然而立,独领风骚。

一 对贵族生活的多方位全面展示

卫诗对西周及春秋初期的贵族生活进行了多方位全面的展示,这在

[①] (清)段玉裁:《说文解字注》,上海古籍出版社1981年版,第844页。

《诗经》国风中是绝无仅有、极具特点的。题材是指作为写作材料的社会生活的某些方面。狭义的题材，指在素材基础上提炼出来，用以构成艺术形象、体现主题思想的一组完整的具体的生活材料，即写进作品里的社会生活。卫诗的题材内容丰富多样，被写进卫诗中的社会生活，占比例较大的重要的一方面是贵族生活。

卫诗对贵族生活进行了多方位全面丰富的展示，包括贵族婚姻生活的展示，贵族战争和出猎等社会生活的描绘，及服饰言行的赞美等。描述范围既包含政治外交，也涉及日常情感，在大量细致的描写中充分展示了贵族生活的各个侧面。具体来看，有的诗是对贵族日常生活的描绘，如《邶风·柏舟》《邶风·绿衣》《邶风·燕燕》《邶风·日月》《邶风·终风》等，表达离愁别绪，抒发自伤心曲。有的诗是对贵族社会生活的展示，包括战争、出猎及国事等方面，如《邶风·击鼓》反映了贵族参与战争的愁思别绪，《邶风·式微》《邶风·旄丘》反映了属国贵族黎大夫对国事的思虑，《鄘风·载驰》描述了许穆夫人伤许不能救、思归不得的心情，表达了许穆夫人对国事的忧虑。还有的诗对贵族和士大夫的服饰言行进行了赞美描绘，如《鄘风·君子偕老》《鄘风·定之方中》《鄘风·干旄》等，《鄘风·君子偕老》赞美了贵族女子的外貌和服饰，《鄘风·定之方中》表达了对卫文公励精图治的赞美，《鄘风·干旄》表达了对卫文公招纳任用贤才的赞美，《卫风·淇奥》赞美了卫武公性情宽大温和，及从谏如流、善于自修的美德善行，《卫风·硕人》描述了卫庄姜出身家势之隆、相貌体态之美和随从仪仗之盛，赞美了卫庄姜出嫁时的仪式之盛大和庄姜之美丽。这些诗歌覆盖了贵族的婚姻、战争、治国等多个生活侧面，囊括了个人情感、面容发饰、服装礼仪等各个层面，可以说展示了一副全方位、多层次的贵族生活图景。

其次，卫诗中反映贵族生活的诗歌数量多，所占比例大，出现了多篇对贵族的讽刺刨讥之作。卫诗反映贵族生活的诗歌总共有大约20首，占总数39首的50%多，数量和比例大大超过了其他国风中此类诗歌的数量比例。尤为可贵的是卫地风诗中还出现了多篇对贵族的讽刺刨讥之作，这些诗歌超出了一般国风对贵族的讽刺批判程度，成为难得的具有批评精神的作品。卫诗中的多首诗歌，对贵族统治者的荒淫或违礼行为进行了讽刺性描绘，如《鄘风·墙有茨》《鄘风·鹑之奔奔》《鄘风·蝃蝀》等暗示揭露了卫宣公、卫宣姜、公子顽等人的混乱行为，讽刺了卫国宫廷的违礼现象；《鄘风·相鼠》则斥责了贵族阶级的不劳而获和无礼仪者的丑陋，《卫风·考槃》揭示了贵族统治者不用贤人、硕人无用于世而退世隐居的情况，《卫风·芄兰》讽刺了卫惠公的骄纵无礼。总体来看卫诗的讽刺力度大，批评精神强烈，为其他风诗所不及。《齐风》也存有较多数量的反映贵族生活的诗歌，在总共的 11 首诗中与贵族生活相关的大约有 5 首，与卫诗相较不但诗歌的数量少，批判的范围仅指向一两个人，反映的生活面有限；且多以隐喻的批评方式，批判力度远不及卫诗。如《齐风·南山》《齐风·敝笱》《齐风·载驱》等，都是对鲁桓公不能防嫌夫人的批判和否定，通过描写贵族女子出行的仪仗气势衬托出"齐子"的骄奢傲慢，暗含讽刺针砭。因此《齐风》在批评精神和讽刺力度上远不及卫诗。

二 细致传神的人物刻画

抒情诗是以抒发诗人在生活中激起的思想感情为主的诗歌，一般没有完整的情节，不具体描写人物和景物。中国诗歌的抒情传统由来已久，《诗经》作为古代诗歌的源头开创了以抒情为主的创作模式，大不同于西方《荷马史诗》开创的叙事传统。《诗经》中的篇章往往重抒情而少叙事描写，尤其是人物细节的刻画描写更是少之又少。在不多的几处人物描写中，卫诗的人物描摹精当细致，刻画精妙传神，在艺术手法上为《诗经》体物写人之冠。

卫诗对人物的描画十分细致，《鄘风·君子偕老》是一首描述贵族女子外貌仪态的佳作。诗歌共分三章，诗人极尽描摹之能事，分别描述了女子的相貌、发型、配饰、衣着及整体的气质风貌，通过细致大量的外貌描写，表达了对贵族女子的赞颂。诗歌一开头，以"委委佗佗，如山如河"来形容贵族女子举止落落大方，气质雍容华贵，像山河一样大气稳重，壮丽华美。诗歌第二章描写了贵族女子茂密乌黑的发髻，白皙姣美的面容，宽阔饱满的额头，冠冕垂玉，发钗摇曳。第三章展示了贵族女子精致华贵、应季合身的内外服饰。她内着细葛布制作的柔软内服，外罩玉色鲜明洁白的纱质礼服，气质典雅、眉目清俊，实为邦国之媛。诗歌塑造人物形象的手法犹如一段经典的影视片段：先从远景入手，对贵族女子进行整体形象气质的描画，给人以雍容典雅的整体印象感知；再将镜头拉近进行具体发饰容貌的细微展示，使远景定性与近景刻画相结合；最后再从整体角度对人物服饰面容等进行描画衬托。诗歌作者对人物的外在美进行了全方位、多角度的细致展示，体现了对贵族女性外在美的欣赏倾慕。清人姚际恒《诗经通论》评价此诗写人成就道："此篇遂为《神女》《感甄》之滥觞。'山、河''天、帝'，广揽遐观，惊心动魄；传神写意，有非言辞可释之妙。"①

卫诗中不仅出现了对人物外在美的细致描画，还有对人物内外美的全面展示。《卫风·淇奥》赞美了卫武公的外在服饰仪态美和内在品德美，服饰方面"充耳琇莹，会弁如星"，即卫武公所戴鹿皮帽皮革汇合处点缀着炫目的宝石，两旁装饰着以丝线悬挂的至耳美石，乘坐着公卿特有带装饰的车驾；内在方面"如切如磋，如琢如磨"，即卫武公胸怀宽大、性情温和、从谏如流、善于自修，美德懿行为人称赞。内秀与外美合一，实为公卿贵族的绝佳典范。刘禹昌《说卫风淇奥》一文指出，此诗给人四种美的感受，分别是卫武公人物的品德美，形象美，诗歌背景的色彩美，和诗歌旋律的音韵美。② 在展示人物内在气质和外在形象方面，《诗经》卫诗最为全面精到、细致深刻，为其他国风诗篇所不及。其他地域风诗往往只就人物的精神气质或仪表外貌的某一个方面进行描写，在反映人物的全面性和细致性方面远不及卫诗精到传神。《齐风》中也有对贵族人物生活的描摹展示，这些描写或着重于的外在仪仗、车驾的气势，如《齐风·敝笱》《齐风·载驱》；或倾向于人物装束的刻画，如《齐风·著》，多是对人物气质形貌的某一方面的描写展示，缺乏《卫风·淇奥》这样对人物内质和外貌的全面细致描摹。

---

① （清）姚际恒：《诗经通论》，中华书局1958年版，第72页。
② 张树波：《国风集说》，河北人民出版社1993年版，第505页。

除了《鄘风·君子偕老》和《卫风·淇奥》为描写人物外貌风神的佳作外，《卫风·硕人》描写了卫庄姜出嫁仪式之盛大与卫庄姜容貌之端丽，应为卫诗描人摹物之冠。《卫风·硕人》分别叙述了卫庄姜出身家势之隆、相貌体态之美和随从仪仗之盛。诗歌共分四章，第一章载："齐侯之子，卫侯之妻。东宫之妹，邢侯之姨，谭公维私。"点明了主人公出身高贵，不同凡俗。第二章对主人公进行了细致的外貌刻画："手如柔荑，肤如凝脂，领如蝤蛴，齿如瓠犀。螓首蛾眉，巧笑倩兮，美目盼兮。"运用比喻手法，将读者无法识见到的主人公的美成功地以日常生活可见物象进行了比拟描绘：以柔软白嫩的初生茅草芽比喻手指，以细腻半透明的凝结油脂比喻皮肤，以细白而长的天牛幼虫比喻脖颈，以洁白整齐的瓠子比喻牙齿，又用体形像蝉而较小的螓首比拟女子宽而方正的额头，用细长弯曲的蚕蛾触角比喻女子的眉毛。六个比喻连用，采用铺排的手法成功地描画了一位美丽绝伦的女子，使其美可知可触，如在目前。她浅笑盈盈，小巧可爱的酒窝乍隐乍现，眼睛明亮有神，黑白分明，顾盼生波。这段描写成为描摹女子之美的千古绝唱，清人姚际恒《诗经通论》载："千古颂美人者无出其右，是为绝唱。"① 清方玉润《诗经原始》载："千古颂美人者，无出'巧笑倩兮，美目盼兮'二语，绝唱也。"② 诗歌第三、四两章分别描述了卫庄姜出嫁的车马仪仗之盛大和随从男女之众多："四牡有骄，朱幩镳镳，翟茀以朝。……庶姜孽孽，庶士有朅。"蒋立甫《诗经选注》评价道："这首诗用比喻和铺叙的手法，准确而形象地刻画了庄姜形态之美。第二章末二句还兼及神态，使读者仿佛看到了一位十分美丽而活泼的少女，旧有'美人图'之称。这一工笔摹写的手法，对后世诗赋很有影响。"③

从接受美学来看，文本加入读者的阅读感受和审美观照后，受接受主体的思想情感和心理结构支配，会将人物形象具体化生动化，这种借助审美经验进一步加工的过程，最终使文本转变为了作品。《卫风·硕人》的

---

① （清）姚际恒：《诗经通论》，中华书局1958年版，第83页。
② （清）方玉润：《诗经原始》，中华书局1986年版，第177页。
③ 蒋立甫：《诗经选注》，北京出版社1986年版，第59页。

人物描摹经过接受者具体生动化的加工后，转变为读者心中的美人形象，并影响了后世的文学创作。后世描写美女的传世名篇中，《羽林郎》《陌上桑》《孔雀东南飞》及《洛神赋》等都或多或少地受到了《卫风·硕人》细致传神的写人手法的影响。《读风臆补》总结道："沈归愚曰：汉人《羽林郎》篇：'头上蓝田玉，耳后大秦珠。一鬟五百万，两鬟千万余。'《陌上桑》篇：'头上倭堕髻，耳中明月珠。缃绮为下裙，紫绮为上襦。'《焦仲卿妻》篇：'腰若流纨素，耳著明月珰。指如削葱根，口如含朱丹。'何工于赋美人也！而其原出于此。"① 清吴闿生《诗义会通》载："旧评云：'手如'五句状其貌，末二句并及性情，生动处《洛神》之蓝本也。"② 因此《卫风·硕人》以其细致成功的人物刻画成为后世摹写美人的滥觞。

三 忧思伤怀的情感基调

卫诗总体上弥漫着忧思伤怀的情绪，体现忧伤愤讥情感的诗歌数量多，所占比例大。《邶风》总共 19 首诗歌，表达忧伤、失意、自责、思念、怨愤等悲伤失意情绪的有《柏舟》《绿衣》等 13 篇，占《邶风》诗歌总数的 68%。《鄘风》以讽刺贬斥为主，在总共的 10 首诗歌中表达讽讥、贬刺之情的有《墙有茨》《鹑之奔奔》等 4 篇，占《鄘风》诗歌总数的 40%。《卫风》也表现出忧思浓重的感情基调，《伯兮》《有狐》等表达忧伤怀念之情的作品占到《卫风》诗歌总数的一半。概而论之，三风中体现忧思和讽讥情绪的诗歌总共有 22 首，占到卫诗全部 39 首诗歌的半数以上，因此卫诗的总体情感基调是忧思伤怀、低回婉转的。究其原因，既有时代社会的因素，也有音乐曲调的因素，还有气候环境影响下诗人的情绪因素。卫诗通过人物忧伤情感的抒发，哀伤诗境的创造和比兴手法的运用来构造忧思伤怀的情感基调，形成了浓重的忧思氛围。

---

① （清）陈继揆：《读风臆补》，清光绪六年宁郡述古堂刻本。
② （清）吴闿生：《诗义会通》，中华书局上海编辑所 1959 年版，第 45 页。

首先，卫诗中出现了大量人物忧思情感的直接描写。《诗经》开创了中国诗歌的抒情传统，《邶风》《鄘风》《卫风》中忧思伤怀之情再三表达，使卫诗整体浸染上了浓重的忧伤情调。如在《邶风》中，表达卫庄姜因失宠而忧愁失意的作品，就有《邶风·柏舟》《邶风·绿衣》《邶风·日月》《邶风·终风》四篇，从不同角度抒发了卫庄姜的忧愁思绪。《邶风·柏舟》中，抒情主人公自觉似一只漂泊无依的柏木小舟，尽管内心坚定，"我心匪鉴，不可以茹""我心匪石，不可以转"，但终有难以排遣的忧愁苦闷，深感人生像舟一样境遇无常、不知何去何从。又以意象"澣衣"和动作"静言思之"描述了一种难以排遣的忧愁思绪。《邶风·绿衣》载："绿兮衣兮，绿衣黄里。心之忧矣，曷维其已？绿兮衣兮，绿衣黄裳。心之忧矣，曷维其亡？"四句之中两次申明"心之忧矣"，以简洁明了的语言直抒心曲，揭示了主人公的忧思伤怀情绪。《邶风·日月》抒发了卫庄姜因失去丈夫宠信，内心的浓重失落之情，忧思伤心转而表现为愤懑不满，诗歌以"胡能有定？宁不我顾""胡能有定？宁不我报"等几个语气强烈、言辞激切的反问句表达了主人公强烈的不满甚至愤怒之情。结合史实考察，卫庄姜先后遭遇了卫庄公冷落，公子完被杀，州吁叛乱之祸等事件，内心创痛无处抒发，以至呼天抢地，归念日月父母。清方玉润《诗经原始》卷三载："夫仰日月而诉幽怀，……一诉不已，乃再诉之；再诉不已，乃三诉之；三诉不听，则惟有自呼父母而叹其生我之不辰。盖情极则呼天，疾痛则呼父母，如舜之号泣于旻天、于父母耳。此怨极也。"[①] 正如方氏所说，诗歌"怨极"，弥漫着浓重的忧伤痛苦情绪。《邶风·终风》中的怨思之情尤为明显和突出，诗歌为卫庄姜不见答于卫庄公的自伤之作。中有诗句"莫往莫来，悠悠我思""寤言不寐，愿言则怀"等，"思"释为思念，"怀"也为思念之意，前文已叙。诗中抒情主人公面对施暴者除了哀怨外，还多出一份思念之情，凝为一种爱恨交织的错杂情感。主人公哀怨和思念的对象应为卫庄公，朱熹《诗集传》载："庄公之为人狂荡暴疾，庄姜盖不忍斥言之，故但以终风且暴为比。言虽其狂暴

---

① （清）方玉润：《诗经原始》，中华书局1986年版，第126—127页。

如此，然亦有顾我而笑之时。但皆出于戏慢之意，而无爱敬之诚，则又使我不敢言而心独伤之耳。"①朱熹将实施暴虐及怨思的对象全部归结为卫庄公一人，认为诗歌体现的是夫妻之情。在人物情感抒发方面，诗中弥漫着浓重的哀怨和忧思，主人公的怨思之情表达得强烈而明显。

其次，卫诗通过哀伤诗歌意境的创造建构了忧思伤怀的感情基调。中国古典诗歌的意境由情和景构成，据《现代汉语规范词典》解释，"情"指作者的思想情绪、心理感受等；"景"指诗歌描述的环境，包括自然景物、气候、事件等。文艺作品中主观思想感情和客观景物融合形成的艺术境界就是意境。《诗经》中已开始出现意境的创造和使用，特别是在卫诗中，通过忧伤之情与寒冷肃杀的自然景物或作者心中凄风苦雨之景的交融，浑然天成，形成了浓厚的哀伤意境。反过来，苦景悲情相互映衬，情景相生，使忧伤情感的抒发显得更加浓厚，"情、景名为二，而实不可离。神于诗者，妙合无垠"。②卫诗通过忧思哀伤的意境创造，构筑了诗歌鲜明的忧思伤怀情调。

卫诗善于营造悲愁意境，形成忧思伤怀的情感基调。《邶风·北风》以风雨苦景起兴："北风其凉，雨雪其雱""北风其喈，雨雪其霏"，狂风呼啸，北风怒号，大雪纷飞，风雨交加，以此景起兴，营造出浓重的忧伤凄冷氛围。后文载："其虚其邪"，"虚""邪"均为舒徐迟缓之意，为双声叠韵词，加上两个"其"字，语气更加犹豫宽缓，形象地表现了逃亡者思虑再三，踌躇徘徊的状貌。而接下来的"既亟只且"，"亟"释为急，意为逃亡紧急；"只且"为语助词，语气较为急促，更加强了逃亡离去的紧迫感。毛《序》载："《北风》，刺虐也。卫国并为威虐，百姓不亲，莫不相携持而去焉。"诗歌表现了因统治者残暴，人民不得已相率离去的情景。联系所抒发情感考察诗歌的情景创造，狂风暴雪之景不仅是逃亡时恶劣环境的描写，更是卫国统治者暴虐荒淫的暗喻，朱熹《诗集传》指出"气象愁惨"③。凄风苦雨之景与卫国贵族相率离去的彷徨不得已之情相结

---

① （宋）朱熹：《诗集传》，中华书局1958年版，第18页。
② 戴鸿森：《薑斋诗话笺注》卷二，人民文学出版社1981年版，第72页。
③ （宋）朱熹：《诗集传》，中华书局1958年版，第26页。

合,共同塑造了一幅悲愁的逃亡图景。在这种风急雪暗、局势紧急的时刻,伴着赤狐狂奔、黑乌乱飞,一群贵族别离故土被迫逃亡,凄声哀情,情境骇人。这一意境奠定形成了诗歌浓重的忧思伤怀情调,并对后世产生了巨大影响。南朝时鲍照的拟作《代北风凉行》就直接化用了《邶风·北风》的诗句:"北风凉,雨雪雰",移用这一情境蕴含的哀伤情调表现闺中少妇的寂寞愁思。另外一首《邶风·燕燕》也是营造诗歌意境的佳作,前三章以燕子起兴:"燕燕于飞,差池其羽""燕燕于飞,颉之颃之""燕燕于飞,下上其音"。阳春三月,燕子上下翻飞,呢喃低语,一派春意盎然的景象。但在诗人卫庄姜眼中,平凡之景也浸染了些许忧愁思绪,好像燕子也因不舍分离而翻飞呢喃,依依惜别,烘托映衬了诗人迫不得已送别归妾戴妫时忧思愁苦的别离之感。结合"涕泣如雨""伫立以泣"等直抒胸臆之句,情景相生,营造出了一幅依依惜别的诗歌意境,表达了诗人浓重的忧思别绪。

最后,卫诗通过比兴手法建构忧思伤怀的情感基调。"比兴"是我国传统的修辞手法,始于《诗经》,包括"比"和"兴"相联系的二者。郑玄在《周礼注》中解释"比"是"见今之失,不敢斥言,取比类以言之";"兴"是"见今之美,嫌于媚谀,取善事以喻劝之"。朱熹的解释更为通达:"比"为"以彼物比此物也","兴"即"先言他物以引起所咏之词也"。比兴手法增加了诗歌含蓄蕴藉的抒情性,使诗歌更具文学性表现因素,更加适合中国传统的思维习惯和委婉曲折地表情达意的需要,成为我国后世抒情诗作的重要修辞手段和情感表现方式。

卫诗多处运用比兴手法寄托悲情,摹景伤怀,形成忧思伤怀的情感基调。如《邶风·终风》以急速暴虐的狂风和阴霾密布的天空起兴,通过连续多个恶劣气象情况的描写——"终风且暴""终风且霾""终风且曀,不日有曀""曀曀其阴,虺虺其雷"等来烘托氛围。"暴"是疾之意,"霾"指混浊阴暗的天气,"曀"指阴云密布、狂风怒号的天气,"虺"是始发之雷声,诗歌用狂风怒号、阴霾密布、雷声滚滚的天气烘托出了痛苦哀思的氛围;同时采用"比"的修辞手法,以狂风雷电的肆虐猛烈来比拟郑庄公性格的残酷暴虐,行为的残暴狂荡,抒发了卫庄姜的失望痛悔、忧伤疾恶之情。比兴手法的运用增加了抒情的深度，使诗歌蕴含了浓厚的忧思哀伤情绪。又《卫风·氓》一诗也多处运用了比兴手法。诗歌第三章以比兴开头，"桑之未落，其叶沃若"一句既是起兴，又是比喻，以桑树的碧绿茂盛营造出春意盎然、生机勃勃的情景，暗示烘托了一种愉悦和谐的氛围，比拟了女子所处的美好年华和与氓刚刚相识时融洽的情感。"于嗟鸠兮，无食桑葚！于嗟女兮，无与士耽"则明显运用了"比"的修辞手法，以甜美诱人的桑葚比喻引人沉醉的爱情，把沉溺恋爱的少女比作贪食蜜果的小鸟，并对少女发出不要沉溺爱情的忠告。第四章承继上文，"桑之落矣，其黄而陨"与前章情景相对比，以桑叶的枯黄陨落烘托了落寞失意、黯然神伤的氛围，以凋零的桑叶比拟女子的青春不再、年老色衰及氓感情的淡漠。三、四两章形成了鲜明对比，桑叶的盛衰变化比照了女子的情感变化和生活遭际的不同，抒发了女子对丈夫爱弛恩绝的怨恨不满之情。最后一章"淇则有岸，隰则有泮"又使用了比兴手法，"隰"是低湿之地，指卫国境内的漯河，"淇"为卫国的淇水。这里用两个比喻表达了隐含的反问之意：水河皆有堤岸尽头，而我的痛苦为什么无边无际？以河水的有限性反衬了女子内心苦痛的深广无垠。这些比兴手法的使用，既激发了读者的想象联想，又增加了诗歌的深度，产生了一种意蕴深厚、含咏不尽的艺术效果；同时能够更好地抒发表达人物内心的悲愤落寞之情，构筑了诗歌的伤怀基调。

　　与卫诗有着类似悲慨风貌的《秦风》《王风》《魏风》，其忧伤悲慨的表现程度和方式不尽相同，其中的影响决定因素更是差异巨大，主要根源在于各地域的时代背景和地理社会因素。从地理位置看，秦国地处西陲边地，气候干燥寒冷，并经常受到西戎等少数民族侵扰，战事频仍，因此不得不常年备战、工于杀伐，因此《秦风》多杀伐之音。《秦风·小戎》《秦风·无衣》等都体现出深婉悲慨的诗歌情调。《王风》产生于东周时期，是东迁后的王畿洛邑周围的地域民歌。因为产生于西周灭亡后，承载了西周灭亡的伤痛，较多抒写了人民离散的"闵周"忧思，有的诗歌则具有讽刺意味，意在吸取朝代灭亡的历史教训。加之东周王朝前期征伐频繁，贵族生活奢侈，加重了人民的负担，因此《王风》表现出一定的伤感和批判色彩，如《王风·黍离》《王风·兔爰》等。《魏风》是产生于山西境内的诗歌，反映了早期北地晋文化的地域特色。魏地贫瘠，加之统治者治国严苛，人民所受压迫较重，故《魏风》多怨忿不平之气，如《魏风·伐檀》《魏风·硕鼠》。

第七章　卫诗个案研究史述评

——以《邶风·简兮》《鄘风·桑中》为中心

不同历史时期文人从各种角度对《诗经》作品的主题进行研究，体现了各个时代不同的学术创见和政治思想。在难以解析归纳《诗经》整体主题的情况下，我们把郑、卫风诗中的一篇作为研究对象，可以更好地考查不同历史阶段学者对它的理解阐释。通过对《诗经》郑、卫诗歌的个案研究，考查郑、卫诗歌中某一篇的代表性历史阶段的主题阐释，归纳学者的典型观点，有助于我们更好地理解诗歌的本义及内涵，探讨不同历史时期的文化背景，了解不同时期的独特学术风貌。本章选取了较具代表性的《邶风·简兮》和《鄘风·桑中》两篇进行分析。

第一节　《邶风·简兮》主题的历时研究

中国古代早期，歌、乐、舞是结合在一起的。《吕氏春秋·古乐》载："昔葛天氏之乐，三人操牛尾，投足以歌八阕。"[①] 投足而歌，是歌伴舞的形式，"操牛尾"说明葛天氏之乐还使用了道具。在《诗经》中，《邶风·简兮》是一首独特的体现古代乐舞结合的诗歌，《简兮》全诗为：

简兮简兮，方将万舞。日之方中，在前上处。

---

① （秦）吕不韦：《吕氏春秋》，中华书局2007年版，第49页。

> 硕人俣俣，公庭万舞。有力如虎，执辔如组。
> 左手执龠，右手秉翟。赫如渥赭，公言锡爵。
> 山有榛，隰有苓。云谁之思？西方美人。彼美人兮，西方之人兮。

《简兮》的主题在各时代学者眼中不尽相同，古今学者关于《简兮》的主题阐释主要产生了9种说法，分别为：刺不用贤说、教国子弟歌舞说、贤者失意抒怀说、贤者失意玩世不恭说、刺卫庄公废教说、描写歌舞场面说、赞美舞蹈艺术家说、描写宫女说以及情诗恋歌说等。

一 唐前"社会功能说"

先秦至汉代，《诗经》的研究多从社会功用出发。春秋时期，孔子整理《诗经》作为教材使用，使《诗经》开始担当起政治教化的功用。到了汉代出现了解释《诗经》的以齐、鲁、韩、毛为代表的今古文学派，齐、鲁、韩三家逐渐衰落，以毛亨、毛苌为代表的毛诗学说影响深远，流传至今。

除教化功能外，先秦时期人们已开始认识到诗歌的美刺功能。《国语·周语上》载召公谏厉王时说："天子听政，使公卿至于列士献诗，……而后王斟酌焉，是以事行而不悖。"[①] "献诗"而供天子"斟酌"，就是由于其中包含着美刺的内容。其他如《国语·晋语六》《左传·襄公十四年》及《左传·襄公二十九年》中也有诸如此类的记载。汉代学者秉承美刺传统，认为《诗经》反映了赞美和讽刺的内容。毛《序》解释《颂》时认为："颂者，美盛德之形容，以其成功告于神明者也。"又释《国风》载："上以风化下，下以风刺上"，明确提出了"刺"的概念。汉儒常以美刺论诗，清人程廷祚指出："汉儒言诗，不过美刺二端。"[②]

对于《邶风·简兮》一诗，汉代学者持"美刺说"，认为是一首讽刺贤人得不到重用的诗歌。毛《序》载："简兮，刺不用贤也。卫之贤者仕

---

① 《国语·周语上》，商务印书馆1958年版，第3—4页。
② （清）程廷祚：《青溪集》卷二，黄山书社2004年版，第38页。

于伶官，皆可以承事王者也"。毛《传》释"硕人"为"大德"之人，即有道德操守的人，认为："有大德之人兮，大德之人兮，祭山川之时，乃使之于四方，行在《万》舞之位。又至于日之方中，教国子弟习乐之时，又使之在舞位之前行而处上头，亲为舞事以教之。此贤者既有大德，复容貌美大俣俣然，而君又使之在宗庙、公庭亲为《万》舞，是大失其所也"。有美德和才华的"硕人"在"公庭"表演万舞，"有力如虎，执辔如组"，表演得优秀出色，被"公"赐"爵"。"硕人"没有发挥其在国家政治中的应有作用，而是被当成了"伶人"一般为公侯作乐的工具，身份低微，价值不显；这相当于以玉石作瓦砾，使人才不得其用，大失其所。因此诗歌的讽刺意味十分明显，"刺不用贤"的主题思想由此产生。"美刺说"从社会功用角度出发阐释《邶风·简兮》，带有明显的时代色彩。

郑玄进一步阐释了毛《序》提出的"不用贤也"的说法。郑《笺》载："卫君择人兮，择人兮，为有方且祭祀之时，使之当为《万》舞。又日之方中，仲春之时，使之在前列上头，而教国子弟习乐。为此贱事，不当用贤，而使大德之人，容貌俣俣然者，于祭祀之时，亲在宗庙、公庭而《万》舞。言择大德之人，使为乐吏，是不用贤也"。郑玄解释了"不用贤也"的说法，认为有容貌品德之"硕人"不得其所、不受重用，是贵族阶层对贤能的忽视和抹杀。郑玄是毛诗的传人，但又不株守于毛诗，他对诗的解释是以毛诗为主，又汲取了三家诗营养。毛亨、毛苌、郑玄等人的解说体现了汉代学术的解诗特点。

汉代经过"罢黜百家、独尊儒术"的思想统一后，改良后的儒家学说成为治国和学术的唯一指导思想。儒家以经世致用、文以载道的观念来看待文学，认为文学应当对社会和人生产生一定的影响作用，特别是发挥赞美优秀品德和讽刺不良现象的作用。因此汉代经学家多以"美刺说"解诗，阐发《诗经》中蕴含的"微言大义"，把它作为"经夫妇，成孝敬，厚人伦，美教化，移风俗"的教化工具。通过阐释《诗经》发挥经学一定的社会作用，帮助形成"上以风化下，下以风刺上"的良好社会风气。在解释方法上，毛亨除重视词语内涵意义的解释外，还注重诗句言外之意的解释，运用"以意逆志"的方法探求诗句的真实含义。虽然有时受到时代环境下文学功用观的影响，不能作出十分客观的解释，但由于它适应了社会文化和时代思想的需要，而得到了广泛的认可和传播。

唐代孔颖达沿袭毛《传》、郑《笺》，并对《简兮》作了进一步的阐释，继承了"讽刺不用贤者"的主题观点，又引据《周礼》《公羊传》《尚书》《左传》等史传资料加以佐证。对《邶风·简兮》的解释，孔颖达在毛诗基础上，注重了史料的介入，扩充了阐释的内涵和容量。这正体现了唐人在解诗时，对大部分诗歌不提出新的观点，而是引入大量资料使汉注成立、言之有据的特点。

二 宋代"自嘲说"及隐含的时代背景

至宋代理学兴盛，理学家运用道统来维护社会秩序，对《诗经》的解释展现出了新的特点。宋儒对"美刺说"不满，朱熹在《邶风·简兮》"刺不用贤说"的基础上，提出了"贤者自嘲说"。朱熹《诗集传》载："贤者不得志而仕于伶官，有轻世肆志之心焉。故其言如此。若自誉而实自嘲也"。[①] 认为诗歌是写贤者失意的自嘲，夹带着玩世不恭的戏谑。第一章"简兮简兮，方将万舞"中，"简"被释为简易不恭之意，"万舞"是"舞之总名"，包括武舞和文舞，武舞手执干戚，文舞手执籥翟。第二章中，朱熹认为无论是"俣俣"还是"有力"，都烘托了"硕人"的才华超群、德才兼备。第三章中朱熹释道："公言锡爵，即仪礼燕饮而献工之礼也。以硕人而得此，则亦辱矣，乃反以其赍予之亲洽为荣而夸美之，亦玩世不恭之意也。"[②] 如此德才兼备之人，受到轻视却自以为美而夸耀，难免有些被羞辱后的自我解嘲之意，因此朱熹认为是自嘲之语。他还认为"西方美人"托言指西周的盛王，像《离骚》中以香草美人比喻明君一样，在这里是思慕贤明君主的暗示。又《诗集传》载："贤者不得志于衰世之下国，而思盛际之显王。故其言如此，而意远矣。"[③] 认为身处衰世，贤能之人得不到重用，只能暗自祈祷早日遇到明君。贤者为伶官，大材小

[①]（宋）朱熹：《诗集传》，中华书局1958年版，第23页。
[②] 同上书，第23—24页。
[③] 同上书，第24页。

用，主人公在看似玩世不恭的戏谑感叹背后，怀抱着明君理想，怀念西周盛时的英明君王。

朱熹将《邶风·简兮》阐释为"自嘲之作"，究其原因，与宋代的学术思想潮流是密不可分的。宋代文人的地位较高，思想禁锢比较松弛，文人学术言论比较自由，学者们敢于否定和批驳前人，发表自己对政治、文学和社会人生的看法。在这样的文化大背景下，宋代兴起了一股"疑古"思潮，体现在《诗经》研究中，就是否定汉代解诗的观点，怀疑毛《序》。朱熹曾说："其他变风诸诗，未必是刺者皆以为刺。未必是言此人，必傅会以为此人。"① 宋代经济社会比较发达，加之经过魏晋南北朝对文学特点和价值的辨析评价，文学成为一个独立的学科门类逐渐受到重视，宋代学者们也开始从文学自身和文学中蕴含的社会人生角度来阐发《诗经》的内涵。因此朱熹认为："《诗序》实不足信，……大率古人作诗，与今人作诗一般，其间亦自有感物道情，吟咏情性，几时尽是讥刺他人。……今人不以诗说《诗》，却以《序》解《诗》，是以委曲牵合，必欲如《序》者之意，宁失诗人之本意不恤也。"② 特别是他看到了《国风》"多出于里巷歌谣之作，所谓男女相与咏歌，各言其情者也"③ 的特点。

《诗集传》与汉代学说主题阐释的差异和不同，是汉、宋两代学术旨趣的差异和社会文化不同造成的。朱熹在解读《诗经》时试图探求诗的本意，他体察到了《邶风·简兮》中蕴含的人性人情，尤其是男女爱情的内容。但他思想毕竟又受到理学的束缚，企图重新建立儒学体系，以纲常道统来维护封建礼教，因而朱熹部分地还原了《诗经》的原貌，在对《简兮》的阐释中，提出了从文学角度出发的"自嘲说"。

三　清人的"贤者自伤说"

清代《诗经原始》是方玉润反复吟咏品读《诗经》后，超越门户之见，较客观地分析诗歌主题思想，并从文学角度加以阐述的学术著作。

---

① （宋）朱熹：《朱子语类》卷第八十，清吕留良宝诰堂刻本。
② 同上。
③ （宋）朱熹：《诗集传》序，中华书局1958年版，第2页。

《诗经原始》提出了"贤者自伤说",即方玉润认为《简兮》的主题是"贤者自伤失位而抒所怀也"。方玉润解析认为诗歌首章介绍了舞人、舞名、舞时及舞地,接着描述武舞和文武的表演,"颜如渥赭"证明舞师是贤能之人,舞毕"公言赐爵"时他表现得淡定从容。末章反复咏叹,表明舞师思慕着的西方美人是"西京的圣王","然我所怀,则别有在。所思为谁?盖西京圣王耳。"方玉润在《诗经原始》中总结认为:"于是多方拟议,或以为狂,或以为贤,要非当日贤者所肯受,亦非当日贤者所能辞,可不慨哉?"[①]认为贤者对目前的境遇既不想接受,又不能推辞,因此诗歌应为"贤人伤怀所作"。

从毛《序》、朱熹《诗集传》到方玉润《诗经原始》都认为这首诗是"贤者仕于伶官之辞",但是又有区别。毛《序》认为《邶风·简兮》主题为"刺不用贤",为讽谏诗。朱熹《诗集传》认为是贤能之人自我嘲弄之作,表明自己的"轻世肆志之心",有玩世不恭之意。方玉润则又从新的角度提出观点,否定"自嘲说"。他根据"硕人"上前接受赏赐的淡定从容判断,认为诗歌没有自恃贤能而玩世不恭之意,而是"特其抱负不凡,有不尽是而止者";又因为"所挟着大,所见者远",所以诗歌主人公不禁有些怀念西京盛世,思慕文王、武王、成康之治等明君治世。他认为舞师对比当下,感怀时代,于是借"美人"来比喻圣明的君主,寄托怀思之情,以期遇到明君而被重用。方玉润深入地分析,以设身处地的理性思考来揣摩诗人的创作意图和作品中蕴含的思想;反复体味吟咏,阐发出了作品中包含的人性人情。

持类似观点的还有吴敬梓,他在对《简兮》评价时说道:"余反复《简兮》之诗,而叹硕人之所见浅也。'士君子得志则大行,不得志则龙蛇。遇不遇,命也。''鸿飞冥冥,弋人何篡',何必以仕为?即不得已而仕,抱关击柝可矣,孰迫之而伶官?既俯首于伶官,即当安于禽翟之役,必曲折引申以自明其所思于庸夫耳目之前,谁其听之耶?"[②]吴敬梓看似

[①] (清)方玉润:《诗经原始》,中华书局1986年版,第141页。
[②] (清)吴敬梓:《文木山房诗说》,清乾隆刻本。

是诘责伶人，实际上是自伤之词，他借伶人的压抑痛苦暗指自己的抑郁不得志，与方玉润的"贤者自伤说"有异曲同工之处。

四 现当代思潮下的"爱情说"

20世纪以来随着思想的多元化，人们又对《简兮》的主题产生了不少令人耳目一新的解释，其中最主要的就是"爱情主题说"，如程俊英《诗经注解》认为"这是一个女子观看舞师表演万舞，并对他产生爱慕之情的诗"①。程俊英认为从字词的解释可以看出女子对舞师的爱慕，首章中对"简"的解释应为"鼓声"，并认为"形容武师武勇之貌"的解释亦通，第一种解释较常见，第二种解释可以看出程俊英对诗歌持"爱情主题说"的阐释倾向。第二章中的"硕人"被解释为"身材高大的人"，也浸染了美的色彩。解释第四章"山有榛，隰有苓"这一固定句式时，程俊英认同并引用了余冠英的说法，认为是象征男女爱情的隐语："以树代男，以草代女"，象征表达了女子对"硕人"的爱慕。② 由此她得出结论，认为全诗是赞美口吻，而非带有讽刺意味。

高亨也持赞美爱情说。《诗经今注》认为《简兮》的主题是："卫君的公庭大开舞会，一个贵族妇女爱上领队的舞师，作这首诗来赞美他。"③ 显然，高亨也将这首诗认定为情诗赞歌。"简"被解释为"威仪堂堂的样子"，他又注明根据《商颂·那》所载"奏鼓简简"，可知商代有开舞会前先击鼓的习俗。后面的解释多与之前学者的研究趋同。但高亨先生对最后一章，作出了截然不同于他人的个性化阐释：将"彼美人兮，西方之人"直接释为"漂亮的舞师是西方人"。④ 这样的解释读来似有牵强突兀之感，在表意上很难与上文达到较好的承续与连接。但可以看出学者善于推陈出新、提出新观点、不盲从盲信前人的创造力和认识上的魄力。高亨的说解饱含着那个时代人的政治热情，富有鲜明的时代色彩和文化烙印。

---

① 程俊英：《诗经译注》，上海古籍出版社1985年版，第68页。
② 同上。
③ 高亨：《诗经今注》，上海古籍出版社1980年版，第54页。
④ 同上书，第55页。

闻一多先生认为这首诗为女子所作。他在《风诗类钞》中指出："就第三章看，这诗的作者无疑也是一位女子"。"万舞"被闻一多解释为："与妇人有特殊的关系"，并引述《左传·庄公二十八年》中的"楚令尹子元欲蛊文夫人，为馆于其宫侧而振《万》焉"之事，认为"万舞"是用于蛊惑以淫事的舞蹈。① 对"山有榛，隰有苓"一句，闻一多先生在《诗选与校笺》中解释道："榛是乔木，在山上喻男，苓是小草，在隰中喻女"。② 认为诗歌内容与求雨和男女的两性关系有关。据学者考证，类似"山有……，隰有……"的套语在先秦两汉时期多有使用，《大戴礼记》载："丘陵为牡，溪谷为牝"，又《淮南子》载："山气多男，泽气多女"③。"丘陵"和"溪谷"，"山"和"泽"，"牡"和"牝"，"男"和"女"这些相对应出现的概念具有特殊的含义，可能与男女两性相关。中国古代人持同感共通思想，善于将人类与自然万物进行比附，因此男、女很可能与对立并差别明显的高山、低隰进行比附，以高山低谷比喻男女的差别不同。从整体诗意来看，闻一多认为前三章虽然只是客观描写了舞师的表演，但字里行间却充满了赞美之情，而末章强烈地表达了对舞者的爱慕之情，"云谁之思，西方美人"两句更是余响悠远，给人"情不能已矣"的感受。他认为历代评论者受到了毛《序》的影响，把《简兮》解释得过于隐晦生涩。随着五四运动中民主、自由思想在中国的传播，社会兴起了一股强大的思想解放之风。闻一多正是受到了这种风气的影响，从社会人类学角度对《简兮》进行了阐释。

第二节 《鄘风·桑中》主题的历时研究

《鄘风·桑中》是一首表现卫地原始风俗的诗歌，《桑中》全诗为：

爰采唐矣？沫之乡矣。云谁之思？美孟姜矣。期我乎桑中，要我

---

① 闻一多：《闻一多全集》（三），开明书店1948年版，第20页。
② 同上。
③ 刘文典：《淮南鸿烈集解》，安徽大学出版社1998年版，第138页。

乎上官，送我乎淇之上矣。

爰采麦矣？沬之北矣。云谁之思？美孟弋矣。期我乎桑中，要我乎上官，送我乎淇之上矣。

爰采葑矣？沬之东矣。云谁之思？美孟庸矣。期我乎桑中，要我乎上官，送我乎淇之上矣。

不同历史时期和学术思想下，诗歌《桑中》出现了多种主题阐释，透露着强烈的时代观念。通过历时地分析这些阐释解说，可以帮助我们更好地分析认识诗歌的思想内涵，同时也映照出历史发展过程中不同时代的学术观念。

一 文学功用观念下的"刺奔说"与"刺淫说"

西周和春秋时期尚属人类的早期，虽有周礼的实施，但在仪礼方面远没有后世的严格规范，人们对于婚姻爱情还是相当自由的。加之卫地遗留的殷商文化旧俗的影响，在卫国宫廷和社会中存在贵族荒淫无度，男女以相窃为乐的情况，造成了一定程度的社会混乱动荡。因此汉代的毛《诗》和后世一些学者认为《鄘风·桑中》是讽刺当时的世族和社会，并用来警示垂诫后世之作。

毛《序》开启了《鄘风·桑中》主题的"刺奔说"，为汉唐时期的最主要研究观点。毛《序》载："《桑中》，刺奔也。卫之宫室淫乱，男女相奔，至于世族在位，相窃妻妾，期于幽远，政散民流而不可止。"唐代孔颖达《毛诗正义》扩展解释了"刺奔说"："作《桑中》诗者，刺男女淫怨而相奔也。由卫之公室淫乱之所化，是故又使国中男女相奔，不待礼会而行之，虽至于世族在位为官者，相窃其妻妾，而期于幽远之处，而与之行淫。时既如此，即政教荒散，世俗流移，淫乱成风而不可止，故刺之也。定本云'而不可止'，'止'下有'然'字。此男女相奔，谓民庶男女；世族在位者，谓今卿大夫世其官族而在职位者。相窃妻妾，谓私窃而与之淫，故云'期于幽远'，非为夫妇也。此《经》三章，上二句恶卫之淫乱之主，下五句言相窃妻妾，'期我於桑中'，是'期于幽远'。此叙其淫乱之由，《经》陈其淫乱之辞。言公室淫乱，国中男女相奔者，见卫之淫风，公室所化，故《经》先言卫都淫乱，国中男女相奔，及世族相窃妻妾，俱是相奔之事，故《序》总云'刺奔'。""刺奔说"影响很大，至清代绵延不绝，清代管世铭在其《韫山堂文集》卷一《桑中说》中明确指出："《桑中》刺奔，遍刺国中之淫者也。沫乡、沫北、沫东，非一乡一邑也。孟姜、孟弋、孟庸，非一氏一族也。著姓犹然，则编户可知矣。齿长犹然，则幼艾奚责也。"[1] 认为《桑中》具有普遍的讽谏意义。

也有学者对此提出"刺淫说"，说法类似，"刺奔说"与"刺淫说"的主要区别在于将强调重点由讽刺贬斥改为垂诫讽谏之意。清人方玉润《诗经原始》认为《鄘风·桑中》是刺淫之诗。清代学者王鸿绪在《钦定诗经传说汇纂》卷四《附录》中也认为《桑中》是一篇"铺陈其事，不加一词而意自现"的讽谏之诗。认为诗歌意在垂诫，而非淫诗。陆次云在《尚论持平》卷一"桑中鹑奔"中指出孔子不删《桑中》的原因是此诗意在垂诫："《诗经辨讹》谓淫乱之诗，宜删者何也？《诗》至《桑中》《鹑奔》，淫乱极矣，夫子删诗不削，以垂戒也。"[2] "刺奔说"与"刺淫说"两种观点主要围绕《鄘风·桑中》所反映的内容是具有讽刺意味，还是垂戒作用，但二者都属文学的功用观。

孔子的"兴观群怨"观开启了中国文学的功用传统，并在后代以不同的观点形式表现出来，汉代经学评价《桑中》时所持的美刺传统，也是文学功用观的表现。孔子曰："诗三百，一言以蔽之，曰：思无邪。"又"小子何莫学夫诗？诗可以兴，可以观，可以群，可以怨。迩之事父，远之事君，多识鸟兽草木之名。"《桑中》一诗经过孔子的编纂整理，而未被删去，证明有着可"观"的作用。郑《笺》注云："观风俗之盛衰"，朱熹注曰："考见得失。"这些说明诗能够帮助读者认识风俗的盛衰和社会中的得失，也是发挥了文学功用观的例证。到了中唐时期，韩愈等古文运动家提出了"文以明道"，宋理学家周敦颐将其进一步完善发展，在《通

---

[1] （清）管世铭：《韫山堂文集》，清光绪十七年存厚堂刻本。
[2] 刘毓庆等：《诗经百家别解考》，山西古籍出版社2002年版，第570页。

书·文辞》中提出了"文以载道"的观念,曰:"文所以载道也。轮辕饰而人弗庸,徒饰也,况虚车乎。"① 意思是"文"如车,"道"像车上所载的货物,通过车的运载可使货物到达目的地;文学就是传播儒家之"道"的手段和工具,这是将文学的社会作用发挥到极致的观点。由此,《鄘风·桑中》一方面是当时人们的社会生活情况的反映,另一方面,在文学的功用观念下,儒家学者认为具有一定的讽刺教育意义。

二 理学背景下的"淫诗说"

到了宋代,出现了"淫诗说",认为《桑中》是淫诗,为亡国之音。此说与毛《传》、郑《笺》略有不同:毛《传》、郑《笺》认为主题是"刺淫",将主旨归为讽刺,是从态度出发的;而朱熹的说法是从诗歌反映内容角度出发的。朱熹《诗序辩说》载:"此诗乃淫奔者所自作。"② 同时朱熹在《诗集传》中也提出:"《乐记》曰:'郑卫之音,乱世之音也,比于慢矣,桑间濮上之音,亡国之音也。其政散,其民流,诬上行私而不可止也。'按:《桑间》即此篇,故小序亦用《乐记》之语。"③ 又"卫俗淫乱,世族在位,相窃妻妾。故此人自言将采唐于沬,而与其所思之人相期会迎送如此也"④。宋人黄震《黄氏日抄》卷四"桑中"条曰:"自《诗序》至毛、郑,至《礼记》,以桑间、濮上为亡国之音,皆以此诗为淫奔者之诗,故近世晦庵《诗传》,岷隐《续诗记》、华谷《诗辑》言人人同。"⑤ 南宋人叶适《习学记言序目》卷六"国风鄘"条载:"《桑中》《鹑之奔奔》《有狐》《敝笱》《溱洧》《东门之墠》诸篇,正言不隐,播于当时,传于无穷,其耻大矣,非劝也。"⑥ 明代季本《诗说解颐》载:"卫俗淫奔,虽巨室之妻亦比比与人期会,而迎送之不以为耻。其后所私

---

① (宋)周敦颐:《周子通书》第二十八,《濂洛关闽书》卷一,正谊堂全书本。
② (宋)朱熹:《朱子全书》第一册,上海古籍出版社、安徽教育出版社2002年版,第364—365页。
③ (宋)朱熹:《诗集传》,中华书局1958年版,第30页。
④ 同上。
⑤ (宋)黄震:《慈溪黄氏日抄分类》卷四,清乾隆新安汪氏刻本。
⑥ (南宋)叶适:《习学记言序目》卷六,中华书局1977年版。

之男子托采物以至其地而追思之，故作此诗也。"①

《桑中》之所以被认为是"淫诗"和亡国之音，有以下几个方面的原因：一是毛《序》对《鄘风·桑中》的解析与《乐记》文字相似，后人遂以为《乐记》所说的"桑间"之地即是《鄘风》中的"桑中"之地。因此认为《桑中》是一首淫诗，是亡国之音。毛《序》析《鄘风·桑中》道："刺奔也。卫之宫室淫乱，男女相奔，至于世族在位，相窃妻妾，期于幽远，政散民流而不止。"而《乐记》载"桑间濮上之音，亡国之音也。其政散，其民流，诬上行私而不可止也"，与毛《序》所述"政散民流而不止"字句十分类似。继而朱熹等学者推波助澜，明确认为《桑中》所记即为《乐记》所述桑间情形。朱熹在《诗集传》和《诗序辨说》中指出《乐记》所谓"桑间濮上""桑中之喜"就是《鄘风·桑中》一诗所述情形，因此毛《序》在解析《桑中》时用了《乐记》之语。对此，我们从地理方位上进行辨析：首先，"桑间濮上"之地为殷商旧地，郑《笺》对《乐记》"桑间濮上之音"的解释为："濮水之上，地有桑间者，亡国之音于此之水出也。昔殷纣使师延作靡靡之乐，已而自沈于濮水，后师涓过焉，夜闻而写之，为晋平公鼓之，是之谓也。"桑间在濮阳南，从地理位置上看，桑间濮上之地应是殷商旧地。其次《鄘风·桑中》所产生的卫地也处于殷商旧地。从表示地点的"沫"来看，马瑞辰《毛诗传笺通释》辨析道："沫，《书·酒诰》作妹邦。沫、妹均从未声。未、牧双声，故马融《尚书注》云：'妹邦即牧养之地。'盖谓妹邦即牧野也。"② 王先谦《诗三家义集疏》继续论证了"沫"即牧野："沫邑之'沫'即妹邦之'妹'，皆转音借字，其本字当为'牧'，即牧野也。……郑注：'妹邦，纣之都所处也。'牧是纣都之郊，故以纣都统之。《说文》：'坶，朝歌南七十里地。《周书》：武王与纣战于坶野。'从土，母声。《水经注·清水篇》：'自朝歌以南暨清水，土地平衍，据皋跨泽，悉坶野矣。《郡国志》曰：朝歌县南有牧野。'牧、坶双声，故牧又为坶。"③ 由此可见"沫"即"牧野"几成定论。"牧野"是

---

① （明）季本：《诗说解颐总论》，明嘉靖四十一年刻本。
② （清）马瑞辰：《毛诗传笺通释》，中华书局1989年版，第178页。
③ （清）王先谦：《诗三家义集疏》，中华书局1987年版，第232页。

历史上相对于殷都朝歌而言的一个地理名词，非专门地域名称。从朝歌城由内向外，分别称作城、郭、郊、牧、野，《尔雅·释地》载："邑外谓之郊，郊外谓之牧，牧外谓之野，野外谓之林，林外谓之坰。"① 因此"牧野"是指朝歌之野，其地在今新乡市北部，包括新乡市所辖凤泉区、卫辉市、获嘉县等地。可知《桑中》一诗发生的地点在殷都朝歌之野，也为殷商旧地。《汉书·地理志下》载："卫地有桑间濮上之阻，男女亦亟聚会，声色生焉。"② 证明卫地早在殷商时期可能就是歌舞兴盛，男女自由交往之所，遗留了殷商歌舞文化传统。因此"桑中"之地与《乐记》所载"桑间濮上"之地应为同一地域，《乐记》所说的"桑间濮上"之事与《鄘风》中的《桑中》之事虽不能直接建立联系，但在地域文化渊源上有着密切的关联，都发生在殷商旧地。

二是对"孟姜""孟弋""孟庸"等词语的不同理解造成了"淫诗说"。"孟姜""孟弋""孟庸"等代表了女性的名字，先看"孟姜"，汉代毛亨在《毛诗故训传》中释为："姜，姓也。"宋朱熹《诗集传》释为："孟，长也。姜，齐女。言贵族也。"认为"孟"是排行，"姜"是姓。近代祝敏彻、赵浚等《诗经译注》承继了此观点："孟，兄弟姊妹的排行，有时用孟、仲、叔、季作次序。孟是老大。"③ 同样地"弋"、"庸"都被释为姓，毛《传》载："弋，姓也。""庸，姓也。"如此三姓，有人便认为诗中描述的是"一男三女"或者是"三男三女"的恋爱，从而认为诗歌为"淫诗"。现代学者多将"孟姜""孟弋""孟庸"阐释为一人。祝敏彻等《诗经译注》载："孟姜、孟戈、孟庸所指实为一人，为了押韵而变换字面，不是分指三人。"④

三是诗歌中的"桑中""上宫"等词汇具有特定意蕴。"桑中"，毛《传》释为："桑中、上宫，所期之地。"朱熹《诗集传》载："桑中、上

---

① （宋）邢昺：《尔雅注疏》第九，阮元《十三经注疏》本，中华书局1980年版。
② （汉）班固：《汉书》卷二十八《地理志》，中华书局1962年版，第1665页。
③ 祝敏彻等：《诗经译注》，甘肃人民出版社1984年版，第102页。
④ 同上。

宫、淇上,又妹乡之中小地名也。"① 袁梅撰《诗经译注》则指出:"桑中,桑林之中。古代,女子多务蚕桑,诗中女子可能借采桑之机,在桑林深处幽会情人。"② 杨任之《诗经今译今注》载:"桑,卫地桑林之社。卫为殷的故地。殷社曰桑林。殷人以桑树当神,在社的前后广为栽种,称桑林,为男女聚会之所。"③ 由此,学者对"桑中"的看法比较一致,多认为是桑林聚会之地。而对于"上宫"的看法多有不同,毛《传》认为是"所期之地"。清人马瑞辰《毛诗传笺通释》认为是宫室之名:"上宫宜为室名。'孟子之滕,馆于上宫',赵岐《章句》曰:'上宫,楼也。'古者宫、室通称,此上宫亦即楼耳。"④ 杨任之《诗经今译今注》将之看成祭祀聚会之所:"宫,古人谓庙曰宫。上宫或指高禖庙,即后世之娘娘庙,也为男女节日或祭祀聚会之所。"⑤ 先秦时期人们广植桑树,幽闭的桑间之地是男女聚会的重要场所,这里上演了无数的悲欢离合、爱恨情仇。"桑间""桑林"逐渐成为一种文化概念、思维定式和沉淀于人们心灵底层的集体无意识,成为人们普遍共同认可的一种特定概念词语,被赋予了特殊的含义,如今天所谓的"高粱地""玉米地"等词汇,成为男女欢会的代名词。《鄘风·桑中》也就成为淫奔之诗,亡国之音。

四是宋儒思想的变化是将此诗阐释为淫诗的重要原因。由于宋代社会结构发生了重大调整,文人知识分子的主体意识相对增强,学术思想也发生了较大变化,尤其表现在对汉代学术思想的颠覆上。宋代出现了对《诗经》《尚书》等传统经典声势浩大的"辨伪"活动。在《诗经》"辨伪"中,最具代表性的有欧阳修、郑樵和朱熹等人,他们强调"经""传"分离,乃至疑《序》废《序》。朱熹从"存天理,灭人欲"的理学思想出发,颠覆了汉学的许多旧有观念和已有说法,所作《诗集传》充分表明了

---

① (宋)朱熹:《诗集传》,中华书局 1958 年版,第 30 页。
② 袁梅:《诗经译注》,齐鲁书社 1980 年版,第 182 页。
③ 杨任之:《诗经今译今注》,天津古籍出版社 1986 年版,第 70 页。
④ (清)马瑞辰:《毛诗传笺通释》,中华书局 1989 年版,第 179 页。
⑤ 杨任之:《诗经今译今注》,天津古籍出版社 1986 年版,第 71 页。

其宋理学的思想学术观念，表现出了极大的重构性。在"以诗说诗"和"感物道情"的理论指导下，完成了宋学对《诗经》新的阐释和建构，建立了与以《毛序》为代表的汉学极为不同的学术体系。在对具体诗歌的阐释中，也表现出了宋代学术的思想特点。

以上几个方面原因叠加在一起，成为《鄘风·桑中》被解读为"淫诗"的重要原因。

三 从文本出发的"爱恋情诗说"

近代，人们试图从文本出发来解析诗歌的主题内涵。人们开始挖掘《鄘风·桑中》本身所包含的思想意蕴，考察其中的表现男女爱情的实质内容。闻一多在《诗选与校笺》一书中最早提出"思会时"主题，开《鄘风·桑中》"情诗说"的先河。杨伯峻先生在《春秋左传注》成公二年"而又有《桑中》之喜"的注释中也说："《诗·鄘风》有《桑中》，为民间男女幽会恋歌。"[①] 北京大学《先秦文学史参考资料》也认为："这是一首描写男女相恋、相邀会面的民间情歌。"近代学者多摒弃封建时代思想禁锢下对男女相会的贬斥态度，对诗歌中的情事本身进行客观的描画和叙述，像余冠英的《诗经选译》就表明："这是歌咏幽期密约的诗。"马持盈《诗经今注今译》也认为："这是一首青年男女相爱相会的恋歌。"蒋立甫《诗经选注》载："这是一首写男女幽会的情歌，歌者是男的。全诗三章意思相同，每章前四句是一问一答，点出自己所属意的对象及思念之情；后三句似是回忆与情人幽会的经过，见出双方难分难舍的深情。"[②]

从文本来看，《鄘风·桑中》表达了男子对女子的思念和见面的期盼。诗歌以劳动时的"采唐""采麦""采葑"起兴，引出对美丽姑娘的思念。然后以变换姓氏和方位的方式反复咏唱，表现了对欢会的美好回忆和见面的殷切期待，具体包括桑间期盼、上宫邀约、淇水送别等场景。第三章使

[①] 杨伯峻：《春秋左传注》（二），中华书局1990年版，第805页。
[②] 张树波：《国风集说》，河北人民出版社1993年版，第437页。

用了回环往复的复沓手法,将情意表达得深挚浓郁,绵厚悠长。由此可见,先秦时期的桑林是男女见面、互述衷肠、表达爱恋之地,男女的恋爱相会没有太多的限制,也自然地表露在反映人民日常生活的地域风诗当中。因此这首诗歌渗透着淡淡的喜悦,表现了男子对女子的思念之情及对约会的美好回忆,是一首反映男女相思爱恋的情诗。

还有一种相似的观点认为《鄘风·桑中》是一首劳动中的爱恋情歌。如袁梅在《诗经译注》中认为:"这首古代情歌,十分朴素自然。它可能是古代歌者,在田野劳动中随口编唱的。诗中的美孟姜、美孟弋、美孟庸,实乃一人。也许实有所指,也许只是歌者想象中之美女而已。"① 程俊英也明确提出:"这是一个劳动者抒写他和想象中的情人幽期密约的诗。他在采菜摘麦的时候,兴之所至,一边劳动,一边顺口唱起歌来。"② 高亨《诗经今注》也同意这一观点:"这是一首民歌,劳动人民(男子们)的集体口头创作,歌唱他们的恋爱生活,并不是真有这样的一男三女或三对男女恋爱的故事。"③ 劳动恋歌说也是根据文本阐发的一种观点,主题加入"劳动"因素,当源于《鄘风·桑中》诗篇开头用以起兴的采集活动:"爱采唐矣?""爱采麦矣?""爱采葑矣?"在农业耕种相对不发达的先秦时期,采集是人们生产生活的重要内容,《诗经》中存在大量以采集起兴开篇的诗作。《桑中》一诗以采集起兴,使人联想到是男子在劳作中,一边劳动,一边回忆起与恋人相处的美好时光,憧憬下次见面的到来。因此"劳动恋歌说"和"爱恋情诗说"一样,也是运用了根据文本阐发的主题提炼方式。

四 文化人类学视野下的"原始习俗说"

郭沫若最早提出《桑中》反映了原始社会习俗,并分析了原始习俗存在的原因和背景。郭沫若在《甲骨文研究》中认为:"其祀桑林时事,余以为《鄘风》之《桑中》所咏者,是也。……桑中即桑林所在之地,上

---

① 袁梅:《诗经译注》,齐鲁书社1985年版,第181—182页。
② 程俊英:《诗经译注》,上海古籍出版社1985年版,第85页。
③ 高亨:《诗经今注》,上海古籍出版社1980年版,第68页。

宫即祀桑林之祠，士女于此合欢。"① 鲍昌、孙作云都进一步解释了这一观点。鲍昌在《风诗名篇新解》中解释道："今按郭氏之说，一发千载之覆。历代儒者力评'卫俗淫乱'，实际上都是封建卫道之言。他们不知道郑、卫之地仍存上古遗俗，凡仲春、夏祭、秋祭之际男女合欢，正是原始民族生殖崇拜之仪式，以历史唯物主义观点来看，决不能简单斥之为'淫乱'的。"② 又"初民们从交感巫术的原理出发，以为人间的男女交合可以促进万物的繁殖，因此在许多祀奉农神的祭典中，都伴随有群婚性的男女欢会。……《桑中》诗所描写的，正是中国古代此类风俗的孑遗"③。孙作云在《诗经恋歌发微》中认为："这'桑中'我以为即卫地的'桑林之社'。……'社'为地神之祀，但后来也变成聚会男女的所在，与高禖的祭祀相混。这或者是因为土地的祭祀是由于农业，而原始的种植为女子之事，因此使高禖之祀与土地之祀合起来。总之，桑林之社也是男女聚会的地方。"④ 诗中的"桑中"，多数学者都认为是桑林之中，古代桑林有两个用途：一是作为祭祀之地；二是作为男女聚会的场所。殷商时期就有桑林祭祀的传统，卫地作为殷商旧地，保留了前代桑林社祭的特点。由于古代人类的同感共通、交相互感思想，早期的桑林祭祀又与男女聚会结合在一起。此处前文已述，不再赘言。

郭沫若、鲍昌等提出的"原始习俗说"根源于文化人类学观念。文化人类学是人类学的一个分支学科，它通过研究人类各民族创造的文化，揭示人类文化的本质，是使用考古学、人种学、民俗学、语言学的方法、概念、资料，对全世界不同民族作出描述和分析的学科。郭沫若、鲍昌等人的研究充分结合了郑、卫地域的原始文化习俗，运用了考古学、民俗学的方法，分析文学现象背后的文化根源，使用了文化人类学的研究方法和思维方式。郭沫若以人类学的视野，打通了文学创作中的当代意识与文学分

---

① 郭沫若著作编辑出版委员会编：《郭沫若全集》第一卷，科学出版社 2002 年版，第 19—21 页。
② 鲍昌：《风诗名篇新解》，中州书画社 1982 年版，第 130 页。
③ 同上书，第 133 页。
④ 孙作云：《孙作云文集》第二卷，河南大学出版社 2003 年版，第 294 页。

析评论中返祖情结的时空隔阂，采用了互渗的思维方式，形成了独特的创作、评论风格。这种人类学视野也是他可以用传统与现代话语，来深层次分析文学现象的重要原因。

《鄘风·桑中》的主题除去前面几种较有代表性的观点之外，还有其他多种解说，代表了一部分潮流，但影响不大，不是历史上主题阐释的主流。约略来说有以下几种：其一，国君微行期会说，宋代王质撰的《诗总闻》提出这一说法。其二，颂诗说。现代学者牛福林通过分析全诗的结构、句法、层次，以及诗歌中的重要词语，认为《桑中》是一首颂诗，是周人赞扬先妣的颂歌。他总结认为："《桑中》所写，是周代女子对疼爱、教诲自己的先妣的怀念和赞颂。……颂扬先妣（亲族）的优良传统和崇高美德。具体写法上，在大的方面，用倒写，先写出极度的思怀，后写出思念产生的原因，凤头豹尾，充实动人；在小的方面，由事而人先造成悬念，层层推进，再采用排比的方法，豁然展开，使人耳目一新，不能不叹为'观'止。"[①] 其三，刺上失政说，由宋代辅广在《诗童子问》中提出。

《诗经》郑、卫风诗的主题历来研究甚众，众说纷纭。随着时代思想的变迁，对主题的阐释也各不相同，透露着强烈的时代观念；通过分析这些对主题的不同解说，可以帮助我们更好地分析认识诗歌的思想内涵，也有利于解读评价者所持的时代观念。以一篇诗歌为主进行的主题历时研究，可以一管窥全豹，具体明确地审视诗歌主题阐释的演变轨迹，及时代观念对风诗阐释产生的影响，同时也便于更细致具体地发掘诗歌本身蕴含的思想文化内涵。

[①] 牛福林：《一支颂扬先妣的优美赞歌——我读〈桑中〉》，《河南广播电视大学学报》1994年第 S1 期。

结　语

　　历史地理学的观点对近年来的《诗经》研究有了很大启发，这种阐释方式无疑给先秦诗歌研究带来更大更广阔的空间，有关国风地域文化的探讨方兴未艾。《诗经》郑、卫诗歌和地理文化之间有着不可分割的内在联系。不同的地理景观给先秦时人带来不同的情绪感受、思想启发和意象素材；反之，郑、卫风诗的创作对郑卫地域的思想文化、流行风习等也带来了一定影响。

　　地域空间的特质与文学有着密切的联系，一个地域的历史地理状况和地域的文化发展存在着复杂的关联和不平衡的现象。不同地域的自然地理差异形成了风俗习惯和人民性情的差异，这些差别又往往反映折射到地域文学的创作当中，影响了作品的题材内容和艺术风貌。具体来说，地域的自然地理状况和气候环境影响决定了一地域人民的生活方式；特定自然环境下的生活模式、生产方式和社会组织方式等长期化、固定化，形成了一个地域的风俗习惯和地域文化。西周、春秋时期郑、卫人民包括殷商遗民在中原地区长期生产、生活，受到了殷商遗留文化和周代礼乐文化思想的双重渗透影响，平原的地理特点加之溱水、洧水等山川河流，构成了郑卫地域独特的自然景观，形成了桑间濮上传统、上巳日水边修禊等地域风俗文化，及审美风俗、饮酒习俗等。

　　时人的社会生活和风俗文化反映在文学创作当中，成为文学的重要题材，影响并决定了文学的主题内容。西周、春秋时期，郑、卫两国的社会生活和风俗文化反映在地域诗歌中，影响并决定了《诗经》郑、卫诗歌的题材内容；反之，郑、卫诗歌也体现出了地域存在的商、周二元思想文化的共同影响和相互碰撞。郑、卫地域的风俗传统及时人的社会生活，还影响了地域风诗的艺术风貌和风格特色；人民的性情、情绪风貌也投射在诗歌中，形成了弥漫在诗中的淡淡的情感氛围。周代的礼乐文化思想还影响了卫诗的排列顺序，"邶""鄘""卫"三风是参照与周代礼乐文化的关系进行排序的。由此可见，地域文化对《诗经》郑、卫诗歌的影响不是一对一的简单直接关系，而是综合了地理、风俗、时代思想，并与文学自身的内部复杂因素结合，表现为交织重叠、互为映照的关系。

不同的地域往往产生不同的文学样式，或在同一种文学样式中表现出有差别的文学特征，从而使地域文学带上一定的地方特色。郑、卫风诗的差别缘于作家所处不同地域的自然和人文地理方面的差异。郑、卫风诗都是中原文化的产物，既在风俗好尚、题材内容等方面表现出一些相似性；也体现了一定的差异，具体表现在诗歌受周礼影响的深浅不同及诗歌感情基调方面的明显差异。

在文学地理学视角的《诗经》研究中，要用流动而不是静态，对比而不是单一，联系而不是孤立，二元或多元而不是一元的角度来解读地域风诗，才能更加深入地阐释承载先秦时代人们生活、思想和情感的鲜活文字，追溯先人思想，还原真实的文学与古人立体的人生。

主要参考文献

一 著作

（汉）司马迁：《史记》，中华书局1959年版。

（汉）班固：《汉书》，中华书局1962年版。

（汉）刘安：《淮南子》，清代庄逵吉校本。

（汉）刘向：《新序》，清光绪湖北崇文书局刊本。

（南朝）范晔：《后汉书》，中华书局1965年版。

（唐）杜佑：《通典》，中华书局1988年版。

（宋）朱熹：《诗集传》，中华书局1958年版。

（宋）王应麟：《诗考　诗地理考》，中华书局2011年版。

（宋）聂崇义：《新定三礼图》，清华大学出版社2006年版。

（明）杨慎：《升庵全集》，商务印书馆1937年版。

（清）方玉润：《诗经原始》，中华书局1986年版。

（清）姚际恒：《诗经通论》，中华书局1958年版。

（清）袁钧：《诗语三卷》，郑氏铁书本。

（清）阮元：《十三经注疏》，中华书局1980年影印本。

（清）王先谦：《诗三家义集疏》，中华书局1987年版。

（清）朱右曾：《诗地理征》，湖北省图书馆藏清光绪十四年刻南菁书院丛书影印本。

（清）桂文灿：《毛诗释地》，湖北省图书馆藏清光绪十四年刻南菁书院丛书影印本。

（清）尹继美：《诗地理考略》，清同治十一年永新尹氏鼎吉堂刻本。

（清）王国维：《观堂集林》，中华书局1959年版。

（清）王国维：《今本竹书纪年疏证》，上海古籍出版社1983年版。

（清）王国维：《人间词话》，人民文学出版社1960年版。

（清）牛运震：《诗志八卷》，山东大学出版社2009年版。

（清）陈奂：《诗毛氏传疏》，中国书店1984年版。

（清）马瑞辰：《毛诗传笺通释》，中华书局1989年版。

（清）唐晏：《两汉三国学案》卷六，龙溪精舍丛书本。

（清）段玉裁：《说文解字注》，上海古籍出版社1981年版。

（清）魏源：《诗古微》，光绪十三年扫叶山房席氏补刊本。

闻一多：《诗经通义》，生活·读书·新知三联书店1982年版。

陆侃如、冯沅君：《中国诗史》，山东大学出版社1996年版。

钱穆：《国史大纲》，商务印书馆1991年版。

钱穆：《中国文化史导论》，商务印书馆1993年版。

牟钟鉴：《中国宗教通史》，中国社会科学出版社2000年版。

李泽厚：《中国思想史论》，安徽文艺出版社1999年版。

王运熙、顾易生：《中国文学批评通史》，上海古籍出版社1996年版。

张岱年、方克立：《中国文化概论》，北京师范大学出版社1994年版。

安作璋、王志民：《齐鲁文化通史》（8卷），中华书局2004年版。

王志民等：《齐文化丛书》，齐鲁书社1997年版。

丁鼎：《〈仪礼·丧服〉考论》，社会科学文献出版社2003年版。

丁鼎：《孔子与六经》，山东文艺出版社2004年版。

丁鼎：《礼记解读》，中国人民大学出版社2010年版。

袁行霈：《中国文学史》，高等教育出版社1999年版。

徐中舒：《先秦史论稿》，巴蜀书社1992年版。

孙克强、张小平：《诗经与中国文化》，河南大学出版社1995年版。

孙作云：《诗经与周代社会研究》，中华书局1966年版。

陈介白：《诗经选译》，江西人民出版社1980年版。

陈戍国：《诗经刍议》，岳麓书社1997年版。

陈延杰：《诗序解》，开明书店1932年版。

蓝菊荪：《诗经国风今译》，四川人民出版社1982年版。

余冠英：《诗经选》，人民文学出版社1979年版。

祝敏彻：《诗经译注》，甘肃人民出版社1984年版。

袁梅：《诗经译注》，齐鲁书社1980年版。

高亨：《诗经今注》，上海古籍出版社1980年版。

杨任之：《诗经今译今注》，天津古籍出版社1986年版。

金启华：《诗经全译》，江苏古籍出版社1984年版。

程俊英：《诗经译注》，上海古籍出版社1985年版。

张树波：《国风集说》，河北人民出版社1993年版。

袁愈荌、唐莫尧：《诗经全译》，贵州人民出版社1981年版。

陈子展：《诗经直解》，复旦大学出版社1983年版。

姜亮夫、夏传才：《先秦诗鉴赏辞典》，上海辞书出版社1998年版。

黄怀信等：《逸周书汇校集注》，上海古籍出版社1995年版。

陶文台：《中国烹饪史略》，江苏科学技术出版社1983年版。

钱玄：《三礼通论》，南京师范大学出版社1996年版。

晁福林：《夏商西周的社会变迁》，北京师范大学出版社1996年版。

晁福林：《先秦民俗史》，上海人民出版社2001年版。

杨宽：《西周史》，上海人民出版社1999年版。

杨宽：《战国史》，上海人民出版社1980年版。

林乃燊：《中国古代饮食文化》，商务印书馆1997年版。

王学泰：《华夏饮食文化》，中华书局1993年版。

傅筑夫：《中国经济史资料》（先秦篇），中国社会科学出版社1990年版。

刘军、莫福山、吴雅芝：《中国古代生活丛书》，商务印书馆1995年版。

葛兆光：《中国经典十种》，上海书店出版社2002年版。

葛兆光：《中国思想史》，复旦大学出版社2009年版。

曾大兴：《文学地理学研究》，商务印书馆2012年版。

邹逸麟：《中国历史地理概述》，上海教育出版社2007年版。

李孝聪:《中国区域历史地理》,北京大学出版社2004年版。

梅新林:《中国古代文学地理形态与演变》,复旦大学出版社2006年版。

周晓风、张中良:《区域文化与文学研究集刊》,中国社会科学出版社2010年版。

张建军:《诗经与周文化考论》,齐鲁书社2004年版。

张启成:《诗经风雅颂研究论稿》,学苑出版社2003年版。

张启成:《诗经研究史论稿》,贵州人民出版社2003年版。

刘毓庆:《历代诗经著作考》(先秦—元代),中华书局2002年版。

王巍:《诗经民俗文化阐释》,商务印书馆2004年版。

戴伟华:《地域文化与唐代诗歌》,中华书局2006年版。

邱文山:《齐文化与先秦地域文化》,齐鲁书社2004年版。

刘玉娥:《溱洧之歌——〈郑风〉与〈桧风〉》,河南人民出版社2008年版。

杨玉厚:《中原文化史》,文心出版社2000年版。

程有为:《河南通史》,河南人民出版社2005年版。

马广海:《文化人类学》,山东大学出版社2003年版。

[英]迈克·克朗:《文化地理学》,南京大学出版社2003年版。

[英]拉尔夫·林顿:《人格的文化背景》,广西师范大学出版社2007年版。

[法]丹纳:《艺术哲学》,凤凰出版传媒集团、江苏文艺出版社2012年版。

二 论文

孙作云:《从读史的方面谈谈〈诗经〉中的时代和地域性》,《历史教学》1957年第3期。

孙作云:《从读史的方面谈谈"诗经"的时代和地域性》,《读史参考》1957年1月号。

竺可桢:《中国近五千年来气候变迁的初步研究》,《中国科学》1973年第2期。

翟相君:《国风非民歌说——邶鄘卫非民歌考论》,《郑州大学学报》(哲学社会科学版)1988年第2期。

毛忠贤:《试论魏齐风诗中原始婚俗的残余》,《中州学刊》1986 年第 3 期。

晁福林:《论平王东迁》,《历史研究》1990 年第 2 期。

李旦初:《〈国风〉的地域性流派》,《山西大学学报》1994 年第 3 期。

王洲明:《周代地域文化与〈国风〉的风格》,《山东大学学报》1998 年第 1 期。

张新斌:《周初"三监"与邶鄘卫地望研究》,《中原文物》1998 年第 2 期。

李炳海:《诗经国风的篇章结构及其文化属性和文本形态》,《中州学刊》2006 年第 4 期。